KB261312

테마명작관 7

에디터
editor

옮 긴 이 (작품 수록순)

이항재 | 고려대학교 노어노문과를 졸업하고, 같은 대학원에서 '투르게네프의 후기 중단편 연구'로 박사 학위를 받았다. 러시아 고리키 세계문학연구소 연구교수와 한국러시아문학회 회장을 지냈고, 현재 단국대학교 러시아어과 교수로 재직하고 있다. 지은 책으로 《소설의 정치학》, 《사냥꾼의 눈, 시인의 마음》, 《러시아 문학의 이해》 등이 있다. 옮긴 책으로 《러시아 문학사》, 《첫사랑》, 《루진》, 《아버지와 아들》, 《내가 처음 만난 톨스토이》(1, 2), 《추콥스키 동화집》(1, 2), 《학교에 간 필리포크》, 《톨스토이와 행복한 하루》, 《사랑과 욕망의 변주곡》 등이 있다.

정숙현 | 성균관대학교 불어불문학과를 졸업하고, 프랑스 파리7대학에서 〈프랑스 혁명사 연구〉로 석사학위를 받았다. 현재 전문 번역가로 활동하고 있다. 옮긴 책으로 《달력-영원한 시간의 파수꾼》, 《위대한 기사 윌리엄 마셜》, 《르네상스-라루스 서양미술사 2》, 《고전주의와 바로크-라루스 서양미술사 3》, 《미켈란젤로-인간의 열정으로 신을 빚다》 등이 있다.

국세라 | 한국외국어대학교 독일어과를 졸업하고, 같은 대학원에서 박사과정을 수료했다. 독일 하이델베르크대학에서 공부하였으며, 마인츠대학에서 통·번역 집중과정을 수료했다. 현재 도서와 영상물을 비롯한 다양한 분야에서 번역가로 활동 중이다.

강준식 | 서울대학교 문리대와 미국 FIT대학, 일리노이대학, 연세대 연신원 등에서 문학, 정치학, 경제학, 신학 등을 공부하였다. 1969년 동아일보 신춘문예로 등단했고, 시카고 및 뉴욕 동아일보, 뉴욕 조선일보 등에서 편집국장 및 논설주간 등을 지냈으며, 한때 정치권과 공기업에 몸담기도 했다. 저서로는 《서양바람 동양바람》, 《다시 읽는 하멜 표류기》, 《모택동의 시와 정치》, 《혈농어수》, 《쓸모없는 것이 쓸모있다-장자》, 《대통령 이야기》, 《독도의 진실》 등이 있다.

이상원 | 서울대학교 가정관리학과와 노어노문학과를 졸업하고 한국외국어대학교 통번역대학원에서 석사와 박사 학위를 받았다. 현재 서울대학교와 한국외국어대학교 등에서 글쓰기와 번역 강의를 하고 있다. 옮긴 책으로 《살아갈 날들을 위한 공부》, 《적을 만들지 않는 대화법》, 《유린되고 타 버린 모든 것》 등 70여 권이 있다.

권일영 | 동국대학교 경제학과를 졸업하고 중앙일보사에서 기자로 근무했으며, 지금은 번역가로 일하고 있다. 1987년 아쿠타가와 상 수상작 《남비속》을 우리말로 옮기며 번역을 시작, 일본어와 영어로 된 소설을 번역하고 있다. 옮긴 책으로 《낙원》, 《용은 잠들다》, 《호숫가 살인사건》, 《편지》, 《바티스타 수술 팀의 영광》, 《셜록 홈즈 미공개 사건집》 등이 있다.

김태성 | 한국외국어대학교 중국어과를 졸업하고 같은 대학원에서 타이완문학 연구로 박사 학위를 받았다. 중국학 연구 공동체인 한성문화연구소(漢聲文化研究所) 대표, 계간 〈시평(詩評)〉 기획위원으로 활동하면서 한국외국어대학교 중국어대학에 출강하고 있다. 《노신의 마지막 10년》, 《굶주린 여자》, 《인민을 위해 복무하라》, 《목욕하는 여인들》, 《딩씨 마을의 꿈》, 《열 개 단어 속의 중국》, 《눈에 보이는 귀신》, 《나와 아버지》 등 80여 권의 중국 저작물을 우리말로 옮겼다.

Contents

| 일러두기 |

• 외국어 고유 명사의 한글 표기는 개정된 외래어 표기법에 따랐으나 일부 예외를 두었습니다.

• 옮긴이의 주석은 본문 아래 각주로 처리하였습니다.

클라라 밀리치

Клара Милич

— 죽음 이후

Ivan Sergeevich Turgenev

이반 투르게네프 지음 | 이항재 옮김

격히 변화하는 러시아 교양인들의 특징을 적합한 유형 속에 섬세한 필치로 성실하고 정확하게
묘사하여 '러시아 인텔리겐치아의 연대기 작가'라는 별칭을 얻었다. 대표작으로 〈첫사랑〉, 〈루
진〉, 〈아버지와 아들〉, 〈전날 밤〉, 〈처녀지(處女地)〉 등이 있다.
※ 사실주의적인 장편들과는 달리 이른바 '신비한 이야기들'에 속하는 〈클라라 밀리치〉(1883)
는 투르게네프의 마지막 작품으로 이번에 한국 최초로 번역되었다.

이반 투르게네프 Ivan Sergeevich Turgenev | 19세기 러시아의 대표적인 사실
주의 작가(1818~1883). 1852년 〈사냥꾼의 수기〉를 발표한 후 '시대의 형상과 중압', 그리고 급

1

　1878년 봄, 모스크바 샤볼로프카 거리에 있는 작은 목조 가옥에서 야코프 아라토프라는 스물다섯쯤 된 젊은이가 살고 있었다. 그는 아버지의 여동생인 쉰 살 남짓한 노처녀 고모 플라토니다 이바노브나와 함께 살았다. 그녀는 조카의 살림을 돌보며 생활비를 관리했다. 아라토프는 이런 일에 아주 무능했기 때문이다. 그에겐 다른 친척이 없었다. T… 도의 가난한 귀족인 아버지는 몇 년 전에 그와 플라토니다 이바노브나를 데리고 모스크바로 이사했다. 아버지는 여동생을 항상 플라토샤¹로 불렀고, 조카도 고모를 그렇게 불렀다. 그들이 그때까지 줄곧 살았던 시골을 떠나온 뒤 아버지는 아들을 대학에 넣기 위해 수도에 자리를 잡았고, 직접 아들에게 대학시험 준비를 시켰다. 아버지는 외진 거리에 있는 작은 집을 헐값으로 구입해서 자신의 모든 책과 '조제 약품들'을 가지고 입주했다. 그는 책과 조제 약품들을 많이 가지고 있었는데, 꽤 박식했기 때문이다. 이웃 사람들은 그를 '진짜 괴짜'라고 불렀다. 이웃들에게 그는 마술사로도 알려졌고, 심지어 '곤충 관찰자'라는 별명도 가지고 있었다. 그는 화

1) 플라토니다를 친근하게 부르는 호칭.

학, 광물학, 곤충학, 식물학, 의학을 공부했고, 자발적으로 찾아
온 환자들을 약초와 파라셀수스[2] 요법에 따라 자신이 만든 금속
가루로 치료해 주었다. 그러나 바로 이 금속 가루로 몹시 사랑
했던 착하고 비쩍 마른 젊은 아내를 무덤으로 보냈다. 그는 아
내에게서 아들 하나를 얻었는데, 같은 금속 가루로 아들의 건강
도 심하게 해쳤다. 어머니로부터 물려받은 빈혈과 폐병 징후를
아들의 몸에서 발견한 그는 금속 가루로 아들을 건강하게 만들
려고 했다. 그런데 그가 '마술사'란 이름을 얻은 것은 자신을 유
명한 브류스[3]의 증손자라고 여겼기 때문이다. 물론 그는 브류스
의 직계는 아니었다. 브류스에게 경의를 표하기 위해 그는 아들
을 야코프라고 불렀다. 그는 소위 '호인'이었지만 성격은 우울
하고 느려터진데다 소심했으며, 비밀스럽고 신비한 모든 것을
좋아했다. 그는 종종 "아!" 하고 나지막하게 탄성을 내지르곤
했는데, 모스크바로 이사한 지 2년쯤 지나서 이렇게 탄성을 내
지르며 죽었다.

　아들 야코프는 외관상 못생기고 굼뜨고 둔한 아버지보다는
오히려 어머니를 닮았다. 그는 어머니와 똑같은 갸름하고 곱상
한 얼굴에 부드러운 잿빛 머리칼, 작은 매부리코, 아이같이 툭
불거진 입술, 맑고 투명하며 푸르스름한 빛이 감도는 큰 회색
눈, 보드라운 속눈썹을 하고 있었다. 그 대신에 성격은 아버지

---

2) 스위스의 유명한 의사이자 자연과학자(1493~1541). 의화학을 창시하였으며, 금속 화합물
　을 처음으로 의약품 제조에 채용하여 납, 구리 등의 금속 내복약과 팅크를 만들었다.
3) 표트르 대제 시대의 외교관이자 군사령관인 야코프 빌리모비치 브류스(1670~1735). 표트
　르 대제가 사망한 후에 공직을 떠나 학문에 몰두했다. 그 후 사람들은 그가 훌륭한 마술사, 예
　언자, 마법사가 되었다고 믿었다.

를 닮았다. 아버지를 닮지 않은 얼굴인데도 아버지의 표정이 어려 있었다. 늙은 아버지처럼 야코프의 손은 마디가 굵고 가슴은 푹 꺼져 있었다. 그러나 쉰 살까지도 살지 못했으니 아버지를 노인이라고 부를 수는 없다. 아버지가 아직 살아 있을 때, 야코프는 대학의 물리·수학부에 들어갔지만 과정은 마치지 않았다. 그건 그가 게을러서가 아니라 집에서 배울 수 있는 것보다 더 많은 것을 대학에서 배울 수 없었기 때문이었다. 그는 취업할 생각이 없었기에 학위를 따려고 노력하지 않았고, 친구들을 피했으며, 다른 사람들과는 거의 사귀지 않았다. 특히 여자들을 피했고, 책에 파묻혀서 아주 외롭게 지냈다. 여자들을 피하긴 했지만 그는 상냥했고 아름다움에 매혹되기도 했다. 그는 화려하게 장식된 선물용 영국 책을 샀는데, ―부끄럽게도!― 그 책을 장식한 매혹적인 굴나라와 메도라4의 사진들을 황홀하게 바라보기도 했다. 그러나 타고난 수줍음이 늘 그를 억눌렀다. 그는 아버지의 서재를 차지하여 자기 침실로 사용했다. 그리고 아버지가 숨을 거두었던 바로 그 침대에서 잠을 잤다.

　고모 플라토샤는 그의 모든 생활에서 중요한 보조자이며 변함없는 동료이자 친구였다. 그는 고모와 하루에 열 마디도 나누지 않았지만, 고모가 없으면 한 발짝도 뗄 수 없었다. 길쭉한 얼굴에 긴 치아, 창백한 얼굴에 생기 없는 눈을 한 그녀는 늘 슬프거나 근심 어린 놀란 표정을 짓곤 했다. 그녀는 언제나 회색 원피스에 좀약 냄새가 나는 회색 숄을 두르고 그림자처럼 발소리

---

4) 바이런의 서사시 〈해적〉(1814)에 나오는 여주인공들.

도 내지 않고 집 안을 돌아다녔다. 그녀는 한숨을 쉬며 속삭이 듯이 기도를 했는데, 특히 겨우 두 단어로 이루어진 '주여, 도와 주소서!'라는 자기가 좋아하는 기도문을 속삭이곤 했다. 그녀는 능숙하게 살림을 꾸려 나갔고, 1코페이카[5]도 아끼면서 모든 것을 직접 샀다. 그녀는 자기 조카를 몹시 좋아하고 늘 조카의 건강을 염려했으며, 자신이 아닌 조카를 위해 모든 것을 걱정했다. 걸핏하면 살그머니 그에게 다가가 심장에 좋은 차 한 잔을 책상 위에 올려놓고 솜처럼 부드러운 손으로 그의 등을 다독이곤 했다. 야코프는 고모의 보살핌을 싫어하진 않았지만 심장에 좋은 차는 마시지 않았고, 그저 묵묵히 고개를 끄덕이곤 했다. 그러나 그 역시 건강이 그다지 좋지 않았다. 감수성이 아주 예민한데다가 신경질적이고 의심이 많은 그는 가슴 두근거림에다 이따금 천식으로 고생했다. 아버지처럼 그는 자연과 인간 영혼 속에 이따금 예측할 수는 있지만 이해할 수 없는 어떤 신비한 것들이 존재하고, 이따금 호의적이지만 종종 적대적인 어떤 힘과 영향들이 존재한다고 믿었다. 그리고 과학과 과학의 가치와 중요성을 믿었다. 최근에 그는 사진에 열중했다. 나이 든 고모는 사진에 사용하는 약물 냄새를 몹시 걱정했다. 물론 자신 때문이 아니라 야샤[6]와 그의 심장 때문이었다. 그는 다정한 성격이었지만 고집이 세고, 자기가 좋아하는 일을 집요하게 계속했다. 플라토샤는 그의 말을 따랐고, 그저 이전보다 더 자주 한

---

5) 러시아의 화폐단위로, 100코페이카가 1루블이다.
6) 야샤, 야셴카는 모두 야코프를 친근하게 부르는 호칭이다.

숨을 내쉬고 요오드에 물든 그의 손가락을 바라보며 "주여, 도 와주소서!" 하고 속삭이듯이 말했다.

 이미 말한 대로 야코프는 친구들을 멀리 했다. 그러나 그들 중 한 사람과는 아주 가깝게 지내면서 자주 만났다. 심지어 그 친 구가 대학을 졸업하고 별로 책임질 일이 없는 직장에 취업한 후 에도 만났다. 그 친구의 말을 빌리자면, 자기는 건축에 대해 아 무것도 몰랐지만 구세주 교회의 건설 현장에 '자리를 잡았다' 는 것이다. 이상하게도 아라토프의 유일한 친구는 쿠퍼라는 이 름의 독일인이었다. 이 독일인은 철저하게 러시아에 동화되어 독일 말은 한마디도 몰랐고, 심지어 독일인을 빗대어 욕설까지 했다. 얼핏 보기에 이 친구는 야코프와 공통점이 하나도 없었 다. 검은 곱슬머리에 뺨이 붉은 쿠퍼는 명랑하고 말이 많은 청 년으로, 아라토프가 열심히 피했던 여자들의 모임을 너무나 좋 아했다. 실제로 쿠퍼는 아라토프의 집에서 종종 아침과 점심을 먹곤 했다. 심지어 부유하지 않았던 쿠퍼는 아라토프에게서 약 간의 돈을 빌리기도 했다. 그러나 이 때문에 이 넉살 좋은 독일 인이 샤볼로프카 거리에 있는 외딴 집을 열심히 드나드는 것은 아니었다. 아마도 그는 자기가 매일 보고 만나는 사람과는 전혀 다른 야코프의 정신적인 순수함과 '이상주의적 경향'이 마음에 들었는지 모른다. 혹은 독일인의 피가 그에게 흐르고 있어서 이 이상주의적인 젊은이에게 끌렸는지도 모른다. 야코프도 착하고 솔직한 쿠퍼를 좋아했다. 게다가 쿠퍼가 단골로 다니는 연극, 음악회, 발레에 대한 이야기는 ―대체로 야코프가 들어가 볼 엄

두를 못 냈던 낯선 세계에 대한 이야기— 이 젊은 은둔자를 은
근히 사로잡았고 심지어 흥분하게 만들었다. 그러나 쿠퍼의 이
야기가 야코프의 마음속에 그 모든 것을 직접 경험하고픈 욕구
를 불러일으키지는 않았다. 플라토샤도 쿠퍼를 친절하게 대했
다. 사실 그녀는 이따금 쿠퍼가 지나치게 무례하다고 생각했다.
그러나 그녀의 소중한 야샤를 쿠퍼가 진실로 좋아하고 있다는
것을 본능적으로 느끼고 알았으므로 이 요란 떠는 손님을 견뎌
냈을 뿐만 아니라 환대했던 것이다.

2

  그 당시, 그루지야공화국의 공작 부인이라는 어떤 미망인이
모스크바에 살고 있었는데, 신원이 불확실하고 좀 수상쩍은 여
자였다. 그녀는 이미 마흔 살 가까이 되었다. 아마 젊은 시절에
는 특이한 동양적 미모로 빛났겠지만, 그 미모는 급속히 시들어
버렸다. 지금은 분을 바르고 연지를 칠하고 머리칼을 노랗게 물
들였다. 그녀에 대해 아주 모호하고 좋지 않은 여러 소문이 나
돌았다. 아무도 그녀의 남편을 알지 못했는데, 그녀가 한 도시
에서 오래 살지 않았기 때문이다. 아이들도 없고 재산도 없었지
만 빚을 내는지 어쩌는지 호화롭게 살았다. 그녀는 소위 살롱을
운영하면서 각양각색의 사람들을 받아들였는데, 대부분 젊은이
들이었다. 그녀가 입고 있는 옷, 가구, 음식에서부터 마차와 하
인에 이르기까지 집 안의 모든 것들은 왠지 조잡하고 임시로 변

통한 모조품 같았다. 그러나 공작 부인 자신이나 손님들에겐 더 좋은 것이 필요 없어 보였다. 공작 부인은 음악과 문학의 애호가이자 배우들과 화가들의 후원자로도 유명했다. 그녀는 이 모든 '문제들'에 관심을 보였고, 심지어 아주 열성적이기까지 했는데 전혀 가식이 아니었다. 분명히 그녀에겐 예술적 재능이 있었다. 게다가 누구나 아주 쉽게 다가갈 수 있는 여자로, 거만하거나 잘난 체하지 않고 상냥했다. 많은 사람이 이 점을 의심치 않았다. 실제로 그녀는 매우 친절하고 상냥하고 겸손했는데, 이런 부류의 여자들에게서 보기 드문 소중한 자질이었다. 어떤 재담꾼은 그녀에 대해 이렇게 말했다. "속이 텅 빈 여자야! 그러나 분명히 천당에 갈 거야! 그녀는 모든 것을 용서하고, 모든 것을 용서받을 테니까!" 그녀가 어떤 도시를 떠날 때, 언제나 자기가 도와준 사람들만큼이나 많은 채권자들을 그 도시에 남겨 둔다는 말들도 있었다. 마음이 부드러운 사람은 이쪽저쪽으로 쉽게 흔들리는 법이다.

예상했던 대로 쿠퍼는 그녀의 집을 방문해서 그녀와 친해졌다. 독설가들은 두 사람이 너무 친해졌다고 단언했다. 쿠퍼는 그녀에 대해 항상 다정하고 존경스럽게 얘기했다. 또 그녀를 아주 멋진 여자라고 칭송했다. 누가 무슨 말을 해도 쿠퍼는 예술에 대한 그녀의 사랑과 이해력을 굳게 믿었다. 어느 날, 쿠퍼는 아라토프의 집에서 식사를 하고 나서 공작 부인과 그녀가 주관한 야회에 대해 얘기하더니 야코프를 설득하기 시작했다. 자기가 공작 부인에게 소개해 줄 테니 단 한 번만이라도 은둔 생활에서 벗어나 보라는 것이었다. 처음에 야코프는 그의 말을 듣지 않았다.

"도대체 무슨 생각을 하는 거야?" 마침내 쿠퍼가 소리쳤다. "어떤 소개를 상상하느냐고? 그저 지금처럼 프록코트를 입은 자네를 그녀의 야회에 데리고 갈 거야. 이봐, 거기엔 어떤 격식도 없어! 유식한 자네는 문학과 음악을 좋아하지? (실제 아라토프의 서재에는 피아노가 있었고, 이따금 그는 짧은 음계를 짚어 보곤 했다.) 그녀의 집에는 그저 잡다한 물건이 많을 뿐이야. 거기서 자네는 조금도 잘난 체하지 않는 좋은 사람들을 만날 거야. 자네 나이나 외모라면 (아라토프는 눈을 내리뜨고 한 손을 내저었다.) 그래, 그래, 자네 외모라면 모임이나 사교계를 멀리해선 안 돼! 자네를 장군에게 데려가려는 게 아니야. 나는 장군들도 알긴 알지. 이봐, 고집 피우지 마! 도덕성은 훌륭하고 존경스러운 거야. 그러나 왜 금욕주의에 빠져야만 하나? 수도사가 되려는 건 아니잖아!"

그러나 아라토프는 계속 고집을 부렸다. 그런데 뜻밖에도 플라토니다 이바노브나가 나타나서 쿠퍼를 거들었다. 그녀는 금욕주의란 말이 무슨 뜻인지 잘 알지 못했지만 야셴카가 사람들을 만나서 자신을 드러내고 기분 전환을 하는 것은 나쁘지 않을 거라고 생각했다. "게다가" 하고 그녀는 덧붙여 말했다. "나는 표도르 표도르이치를 믿어! 설마 그가 널 나쁜 곳에 데리고 가겠어?"

"저는 아라토프를 순결한 모습 그대로 당신께 데리고 올게요!" 쿠퍼가 소리쳤다. 플라토니다 이바노브나는 쿠퍼를 믿었지만 여전히 그에게 불안한 눈길을 던졌다. 아라토프는 귀밑까지 빨개졌지만 더 이상 반대하지 않았다.

결국 다음날 쿠퍼가 아라토프를 공작 부인의 야회에 데리고 가게 되었다. 그러나 아라토프는 거기에 오래 머무르지 않았다. 첫째, 야회에는 이십여 명의 남녀 손님들이 있었는데, 좋은 사람들 같았지만 어쨌든 낯설었다. 그리고 말을 많이 할 필요는 없었지만 마음이 답답했다. 무엇보다 그는 이런 분위기가 두려웠다. 둘째, 여주인이 그를 아주 친절하고 소박하게 맞이했지만 그녀와 그녀의 모든 것이 마음에 들지 않았다. 화장한 얼굴, 부풀린 곱슬머리, 허스키하고 달짝지근한 목소리, 째지는 듯한 웃음소리, 눈을 위로 치켜뜨는 습관, 지나친 가슴 노출, 그리고 여러 개의 반지를 낀 통통하고 번들번들한 손가락도 마음에 들지 않았다.

아라토프는 구석에 틀어박혀서 재빨리 손님들의 얼굴을 훑어보았지만 왠지 손님들을 식별할 수 없었다. 그러다가 그는 자기 발밑을 유심히 내려다보기도 했다. 마침내 핼쑥한 얼굴에 긴 머리를 하고 오그라진 눈썹 아래 외알 안경을 걸친 초대 음악가가 피아노에 앉았다. 그는 두 손으로 건반을 힘차게 두드리더니 한쪽 발로 페달을 밟으며 바그너의 주제에 의한 리스트의 환상곡을 엉망으로 치기 시작했다. 아라토프는 더 이상 견디지 못하고 뭔가 불분명하고 무거운 인상을 마음속에 품고 밖으로 빠져나왔다. 그 자신도 이해할 수 없지만 의미심장하고 심지어 불안스러운 뭔가가 그 인상 속을 뚫고 지나갔다.

　다음날 쿠퍼가 식사를 하러 왔다. 그러나 그는 간밤의 야회에 대해 시시콜콜 얘기하지 않았고, 아라토프가 급히 자리를 뜬 것을 비난하지도 않았다. 그저 샴페인(말이 나온 김에 하는 말인데, 니즈니노브고로드산(産) 샴페인이었다.)이 나온 저녁을 먹지 않고 떠난 것에 대해서만 유감을 표했다. 아마 쿠퍼는 친구의 마음을 흔들어 놓겠다는 생각이 부질없는 노릇이고, 아라토프가 그런 모임이나 생활 방식에 전혀 '어울리지 않는' 사람임을 깨달은 모양이었다. 아라토프도 공작 부인이나 간밤의 야회에 대해 말하지 않았다. 플라토니다 이바노브나는 이 첫 시도의 실패를 기뻐해야 할지 슬퍼해야 할지 알 수 없었다. 마침내 그녀는 이런 외출로 야샤의 건강이 나빠질 수 있다고 단정하고는 마음이 편해졌다.

　쿠퍼는 식사를 하자마자 떠났고, 그 후 일주일 내내 나타나지 않았다. 공작 부인에게 아라토프를 소개한 것이 실패로 끝나서 그에게 화가 난 것은 아니었다. 쿠퍼 같은 호인은 이런 일에 화를 내지 않는다. 그는 자신의 모든 시간과 생각을 쏟아부을 어떤 일을 찾아낸 것이 분명했다. 그 후에도 쿠퍼는 이따금 아라토프에게 나타났지만, 정신없는 모습을 하고 별로 말도 하지 않다가 금방 떠났기 때문이다. 아라토프는 계속 이전처럼 생활했지만, 말하자면 왠지 손톱 밑에 가시가 박힌 것처럼 찜찜했다. 그는 계속 뭔가를 떠올리려고 했으나 정확히 그게 뭔지는 알 수 없었다. 그 '뭔가'는 공작 부인의 집에서 있었던 야회와 관련되어 있었다. 그럼에도 불구하고 그는 공작 부인의 집에 다시 가고 싶은 마음은 추호도 없었다. 그녀의 집에서 본 사교 모임은 전보다 훨씬 더 그의 반감을 불러일으켰다. 이렇게 6주가량 지나갔다.

어느 날 아침, 쿠퍼가 다시 아라토프 앞에 나타났는데 이번에는 약간 당황한 얼굴을 하고 있었다.

"난 알고 있어." 억지로 웃으면서 그가 말문을 열었다. "저번 방문이 자네 취향에 맞지 않았다는 걸. 그러나 내 청을 들어주게나…… 거절하면 안 돼!"

"무슨 일인데?" 아라토프가 물었다.

"자네도 알다시피 여기에 아마추어 배우들 협회가 있어." 쿠퍼는 점점 더 활기를 띠며 말을 이었다. "가끔 이 협회가 낭독회와 음악회를 열고, 자선 목적으로 연극을 무대에 올리기도 하는데……."

"공작 부인도 참여하나?" 아라토프가 말을 끊었다.

"공작 부인은 언제나 좋은 일에 참여하지. 그러나 상관없어. 우리는 문학과 음악 마티네[7]를 기획했어. 자네는 이번 공연에서 놀라운 처녀를 보게 될 거야. 그녀가 레이첼인지 비아르도[8]인지는 아직 우리도 잘 몰라. 왜냐하면 그녀는 노래도 잘하고, 낭송

---

7) 낮에 열리는 낭송회, 음악회, 연극 공연.
8) 엘리사 레이첼(1820~1858)은 프랑스의 고전 비극 배우로, 1850년대 러시아에서 순회공연을 했다. 폴린 비아르도 가르시아(1821~1910)는 스페인 혈통의 프랑스의 유명한 오페라 가수로, 이반 세르게예비치 투르게네프의 평생의 연인이었다.

도 하고, 연기도 하기 때문이지. 이봐, 과장 없이 말하는데 정말 최고의 재능이야. 그건 그렇고 표를 사지 않겠나? 첫 번째 줄은 5루블이야."

"그런데 그 놀라운 처녀는 어디서 왔나?" 아라토프가 물었다.

쿠퍼는 이를 드러내 보이며 히죽 웃었다.

"아직은 나도 몰라……. 그녀는 최근에 공작 부인 집에 머무르고 있어. 자네도 알다시피 공작 부인은 재능 있는 사람들을 후원하고 있지. 자네도 아마 저번 야회에서 그녀를 봤을 거야."

아라토프는 속으로 살짝 놀랐다. 그러나 아무 말도 하지 않았다.

"그녀는 시골 어딘가에서도 공연을 했대." 쿠퍼가 말을 이었다. "대체로 연극을 위해 태어난 여자지. 자네도 직접 보게 될 거야."

"그 여자 이름이 뭔가?" 아라토프가 물었다.

"클라라……."

"클라라?" 아라토프가 다시 말을 끊었다. "설마!"

"설마라니! 클라라…… 클라라 밀리치야. 그녀의 진짜 이름은 아니지만 그렇게 불리지. 그녀는 글린카의 로망스를 부르고…… 차이콥스키의 노래도 부를 거야. 그 다음에 〈예브게니 오네긴〉9)에 나오는 편지를 낭송할 거고. 어때, 표 살 거야?"

"공연이 언제지?"

---

9) 러시아의 유명한 시인이자 소설가인 푸슈킨(1799~1837)의 운문소설이다. 차이콥스키는 이 작품을 토대로 오페라를 작곡했다.

"내일…… 내일 오후 한 시 반에 오스토롄코의 개인 홀에서 있어……. 자네를 데리러 올게. 5루블짜리 표를 살 건가? 여기 있네……. 아니, 이건 3루블짜리군. 자, 여기 있네. 여기 프로그램도 있어. 나는 여러 관리자 중 하나야."

아라토프가 깊은 생각에 잠겼다. 바로 그때 플라토니다 이바노브나가 방 안으로 들어와 그의 얼굴을 보자마자 별안간 심한 불안에 휩싸였다.

"야샤, 무슨 일이냐?" 그녀가 소리쳤다. "왜 그렇게 넋을 놓고 있어? 표도르 표도르이치, 야샤에게 뭐라고 말했어요?"

그러나 아라토프는 쿠퍼가 고모의 물음에 대답할 틈도 주지 않고 급하게 그의 손에서 표를 빼앗고는 그에게 5루블을 주라고 고모한테 말했다.

그녀는 깜짝 놀라 눈을 깜빡였다. 그러나 쿠퍼에게 말없이 돈을 건넸다. 야샤가 아주 엄하게 그녀에게 소리쳤던 것이다.

"다시 말하는데, 그녀는 정말 최고야!" 쿠퍼가 소리치고 문 쪽으로 달려갔다. "내일 날 기다려!"

"그녀는 까만 눈을 가지고 있나?" 아라토프가 그의 등 뒤에 대고 물었다.

"진짜 숯 같아!" 쿠퍼가 유쾌하게 소리치고 사라졌다.

아라토프는 자기 서재로 물러갔다. 플라토니다 이바노브나는 그 자리에 남아서 속삭이는 목소리로 되뇌었다. "주여, 도와주소서! 주여, 도와주소서!"

4

아라토프와 쿠퍼가 안으로 들어갔을 때, 오스토줸코의 넓은 개인 홀은 이미 손님들로 반쯤 차 있었다. 이 홀에서 가끔 연극 공연이 있었지만 이번에는 어떤 장식물도 휘장도 보이지 않았다. 마티네 기획자들은 한쪽 끝에 무대를 세우고, 그 무대 위에 피아노와 악보대 두 개, 의자 몇 개, 목이 긴 유리 물병과 컵이 놓인 테이블을 배치했다. 배우들이 대기하고 있는 방으로 통하는 문은 붉은 나사(羅紗)로 가려져 있었다. 연녹색 드레스를 입은 공작 부인은 이미 첫째 줄에 앉아 있었다. 아라토프는 그녀에게 가볍게 인사를 한 뒤 그녀와 약간 떨어진 곳에 자리를 잡았다. 관객들은 '소위' 잡다했는데, 대부분 젊은 학생들이었다. 관리자들 중 하나인 쿠퍼는 연미복 소맷부리의 하단을 하얀 나비 모양의 댕기로 매고 부산을 떨며 바쁘게 돌아다니고 있었다. 공작 부인은 흥분한 듯한 모습이었다. 그녀는 주변을 둘러보면서 사방으로 미소를 보내며 옆 사람들과 얘기하기 시작했다. 그녀 주변엔 남자들만 있었다.

폐병 환자 같은 플루트 연주자가 맨 먼저 무대에 등장하여 침을 튀기며 열심히 연주했는데, 정말이지 하찮은 내용의 곡이었다. 두 사람이 "브라보!" 하고 소리쳤다. 뒤이어 아주 듬직하지만 우울해 보이는 안경 낀 뚱보 신사가 시체드린의 오체르크[10]

---

10) 러시아의 풍자 작가 살트이코프 시체드린(1826~1889)의 오체르크(사건의 구성이나 전개 없이 대상과 인물에 대해 기술하는 일종의 보고문학)인 〈현대의 목가〉를 말한다.

를 굵고 낮은 목소리로 낭독했다. 관객들은 낭독자가 아닌 오체르크에 박수를 보냈다. 그 다음에 이미 아라토프가 알고 있는 피아노 연주자가 등장하여 다시 리스트의 환상곡을 쳤고 앙코르를 받았다. 그는 한 손을 의자 등받이에 얹은 채 연신 허리 굽혀 인사했는데, 인사할 때마다 마치 리스트처럼 머리칼을 흔들어 댔다. 꽤 긴 시간이 흐른 뒤, 무대 뒤편 문 위에 쳐진 붉은 나사 휘장이 흔들리며 활짝 펴지더니 마침내 클라라 밀리치가 등장했다. 홀 안에 박수가 울려 퍼졌다. 그녀는 머뭇거리며 무대 앞쪽으로 걸어 나오더니 그 자리에 서서 움직이지 않았다. 장갑을 끼지 않은 크고 아름다운 두 손을 앞으로 모은 채 그녀는 무릎을 굽히거나 머리를 숙여 인사하지도 않았고 미소도 짓지 않았다.

그녀는 열아홉 살가량의 처녀로, 키가 크고 어깨가 약간 넓었지만 몸매가 훌륭했다. 유대인이나 집시 같은 가무잡잡한 얼굴, 양쪽이 거의 붙은 것 같은 짙은 눈썹 아래 그리 크지 않은 까만 눈, 살짝 위로 향한 곧추선 코, 선이 또렷한 아름답고 얇은 입술, 무거워 보이는 커다란 검은 머리채, 마치 돌처럼 움직이지 않는 낮은 이마, 조그만 귀……. 얼굴 전체가 생각에 잠겨 있고 음울해 보였다. 열정적이고 독단적인 성격, 착하거나 똑똑하지는 않지만 재능 있는 성품이 그녀의 모든 것 속에 나타나 있었다.

그녀는 잠시 눈을 내리뜨고 있다가 별안간 움찔하더니 여전히 산만하지만 마치 자기 내면을 바라보는 듯한 그윽한 눈길로 홀 안의 관객들을 획 둘러보았다. "저 여자는 정말 비극적인 눈을 가지고 있군!" 아라토프의 뒤에 앉아 있던 백발에 레벨[11]의 매춘부 같은 얼굴을 한 어떤 멋쟁이가 말했다. 모스크바에서 경찰 앞잡이이자 스파이로 유명한 사람이었다. 이 멍청한 멋쟁이는 어리석은 말을 하고 싶었지만 진실을 말했던 것이다! 클라라가 무대에 나타나자마자 그녀에게서 시선을 떼지 못한 아라토프는 공작 부인의 집에서 그녀를 본 것을 바로 기억해 냈다. 그녀를 보았을 뿐만 아니라 그녀가 까만 눈으로 여러 번 아주 집요하게 자기를 빤히 쳐다보는 것을 느꼈었다. 지금도 역시……아니면 그에게 그렇게 보인 것일까? 첫째 줄에 앉아 있는 그를 본 그녀가 반가워서 얼굴을 붉히는 것 같았다. 그리고 다시 그를 빤히 쳐다보았다. 그녀는 방향을 틀지 않고 피아노 쪽으로 두 걸음 물러섰다. 피아노에는 이미 긴 머리의 외국인 반주자가 앉아 있었다. 그녀는 글린카의 로망스를 불렀다. "내가 그대를 본 순간……" 그녀는 손의 위치를 바꾸지 않고, 또 악보도 보지 않고 곧 노래를 부르기 시작했다. 목소리는 낭랑하고 부드러운 콘트랄토였다. 그녀는 분명하고 묵직하게 노랫말을 발음했고, 뉘앙스는 없지만 강한 표현으로 단조롭게 노래를 불렀다. "처녀가 자신 있게 노래를 하는군." 아라토프의 뒤에 앉아 있던 그 멋쟁이가 다시 진실을 말했다. "앙코르, 브라보!" 같은 외침 소리가 사방에 울렸다. 그녀는 소리도 지르지 않고 박수도 치지 않은 아라토프에게 재빨리 눈길을 던졌다. 그는 그녀의 노래가 특별히 마음에 들지는 않았다. 그녀는 텁수룩한 피아니스트가 내

---

11) 에스토니아의 수도 탈린의 옛 이름.

민 손을 잡지 않고 살짝 허리를 굽혀 인사하고는 걸어 나갔다. 관객들이 박수를 치며 그녀를 다시 무대 위로 불러냈다. 그녀는 천천히 등장해서 주저하는 걸음걸이로 피아노를 향해 다가가더니 반주자에게 두어 마디를 속삭였다. 반주자는 미리 준비된 악보가 아닌 다른 악보를 받아서 자기 앞에 놓았다. 그녀는 차이콥스키의 로망스를 부르기 시작했다. "아니야, 밀회의 갈망을 아는 사람만이……" 그녀는 처음 노래와는 다르게 이 로망스를 불렀는데, 피곤한 듯이 나지막하게 불렀다. 그러나 마지막에서 두 번째 시행인 "내가 얼마나 괴로웠는지 아는가"에서는 낭랑하고 열정적인 목소리로 외쳤고, 마지막 시행인 "지금 나는 얼마나 괴로운지……"에서는 마지막 단어를 슬프게 천천히 발음하면서 거의 속삭이듯이 노래했다. 이 로망스는 관객들에게 글린카의 로망스만큼 큰 인상을 불러일으키지는 못했지만 많은 박수갈채를 받았다. 특히 쿠퍼가 유별났다. 그는 손바닥을 찻종 모양으로 특이하게 만들어서 아주 큰 소리를 냈다. 공작 부인은 여가수에게 가져다주라며 헝클어진 큰 꽃다발을 그에게 건넸다. 그러나 클라라는 정중하게 허리를 굽힌 쿠퍼의 모습과 꽃다발을 든 쭉 뻗은 손을 보지 못한 것 같았다. 그녀는 자기를 다시 문까지 안내하려고 전보다 더 빨리 자리에서 벌떡 일어난 피아니스트를 기다리지 않고 뒤돌아서 걸어 나갔다. 피아니스트는 멍하니 그 자리에 남아 머리를 홱 흔들었다. 아마 리스트는 절대로 그렇게 머리를 흔들지 않았을 것이다.

클라라가 노래를 부르는 동안 아라토프는 계속 그녀의 얼굴을 살펴보았다. 아라토프는 가늘게 뜬 속눈썹 사이로 그녀의 눈이 자기를 향하고 있음을 느꼈다. 특히 그는 움직이지 않는 그녀의 얼굴과 이마와 눈썹을 보고 깜짝 놀랐다. 열정적으로 외칠 때만 살짝 벌어지는 그녀의 입술 사이로 촘촘한 하얀 치열(齒列)이 반짝였다. 쿠퍼가 아라토프에게 다가왔다.

"그래, 친구, 공연이 어땠어?" 그는 만족한 웃음을 지으며 물었다.

"목소리는 훌륭해." 아라토프가 대답했다. "그러나 그녀는 아직 노래하는 법을 몰라. 전문적인 학습을 받지 못했어." (아라토프가 왜 이런 말을 했고, 그가 '전문적인 학습'이란 말을 어떻게 이해했는지는 아무도 모른다!)

쿠퍼는 깜짝 놀랐다.

"학습을 받지 못했다고?" 쿠퍼는 천천히 되뇌었다. "음, 그건…… 그녀는 아직 좀 더 배워야 하겠지. 그러나 훌륭한 여자야. 기다려, 그녀가 타티야나의 편지를 낭송하는 걸 듣게 될 거야."

쿠퍼는 아라토프를 놔두고 급히 가 버렸다. '훌륭한 여자? 그렇게 무표정한 얼굴을 짓다니!' 하고 아라토프는 생각했다. 그는 그녀가 최면에 걸린 여자처럼, 몽유병자처럼 서서 움직이는 것을 보았다. 그러나 그 순간에 그녀는 분명히…… 그래! 분명히 그를 쳐다보고 있었다.

그러는 동안 마티네는 계속되었다. 안경을 낀 뚱뚱한 남자가 다시 무대에 등장했다. 진지한 외모에도 불구하고 자신을 희극

배우로 생각한 그는 고골의 작품 중 한 장면을 낭독했다. 그러나 이번에는 전혀 박수를 받지 못했다. 다시 플루트 연주자가 잠깐 나왔다 들어갔고, 피아니스트가 다시 건반을 두드렸다. 파마머리에 포마드를 바르고 뺨에 눈물 자국이 난 열두 살짜리 소년이 바이올린으로 어떤 변주곡을 서투르게 켰다. 이상하게도 낭독과 음악 사이에 프렌치호른의 스타카토 소리가 배우들의 방에서 간간이 들려왔다. 그러나 이 악기는 끝내 무대에 나오지 않았다. 이 악기를 연주하기로 했던 아마추어 음악가가 무대에 등장하려는 순간 무대 공포증을 느껴 포기한 사실이 나중에 밝혀졌다. 마지막으로 다시 클라라 밀리치가 등장했다.

그녀는 푸슈킨의 작은 책 한 권을 한 손에 들고 있었다. 그러나 낭독하면서 한 번도 그 책을 보지 않았다. 그녀는 분명히 두려워하고 있었다. 그녀의 손가락 사이에서 작은 책이 떨리고 있었다. 아라토프는 그녀의 경직된 얼굴에 어린 침울한 기색을 알아챘다. "나는 당신에게 편지를 씁니다…… 더 이상 어쩌겠어요" 그녀는 아주 단순하게, 거의 천진난만하게 첫 시행을 읽었다. 그리고 순수하고 진실하고 절망적인 몸짓을 하며 두 손을 앞으로 뻗었다. 그녀의 낭독은 조금 빨라졌다. 그러나 "다른 사람……아뇨, 나는 이 세상 그 누구에게도 나의 마음을 주지 않을 거예요"에서 그녀는 자기 조절을 하고 다시 활기를 띠었다. "나의 전 생애는 당신과의 진실한 만남을 위한 담보였어요"라는 시행에 이르렀을 때, 그때까지 아주 공허했던 그녀의 목소리가 의기양양하고 대담하게 울려 퍼졌다. 그녀는 대담하게 아라토프를 똑바로 쳐다보았고, 계속 열심히 낭독했다. 끝에 가서 그녀의 목소리는 다시 낮아졌고, 목소리와 얼굴에 다시 침울한 기색이 나타났다. 그녀는 마지막 네 줄을 어물어물 낭독했다. 푸슈킨의 책이 손에서 미끄러져 떨어졌고, 그녀는 급히 무대에서 걸어 나갔다.

관객은 열광적으로 박수를 치며 환호했다. 우크라이나 출신의 어떤 신학생이 너무나 큰 목소리로 "밀리치! 밀리치!" 하고 외치자 옆에 앉아 있던 사람이 "앞으로 사제가 되려면 목소리를 아끼라"고 동정 어린 목소리로 점잖게 말했다. 아라토프는 즉시 자리에서 일어나서 출구 쪽으로 향했다. 쿠퍼가 그를 따라잡았다.

"어디 가나?" 쿠퍼가 소리쳤다. "클라라에게 소개해 줄까?"

"아니, 됐어." 아라토프는 서둘러 대답했다. 그리고 거의 뛰다시피 해서 집으로 갔다.

5

그는 자신도 알 수 없는 이상한 느낌으로 마음이 불안했다. 실제로 클라라의 낭독은 전혀 그의 마음에 들지 않았다. 그러나 그 이유를 분명히 알 수 없었다. 그녀의 낭독은 그를 불편하게 했고, 거친 불협화음처럼 들렸으며, 그의 내면의 무언가를 파괴했다. 그것은 일종의 폭력이었다. 빤히 응시하는 끈덕진 눈길, 그 집요한 눈길은 또 뭔가? 그 눈길은 뭘 의미하는 걸까?

아라토프는 소심한 사람인지라 자기가 이 이상한 처녀의 마음에 들었고, 사랑이나 열정 같은 감정을 그녀에게 불어넣을 수 있다고는 일순간도 생각하지 않았다. 그는 자신의 모든 것을 바칠 만한 미지의 여자나 처녀, 자기를 사랑해서 자신의 신부나 아내가 될 처녀를 아직 한 번도 생각해 본 적이 없었다. 그는 이런 것을 아예 꿈꾸지 않았다. 그는 몸도 마음도 순결한 사람이었다. 그때 그의 상상 속의 순결한 형상은 다른 형상, 즉 죽은 어머니의 형상에 의해 생겨난 것이었다. 그는 어머니를 기억하지는 못했지만 어머니의 초상화를 성물(聖物)처럼 간직하고 있었다. 이웃에 사는 어머니의 친구가 그림물감으로 아주 서툴게 그린 것이었다. 모두들 어머니와 놀랍도록 비슷하다고 말했다. 그가 아직 감히 생각해 보지 않았던 여성상은 어머니와 똑같은 부드러운 옆모습, 선량하고 맑은 눈, 비단결 같은 머리칼, 빛나는 미소를 가지고 있어야만 했다.

가무잡잡한 피부에 거친 머리칼, 입술 언저리에 솜털이 난 그녀는 아마 무뚝뚝하고 변덕스러울 것이다……. 이 '집시 여자'(아라토프는 이보다 더 나쁜 표현을 생각해 낼 수 없었다.)는 도대체 그에게 무엇일까?

그러나 아라토프는 이 가무잡잡한 집시 여자를 머리에서 떨쳐 낼 수가 없었다. 그녀의 노래도 낭독도 외모도 그의 마음에 들지 않았다. 도무지 이해할 수가 없어서 그는 자신에게 화가 났다. 얼마 전에 그는 월터 스코트의 소설 〈성 로난의 우물〉을 읽었다. (그의 아버지의 서가에는 월터 스코트의 전집이 있었다. 그의 아버지는 진지하고 과학적인 이 영국 작가를 존경했다.) 이 소설의 여주인공 이름이 클라라 모브라이였다. 1840년대의 시인 크라소프는 그녀에 대해 시를 썼는데, 그 시는 이렇게 끝난다.

불행한 클라라! 미친 클라라!
불행한 클라라 모브라이!

아라토프도 이 시를 알고 있었다. 지금 그 시어들이 끊임없이 그의 머릿속에 떠올랐다. '불행한 클라라! 미친 클라라! …….' (그래서 쿠퍼가 그녀의 이름이 클라라 밀리치라고 말했을 때 그렇게 놀랐던 것이다.)

플라토샤는 야코프에게 일어난 기분상의 변화를 느끼지 못했다. 실제로 그에게서는 어떤 특별한 변화도 일어나지 않았다. 그러나 그의 시선과 말에는 뭔가 못마땅한 것이 배어 있었다. 그녀는 그가 참석했던 문학 마티네에 대해 조심스럽게 물어보았다. 그리고 작은 소리로 이야기하다가 살짝 한숨을 내쉬며 앞에서, 옆에서, 뒤에서 그를 바라보더니 갑자기 손바닥으로 넓적다리를 치고 소리쳤다.

"그래, 야샤! 문제가 뭔지 알겠어!"

"도대체 뭐죠?"

"아마 너는 그 문학 마티네에서 꼬리가 긴 여자들 중 어떤 여자를 만난 거야. (플라토니다 이바노브나는 유행하는 최신 원피스를 입은 모든 여자들을 이렇게 불렀다.) 그녀는 반반한 낯짝을 하고 요렇게 저렇게 몸짓을 하며 교태를 부렸겠지. (플라토샤는 이 모든 것을 표정으로 보여 주었다.) 눈도 동그랗게 뜨고! (플라토샤는 검지로 허공에다 커다란 원을 그렸다.) 너에겐 이 모든 것이 익숙하지 않아서 새롭게 보였겠지만 실은 아무것도 아니야, 야샤. 아무 의미도 없어. 잠자기 전에 차나 한 잔 마셔. 그러면 모든 게 좋아질 거야. 주여, 도와주소서!"

플라토샤는 입을 다물고 물러갔다. 그녀는 한 번도 이렇게 길고 활달하게 말한 적이 없었다. 아라토프는 생각했다. '고모 말이 맞을 거야. 이 모든 게 익숙하지 않아서……. (실제로 그는 처음으로 여자의 관심을 불러일으켰고, 어쨌거나 자신을 향한 여자의 관심을 처음으로 느꼈다.) 그러나 우쭐대서는 안 돼.'

그는 다시 책 읽기에 몰두했고, 잠자기 전에 피나무 차를 실컷 마셨다. 그는 밤새 잠을 잘 잤고 꿈도 꾸지 않았다. 다음날 아침, 그는 아무 일도 없었던 것처럼 다시 사진 작업에 열중했다.

그러나 저녁 무렵에 그의 평온한 마음이 다시 심란해졌다.

6

바로 이런 일이 일었다. 한 심부름꾼이 야코프에게 쪽지 하나를 가져다주었다. 그 쪽지에는 고르지 못한 큼직한 여자 글씨체로 이렇게 쓰여 있었다.

당신께 쪽지를 쓴 사람이 누군지 짐작하신다면, 그리고 귀찮지

않으시다면 내일 점심 식사 후 다섯 시경에 트베리 가로수 길로
오셔서 기다리세요. 오래 걸리지 않을 겁니다. 그러나 아주 중요
한 일이에요. 꼭 나오세요.

서명은 없었다. 아라토프는 누가 이 쪽지를 보냈는지 금방 짐
작했고, 이 때문에 마음이 심란해진 것이었다. "이게 무슨 허튼
수작이야!" 아라토프는 거의 외치다시피 말했다. "참 어처구니
없군. 물론 나가지 않겠어." 그러나 아라토프는 심부름꾼을 불
러오라고 일렀다. 아라토프는 심부름꾼이 거리에서 하녀한테
그 쪽지를 받았다는 것만을 알아냈다. 심부름꾼을 보낸 뒤 아
라토프는 쪽지를 다시 읽고서 바닥에 내던졌다. 그러나 잠시 후
그 쪽지를 집어 들어 다시 읽고는 "헛소리야!" 하고 다시 외쳤
다. 그러나 이번에는 쪽지를 바닥에 내던지지 않고 서랍에 넣어
두었다. 아라토프는 평소 하던 일을 열심히 하려고 했지만 도무
지 일이 손에 잡히지 않았다. 아라토프는 자기가 쿠퍼를 기다리
고 있다는 것을 갑자기 깨달았다. 쿠퍼에게 이것저것 물어보고
싶거나 이야기하고 싶었는지 모른다. 그러나 쿠퍼는 나타나지
않았다. 푸슈킨의 소설을 꺼내어 타티야나의 편지를 읽은 아라
토프는 그 '집시 여자'가 이 편지의 진짜 의미를 이해하지 못했
다고 다시 확신했다. 그런데 어릿광대 같은 쿠퍼는 "레이첼! 비
아르도!" 하고 소리쳤었다. 아라토프는 피아노로 다가가서 왠
지 무의식적으로 뚜껑을 올리고 차이콥스키의 로망스 멜로디
를 떠올리려고 애썼다. 그러다 갑자기 화를 내며 피아노 뚜껑을

쾅 하고 닫아 버리고는 고모 방으로 갔다. 늘 뜨겁게 난방이 된 특별한 방이었다. 그 방에서는 언제나 박하, 샐비어, 다른 여러 약초 냄새가 났고, 깔개, 탁자 모양의 서가, 걸상, 쿠션, 다양하고 부드러운 가구 등이 마구 어질러져 있었다. 그래서 그 방에 익숙하지 않은 사람은 몸을 돌리거나 숨을 쉬기도 힘들었다. 플라토니다 이바노브나는 두 손에 뜨개바늘을 들고 창가에 앉아 있다가 (그녀는 야샤의 목도리를 뜨고 있었다. 야샤의 서른여덟 번째 목도리였다!) 아라토프를 보고 깜짝 놀랐다. 아라토프는 좀처럼 그녀에게 들르지 않았고, 뭔가 필요할 때마다 자기 서재에서 가녀린 목소리로 "플라토샤 고모!" 하고 소리치곤 했다. 그녀는 아라토프를 자리에 앉히고 한쪽 눈으론 둥근 안경을 통해서, 다른 한쪽 눈으론 안경 너머로 그를 쳐다보면서 그의 첫마디를 기다리며 주의를 집중했다. 그녀는 아라토프의 건강에 대해 묻지도 않았고, 그가 차를 마시러 오지 않았다는 것을 알았기 때문에 차를 권하지도 않았다. 아라토프는 약간 머뭇거리다가 자기 어머니에 대해, 그리고 부모가 어떻게 살았고, 어떻게 만났는지 말하기 시작했다. 그는 이 모든 것을 아주 잘 알고 있었고, 그저 이런 얘기만을 하고 싶었던 것이다. 그에게는 불행하게도, 플라토샤는 전혀 대화를 할 줄 몰랐다. 이런 말을 하려고 아라토프가 자기에게 온 것은 아니라고 의심하는 듯 그녀는 아주 짧게 대답했다.

"그래!" 그녀는 거의 흥분한 모습으로 뜨개바늘을 빠르게 움직이며 되뇌었다. "알다시피 네 어머니는 온순한 사람이었어.

진짜 온순했지……. 네 아버지도 네 어머니를 아주 사랑했단다. 죽을 때까지 진실하고 성실하게. 네 아버지는 어떤 다른 여자도 만나지 않았어.” 그녀는 목소리를 높이고 안경을 벗고 나서 말했다.

“어머니는 소심한 성격이었나요?” 아라토프는 잠시 잠자코 있다가 물었다.

“소심했지. 아주 여자다웠어. 대담한 여자들은 요즘에야 나타났어.”

“예전에는 대담한 여자들이 없었나요?”

“예전에도 있었지, 있었고말고. 그러나 그들이 누구였겠니? 뻔하지, 뻔뻔스런 바람둥이 같은 여자지. 치맛자락을 걷어 올리고 괜히 여기저기 쏘다니며…… 그런 여자가 뭘 신경 쓰겠니? 뭘 걱정하겠어? 멍청이가 나타나면 그런 여자의 밥이 되는 거야. 점잖은 사람들은 그런 여자들을 무시했어. 우리 집에서 그런 여자들을 본 기억이 있니?”

아라토프는 아무 대답도 하지 않고 자기 서재로 돌아갔다. 플라토니다 이바노브나는 그의 뒷모습을 바라보고 머리를 흔들다가 다시 안경을 쓰고는 다시 목도리를 짜기 시작했다. 그러나 그녀는 여러 번 깊은 생각에 잠겼다가 뜨개바늘을 무릎 위로 떨어뜨리곤 했다.

아라토프는 그날 밤까지 여전히 화를 내고 짜증을 내면서도 가끔씩 그 쪽지와 ‘집시 여자’와 지정된 밀회에 대해 다시 생각하곤 했다. 그는 아마도 그 밀회에 나가지 않을 것이다! 밤에도

그는 그녀 때문에 불안했다. 때론 가늘게, 때론 크게 뜬 그녀의
두 눈과 그를 똑바로 응시하는 집요한 시선이 계속 그의 눈앞에
떠올랐다. 그리고 위압적인 표정을 짓고 움직이지 않는 모습도
떠올랐다.

다음날 아침, 아라토프는 왠지 모르게 다시 쿠퍼를 계속 기다
리고 있었다. 쿠퍼에게 편지를 쓰려다가 그만두고는 아무것도
하지 않고 그저 서재에서 이리저리 서성였다. 아라토프는 한순
간도 이 어리석은 '밀회'에 나가겠다는 생각조차 하지 않았다.
그러나 바삐 식사를 하고 나서 세 시 반에 그는 갑자기 외투를
입고 모자를 푹 눌러쓰고는 고모 몰래 거리로 뛰쳐나가 트베리
가로수 길로 향했다.

7

아라토프는 거기에서 몇몇 행인들을 보았다. 습하고 아주 쌀
쌀한 날씨였다. 그는 자신이 무슨 짓을 하고 있는지 애써 생각
하지 않으려 했고, 눈에 들어오는 모든 사물에 억지로 관심을
돌렸다. 그리고 자신도 행인들처럼 그저 산책하러 나온 체했
다. 그의 옆 주머니에는 어제 받은 쪽지가 들어 있었다. 그는 줄
곧 그 쪽지를 의식했고, 가로수 길을 두어 번 오르내리면서 자
기를 향해 다가오는 모든 여자를 유심히 살펴보았다. 그의 심장
이 마구 뛰었다. 그는 피로를 느끼고 벤치에 앉았다. 그때 갑자
기 이런 생각이 떠올랐다. '그런데 그녀가 아닌 다른 어떤 사람

이나 다른 여자가 이 쪽지를 썼다면?' 그래도 그에겐 상관이 없었지만 그렇게 되지 않기를 바란다는 걸 인정해야만 했다. '이건 아주 어리석은 생각이야.' 그는 생각했다. '무엇보다도 어리석은 생각이야.' 신경질적인 불안이 그를 엄습하기 시작했다. 그는 추위가 아니라 내부의 불안 때문에 오들오들 떨기 시작했다. 그는 몇 번이나 조끼 호주머니에서 시계를 꺼내어 문자판을 들여다보고는 다시 넣었고, 다섯 시까지 몇 분이 남았는지 매번 잊어버렸다. 옆으로 지나가는 사람들이 왠지 이상하게 빈정거림이 섞인 놀라움과 호기심 어린 눈으로 자기를 쳐다보는 것 같았다. 이때 볼품없는 강아지 한 마리가 달려와서 그의 다리에 코를 대고 쿵쿵대더니 꼬리를 흔들기 시작했다. 아라토프는 화를 내며 강아지에게 주먹을 휘둘렀다. 무엇보다 작업복을 입고 가로수 길 건너편 벤치에 앉아 있는 공장 노동자 때문에 짜증이 났다. 그 노동자는 때론 휘파람을 불고, 때론 몸을 긁적이며 다 해진 커다란 부츠를 신은 발을 흔들면서 계속 아라토프를 쳐다보았다. '아마 고용주는 저자를 기다리고 있겠지.' 아라토프는 생각했다. '저 게으름뱅이는 여기서 저렇게 빈둥대고 있는데……'

그런데 바로 그 순간, 누군가가 다가와서 그의 뒤에 멈춰 서는 것이 느껴졌다. 뒤쪽으로부터 뭔가 따스한 기운이 전해졌다.

그는 뒤돌아보았다. 그녀였다!

짙은 검푸른 베일이 그녀의 얼굴을 가리고 있었지만 그는 바로 그녀를 알아보았다. 그는 순간적으로 벤치에서 벌떡 일어났지만 그대로 선 채 한마디도 할 수 없었다. 그녀도 잠자코 있었다. 그는 몹시 당혹스러웠다. 그녀도 그에 못지않게 당황하고 있었다. 베일 사이로 생기 없고 창백한 얼굴이 보였다. 그러나 그녀가 먼저 말문을 열었다.

"고맙습니다." 그녀는 띄엄띄엄 말하기 시작했다. "나와 주셔서 고맙습니다. 기대는 하지 않았어요." 그녀는 약간 몸을 돌려 가로수 길을 따라 걷기 시작했다. 아라토프는 그녀의 뒤를 따라 걸어갔다.

"아마 당신은 저를 나쁘게 생각했을 거예요." 그녀는 고개를 돌리지 않고 말을 이었다. "실제로 제 행동은 아주 이상해요. 그러나 저는 당신에 대해 많은 얘기를 들었어요. 아, 아니에요! 그 때문이 아니라…… 만약 당신이 아신다면…… 저는 당신에게 많은 걸 말하고 싶었어요, 오 하느님! 그러나 어떻게…… 어떻게 해야 하죠!"

아라토프는 그녀 옆에서 약간 뒤처져서 걸었다. 그녀의 얼굴은 보이지 않았고, 그녀의 모자와 베일 일부분만 보였다. 그리고 이미 다 해진 긴 검은 망토가 보였다. 별안간 그녀와 자신에 대해 다시 분노가 일어났다. 탁 트인 가로수 길에서 전혀 낯선 사람들끼리 만나 이러쿵저러쿵 해명하는 것이 갑자기 너무나 우습고 황당하게 느껴졌다.

"나는 당신의 초대를 받고 왔습니다." 이번에는 그가 말문을 열었다. "존경하는 마담, (그녀의 어깨가 살짝 떨렸다. 그녀는 작은 옆길로 돌아섰고, 그는 그녀의 뒤를 따라갔다.) 당신이 어떤 이상한 오해로 낯선 남자인 내게 편지를 썼는지 그저 분명히 알고 싶어서 왔습니다. 당신이 편지에서 말한 대로 나는 당신이 편지를 썼을 거라고 그저 '짐작' 했습니다. 문학 마티네에서 당신이 너무나…… 너무나 분명하게 내게 관심을 보였기에 그렇게 짐작했습니다."

아라토프는 풋내기 젊은이들이 열심히 준비한 과목 시험을 보면서 답변하는 목소리로, 즉 낭랑하지만 자신 없는 목소리로 그리 길지 않게 말했다. 그는 화가 났고 분노했다. 바로 이 분노 때문에 그는 평소와 달리 거침없이 말했다.

그녀는 오솔길을 따라 다소 느린 걸음으로 계속 걸어갔다. 아라토프는 여전히 그녀의 뒤를 따라 걸었다. 여전히 낡은 망토와 역시 낡은 모자만 보였다. '내가 그에게 신호를 보내자 그는 즉시 달려왔어!' 지금 그녀가 분명 이렇게 생각할 거라고 여기니 그는 자존심이 상했다. 아라토프는 잠자코 있었다. 그녀의 대답을 기다렸지만 그녀는 한마디도 하지 않았다.

"나는 당신의 말을 경청할 준비가 되어 있습니다." 아라토프가 다시 말문을 열었다. "어쨌든 내가 당신에게 쓸모가 있다면 좋겠습니다. 그러나 솔직히 말해 놀랍군요. 나는 외롭게 살면서……."

아라토프가 마지막 말을 했을 때 클라라가 갑자기 그에게로 몸을 돌렸다. 그는 깊은 슬픔에 잠긴 채 잔뜩 겁에 질린 얼굴을 보았다. 그녀의 두 눈에는 맑은 눈물이 그렁그렁 맺혀 있고, 벌어진 입술 주변에는 슬픈 표정이 어려 있었다. 그 얼굴이 너무나 아름다워서 그는 저도 모르게 머뭇거렸고 놀람, 유감, 감동과 비슷한 감정을 느꼈다.

"아, 왜…… 왜 당신은 그렇게……." 그녀는 저항할 수 없을 만큼 성실하고 진실하게 힘을 실어 말했다. 그녀의 목소리는 정말 감동적으로 울렸다. "당신께 보낸 편지가 그렇게도 당신을 모욕했나요? 정말로 당신은 아무것도 이해하지 못했나요? 아, 그래요! 당신은 아무것도 이해하지 못했어요. 내가 말한 것을 알아듣지 못했어요. 당신이 나에 대해 무슨 상상을 했는지 신만이 아시겠죠. 내가 당신에게 편지 쓰는 것이 얼마나 힘들었을지 당신은 생각조차 하지 않았어요! 당신은 오직 당신 자신과 당신의 품위와 마음의 평온만을 생각했어요! 그러나 나는…… (그녀가 입술로 가져간 손을 얼마나 세게 눌렀는지 손가락에서 우두둑 소리가 났다.) 마치 내가 당신에게 무슨 요구를 한 것처럼, 마치 먼저 해명이 필요한 것처럼…… '마담', '심지어 놀랍습니다', '쓸모가 있으면 좋겠습니다' 라니요? 아, 내가 미쳤지! 내가 당신을, 당신의 얼굴을 잘못 봤어요! 내가 당신을 처음 보았을 때…… 여기…… 당신이 이렇게 서 계신데…… 한마디 말이라도 해 줄 수 있으련만. 그러나 한마디도 안 하시겠죠?"

그녀는 입을 다물었다. 별안간 빨개진 그녀의 얼굴에 갑자기 사납고 불손한 표정이 어렸다.

"맙소사! 이 얼마나 어리석은 짓인가!" 그녀는 갑자기 날카롭게 웃어 대면서 소리쳤다. "우리의 만남은 얼마나 어리석은가! 내가 이렇게 멍청하다니! 당신도 마찬가지예요. 흥!"

그녀는 아라토프를 길에서 밀치듯이 경멸적인 손짓을 하고는 그를 지나쳐 재빨리 가로수 길을 벗어나 사라졌다.

그녀의 손동작, 모욕적인 웃음, 마지막 외침이 단번에 그를 예전의 기분으로 돌아가게 했다. 그녀가 눈물이 그렁그렁한 눈으로 그를 돌아보았을 때 그의 마음속에 일어났던 감정은 싹 사라져 버렸다. 그는 다시 화가 나서 가 버린 여자의 뒤에 대고 하마터면 이렇게 소리칠 뻔했다. "당신은 좋은 여배우가 될 수 있겠군. 그러나 왜 하필이면 날 가지고 코미디를 할 생각을 한 거야?"

그는 성큼성큼 걸어서 집으로 돌아왔다. 집으로 돌아오는 내내 분하고 화가 났다. 그러나 동시에 그가 순간적으로 보았던 그 아름다운 얼굴에 대한 기억이 불쾌한 적대감 사이로 저도 모르게 자꾸만 떠올랐다. 심지어 그는 자문했다. '그녀가 한마디 말이라도 해 달라고 했을 때 왜 나는 대답을 하지 않았을까? 나는 대답할 수가 없었어.' 그는 생각했다. '그녀는 내게 말할 틈을 주지 않았어. 그런데 내가 무슨 말을 할 수 있었단 말인가?'

그는 즉시 고개를 내젓고 비난 투로 말했다. "하여튼 여배우란!"

그런데 이 미숙하고 신경질적인 젊은이는 처음엔 자존심이 상했지만, 지금은 자기가 여자의 마음에 열정을 불러일으켰다는 생각에 흐뭇했다.

'그러나 이 순간에' 그는 계속 생각했다. '아마 모든 게 끝났겠지만 분명히 나는 그녀에게 우습게 보였겠지.'

이런 생각에 그는 기분이 나빠졌고, 자기 자신과 그녀에 대해 다시 화가 났다. 집으로 돌아온 그는 서재에 틀어박혔다. 플라토샤와 부딪치고 싶지 않았던 것이다. 이 선량한 노파는 두어 번쯤 문 앞으로 와서 자물쇠 구멍에 귀를 갖다 대고 그저 한숨만 내쉬며 작은 소리로 기도를 했다.

'시작되었어!' 노파는 생각했다. '그는 겨우 스물다섯 살인데…… 아, 일러, 너무 일러!'

8

다음날 하루 종일 아라토프는 기분이 썩 좋지 않았다.

"무슨 일이니, 야샤?" 플라토니다 이바노브나가 그에게 말했다. "오늘 왠지 '어수선해' 보인다." 노파는 독특한 단어로 아라토프의 정신 상태를 아주 정확하게 규정했다. 아라토프는 일을 할 수 없었고, 자신이 뭘 원하는지도 알 수 없었다. 아라토프는 다시 쿠퍼를 기다렸다. (그는 클라라가 쿠퍼한테서 자기 주소를 받았을 거라고 의심했다. 쿠퍼 말고 다른 누가 자기에 대해 그렇게 많은 이야기를 할 수 있겠는가?) 그녀와의 만남이 이렇게 끝날 수밖에 없단 말인가? 그는 그녀가 자기에게 다시 편지를 쓸 거라고 상상했다. 또한 모든 것을 해명하는 편지를 그녀에게 써야만 하지 않나 자문도 해 보았다. 자신에 대한 나쁜 인상을 남기고 싶지 않았기 때문이다. 그러나 정말로 '무엇'을 설명한단 말인가? 때론 그녀와 그녀의 끈질김과 대담함에 대한 반감이 마음속에 일어나기도 했고, 때론 형용할 수 없는 그녀의 애잔한 얼굴이 다시 떠오르고 저항할 수 없는 그녀의 목소리가 들리기도 했다. 때론 그녀의 노래와 낭송을 떠올리기도 했다. 그러자 그녀에 대한 자신의 근거 없는 비난이 옳았는지 판단할 수 없었다. 한마디로 그는 '어수선해져' 있었다. 마침내 그는 이 모든 것에 넌더리가 나서 이른바 매듭을 짓고 모든 사건을 잊기로 결심했다. 분명히 그녀가 그의 일을 방해하고 평정심을 깨트렸기 때문이다. 그러나 이 결심을 실행하기가 그리 쉽지는 않았다. 한 주가 더 지나서야 그는 다시 일상으로 돌아갔다. 다행히 쿠퍼는 나타나지 않았다. 사실 쿠퍼는 모스크바에 없었던 것이다. 이 '사건'이 있기 얼마 전에 아라토프는 사진 작업을 위해 그림 공부를 시작했다. 그는 전보다 훨씬 더 열심히 그림에 열중했다.

그런데 의사들이 말하는 어떤 '간헐적인 발작 증세'가 그에게 다시 미세하게 나타났다. 예컨대 한번은 공작 부인을 방문하려고도 했다. 두 달이 흐르고, 세 달이 흘렀다. 아라토프는 예전의 아라토프로 돌아갔다. 그러나 삶의 표면 아래 깊은 곳에서 뭔가 무겁고 음울한 것이 그가 가는 곳마다 슬그머니 따라다녔다. 낚시꾼이 한 손으로 단단한 낚싯대를 잡고 앉아 있는 보트 바로 아래 깊은 물 밑바닥에서 커다란 물고기가 낚시를 물었지만 아직 낚이진 않고 헤엄치고 있는 것과 같았다.

그러던 어느 날, 〈모스크바 신보〉의 지난 호를 훑어보다가 아라토프는 다음과 같은 기사를 우연히 보게 되었다. 카잔의 어떤 지방 문사는 이렇게 쓰고 있었다.

정말 유감스럽게도 재능 있는 여배우 클라라 밀리치의 갑작스런 사망 소식을 우리의 연극 연감에 기록해야 한다. 활동 기간은 짧았지만 그녀는 까다로운 대중의 사랑을 받았다. 더욱 슬픈 것은 젊고 앞길이 창창한 밀리치 양이 독약을 마시고 스스로 생을 마감했다는 사실이다. 그리고 더더욱 무서운 것은 이 여배우가 무대에서 독약을 마셨다는 사실이다! 사람들이 그녀를 집으로 데려오자마자 애석하게도 숨을 거두었다. 시내에서는 그녀가 짝사랑 때문에 이런 끔찍한 행동을 저질렀다는 소문이 나돌고 있다.

아라토프는 신문을 살며시 책상 위에 놓았다. 겉보기에 그는 아주 침착했다. 그러나 뭔가가 즉시 그의 가슴과 머리를 세차게 때렸고, 그 충격은 몸 전체로 천천히 퍼졌다. 그는 일어나서 그 자리에 잠시 서 있다가 다시 자리에 앉아 다시 그 기사를 읽었다. 그러고 나서 그는 다시 일어났다가 침대에 누워 두 손으로 머리를 받치고 오랫동안 멍하니 벽을 바라보았다. 벽이 약간 희미해지는 것 같더니 사라져 버렸다. 잿빛 하늘 아래 가로수 길과 검은 망토를 두른 '그녀'가 눈앞에 보였다. 잠시 후 무대 위에 그녀가 보이고, 심지어 그녀 옆에 있는 자신이 보이기까지 했다. 처음 순간에 그의 가슴을 강타했던 것이 이제 위로 올라오기 시작하더니 목구멍까지 올라왔다. 그는 헛기침을 하고 누군가를 부르려고 했지만 목소리가 나오지 않았다. 그리고 자신도 놀랄 만큼 눈물이 걷잡을 수 없이 쏟아졌다. 왜 눈물이 쏟아졌을까? 연민? 후회? 아니면 그저 그의 신경이 이 갑작스런 충격을 견디지 못했기 때문일까? 정말로 그녀는 그에게 아무것도 아니었을까? 정말 그랬을까?

'그러나 사실이 아닐지도 몰라.' 문득 이런 생각이 그에게 떠올랐다. '알아봐야 해. 그러나 누구한테서? 공작 부인한테서? 아니지, 쿠퍼한테서…… 그래, 쿠퍼한테서! 그러나 그는 모스크바에 없다고 들었는데. 상관없어! 먼저 그에게 가야만 해!'

머릿속으로 이런 생각을 하며, 아라토프는 급히 옷을 입고 마차를 잡아서 쿠퍼의 집으로 내달리기 시작했다.

9

아라토프는 쿠퍼를 만나리라고 기대하지 않았는데…… 그를 만났다. 사실 쿠퍼는 얼마 동안 모스크바를 떠났다가 돌아온 지 일주일쯤 되었다. 쿠퍼는 아라토프를 막 방문하려던 참이었다. 쿠퍼는 평소처럼 친절하게 아라토프를 맞이했고, 뭔가를 설명하려고 했다. 그러나 아라토프는 초조한 마음에 급히 질문을 던져 그의 말을 끊어 버렸다.

"자네도 읽었나? 사실이야?"

"뭐가 사실이라는 거야?" 쿠퍼가 당황하면서 대답했다.

"클라라 밀리치 말이야!"

쿠퍼의 얼굴에 유감의 빛이 나타났다.

"그래, 맞아. 친구, 사실이야. 독약을 마셨어. 정말 슬픈 일이야."

아라토프는 잠시 잠자코 있었다.

"자네도 신문에서 기사를 읽었나?" 아라토프가 물었다. "아니면 직접 카잔에 갔다 왔나?"

"사실 카잔에 갔다 왔어. 나와 공작 부인은 클라라를 거기로 데리고 갔었지. 그녀는 거기에서 무대에 섰는데 굉장한 성공을 거두었어. 하지만 비극적인 사건이 일어나기 직전에 나는 그곳을 떠났다네. 나는 야로슬라블에 있었어."

"야로슬라블에?"

"그래. 공작 부인을 거기로 데리고 갔지. 그녀는 지금 야로슬라블에 정착했어."

"확실한 정보인가?"

"아주 확실해. 내가 직접 들은 거야! 난 카잔에서 클라라의 가족과 알고 지냈어. 잠깐, 자네는 그 소식에 무척 놀란 것 같군. 자넨 예전에 클라라를 좋아하지 않았잖아? 실수였어! 그녀는 멋진 처녀였어! 정말 똑똑했어! 성미가 급한 여자였지! 그녀의 일이 너무 슬퍼!"

아라토프는 한 마디도 하지 않고 의자에 털썩 주저앉았다. 그리고 잠시 후에 쿠퍼에게 얘기해 달라고 부탁하고 나서 머뭇거렸다.

"뭘?" 쿠퍼가 물었다.

"음…… 모두 다." 아라토프가 띄엄띄엄 대답했다. "그녀의 가족 얘기…… 그리고 다른 얘기도. 자네가 알고 있는 모든 걸 얘기해 줘!"

"그녀에 대해 관심이 많군. 좋아!"

쿠퍼는 이야기를 시작했다. 쿠퍼의 얼굴에 클라라의 죽음을 슬퍼하는 기색은 전혀 비치지 않았다. 쿠퍼의 이야기를 통해 클라라 밀리치의 진짜 이름이 카테리나 밀로비도바라는 걸 알게 되었고, 그녀의 죽은 아버지가 카잔에서 정규 미술교사였다는 사실도 알아냈다. 또한 그녀의 아버지는 허접한 초상화와 평범한 성화를 그렸고, 게다가 술꾼이자 가정의 폭군으로 알려졌지만 유식한 사람이었다는 것도 알아냈다. (여기에서 쿠퍼는 자신의 동음이의어 말장난을 암시하면서 만족스런 웃음을 지었다.)[12] 클라라의 아버지가 죽은 후 세 명의 가족이 남았다. 첫째, 상인 계급 출신의 아주 어리석은 과부로, 오스트로프스키[13]의 코미디에 나오는 여자와 아주 흡사했다. 둘째, 클라라보다 훨씬 나이가 많은 언니는 클라라와 닮지 않았는데, 아주 영리하고 열광적이며 병약하지만 범상치 않은데다 정말로 머리가 좋은 처녀이다. 지금 과부와 딸은 아버지가 그린 허접한 초상화와 성화를 팔아서 구입한 꽤 괜찮은 집에서 어렵지 않게 살아가고 있다. 그리고 클라라…… 즉, 카챠는 어린 시절부터 타고난 재능으로 모든 사람을 놀라게 했지만, 고집이 세고 변덕이 심해서 늘 아버지와 아웅다웅했다. 무대에 대한 타고난 열정을 지닌 그녀는 열다섯 살 때 어떤 배우와 함께 가출했다는 것이다.

"남자 배우와 함께?" 아라토프가 말을 끊었다.

---

12) 러시아 어로 '성화'는 '오브라즈', '유식한'은 '오브라조반느이'다.
13) 주로 19세기 러시아 상인 계급의 습관과 풍습을 섬세하게 그려 냈던 러시아의 극작가 (1823~1886).

"아니, 남자 배우가 아니라 여자 배우야. 클라라는 그 여배우에게 붙어살았지. 사실 그 여배우에겐 보호자가 있었는데, 부유한 늙은 지주였어. 그 지주는 유부남이어서 그 여배우와 결혼은 하지 않았지. 그러나 그 여배우도 유부녀였던 것 같아."

계속해서 쿠퍼는 클라라가 이미 모스크바에 오기 전부터 지방 극장에서 연기하고 노래를 불렀다고 말했다. 친구인 여배우를 잃고 나서 (지주가 죽었는지 혹은 자기 아내와 다시 합쳤는지 쿠퍼는 잘 기억하지 못했다.) 클라라는 그 훌륭한 공작 부인과 알게 되었다는 것이다. 이 부분에서 쿠퍼는 감정을 실어 덧붙여 말했다. "이보게, 친구. 야코프 안드레이치, 자넨 그 공작 부인을 잘 이해하지 못했었지." 클라라는 모스크바를 결코 떠나지 않겠다고 늘 맹세했지만 결국 카잔의 한 극장에서 제안한 계약을 수락했다. 그런데 카잔 사람들은 놀랄 만큼 그녀를 열렬히 사랑했다. 공연할 때마다 그녀는 꽃다발과 선물에 파묻혔다! 그 도(道)에서 최고의 거물인 곡물 상인이 그녀에게 금으로 만든 잉크병을 선물할 정도였다! 쿠퍼는 이 모든 이야기를 아주 활기차게 들려주면서 특별한 감정을 드러내지는 않았다. 아주 열심히 듣고 있던 아라토프가 더욱더 세부적인 것을 요구할 때마다 쿠퍼는 "그게 자네하고 무슨 상관이야?", "무엇 때문에?"라고 물으면서 이야기를 중단하곤 했다. 마침내 모든 이야기를 끝낸 쿠퍼는 입을 다물고 힘든 일을 해냈다는 듯이 담배를 피워 물었다.

"그녀는 왜 독약을 마셨지?" 아라토프가 물었다. "신문에 씌어 있었어……."

쿠퍼가 두 손을 내저었다.

"글쎄, 난 말할 수 없어…… 모르겠네. 신문이 틀릴 수도 있지. 클라라의 행실은 모범적이었어. 어떤 연애 사건도 없었고…… 게다가 그녀의 오만함은 정말 대단했지! 그녀는 사탄처럼 오만해서 접근하기가 어려웠어. 고집도 세고, 바위처럼 단단했지. 자네가 내 말을 믿을지 어떨지 모르지만, 난 그녀를 가까이서 봐 왔는데 한 번도 그녀의 눈에서 눈물을 보지 못했어."

'그러나 난 봤지.' 아라토프는 속으로 생각했다.

"바로 이런 일이 있었어." 쿠퍼가 말을 이었다. "최근에 난 그녀에게 커다란 변화가 생겼다는 걸 알아챘지. 그녀는 몹시 우울했고 말이 없었어. 몇 시간 동안 한 마디도 안 하는 거야. 나는 '누가 당신을 모욕했소, 카테리나 세묘노브나?' 하고 물어보았지. 왜냐하면 난 그녀의 기질을 알고 있었으니까. 그녀는 절대로 모욕을 참지 못했어. 그녀는 말이 없었고, 그게 다였어. 심지어 무대에서의 성공에도 기뻐하지 않았어. 꽃다발들이 그녀에게 쏟아졌지만 미소도 짓지 않았어. 그녀는 금으로 만든 잉크병을 한 번 힐끗 쳐다보더니 옆으로 치워 버렸지. 그녀는 자기가 진짜 역할을 할 수 있도록 아무도 자기를 위해 대본을 쓰지 않을 거라고 불평하곤 했어. 그래서 그녀는 노래를 그만두었지. 친구, 내 잘못이야! 그녀는 정식으로 '음악 수업'을 받지 못했다고 했던 자네의 말을 예전에 그녀에게 전했었거든. 그러나 그럼에도 불구하고…… 왜 그녀가 독약을 마셨는지 이해할 수 없어!"

"그녀는 어떤 역할에서 가장 큰 성공을 거두었나?" 아라토프는 그녀의 마지막 역할이 무엇인지 알고 싶었지만 왠지 모르게 다른 질문을 던졌다.

"기억하건대 오스트로프스키의 희곡에 나오는 그루냐[14]의 역할이었어. 그러나 다시 말하지만 어떤 연애 사건도 없었어. 그녀가 어머니의 집에서 살았다는 것만 봐도 알 수 있지. 상인 계급의 집이 어떤지는 자네도 알잖아? 집구석마다 성상함(聖像函)이 있고, 성상함 앞에는 작은 램프가 켜져 있지. 숨 막힐 듯이 답답한데다 시큼한 냄새가 진동하고, 창문에는 제라늄이 있고, 객실 벽을 따라 의자들만 놓여 있어. 만약 손님이라도 오면 여주인은 마치 적군이 오기라도 한 것처럼 한숨을 푹푹 내쉬지. 거기에서 무슨 연애질을 하겠어? 이따금 나도 집 안으로 들어갈 수 없었어. 축 처진 가슴에 새빨간 사라판[15]을 입은 건장한 하녀가 현관에 떡 버티고 서서 '어디로 가시쥬?' 하고 으르렁거리는 거야. 정말이지 나는 그녀가 왜 독약을 마셨는지 전혀 이해할 수 없어. 사는 게 싫증이 났던 거야." 쿠퍼는 자신의 이야기를 철학적으로 마무리했다. 아라토프는 고개를 숙이고 앉아 있었다.

"카잔에 있는 그녀의 집 주소를 내게 줄 수 있나?" 그는 마침내 입을 열었다.

"줄 수 있지. 그러나 뭘 하려고? 거기로 편지라도 보내려고?"

"그럴지도 모르지."

---

14) 오스트로프스키의 희곡 〈살고 싶은 대로 살지 마라〉(1855)의 여주인공.
15) 러시아의 농촌 여성들이 입는 민속 의상. 소매 없는 몸체 부분과 기장이 긴 스커트가 가슴 부분까지 이어져 있는 점퍼 스커트형의 옷이다.

"그래, 그건 자네가 알아서 할 일이지. 그러나 그 노파는 읽고 쓸 줄을 모르니까 답장을 하지 않을 거야. 그런데 클라라의 언니는 정말로 똑똑하지. 그러나 친구, 나는 자네에게 또 한 번 놀랐어. 전에는 그렇게 무관심하더니만 지금은 왜 이렇게 관심이 많은 거야? 친구, 이 모든 게 자네가 고독하기 때문이야."

아라토프는 쿠퍼의 말에 아무 대답도 하지 않고 카잔의 집 주소를 호주머니에 넣고 밖으로 나왔다.

쿠퍼의 집으로 갈 때 아라토프의 얼굴에는 흥분과 놀라움과 기대가 교차했지만, 지금은 눈을 내리뜨고 모자를 눈썹까지 푹 눌러쓴 채 천천히 보폭을 맞추어 걸어갔다. 그와 마주치는 거의 모든 행인이 호기심 어린 눈길로 그를 쳐다보았다. 그러나 그는 지나가는 사람들에게 눈길을 주지 않았다. 가로수 길을 걸을 때 와는 너무 달랐다!

'불행한 클라라! 미친 클라라!'라는 말이 그의 마음속에서 울렸다.

10

그러나 아라토프는 다음날을 아주 평온하게 보냈다. 심지어 평소의 일에 열중하기까지 했다. 그러나 일할 때나 쉬고 있을 때나 그는 간밤에 쿠퍼에게서 들었던 클라라에 대해 줄곧 생각했다. 사실, 그의 생각 역시 아주 평온했다. 심리적인 관점에서 이 이상한 처녀는 수수께끼처럼 자신의 관심을 끈 것 같았고,

그것을 해결하려고 하면 머리만 아플 것 같았다. '물질적 도움을 받던 여배우와 함께 도망쳤다.' 그는 생각했다. '그 공작 부인의 보호 아래 있었고, 공작 부인의 집에서 살면서 어떤 연애 사건도 없었다고? 믿을 수 없어! 쿠퍼는 그녀가 오만하다고 했지. 그러나 첫째, 오만함은 경솔한 행동과 공존한다는 것을 우리는 알고 있어. (아라토프는 '우리는 책에서 읽었다'고 말해야만 했다.) 둘째, 그렇게 오만한 여자라면 자신을 경멸할 수도 있는 남자와 어떻게 밀회를 약속할 수 있어? 실제로 그녀는 경멸을 당했지. 공공장소에서, 그것도 가로수 길에서!' 이때 아라토프는 가로수 길에서 있었던 모든 장면을 떠올리고 자신에게 물었다.

'정말로 내가 클라라를 멸시했나? 아니야, 그건 다른 감정이었어……. 당혹감이었고, 결국 불신이었어. 불행한 클라라!' 다시 이 말이 그의 머리에 맴돌았다. '그래, 그녀는 불행해.' 그는 다시 판단을 내렸다. '그게 가장 적당한 말이야. 그렇다면 난 공정하지 못했어. 그녀는 내가 자기를 이해하지 못한다고 분명히 말했지. 애석한 일이야! 그렇게 비범한 여자가 내 옆을 스쳐 지나갔다니. 나는 그 기회를 잡지 못하고 그녀를 밀쳐 버렸어. 그러나 상관없어. 살아갈 날이 아직 창창해. 아마도 더 멋진 만남이 있을 거야.'

'그런데 왜 그녀는 날 선택했을까?' 그는 옆에 있는 거울을 힐끗 쳐다보았다. '내게 무슨 특별한 게 있나? 아니면 내가 미남인가? 여느 사람처럼 그저 그런 얼굴인데……. 그러나 그녀도 미녀는 아니지. 미녀는 아니지만 표정이 몹시 풍부한 얼굴이야.

움직이지 않는…… 표정이 풍부한 얼굴. 난 그런 얼굴을 아직 본 적이 없어. 그녀에겐 재능도 있지. 재능은 의심할 나위가 없어. 이상하고 미숙하고 심지어 거칠지만 재능은 분명 재능이야. 이 점에서 나는 그녀에게 공정하지 못했어.' 아라토프는 마음속으로 음악과 문학 마티네를 떠올렸다. 그는 그녀가 노래하고 낭송한 단어 하나하나, 억양 하나하나를 분명히 기억하고 있는 것에 대해 깜짝 놀랐다. '그녀에게 재능이 없다면 이렇게 생생하게 기억할 수가 없어. 그런데 지금 이 모든 것이 무덤 속에 있군. 그녀는 자기 자신을 무덤 속으로 밀쳐 넣었어. 그러나 내가 이 일과 무슨 상관이란 말인가? 난 잘못이 없어! 내게 잘못이 있다고 생각하는 건 우스운 일이야.' 만약 그녀가 마음속에 연정 비슷한 어떤 감정을 가지고 있었다면, 밀회 중에 그가 보인 행동은 분명 그녀를 실망시켰으리라는 생각이 다시 머릿속에 떠올랐다. 그래서 그녀는 헤어지면서 그렇게 잔인하게 웃었던 것이다. '그러나 불행한 사랑 때문에 그녀가 음독자살했다는 증거가 어디 있어? 신문기자들만이 그와 유사한 모든 죽음을 불행한 사랑 탓으로 돌리지. 클라라와 같은 기질을 가진 사람들에겐 인생이 쉽게 싫증이 나고 따분해지는 법이야. 그래, 따분해진 거야. 쿠퍼 말이 옳아. 그녀는 성공도 하고 박수갈채도 받았지만 사는 게 그저 싫증이 났던 거야.'

아라토프는 생각에 잠겼다. 그는 자신이 몰두하고 있는 심리 분석을 즐기기까지 했다. 지금까지 여자들과 전혀 접촉이 없었던 그는 한 여자의 영혼을 이렇게 열심히 분석하는 것이 자신에게 이토록 중요하리라고는 상상도 못했다.

'즉, 예술은 그녀를 만족시키지 못했고,' 그는 계속 생각했다. '삶의 공허를 채워 주지 못한 거야. 진짜 예술가들만이 예술과 연극을 위해 존재하지. 그들이 자신들의 소명이라고 생각하는 것 앞에서 다른 모든 것은 빛을 잃어버리지……. 그녀는 딜레탕트[16]였어!'

아라토프는 다시 생각에 잠겼다. '아니야. 딜레탕트란 말은 그런 얼굴, 그렇게 표정이 풍부한 얼굴이나 눈과는 어울리지 않아.'

그러자 클라라의 모습이 다시 그의 눈앞에 떠올랐다. 자기를 빤히 쳐다보던 눈물이 그렁그렁한 눈과 입술을 향해 들어 올린 꽉 움켜쥔 두 손…….

'아, 안 돼, 안 돼…….' 그는 작은 소리로 말했다. '왜 이러는 거야?'

이렇게 하루가 지나갔다. 식사를 하면서 아라토프는 플라토샤와 많은 이야기를 나누면서 지난날에 대해 이것저것 물어보았다. 그녀는 지난 일을 잘 기억하지 못했고, 말주변이 없어서 잘 전달하지도 못했다. 지금껏 살아오면서 야샤 말고는 거의 아무것도 눈여겨보지 않았던 것이다. 오늘 야샤가 몹시 친절하고 상냥해서 그녀는 그저 기분이 좋았다. 저녁 무렵에 아라토프는 고모와 몇 차례 트럼프 놀이를 할 정도로 마음이 편안했다.

이렇게 하루가 지나갔다……. 그리고 밤이 되었다!

---

16) 예술이나 학문 따위를 직업으로 하는 것이 아니고 취미 삼아 하는 사람을 이르는 말.

11

밤의 시작은 좋았다. 아라토프는 곧 잠이 들었다. 고모가 발 끝으로 걸어와서 잠든 그에게 성호를 세 번 그었다. 그녀는 매일 밤마다 이렇게 했다. 그는 자리에 누워서 마치 어린아이처럼 조용히 숨을 쉬고 있었다. 그러나 날이 새기 전에 그는 꿈을 꾸었다.

그는 낮은 하늘 아래 돌들이 깔려 있는 헐벗은 초원을 걷고 있었다. 돌들 사이로 고불고불한 오솔길이 나 있었다. 그는 이 오솔길을 따라 걷고 있었다.

갑자기 그의 앞에 뭔가 엷은 구름 같은 것이 일어났다. 그는 그것을 눈여겨보았다. 구름은 하얀 원피스를 입고 허리에 밝은 띠를 두른 여인으로 변하더니 그에게서 재빨리 멀어져 갔다. 그는 그녀의 얼굴도, 머리칼도 보지 못했다. 얼굴과 머리칼은 긴 베일에 덮여 있었다. 그러나 그는 그녀를 쫓아가서 꼭 그녀의 눈을 보고 싶었다. 그가 아무리 빨리 걸어도 그녀는 그보다 더 빨리 걸어갔다.

오솔길에는 묘석 같은 넓찍하고 평평한 돌이 놓여 있었다. 그 돌이 그녀의 길을 가로막았다. 그녀는 멈춰 섰다. 아라토프는 그녀에게 달려갔다. 그녀는 그를 향해 돌아섰지만 그는 그녀의 눈을 볼 수 없었다. 두 눈은 감겨 있었다. 그녀의 얼굴은 눈처럼 희고 창백했으며, 두 손은 움직이지 않고 매달려 있었다. 그녀는 조각상과 비슷했다.

그녀는 손발을 구부리지 않고 천천히 몸을 뒤로 젖히더니 묘석 위에 누웠다. 아라토프도 죽은 사람처럼 두 손을 가슴 위에 포갠 채 묘지의 석상처럼 온몸을 쭉 펴고 그녀 옆에 누웠다.

그러자 여인이 갑자기 일어나더니 가 버렸다. 아라토프도 일어나려고 했지만 움직일 수도 손을 펼 수도 없었다. 그는 절망에 빠져 그녀의 뒷모습만 바라볼 수밖에 없었다.

그때 여인이 갑자기 뒤돌아보았다. 그는 활기차지만 낯선 얼굴에 맑고 생기 넘치는 눈을 보았다. 그녀는 웃으면서 그에게 손짓했다. 그러나 그는 여전히 움직일 수 없었다.

그녀는 다시 한 번 웃고, 빨갛게 빛나는 작은 장미꽃으로 만든 화관을 쓴 머리를 명랑하게 흔들면서 재빨리 사라졌다.

아라토프는 소리를 지르고 무서운 악몽에서 깨어나려고 애썼다.

별안간 사방이 어두워졌다……. 여인이 그에게 되돌아왔다. 그러나 그녀는 낯선 조각상이 아니라 바로 클라라였다! 그녀는 그의 앞에 멈춰 서서 팔짱을 끼고는 엄한 눈길로 유심히 그를 바라보았다. 그녀는 입술을 꼭 다물고 있었다. 그러나 아라토프는 이런 말을 듣고 있는 듯한 느낌이 들었다.

"내가 누군지 알고 싶으면 거기로 가요!"

"어디로?" 그가 물었다.

"거기로!" 신음 소리를 내며 대답하는 소리가 들렸다. "거기로!"

아라토프는 꿈에서 깨어났다.

그는 침대에 앉아서 나이트스탠드의 초에 불을 붙였다. 그러나 일어나지는 않고 오랫동안 그렇게 앉아 있었다. 그는 온몸에 한기를 느끼고 천천히 주변을 둘러보았다. 침대에 누운 이후로 자기에게 무슨 일이 일어난 것 같았고, 무언가가 자기 안으로 들어왔던 것 같았다. 그리고 무언가가 자기를 지배했던 것 같았다.

"그러나 이게 가능한 일일까?" 그는 무의식적으로 속삭였다. "정말로 그런 힘이 존재할까?"

그는 계속 침대에 앉아 있을 수가 없었다. 그는 조용히 옷을 입고 아침이 밝아올 때까지 방 안을 서성였다. 그런데 참 이상했다! 다음날 카잔으로 가기로 결심했기 때문인지 그는 한순간도 클라라에 대해서 생각하지 않았다.

그는 오로지 이 여행만을 생각했다. 어떻게 이 여행을 할 것인가, 무엇을 가지고 갈 것인가, 거기에서 이 모든 것을 어떻게 조사하여 알아낼 것인가를 생각하자 마음이 편안해졌다. '가지 않으면 미쳐 버릴 것이다!' 그는 마음속으로 생각했다. 실제로 그는 자신의 과민한 신경을 걱정했다. 그는 거기에서 이 모든 것을 직접 눈으로 보자마자 모든 환영이 밤에 꾼 악몽처럼 사라질 것이라고 확신했다. '여행은 일주일쯤 걸리겠지.' 그는 생각했다. '일주일이 뭐 대수야? 그렇지 않으면 나는 이 모든 것에서 벗어날 수가 없어.'

떠오르는 태양이 그의 방을 환히 비추었다. 그러나 그 밝은 빛도 그를 짓누른 밤의 그림자를 거두어 가지는 못했고, 그의 결심도 바꾸지 못했다.

플라토샤는 그의 결심을 듣고 하마터면 뇌졸중을 당할 뻔했다. 그녀는 풀썩 주저앉았는데, 다리가 부들부들 떨렸다. "카잔에? 왜 카잔에 가려고?" 그녀는 안 그래도 잘 보이지 않는 눈을 부릅뜨고 속삭이듯이 말했다. 야샤가 빵 굽는 이웃 여자와 결혼해서 미국으로 간다고 했어도 그녀가 이보다 더 놀라지는 않았을 것이다.

"카잔에 오래 있을 거냐?"

"일주일 후에 돌아올 거예요." 여전히 바닥에 앉아 있는 고모 쪽으로 반쯤 돌아서서 아라토프가 대답했다.

플라토샤는 여전히 반대하려고 했다. 그러나 아라토프는 평소와는 전혀 다른 모습으로 갑자기 고모에게 소리쳤다.

"난 어린애가 아니에요!" 그의 얼굴이 창백해졌고, 입술은 벌벌 떨리고, 두 눈은 노기로 번득였다. "난 스물여섯 살입니다. 난 내가 무엇을 하는지 알아요. 난 하고 싶은 것을 할 겁니다! 난 누구의 허락도 받지 않을 거예요. 내게 여비를 주고, 여행 가방에 속옷과 옷을 챙겨 줘요. 날 괴롭히지 말아요! 일주일 후에 돌아올게요, 고모." 그는 훨씬 부드러운 목소리로 덧붙여 말했다.

플라토샤는 구시렁대며 일어나서 더 이상 반대하지 않고 자기 방으로 간신히 걸어갔다. 야샤가 그녀를 놀라게 했던 것이다. "어깨 위에 머리가 아니라 벌통이 있는 것 같아." 그녀는 야샤의 짐 싸는 것을 도와주던 여자 요리사에게 말했다. "머리에서 무슨 벌들이 윙윙거리는지 모르겠어. 조카가 카잔으로 가려고 해. 오, 맙소사, 카잔으로!" 간밤에 문지기가 경찰관과 오랫동안 뭔가에 대해 이야기하는 것을 보았던 여자 요리사는 이런 상항을 여주인에게 고하고 싶었지만 감히 그러지는 못하고 그저 생각만 했다. "카잔에 간다고? 더 멀리는 가지 않았으면 좋겠어." 플라토샤는 평소에 하던 기도도 하지 않았을 정도로 정신이 없었다. 이런 불행은 하느님도 도울 수 없었던 것이다!

그날 아라토프는 카잔으로 떠났다.

12

아라토프는 카잔에 도착해서 호텔 방을 잡자마자 미망인인 밀로비도바의 집을 찾아 나섰다. 여행하는 내내 그는 멍한 상태에 빠져 있었지만 필요한 조치는 다 취했다. 니즈니노브고로드에서는 기차에서 내려 배로 갈아탔고, 역과 다른 장소에서 식사를 했다. 그는 여전히 '거기에' 가면 모든 것이 해결되리라 확신했다. 그래서 한 가지에만 집중하면서 모든 기억이나 생각들을 쫓아 버렸다. 즉, 클라라의 가족 앞에서 이 여행의 진짜 이유를 설명하게 될 '인사말'만을 마음속으로 준비했다. 마침내 그는 목적지에 도착해서 자신의 도착을 알리라고 일렀다. 사람들은 의아해하고 놀랐지만 그를 집 안으로 들였다,

밀로비도바 부인의 집은 실제로 쿠퍼가 묘사한 그대로였다. 미망인은 관리[17]의 아내였지만, 오스트로프스키의 희곡에 나오는 상인 아내들 중 하나와 아주 흡사했다. 그녀의 남편은 8급 관

---

17) 19세기 러시아에서 정규 교사는 관리로 분류되었다.

리였다. 아라토프는 다소 어려워하면서 우선 무모하고 이상한 방문에 대해 사과부터 한 뒤, 너무 일찍 세상을 떠난 재능 있는 여배우에 관해 필요한 정보를 얻고 싶다며 준비한 인사말을 시작했다. 이렇게 찾아온 것은 괜한 호기심 때문이 아니라 자신이 숭배했던 (그는 '숭배'라고 말했다.) 여배우의 재능에 대한 깊은 연민 때문이며, 대중이 무엇을 잃어버렸는지, 대중의 희망이 왜 실현되지 않았는지 밝히지 않으면 죄가 될 것 같았기 때문이라고 말했다. 밀로비도바 부인은 아라토프의 말을 가로막지는 않았지만, 이 낯선 손님이 도대체 무슨 말을 하는지 잘 이해할 수 없었다. 그저 눈을 약간 휘둥그레 뜨고 그를 바라보았다. 그녀는 온순한 모습에 점잖게 옷을 입은 그가 불량배는 아니며 돈을 요구하지는 않을 거라고 생각했다.

"카챠 얘긴가요?" 아라토프가 말을 마치자마자 그녀가 물었다.

"그렇습니다. 부인의 따님에 대한 얘기입니다."

"그 때문에 모스크바에서 오셨나요?"

"모스크바에서 왔습니다."

"단지 그 일 때문에요?"

"예."

밀로비도바 부인이 갑자기 활기를 띠었다.

"당신은 작가입니까? 잡지에 글을 쓰나요?"

"아뇨, 저는 작가가 아닙니다. 지금까지 잡지에 글을 쓴 적은 없습니다."

미망인은 고개를 끄덕였다. 그녀는 당황하고 있었다.

"그럼, 자발적으로 온 건가요?" 갑자기 그녀가 물었다.

"연민 때문에, 재능에 대한 존경 때문에 왔습니다." 마침내 그가 말했다.

'존경'이란 말이 밀로비도바 부인의 마음에 들었다.

"그래요!" 그녀는 한숨을 내쉬며 말했다. "물론 난 그 애의 엄마죠. 그 애의 죽음을 슬퍼하고 있어요. 이런 불행한 일이 어떻게 갑자기 일어났는지! 그러나 말하지 않을 수 없군요. 그 애는 늘 무모했는데, 역시 무모한 방식으로 목숨을 끊었어요. 정말 수치스러워요. 생각해 보세요. 어떻게 엄마한테 이런 짓을 할 수 있나요? 기독교식으로 장례 지낸 것만 해도 고마울 따름이죠." 밀로비도바 부인은 성호를 그었다. "어렸을 때부터 그 애는 누구의 말도 듣지 않았어요. 가출해서 마침내 배우가 되었죠. 말로야 쉽죠. 당연히 그 애더러 집에 들어오라고 했어요. 그 애를 사랑했으니까. 어쨌든 난 그 애 엄마예요. 남들 집에서 살 필요도 없었고, 빌붙어 살 필요도 없었어요." 이렇게 말하면서 미망인은 눈물을 흘렸다. "그러나 당신이 정말 그런 의도를 가지고 있고, 우리의 명예를 훼손하지 않을 생각이라면," 그녀는 삼각 머릿수건 끝으로 눈물을 훔치면서 다시 말문을 열었다. "아니, 그 반대로 우리에게 경의를 표하고 싶다면 내 큰딸과 얘기해 보세요. 그 애는 모든 것을 나보다 더 조리 있게 얘기해 줄 거예요. 안노치카!" 밀로비도바 부인이 소리쳤다. "안노치카, 이리 와! 모스크바에서 온 어떤 손님이 카챠에 대해 얘기하고 싶어

하셔."

옆방에서 뭔가 부딪치는 소리가 났지만 아무도 나타나지 않았다.

"안노치카!" 미망인이 다시 소리쳤다. "안나 세묘노브나! 나오라니까!"

문이 살며시 열리고 문지방에 한 여자가 나타났다. 그녀는 그리 젊지 않았고, 병약한 모습에 그다지 예쁘지는 않았지만 아주 부드럽고 슬픈 눈을 가지고 있었다. 아라토프는 그녀를 향해 자리에서 일어나 자신을 소개하고는 쿠퍼가 자기 친구라고 말했다.

"아! 표도르 표도르이치요!" 그녀는 조용히 말하고 나서 살그머니 의자에 앉았다.

"그럼, 신사분과 얘기하거라." 자리에서 힘겹게 몸을 일으키며 밀로비도바 부인이 말했다. "고생하면서 일부러 모스크바에서 오셨어. 카챠에 대한 정보를 얻길 원하셔. 그럼, 나는 이만 실례하겠어요." 그녀는 아라토프를 바라보며 덧붙여 말했다. "집안 일이 있어서…… 안노치카가 잘 얘기해 줄 거예요. 극장에 대해서나 다른 모든 것에 대해서요. 이 애는 똑똑하고 교양도 있어요. 프랑스 말도 하고 책도 읽죠. 죽은 여동생 못지않아요. 이 애가 여동생을 키웠다고 말할 수 있어요. 나이가 많았으니까 여동생을 가르쳤죠."

밀로비도바 부인은 물러갔다. 안나 세묘노브나와 둘이 남게 되자 아라토프는 다시 인사말을 했다. 그는 자기 앞에 있는 안나가 상인의 딸이 아니라 정말 교양 있는 여자라는 것을 첫눈에 알아채고는 대화의 범위를 약간 넓혀서 다른 표현을 사용했다. 대화가 끝날 즈음에 그는 흥분해서 얼굴을 붉혔고, 심장이 두근거리는 것을 느꼈다. 안나는 손을 포개고 그의 말을 가만히 들었다. 슬픈 미소가 그녀의 얼굴에서 떠나지 않았다. 그녀의 미소에는 고통에서 벗어나지 못한 쓰디쓴 슬픔이 어려 있었다.

"내 동생을 아시나요?" 그녀가 아라토프에게 물었다.

"아뇨, 잘 아는 건 아닙니다." 그가 대답했다. "그녀와 한 번 만나서 그녀의 얘기를 들었어요……. 그러나 당신 여동생은 한 번 보고 얘기해 보면 알 수 있어요……."

"동생의 전기를 쓰고 싶으세요?" 안나가 다시 물었다.

아라토프는 이런 질문을 예상하지 못했지만 즉시 대답했다. "그럼요, 그러나 무엇보다 그녀를 대중에게 알리고 싶습니다."

안나는 손짓을 하며 그의 말을 막았다.

"도대체 왜죠? 안 그래도 대중은 그 애에게 많은 슬픔을 주었어요. 카챠는 이제 막 인생을 시작했었어요. 그러나 만약 당신이, (안나는 아라토프를 바라보며 다시 슬픈 미소를 지었다. 그러나 훨씬 다정한 미소였다. 마치 그를 믿을 만한 사람이라고 생각한 것 같았다.) 만약 당신이 그 애에게 정말로 관심이 있다면 오늘 저녁 식사 후에 우리 집에 오세요. 지금은 말할 수 없어요. 너무 뜻밖이라…… 힘을 내도록…… 노력할게요……. 아, 나는 그 애를 너무 사랑했어요!"

안나는 얼굴을 돌리고 막 흐느껴 울려고 했다.

아라토프는 재빨리 의자에서 일어나 그녀의 제안에 감사를 표하고 저녁에 꼭, 꼭 오겠다고 말했다. 그리고 조용한 목소리와 부드럽고 슬픈 눈의 인상을 마음속에 지니고 벌써 기다림에 애를 태우며 집에서 나왔다.

13

그날 저녁, 아라토프는 밀로비도바 부인 집으로 다시 가서 꼬박 세 시간 동안 안나 세묘노브나와 얘기를 했다. 밀로비도바 부인은 두 시에 식사를 한 후 잠자리에 들어서 저녁 티타임인 일곱 시까지 휴식을 취했다. 아라토프와 클라라 언니와의 대화는 사실 대화라고 할 수 없었다. 그녀는 처음엔 머뭇거리며 당황했지만 곧 걷잡을 수 없는 열정으로 거의 혼자 말하다시피 했다. 분명 그녀는 자기 여동생을 숭배하고 있었다. 아라토프가 그녀에게 심어 준 믿음은 더욱 커지고 강해졌다. 그녀는 더 이상 부끄러워하지 않았고, 심지어 아라토프 앞에서 두어 번이나 말없이 눈물을 흘리기까지 했다. 그녀는 자신의 솔직한 이야기와 심정 토로를 아라토프가 들을 자격이 있다고 생각하는 것 같았다. 그녀의 쓸쓸한 인생에서 이런 일이 아직 한 번도 없었던 것이다! 그는 그녀의 모든 말을 유심히 들었다.

그는 많은 것을 알게 되었다. 물론 그녀의 암시적인 말을 통해서 많은 것을 알게 되었고, 그 자신이 많은 부분을 채워 넣었다.

어린 시절에 클라라는 분명히 불쾌한 아이였다. 처녀 시절엔 조금 부드러워졌지만 여전히 고집이 세고 성미가 급하고 자존심이 강했다. 그녀는 아버지와도 잘 지내지 못했고, 술꾼이자 무능하다며 아버지를 무시했다. 아버지도 이것을 알았고, 결코 그녀를 용서하지 않았다.

그녀의 음악적 재능은 일찍 나타났다. 아버지는 그녀의 음악적 재능을 키워 주지 않았고, 그림만을 예술로 인정했다. 아버지는 그림 분야에서 큰 성과를 거두지는 못했지만, 그림은 그자신과 가족의 생계 수단이었다. 클라라는 엄마를 사랑했다. 그러나 유모를 사랑하듯이 마음 내키는 대로 사랑했다. 비록 언니와 싸우고 물어뜯기도 했지만 클라라는 언니를 숭배했다. 실제로 나중에 클라라는 언니 앞에 무릎을 꿇고 자기가 깨문 자리에 입을 맞추었다. 클라라 자체가 온통 불이고 열정이고 모순이었다. 복수심이 강하면서 친절했고, 관대하면서도 원한은 결코 잊지 않았다. 그녀는 운명을 믿었지만 신을 믿지는 않았다. (안나는 이 말을 속삭이면서 두려움에 몸을 떨었다.) 클라라는 아름다운 모든 것을 사랑했지만, 자기 미모에 대해서는 별로 신경을 쓰지 않았고 되는대로 옷을 입었다. 그녀는 젊은이들이 자기 뒤를 쫓아다니는 것을 참지 못했지만, 책을 읽을 때는 사랑을 다룬 부분만을 읽고 또 읽었다. 그녀는 사랑받기를 원치 않았고, 애정 어린 말과 행동을 좋아하지 않았다. 그러나 한번 모욕당하면 그것을 잊지 않았듯이, 애정 어린 말과 행동도 결코 잊지 않았다. 그녀는 죽음을 두려워했지만 자살했다! 이따금 그녀는 이렇게 말하곤 했다.

"난 내가 원하는 사람을 만나지 못할 거야. 그러나 다른 사람은 필요 없어!"

"만약 네가 원하는 사람을 만난다면?" 안나가 묻곤 했다.

"그런 사람을 만나면…… 가질 거야."

"가질 수 없다면?"

"음, 그땐 자살할 거야. 나는 쓸모없는 여자니까."

클라라의 아버지는 (그는 술 취한 눈으로 아내에게 묻곤 했다. "이 가무잡잡한 작은 악마는 누구 애야? 내 애가 아니야!") 가능하면 빨리 클라라를 내보내려고 했다. 그래서 아주 어리석고 젊은 부자 상인에게 시집보내려고 했다. 그 남자는 소위 '교양 있는' 멍청이들 중 하나였다. 그러나 결혼식 2주 전에 (그녀는 겨우 열여섯 살이었다) 그녀는 약혼자에게 가서 팔짱을 끼고 손가락으로 팔꿈치를 톡톡 두드리다가 (그녀가 좋아하는 자세였다.) 갑자기 크고 힘센 손으로 그의 장밋빛 뺨을 후려쳤다! 그는 펄쩍 뛰어올랐다가 그저 입을 쩍 벌렸다. 그는 그녀를 몹시 사랑한다고 말해야만 했지만 '왜 이래?' 하고 물었다. 그러자 그녀는 웃음을 터트리고는 가버렸다.

"난 그 방 안에 있었어요." 안나가 말했다. "목격자였죠. 그 애를 뒤쫓아 가서 '왜 그랬니?' 하고 물었죠. 그 애는 대답했어요. '그가 진짜 남자였다면 날 때려야 했어. 그러나 가엾은 사람이었어! 그 사람은 '왜 이래?' 하고 묻더군. 만약 그가 날 사랑하고 복수할 마음이 없었다면 그저 참으면서 '왜 이래?'라고 묻지는 말았어야 해. 그는 내게서 아무것도 얻지 못할 거야, 영원히!' 이렇게 그 애는 그 남자와 결혼하지 않았어요. 이런 일이 있고 나서 그 애는 곧 그 여배우와 사귀더니 집을 나갔죠. 엄마는 한동안 울었지만 아버지는 그저 이렇게 말했어요. '고집 센 산양은 무리에서 내쳐야 해!' 아버지는 그 애를 걱정하지도, 찾지도 않았어요. 아버지는 클라라를 이해하지 못했죠. 가출하기 전날 밤에 클라라는 거의 숨이 막힐 정도로 날 꼭 껴안고 계속 이렇게 되뇌었어요. '난 어쩔 수 없어. 달리 어쩔 수 없어! 심장이 두 동강으로 찢어지지만 어쩔 수 없어. 언니의 새장은 좁아서 날갯짓을 할 수 없어! 자기 운명은 피할 수가 없는 거야.' 이 일이 있고 나서 우린 좀처럼 보지 못했어요. 아버지가 돌아가셨을 때 그 애는 이틀 동안 다니러 왔는데, 유산은 아무것도 갖지 않았어요. 그리고 다시 사라졌죠. 우리랑 같이 있는 게 괴로웠던 거죠. 난 그걸 알 수 있었어요. 그 뒤에 그 애는 배우가 되어서 카잔으로 왔어요."

아라토프는 클라라가 출연했던 연극과 역할, 그리고 그녀의 성공에 대해 꼬치꼬치 캐묻기 시작했다. 안나는 슬퍼했지만 열심히, 자세하게 대답해 주었다. 그녀는 클라라가 자기 역할을 위해 무대의상을 입고 있는 사진도 보여 주었다. 사진 속의 클라라는 관객을 외면하듯이 바라보고 있었고, 리본으로 땋은 숱이 많은 머리채는 맨 어깨 위로 뱀처럼 흘러내리고 있었다. 아라토프는 이 사진을 오랫동안 들여다보았고, 사진이 클라라와 닮았다고 생각했다. 그는 클라라가 공개 낭독에도 참여했는지 물어보았고, 그녀가 공개 낭독에는 참여하지 않았다는 걸 알아냈다. 클라라는 극장과 무대에서의 자극이 필요했던 것이다. 그러나 또 다른 질문이 혀끝에서 맴돌았다.

"안나 세묘노브나!" 마침내 그는 크지는 않지만 특별히 목소리에 힘을 주어 소리쳤다. "제발 말해 줘요! 왜…… 왜 그녀는 그런 끔찍한 행동을 결심했죠?"

안나는 눈을 내리떴다.

"몰라요!" 몇 초 후에 그녀가 말했다. "정말 몰라요!" 아라토프가 자기를 믿지 못하겠다는 듯이 두 손을 펼치는 것을 보고 그녀는 재빨리 말을 이었다. "모스크바에서 여기에 도착한 날부터 그 애는 생각에 잠겨 우울해했어요. 모스크바에서 그 애에게 무슨 일이 일어난 게 분명했지만 나는 짐작조차 할 수 없었죠. 그러나 반대로, 그 운명의 날에 그 애는 보통 때보다 더 쾌활하진 않았지만 더 침착했던 것 같아요. 나는 전혀 예감조차 하지 못했으니까요." 안나는 마치 자책하듯이 씁쓸하게 웃으면서 덧붙여 말했다.

"아시겠어요?" 그녀는 다시 말문을 열었다. "카챠는 태어날 때부터 불행한 운명을 타고난 것 같았어요. 그 애는 어릴 때부터 그걸 확신했죠. 그 앤 한 손으로 턱을 괴고 생각에 잠겨 말하곤 했어요. '나는 오래 살지 못할 거야!' 그 애는 예감했던 거죠. 자기에게 무슨 일이 일어날지 때론 꿈속에서, 때론 직감으로 미리 알았다고 상상해 보세요! '내가 원하는 대로 살 수 없다면 살 필요가 없어.' 그 애는 말하곤 했어요. '우리 인생은 우리 손안에 있으니까!' 그 애는 자기 말을 증명해 보였어요!"

안나는 두 손으로 얼굴을 가리고 입을 다물었다.

"안나 세묘노브나," 잠시 후에 아라토프가 말하기 시작했다. "아마 당신은 신문들이 내세운 그녀의 자살 이유에 대해 들었을 겁니다."

"불행한 사랑 때문이라고요?" 얼굴에서 손을 떼더니 안나가 말을 끊었다. "그건 중상이고 거짓말이에요! 순결하고 자부심이 강한 나의 카챠가…… 카챠가 사랑을 거절당했다니요! 내가 어찌 알겠어요? 모두가 그 애를 사랑했는데…… 그 애가, 그 애가 여기에서 누구를 사랑했겠어요? 이 모든 사람 중에 그 애의 사랑을 받을 만한 사람이 누가 있었겠어요? 자신의 모든 결점에도 불구하고 그 애가 언제나 지향했던 정직과 진실, 특히 순결의 이상에 그 누가 도달할 수 있었겠어요? 그 애의 사랑을 거부했다니…… 그 애의 사랑을……."

안나의 목소리가 끊겼다. 그녀의 손가락이 살짝 떨리기 시작했다. 갑자기 그녀의 얼굴이 분노로 온통 빨개졌다. 이 순간, 정말 순간적으로 그녀는 자기 여동생과 비슷해 보였다.

아라토프는 사과하려고 했다.

"당신은 이런 중상을 절대로 믿어서는 안 돼요." 안나가 다시 그의 말을 막았다. "가능하다면 중상을 없애 버려야만 해요! 당신은 그 애에 관한 글을 쓰고 싶다고 하셨으니 그 애에 대한 평판을 변호할 수 있을 거예요. 그래서 이렇게 솔직하게 말하고 있는 겁니다. 그런데 카챠는 일기를 남겼어요."

아라토프는 흠칫 몸을 떨었다.

"일기라……." 그가 작은 소리로 말했다.

"그래요, 일기…… 그저 몇 장밖에 안 돼요. 카챠는 쓰는 것을 좋아하지 않았죠. 몇 달 동안 아무것도 쓰지 않은 적도 있어요. 그 애가 쓴 글은 아주 짧아요. 그러나 그 애는 항상, 항상 진실했고 거짓말을 하지 않았어요. 자존심이 강한 애가 어떻게 거짓말을 할 수 있겠어요! 일기를 당신에게 보여 줄게요. 그 일기 속에 어떤 불행한 사랑의 암시라도 있는지 직접 보세요!"

안나는 책상 서랍에서 열 장쯤 되는 얇은 노트를 급히 꺼내어 아라토프에게 내밀었다. 아라토프는 덥석 그 노트를 낚아챘고, 활달하고 고르지 못한 필체를 알아보았다. 바로 그 익명 편지의 필체였다. 그는 혹시나 하는 마음으로 노트를 펼쳤는데, 곧장 이런 문장이 눈에 들어왔다.

"모스크바, 화요일, 6월 **일. 문학 마티네에서 노래하고 낭송했다. 오늘은 내게 뜻깊은 날이다. 그는 내 운명을 결정해야만 한다. (이 문장은 두 번이나 밑줄이 그어져 있었다.) 나는 다시 보았다……." 그 다음 몇 줄은 꼼꼼하게 지워져 있었다. 그 다음은 이랬다. "안 돼! 안 돼! 안 돼! ……할 수만 있다면 예전으로 다시 돌아가야만 해……."

아라토프는 노트를 들고 있던 한 손을 내리고 머리를 조용히 가슴에 떨구었다.

"읽어 봐요!" 안나가 소리쳤다. "왜 읽지 않는 거죠? 처음부터 읽어 보세요. 일기는 2년 동안 쓴 것이지만, 다 읽는데 겨우 5분밖에 안 걸려요. 카잔에서 그 애는 아무것도 기록하지 않았어요."

아라토프는 천천히 의자에서 일어나더니 갑자기 안나 앞에 무릎을 꿇었다.

안나는 깜짝 놀라고 당황해서 그저 멍하니 있었다.

"주세요…… 이 일기장을 내게 주세요!" 아라토프는 꺼져 가는 목소리로 말하기 시작했다. 그리고 안나를 향해 두 손을 뻗었다. "일기장을 내게 줘요……. 사진도…… 아마, 당신은 다른 사진을 갖고 있겠죠. 일기장은 돌려줄게요……. 난 일기장이 필요해요……."

그의 간청과 일그러진 얼굴에는 뭔가 절망 같은 것이 배어 있었다. 그 절망은 심지어 분노와 고통과 비슷했다. 그는 정말로 괴로워하고 있었다. 그는 이런 불행이 자기에게 일어나리라고는 짐작조차 할 수 없었다. 이제 그는 흥분한 나머지 자기를 용서하고 살려 달라고 빌었다.

"주세요!" 그가 되뇌었다.

"그렇군요……. 당신은…… 당신은 내 동생을 사랑했나요?" 마침내 안나가 물었다.

아라토프는 계속 무릎을 꿇고 있었다.

"나는 그녀를 겨우 두 번 보았어요. 믿어 줘요! 만약 나 자신도 이해할 수 없고, 잘 설명할 수 없는 뭔가가 날 자극하지 않았다면, 만약 나보다 더 강한 어떤 힘이 날 짓누르지 않았다면…… 당신에게 간청하지도 않았을 테고, 여기에 오지도 않았을 겁니다. 내게 필요해요. 꼭 필요해요……. 내가 그녀의 진짜 모습을 재현해야 한다고 당신도 말했잖아요!"

"그럼, 당신은 내 여동생을 사랑하지 않았나요?" 그녀가 다시 물었다.

아라토프는 곧장 대답하지 않았다. 그는 괴로운 듯이 몸을 약간 돌렸다.

"음, 그래요! 사랑했어요! 사랑했어! 난 지금도 그녀를 사랑해요." 그는 역시 절망적으로 외쳤다.

옆방에서 발걸음 소리가 들렸다.

"일어나세요…… 일어나세요……." 안나가 서둘러 말했다. "엄마가 이리로 오고 있어요."

아라토프는 엉거주춤 일어났다.

"부디 이 일기장과 사진을 가져가세요. 불쌍한, 불쌍한 카챠! 그러나 일기장은 돌려주세요." 그녀는 활기를 띠며 덧붙였다. "그리고 만약 뭔가를 쓰게 되면 내게 꼭 보내 주세요. 아시겠죠?"

밀로비도바 부인이 나타나는 바람에 아라토프는 안나의 말에 꼭 대답하지 않아도 되었다. 그러나 그는 작은 소리로 말했다.

"당신은 천사요! 고마워요! 뭐라도 쓰게 되면 모두 보낼게요."

잠이 덜 깬 밀로비도바 부인은 아무것도 눈치채지 못했다.

이렇게 해서 아라토프는 프록코트 옆 주머니에 일기장과 사진을 집어 넣고 카잔을 떠났다. 나중에 그는 안나에게 일기장을 돌려주었다. 그러나 안나가 눈치채지 못하게 밑줄 쳐진 문장이 있는 페이지를 찢어 내고 돌려주었다.

모스크바로 돌아오는 길에 그는 다시 망연자실했다. 여행의 목적을 달성한 것을 속으로 기뻐했지만, 클라라에 대한 모든 생각은 집에 도착할 때까지 일단 접어 두기로 했다. 그는 클라라의 언니인 안나에 대해 훨씬 더 많이 생각했다.

'훌륭하고 호감이 가는 여자야! 그녀는 모든 것을 아주 섬세하게 이해하고, 정말로 사랑스런 마음을 지니고 있고, 이기적인 데라고는 조금도 찾아볼 수 없어. 우리나라의 지방에서, 그것도 그런 환경에서 그런 처녀들이 훌륭하게 성장하고 있다니! 그녀는 병약하고 그리 예쁘지도 젊지도 않지만, 점잖고 교양 있는 남자에게 정말로 좋은 친구가 될 수 있을 거야. 그녀도 누군가를 사랑하게 되겠지.'

아라토프는 이런 생각을 하고 있었다. 그러나 모스크바에 도착했을 때는 모든 것이 전혀 다른 방향으로 전개되었다.

14

플라토니다 이바노브나는 조카가 돌아와서 형용할 수 없을 만큼 기뻤다. 그녀는 그가 없는 동안 별별 생각을 다 했다. '기껏해야 시베리아에 가겠지!' 그녀는 자기 방에 꼼짝 않고 앉아서 속삭였다. '기껏해야 일 년이겠지!' 게다가 요리사는 이웃에 사는 젊은이들의 실종에 대한 아주 믿을 만한 소식을 전하면서 그녀를 겁에 질리게 했다. 노파는 너무 순진하고 온순한 야샤가 안심이 안 되었다. '사진을 공부한다고 해 봐야 소용없어! 그 애를 잡아갈 거야!' 그런데 야샤가 다치지 않고 온전히 돌아온 것이다! 사실 그녀는 야샤가 몸이 마르고 얼굴이 파리해졌다고 생각했다. 당연하지…… 돌봐 줄 사람이 없었을 테니까. 그러나 그녀는 그의 여행에 대해 감히 캐묻지는 못했다. 식사를 하면서 그녀가 물었다.

"카잔은 좋은 도시더냐?"

"좋은 도시예요." 아라토프가 대답했다.

"아마 거기엔 타타르 인들만 살고 있지?"

"타타르 인들만 사는 건 아니에요."

"거기에서 타타르 인이 입는 가운은 가져왔니?"

"아뇨, 안 가져왔어요."

그들의 대화는 이렇게 끝났다.

그러나 아라토프는 자기 서재에 혼자 있게 되자마자 자기가 마치 주변의 뭔가에 사로잡혀 있고, 다시 어떤 힘, 즉 다른 생명, 다른 존재의 영향 아래 있다고 느꼈다. 갑자기 열광해서 자기가 클라라를 사랑했다고 안나에게 말했지만, 지금 그 말은 그에게 무의미하고 망측하게 여겨졌다. 아니다. 그는 사랑에 빠지지 않았다. 그녀가 살아 있을 때조차도 그는 그녀를 좋아하지 않았고 거의 잊었었는데, 어떻게 죽은 여자와 사랑에 빠질 수 있단 말인가? 그는 그녀를 사랑하지 않았다! 그렇다! 그러나 지금 그는 '그녀'의 영향 아래 있고, 더 이상 그 자신의 것이 아니다. 그는 '사로잡혀' 있다. 완전히 '사로잡힌' 그는 자신의 어리석음을 조롱하면서도 이런 상태에서 벗어나려고 하지 않았다. 이 모든 것은 지나갈 것이고, 이건 그저 신경과민일 뿐이라고 확신은 아니더라도 스스로 희망하면서, 그리고 자신이 사로잡혀 있다는 확실한 증거를 찾아내어 이런 상태에서 벗어나려고 시도조차 하지 않았다.

"그런 남자를 만나면 나는 그를 가질 거야." 그는 안나가 전해준 클라라의 말을 떠올렸다. 어쨌든 그는 이렇게 사로잡혀 있다. '그녀는 죽지 않았는가! 그렇다. 그녀의 육체는 죽었다. 그럼, 영혼은? 영혼은 불멸이라고 하지 않는가! 영혼은 자기 힘을 보여 주기 위해 육체가 필요한가? 최면술은 산 사람의 영혼이 다른 산 사람의 영혼에 영향을 미칠 수 있음을 우리에게 증명했다. 영혼이 살아 있다면 왜 이런 영향이 사후에 지속될 수 없단 말인가? 그러나 무엇을 위해? 이런 영향에서 무슨 일이 생길까? 우리는 주변에서 일어나는 모든 것의 목적을 이해할 수 있는가?' 아라토프는 차를 마시며 이런 생각에 잠겨 있다가 갑자기 플라토샤에게 영혼의 불멸성을 믿느냐고 물었다. 처음에 그녀는 아라토프가 도대체 무엇을 묻는지 이해하지 못했다. 잠시 후 그녀는 성호를 긋고 나서 대답했다.

"물론 영혼은 불멸이지. 어떻게 영혼이 유한할 수 있겠니?"

"그렇다면 영혼은 사후에 영향을 미칠 수 있나요?" 다시 아라토프가 물었다.

노파는 그럴 수 있다고 대답했다. 즉, 최후의 심판을 기다리면서 모든 시련과 고통을 겪은 후에야 영혼은 우리를 위해 기도해 줄 수 있다는 것이다. 사후 처음 사십 일 동안 영혼은 자신이 죽은 곳 주변을 그저 떠돌아다닌다는 것이다.

"처음 사십 일 동안요?"

"그래, 그 다음에 고통과 시련이 뒤따르지."

아라토프는 고모의 지식에 매우 놀랐다. 그는 자기 방으로 갔다. 그리고 다시 자신을 지배하는 동일한 힘을 느꼈다. 클라라의 형상이 그의 앞에 끊임없이 나타나는 걸 보면 이 힘의 영향력을 알 수 있었다. 그녀가 살아 있을 때는 보지 못했던 아주 세세한 부분들까지도 그는 볼 수 있었다. 그는 그녀의 손가락, 손톱, 관자놀이 아래 뺨 위에 늘어진 머리카락, 왼쪽 눈 밑의 작은 점, 입술과 콧구멍과 눈썹의 움직임을 보았다. 그리고 그녀의 걸음걸이와 머리를 약간 오른쪽으로 기울인 모습도 보았다. 그는 그녀의 모든 것을 보았다! 이 모든 것을 황홀한 마음으로 바라본 것은 아니었다. 그저 이 모든 것에 대해 생각하지 않을 수 없었고, 보지 않을 수 없었다. 집에 돌아온 첫날 밤에 그는 그녀의 꿈을 꾸지 않았고, 너무 피곤해서 깊은 잠을 잤다. 그러나 그가 잠에서 깨어나자마자 그녀는 다시 그의 방 안으로 들어왔고, 마치 여주인처럼 방 안에 머물렀다. 그녀는 그에게 묻거나 허락도 받지 않고 마치 자살로 이런 권리를 산 것 같았다. 그는 그녀의 사진을 집어 들고 복사하여 확대하기 시작했다. 그러고 나서 그 사진을 입체경에 맞춰 볼 생각을 했다. 꽤나 고생을 해서 마침내 사진을 입체경에 맞추었다. 입체경을 통해 그녀의 몸과 비슷한 형체를 보고 그는 부르르 몸을 떨었다. 그 모습은 마치 먼지를 뒤집어쓴 것처럼 회색이었다. 게다가 눈은…… 눈은 마치 그를 외면하듯이 여전히 옆을 바라보고 있었다. 그는 자기를 쳐다보기를 기다리듯이 아주 오랫동안 그 눈을 바라보았다. 심지어 그는 실눈을 뜨고 자세히 들여다보았다. 그러나 그 눈은 움직이지 않았고, 그녀의 전체 모습은 어떤 인형의 모습을 하고 있었다. 그는 몇 걸음 걸어가 안락의자에 털썩 주저앉았다. 그리고 그녀의 일기장에서 찢어 낸, 밑줄 친 문장이 있는 종이를 꺼내 들고 생각했다. '사랑에 빠진 사람들은 사랑하는 사람이 손으로 쓴 글에 입을 맞춘다고들 한다. 그런데 난 그렇게 하고 싶지 않아. 게다가 이 글씨체는 아름답지 않아. 그러나 이 구절에는 그녀에 대한 나의 선고가 포함되어 있어.'

이때 클라라에 대한 기사와 관련하여 안나에게 했던 약속이 머릿속에 떠올랐다. 그는 책상에 앉아 기사를 쓰려고 했다. 그러나 그가 쓴 글은 모두 아주 거짓되고 수사적으로 보였다. 특히 너무 가식적이었다. 그는 자신이 쓴 글도 느낌도 믿지 못했다. 클라라도 낯설고 이해할 수 없는 여자로 보였다! 그는 그녀를 쉽게 이해할 수 없었다. '아니야!' 그는 펜을 내던지며 생각했다. '글을 쓰는 것은 내 일이 아니야. 아직 기다려야만 해.' 그는 밀로비도바 부인 집의 방문과 안나…… 친절하고 훌륭한 안나의 얘기를 모두 떠올리기 시작했다. 그녀가 말한 '순수한'이란 단어가 갑자기 생각났다. 마치 이 단어가 그를 태워 버리고 그의 마음을 환하게 비춘 것 같았다.

"그래." 그는 큰 소리로 말했다. "그녀는 순수하고, 나도 순수해. 바로 이것이 그녀에게 이런 힘을 주었어!"

영혼의 불멸과 저승에서의 삶에 대한 생각이 다시 그에게 떠올랐다. 성경에는 이런 말이 있지 않은가! "죽음아, 너의 독침은 어디에 있느냐?" 그리고 실러가 말했다. "죽은 자들도 살리라!" 또 미츠케비치[18]도 이렇게 말했다. "내 생이 끝날 때까지 사랑하고, 내 생이 끝난 후에도 사랑하리라!" 어떤 영국 작가는 "죽음은 사랑보다 더 강하다."고 말했다. 성경 구절이 특히 아라토프에게 영향을 주었다. 그는 이 구절이 성경 어디에 나오는지 찾아보고 싶었다. 그러나 성경 책을 가지고 있지 않아서 그는 플라토샤에게 가서 성경 책을 빌려 달라고 했다. 그녀는 놀랐지만 오그라든 가죽으로 장정되고 구리 걸쇠가 달린 오래된 책을 꺼내 왔다. 그녀는 촛농으로 얼룩진 성경 책을 그에게 건넸다. 그는 성경 책을 자기 방으로 가져왔지만 오랫동안 그 구절을 찾지 못했다……. 그 대신에 다른 구절이 우연히 눈에 들어왔다. "벗을 위하여 제 목숨을 바치는 것보다 더 큰 사랑은 없다."(요한복음 15장 13절)

그는 생각했다. '이렇게 말해서는 안 돼. '더 큰 사랑은 없다.'가 아니라 '더 큰 힘은 없다.'고 말했어야만 해.'

'그러나 그녀가 날 위해 자기 목숨을 버린 것이 아니라면? 그저 삶이 괴로워서 자살했다면? 결국 사랑을 고백하려고 밀회에 나왔던 것이 아니라면?'

그러나 그 순간, 가로수 길에서 헤어지기 전 클라라의 모습이

---

18) 폴란드의 위대한 시인(1798~1855).

그 앞에 나타났다. 그는 그녀의 슬픈 표정과 눈물을 떠올렸다. 그리고 "아, 당신은 아무것도 이해하지 못했어요!"라는 그녀의 말도 떠올렸다.

아니다! 그는 그녀가 왜, 누구를 위해 목숨을 버렸는지 의심할 수 없었다.

하루가 이렇게 지나갔고, 밤이 찾아왔다.

15

아라토프는 특별히 자고 싶지 않았지만 일찍 잠자리에 들었다. 그는 침대에서 평온을 찾고 싶었다. 긴장된 신경 상태는 여행이나 길에서의 육체적 피로보다 훨씬 더 견딜 수 없는 피로를 그에게 안겨 주었다. 몹시 피곤했지만 잠들 수가 없었다. 그는 책을 읽으려고 했지만 글들이 눈앞에서 뒤엉켜 버렸다. 촛불을 끄자 방 안에 어둠이 깔렸다. 그는 눈을 감은 채 잠을 이루지 못하고 계속 누워 있었다. 그때 누군가가 그의 귀에 대고 속삭이는 것 같았다. '심장이 뛰고 피가 흐르는구나.' 그는 생각했다. 그 속삭임은 조리 있는 말로 바뀌었다. 누군가 러시아 어로 다급하고 애처롭게, 그리고 불명료하게 말하고 있었다. 그는 한 단어도 알아들을 수 없었다. 그건 클라라의 목소리였다!

아라토프는 눈을 뜨고 일어나 앉아서 팔꿈치를 괴고 몸을 기대었다. 목소리는 점점 희미해졌지만 계속 빠르고 애처롭게, 그리고 여전히 불명료하게 말하고 있었다.

이건 분명 클라라의 목소리였다!

누군가의 손가락이 피아노 건반을 치며 가벼운 화음을 연주했다. 그러자 목소리가 다시 말하기 시작했다. 마치 신음 소리처럼 더욱 길게 늘어지는 소리가 들렸다. 계속 똑같은 소리였다. 이윽고 단어가 만들어지기 했다. "장미, 장미, 장미……."

'장미'라는 단어가 다시 들렸다.

"당신이오?" 아라토프는 똑같이 속삭이는 소리로 물었다.

갑자기 목소리가 멎었다.

아라토프는 기다리고 또 기다렸다. 그리고 베개 위로 머리를 떨구었다. '환청이야.' 그는 생각했다. '그러나 만약…… 만약 그녀가 여기, 가까이에 있다면? 만약 내가 그녀를 보게 된다면 무서워해야 하나? 아니면 기뻐해야 하나? 그러나 왜 내가 무서워해야 하지? 왜 기뻐해야 하지? 이건 그저 다른 세계의 존재와 영혼의 불멸을 증명할 뿐이야. 하지만 설령 내가 뭔가를 보았다고 해도 그것 역시 환각일 거야.'

그는 촛불을 켜고 다소 두려움을 느끼며 재빨리 방 안을 둘러보았다. 방 안에는 이상한 것이 아무것도 없었다. 그는 일어나서 입체경이 있는 곳으로 갔다. 다시 옆을 바라보고 있는 똑같은 인형이 있었다. 아라토프의 마음속에서 공포감이 분노의 감정으로 바뀌었다. 마치 자신의 기대가 어긋난 것 같고 우스워 보였다. '정말이지 이건 어리석은 짓이야!' 그는 다시 침대로 돌아가면서 중얼거렸다. 그리고 입김을 불어 촛불을 껐다. 다시 방 안에 깊은 어둠이 깔렸다.

아라토프는 이번에는 잠을 자기로 작정했다. 그러나 마음속에 새로운 느낌이 일어났다. 누군가가 방 한가운데, 침대 가까운 곳에 서서 들릴락 말락 숨을 쉬고 있는 것 같았다. 그는 재빨리 몸을 돌려 눈을 떴다. 그러나 지척을 분간할 수 없는 어둠 속에서 무엇을 볼 수 있겠는가! 그는 침대 곁 작은 탁자 위에서 성냥을 더듬더듬 찾기 시작했다. 갑자기 부드럽고 소리 없는 회오리바람이 방 전체를 가로지르며 자기 몸을 뚫고 지나간 것 같았다. "나야!"라는 단어가 그의 귓가에 분명히 들렸다.

"나야! ……나야! ……."

몇 초가 지나서 그는 겨우 촛불을 켰다.

방 안에는 다시 아무도 없었다. 자기 심장이 불규칙하게 쿵쿵 뛰는 소리만 들렸다. 그는 물 한 잔을 들이켰다. 그리고 손으로 머리를 괸 채 꼼짝하지 않고 기다렸다.

그는 생각했다. '난 기다릴 거야. 이 모든 것이 어리석은 일이든, 그녀가 여기에 있든……. 그녀는 나랑 고양이와 쥐처럼 쫓고 쫓기는 놀이를 하지는 않겠지!' 그는 기다리고 또 기다렸다. 너무 오래 기다려서 머리를 받치고 있던 손이 저릴 정도였다. 그러나 예전의 느낌들 중 어떤 것도 반복되지 않았다. 졸려서 눈이 두어 번 감겼지만 즉시 눈을 떴다……. 어쨌든 눈을 떴다고 느꼈다. 그의 눈이 조금씩 문 쪽을 향하더니 문에 고정되었다. 촛불이 다 타서 꺼져 가고 있었다. 방 안은 다시 어두워지기 시작했다. 문은 어스름 속에서 길고 하얀 반점처럼 보였다. 그때 반점이 가볍게 흔들리고 작아지더니 사라져 버렸다. 그 자리에, 문지

방 위에 여인의 모습이 나타났다. 아라토프는 유심히 바라보았다. 바로 클라라였다! 이번엔 그녀가 그를 똑바로 쳐다보며 그를 향해 움직였다. 그녀는 머리에 장미꽃 화환을 쓰고 있었다. 그는 온몸을 부르르 떨고 나서 엉거주춤 일어나 앉았다.

그의 앞에 큼직한 붉은 나비 댕기가 달린 나이트캡을 쓰고 하얀 재킷을 입은 고모가 서 있었다.

"플라토샤!" 아라토프는 간신히 말했다. "고모예요?"

"그래, 나다." 플라토니다 이바노브나가 대답했다. "나야, 야샤, 나라고!"

"왜 오셨어요?"

"너 때문에 잠에서 깼어. 처음엔 마치 신음하는 것 같더니 갑자기 '살려 줘요! 도와줘요!' 하고 소리치더구나."

"제가 소리쳤다고요?"

"그래, 소리쳤어. '살려 줘요!' 하고 목이 쉬도록 외쳤어. 그래서 네가 어디 아픈 게 아닌가 하고 이렇게 왔단다. 괜찮니?"

"정말 괜찮아요."

"그래, 악몽을 꾼 게 틀림없어. 향을 좀 피워 줄까?"

아라토프는 다시 한 번 고모를 유심히 쳐다보았다. 그리고 큰 소리로 웃기 시작했다. 나이트캡에 재킷을 걸치고 겁에 질린 긴 얼굴을 한 선량한 노파의 모습은 정말이지 몹시 우스꽝스러웠다. 그를 에워싸고 짓눌렀던 모든 신비한 것들 —이 모든 마법이 순식간에 사라져 버렸다.

"아니에요, 고모. 필요 없어요." 그가 말했다. "저도 모르게 고모에게 걱정을 끼쳐 드렸네요. 죄송해요. 이제 편히 주무세요. 저도 잘게요.”

플라토니다 이바노브나는 그 자리에 잠시 서 있다가 촛불을 가리키며 투덜거렸다. “왜 촛불을 끄지 않는 거야? 큰일 나려고!” 그녀는 방을 나서면서 멀리서나마 조카를 위해 성호를 그었다.

아라토프는 곧 잠이 들었고, 아침까지 잤다. 뭔가 섭섭하긴 했지만 그는 상쾌한 기분으로 일어났다. 마음이 가볍고 자유로웠다. ‘이 얼마나 낭만적인 생각인가!’ 그는 미소를 지으며 자신에게 말했다. 그는 한 번도 입체경을 들여다보지 않았고, 일기장에서 찢어 낸 종이도 보지 않았다. 그러나 아침을 먹자마자 그는 쿠퍼에게 갔다.

무엇이 자기를 쿠퍼에게 끌어당겼는지…… 아라토프는 어렴풋이 느끼고 있었다.

16

아라토프의 쾌활한 친구는 집에 있었다. 아라토프는 쿠퍼와 잠시 잡담을 나누고 나서 자기와 고모를 완전히 잊어버렸다며 친구를 비난했다. 그리고 쿠퍼로부터 훌륭한 공작 부인에 대한 새로운 찬사를 들었다. 쿠퍼는 방금 야로슬라블에 있는 공작 부인한테서 물고기 비늘 수를 놓은 망건 모양의 모자를 받았던 것이다. 아라토프는 갑자기 쿠퍼 앞에 앉더니 그의 눈을 똑바로 처다보면서 자기가 카잔에 갔다 왔다고 말했다.

"자네가 카잔에 갔다 왔다고? 왜?"

"난 그…… 그 클라라 밀리치에 관한 정보를 얻고 싶었어."

"음독자살한 그 여자?"

"그래."

쿠퍼는 머리를 흔들었다.

"어, 이 친구 봐라! 샌님인 줄 알았는데, 이리저리 천 킬로미터나 돌아다녔다고……. 무엇 때문에? 응? 거기에 관심 있는 여자라도 있다면 또 몰라. 그렇다면 모든 걸 이해하지. 모든 걸, 어떤 미친 짓이라도." 쿠퍼는 자기 머리칼을 헝클어트렸다. "그런데 자네 같은 식자들이 흔히 말하듯이, 그저 자료를 수집하러 갔다 왔단 말이지……. 말도 안 돼! 그런 일은 통계위원회나 하는 거야. 그래, 무슨 일이 있었어? 노파와 클라라의 언니는 만났나? 정말 훌륭한 여자지?"

"훌륭한 여자야." 아라토프가 되뇌었다. "그녀는 흥미로운 얘기를 많이 해 줬어."

"클라라가 어떻게 독을 마셨는지 자네에게 말해 주던가?"

"그러니까…… 어떻게?"

"그래, 어떤 방법으로?"

"아니…… 그녀는 여전히 깊은 슬픔에 잠겨 있었어. 나는 감히 캐물을 수가 없었네. 그런데 무슨 특별한 것이라도 있었나?"

"물론 있었지. 상상해 봐! 그날 클라라는 공연을 해야만 했고, 공연을 했어. 그녀는 독이 든 작은 유리병을 가지고 극장에 갔고, 1막이 시작되기 전에 그걸 마셨지. 그리고 1막이 끝날 때까지 연기를 했어. 몸 안에 독이 퍼진 채! 의지력이 대단하지 않나? 정말 강인한 성격이지! 그녀가 그런 감정과 열정으로 연기한 적이 한 번도 없었다고들 하더군. 관객들은 아무것도 의심하지 않고 손뼉을 치며 그녀의 이름을 불러 댔어. 막을 내리자마자 그녀는 바로 무대 위에 쓰러졌어. 고통으로 몸을 비틀고…… 몸부림치며…… 한 시간이 지나서 그녀는 숨을 거두었어. 그런데 내가 자네에게 이런 얘기를 안 했던가? 신문에도 났었는데."

아라토프의 손이 갑자기 차가워졌고 가슴이 떨렸다.

"아니, 얘기하지 않았어." 마침내 아라토프가 말했다. "그게 어떤 연극이었는지 알고 있나?"

쿠퍼는 생각에 잠겼다.

"무슨 연극이라고 말했는데…… 그 연극에는 배신당한 여자가 나와. 아마 무슨 비극이었을 거야. 클라라는 비극적인 역할을 위해 태어났어. 그녀의 외모도…… 그런데 자네 어디 가려고?" 쿠퍼는 아라토프가 모자를 집어 드는 것을 보고 말을 멈추었다.

"어쩐지 몸이 좋지 않아." 아라토프가 대답했다. "잘 있게. 다음에 또 들를게."

쿠퍼는 그를 멈춰 세우고 얼굴을 힐끗 쳐다보았다.

"이봐, 자넨 신경과민이야. 자네 얼굴을 좀 봐. 백짓장처럼 하얘졌어."

"몸이 좋지 않아." 아라토프는 이렇게 되뇌고는 쿠퍼의 손에서 빠져나와 자기 집으로 향했다. 이 순간, 그는 자기가 오직 클라라…… 미친 클라라, 불행한 클라라에 대해 얘기하기 위해 쿠퍼의 집에 갔다는 것을 분명히 깨달았다.

그러나 집에 도착해서 그는 다시 어느 정도 마음의 평온을 되찾았다.

클라라의 죽음을 불러온 상황은 처음엔 그에게 강한 인상을 주었다. 그러나 쿠퍼가 표현한 대로 '몸 안에 독을 넣고' 연기한 것은 부자연스럽고 무모한 장면처럼 보였다. 그는 혐오감 비슷한 감정이 일어날까 봐 이것에 대해 생각하지 않으려고 애썼다. 플라토샤와 마주 앉아 식사를 하다가 그는 한밤중에 나타난 고모, 짧은 재킷, 곧추선 나비 댕기가 달린 모자, (왜 나비 댕기를 나이트캡에 매달았을까?) 그리고 이 모든 우스꽝스런 모습을 갑자기 떠올렸다. 그러자 환상적인 발레에서 기관차의 기적 소리에 환상이 깨지듯이 그의 모든 환상이 사라져 버렸다. 심지어 그는 플라토샤가 어떻게 그의 외침을 듣고 깜짝 놀라 침대에서 일어났는지, 어떻게 자기 방 문이나 그의 방 문을 단번에 찾을 수 없었는지 거듭 얘기하도록 했다. 저녁에 그는 고모와 잠시 카드놀이를 했고, 약간 울적해져서 자기 방으로 갔지만 곧 마음이 꽤나 평온해졌다.

아라토프는 다가오는 밤에 대해 생각하지도 두려워하지도 않았다. 그는 밤을 아주 잘 보낼 거라고 확신했다. 이따금 클라라에 대한 생각이 마음속에 떠오르곤 했다. 그러나 곧바로 그녀가 얼마나 '부자연스럽게' 자살했는지를 생각하고는 다른 것에 관심을 돌렸다. 이런 '흉측한 짓'을 떠올리다 보니 그녀에 대해 다른 회상을 할 수 없었다. 입체경을 슬쩍 쳐다보고 나서 그는 그녀가 '창피해서' 옆을 바라보았을 거라고 생각했다. 입체경 바로 위쪽 벽 위에 그의 어머니의 초상화가 걸려 있었다. 아라토프는 못에서 그 초상화를 떼어 내 오랫동안 살펴보다가 초상화에 입을 맞추고 조심스럽게 서랍 속에 집어 넣었다. 왜 그랬을까? 초상화가 그 여자와 가까이 있어서는 안 되었기 때문인지, 아니면 다른 이유 때문인지…… 아라토프 자신도 분명히 알지 못했다.

그러나 어머니의 초상화는 그의 마음속에 아버지에 대한 기억을 불러일으켰다. 그는 바로 이 방, 이 침대에서 숨을 거두는 아버지를 보았다. '아버지, 이 모든 것에 대해 무슨 생각을 하고 계세요?' 그는 속으로 아버지에게 말했다. '아버지는 이 모든 것을 이해하셨고, 실러가 말한 영혼의 세계를 믿으셨죠? 제게 조언해 주세요!'

"아버지, 이 모든 어리석은 짓을 그만두라고 조언하고 싶으시죠?" 아라토프는 큰 소리로 말하고 책을 집어 들었다. 그러나 오랫동안 책을 읽을 수 없었다. 온몸에 어떤 묵직한 피로를 느끼면서 그는 금방 잠들 거라고 확신하고 평소보다 일찍 잠자리에 들었다.

그는 곧 잠이 들었다……. 그러나 편안한 밤에 대한 그의 기대는 실현되지 않았다.

17

한밤중이 되기도 전에 그는 벌써 이상하고 무서운 꿈을 꾸었다.

그는 부유한 지주의 집에 있는 것 같았고, 그 집의 주인이었다. 최근에 그는 이 집과 이 집에 딸린 모든 영지를 사들였다. '좋아, 지금은 좋지만 곧 나쁜 일이 생길 거야.' 그는 계속 생각했다. 그의 주변에서 키가 작은 관리인이 뱅뱅 돌면서 계속 웃고 굽실거리며 집과 영지의 모든 것이 얼마나 잘 관리되고 있는지 아라토프에게 보여 주고 싶어 했다. '자, 자, 보십시오.' 관리인은 말을 할 때마다 히히거리며 되뇌었다. '만사가 다 잘 되고 있습니다. 여기 이 말들 좀 보십시오. 정말 훌륭하죠!' 아라토프는 일렬로 선 커다란 말들을 보았다. 말들은 그를 등지고 마구간에 서 있었다. 말갈기와 꼬리가 정말 멋졌다. 그러나 그가 옆을 지날 때 말들은 그를 향해 머리를 돌리고 상스럽게 이빨을 드러냈다. '좋아……' 아라토프는 생각했다. '그러나 나쁜 일이 생길 거야!' '자, 자, 정원으로 오세요.' 관리인이 다시 말했다. '사과가 얼마나 탐스러운지 보세요!' 사과는 정말로 둥글고 탐스럽고 붉었다. 그러나 아라토프가 쳐다보자마자 사과는 쭈글쭈글해지고 땅에 떨어졌다. '나쁜 일이 생길 거야.' 그는 생각했다. '여기 호수도 있어요.' 관리인이 종알거렸다. '정말 푸르고 잔잔하죠! 여기 황금으로 만든 작은 배도 있습니다. 타 보시겠어요? 이 배는 저절로 움직이지요.' '나는 타고 싶지 않아.'

아라토프는 생각했다. '나쁜 일이 생길 거야.' 그러나 그는 배에 올라탔다. 바닥에는 원숭이 비슷한 어떤 작은 동물이 몸뚱이를 비틀고 앉아 있었다. 그 동물은 검은 액체가 담긴 유리병을 앞발로 잡고 있었다. '걱정하지 마세요.' 관리인이 강가에서 소리쳤다. '별것 아니에요! 그건 죽음이에요! 좋은 여행이 되시길!' 배는 빠르게 나아갔다. 그러나 갑자기 회오리바람이 일었다. 어젯밤의 부드럽고 소리 없는 회오리바람이 아니라 시커멓고 무시무시한, 윙윙 울부짖는 회오리바람이었다. 주변의 모든 것이 뒤엉켰다. 휘몰아치는 어둠 속에서 아라토프는 무대의상을 입은 클라라를 보았다. 그녀는 작은 유리병을 입술로 가져갔고, 멀리서 '브라보! 브라보!'를 외치는 소리가 들렸다. 누군가가 거친 목소리로 아라토프의 귀에 대고 소리쳤다. '아! 자네는 이 모든 것이 코미디로 끝날 거라고 생각했지? 아니야, 이건 비극이야! 비극!'

온몸을 부들부들 떨면서 아라토프는 꿈에서 깨어났다. 방 안은 어둡지 않았다. 어디선가 희미한 불빛이 흘러 들어와 슬프고 고요하게 모든 물건을 비추었다. 아라토프는 이 빛이 어디에서 흘러 들어오는지 알 수 없었다. 그는 단 하나만을 느꼈다. 클라라가 여기, 이 방 안에 있다는……. 그는 그녀의 존재를 느꼈고, 그녀의 힘에 다시, 영원히 사로잡힌 것이다!

그의 입술에서 비명이 터져 나왔다.

"클라라, 당신 여기에 있소?"

"네!" 불빛이 고요하게 비추인 방 한가운데서 목소리가 분명하게 들렸다.

아라토프는 조용히 자신의 질문을 되뇌었다.

"네!" 다시 목소리가 들렸다.

"당신을 보고 싶소!" 그는 비명을 지르며 침대에서 뛰어내렸다.

그는 몇 초 동안 맨발로 차가운 바닥을 딛고 그 자리에 서 있었다. 그는 두리번거리며 방 안을 둘러보았다.

"어디에 있소? 어디에?" 그는 속삭이듯이 말했다.

아무것도 보이지 않았고, 아무 소리도 들리지 않았다.

그는 주위를 둘러보고 나서 방 안에 가득한 희미한 불빛이 작은 램프에서 흘러나온 것임을 알았다. 아마 그가 잠자고 있는 동안 플라토샤가 종이로 램프를 덮어 씌워서 방구석에 놓아둔 것 같았다. 그는 향내도 맡았다. 아마 이것도 그녀의 작품일 것이다.

그는 급히 옷을 입었다. 침대 속에서 계속 잠을 잔다는 건 생각조차 할 수 없었다. 그는 방 한가운데 서서 두 팔을 포갰다. 클라라의 존재가 어느 때보다 더 강하게 느껴졌다.

그는 주문을 외듯이 작지만 엄숙한 목소리로 천천히 말하기 시작했다.

"클라라, 당신이 정말 여기에 있다면, 당신이 날 보고 있다면, 당신이 내 말을 듣고 있다면 모습을 드러내! 만약 날 짓누르는 이 힘이 정말 '당신'의 힘이라면 모습을 드러내! 내가 당신을 이해하지 못하고 밀쳐 낸 것을 얼마나 쓰라리게 후회하고 있는

지 당신이 안다면 모습을 드러내! 만약 내가 들었던 목소리가 정말 당신 목소리라면, 날 사로잡았던 감정이 사랑이라면, 만약 당신이 내가, 지금까지 어떤 여자도 사랑하거나 알지 못했던 내가 당신을 사랑하고 있다는 걸 확신한다면, 만약 당신이, 당신이 죽은 후에 내가 얼마나 열정적으로, 그리고 필사적으로 당신을 사랑했는지 안다면, 만약 당신이 내가 미치기를 원치 않는다면 모습을 드러내! 클라라!"

마지막 말을 다 마치기도 전에 아라토프는 갑자기 누군가가 뒤에서 —마치 그때, 그 가로수 길에서처럼— 자기에게 다가와 어깨 위에 한 손을 얹어 놓는 것을 느꼈다. 그가 돌아섰지만 아무도 없었다. 그러나 그녀의 존재를 너무나 분명하고 생생하게 느낀 그는 다시 한 번 재빠르게 주위를 둘러보았다.

이건 또 무슨 일인가? 그로부터 두 걸음 떨어진 그의 안락의자에 온몸에 검은 옷을 걸친 여인이 앉아 있었다. 그녀는 입체경에서처럼 옆으로 머리를 기울이고 있었다. 바로 그녀였다! 클라라였다! 그녀는 너무나 엄숙하고 우울한 얼굴을 하고 있었다.

아라토프는 조용히 무릎을 꿇었다. 그렇다. 이 순간 그가 옳았다. 그는 두려움도 기쁨도 느끼지 못했고, 심지어 놀라움도 느끼지 못했다. 그의 심장은 더 천천히 뛰었다. 그는 오직 하나만을 의식하고 느꼈다. '아! 마침내! 마침내!'

"클라라." 그는 약하고 침착한 목소리로 말문을 열었다. "왜 당신은 날 보지 않는 거요? 나는 당신이라는 걸 아오. 그러나 '저 여자와 비슷한'(그는 한 손으로 입체경을 가리켰다.) 형상을 나의 상상력이 만들어 냈다고 생각할 수도 있으니, 내 앞에 있는 여자가 바로 당신이라는 것을 증명해 주오. 날 향해 얼굴을 돌려서 날 쳐다봐요, 클라라!"

클라라는 천천히 한 손을 들어 올렸다가 다시 떨어트렸다.

"클라라, 클라라! 날 좀 쳐다봐!"

그러자 클라라는 조용히 고개를 돌리고 내리뜬 눈꺼풀을 열어서 검은 눈으로 아라토프를 빤히 쳐다보았다.

그는 약간 뒤로 물러서서 떨리는 목소리로 길게 비명을 질렀다.

"아!"

클라라는 그를 유심히 바라보았다. 그러나 그녀의 얼굴과 눈은 예전처럼 엄숙하고 생각에 잠겨 있었고, 거의 화난 표정을 짓고 있었다. 그 문학 마티네가 있던 날, 그녀는 바로 이런 표정을 하고 무대에 등장했었다. 그녀가 그를 만나기 이전이었다. 그때와 똑같이 그녀는 갑자기 얼굴을 붉히고 활기를 띠더니 눈을 반짝였다. 명랑하고 의기양양한 미소가 그녀의 입술에 번졌다.

"나는 용서받았다!" 아라토프가 외쳤다. "당신이 이겼어……. 날 가져! 난 당신 것이고, 당신은 내 것이니까!"

그는 그녀에게 달려들어 의기양양하게 미소를 머금은 그녀의 입술에 입맞춤하고 싶었다. 그는 그녀의 입술에 입을 맞추었다. 입술과 입술이 뜨겁게 스치는 것이 느껴졌고, 심지어 그녀의 이에서 배어 나온 촉촉한 냉기도 느껴졌다. 환희에 찬 외침이 어스레한 방 안에 울려 퍼졌다.

플라토니다 이바노브나가 방으로 달려와 보니 조카는 실신해 있었다. 무릎을 꿇은 채 머리는 안락의자 위에 기대고 있었고, 앞으로 뻗은 팔은 힘없이 축 늘어져 있었다. 창백한 얼굴은 그지없는 행복에 취해 있었다.

플라토니다 이바노브나는 끝내 그의 옆에 쓰러져서 그를 껴안고 중얼거렸다.

"야샤, 야셴카!" 그녀는 뼈가 앙상한 손으로 그를 들어 올리려고 했지만 꼼짝하지 않았다. 그러자 그녀는 평소와 다른 목소리로 소리치기 시작했다. 하녀가 방 안으로 달려왔다. 그들은 둘이서 간신히 그를 들어 올려 안락의자에 앉히고 물을 뿌리기 시작했다. 심지어 성화 앞에 놓인 성수(聖水)까지 뿌렸다.

아라토프는 정신을 차렸다. 그러나 고모의 물음에는 그저 미소만 지었다. 조카의 얼굴이 너무나 행복한 걸 보고 그녀는 더욱 불안해져서 조카와 자신을 위해 성호를 그어 댔다. 마침내 아라토프는 그녀의 손을 물리치고 여전히 행복한 미소를 지으며 말했다.

"왜 그러세요? 플라토샤, 무슨 일이에요?"

"너야말로 무슨 일이냐, 야셴카?"

"저요? 저는 행복…… 행복해요, 플라토샤. 요는 제가 행복하다는 거예요. 이제 누워서 자고 싶어요."

그는 일어서려고 했지만 다리와 온몸이 약해진 것을 느꼈다. 고모와 하녀가 도와주지 않았다면 그는 옷을 벗지도 못하고, 잠자리에 들지도 못했을 것이다. 그는 여전히 행복하고 환희에 찬 표정을 짓고 곧 잠이 들었다. 그러나 얼굴만은 몹시 창백했다.

18

다음날 아침, 플라토니다 이바노브나가 그의 방 안으로 들어왔을 때 그는 여전히 어제와 똑같은 상태였다. 허약한 모습도 그대로였고, 심지어 계속 침대에 누워 있고 싶어 했다. 플라토니다 이바노브나는 그의 창백한 얼굴이 특히 마음에 들지 않았다. '아, 왜 저 애 얼굴에 핏기가 없는 거지?' 그녀는 생각했다. '수프도 안 먹고, 자리에 누워 웃으면서 내내 괜찮다고만 하고 있으니.' 그는 아침도 거절했다.

"무슨 일이냐, 야샤? 온종일 누워만 있을 거야?" 그녀가 물었다.

"그러면 좀 어때요?" 아라토프는 상냥하게 대답했다.

플라토니다 이바노브나는 이런 상냥함도 마음에 들지 않았다. 아라토프는 매우 유쾌하고 커다란 비밀을 알고 있으면서 혼자서 그 비밀을 열심히 지키고 간직하고 있는 사람처럼 보였다. 그는 초조함이 아닌 호기심을 가지고 밤을 기다리고 있었다. '다음에는 뭘까?' 그는 자문했다. '무슨 일이 일어날까?' 그는 놀라지도 당황하지도 않았다. 그는 자신이 클라라와 연결되어 있고, 둘이 서로 사랑하고 있음을 의심하지 않았다. '다만…… 이 사랑이 앞으로 어떻게 될까?' 그는 간밤의 입맞춤을 떠올렸다. 그러자 이상한 냉기가 빠르고 달콤하게 온몸을 스쳐 지나갔다.

'그런 입맞춤은 로미오와 줄리엣도 나누지 못했어!' 그는 생각했다. '그러나 다음번에 나는 더 잘 견딜 거야. 그녀를 소유할 거야……. 그녀는 검은 곱슬머리 위에 작은 장미꽃 화환을 쓰고 오겠지…….

다음엔 어떻게 될까? 우리는 같이 살 수 없는 걸까? 그녀와 함께 있으려면 나는 죽어야만 하나? 그래서 그녀가 여기에 온 것이 아닐까? 날 몹시 갖고 싶어 하는 것이 아닐까? 그래, 죽어야만 한다면 죽어야지. 이제 죽음은 전혀 무섭지 않아. 죽음은 날 파멸시킬 수 있을까? 반대로 나는 저승에서 행복해질 거야……. 그녀가 행복하지 않았듯이 나도 이 세상에서 행복하지 않았어. 우리 둘이는 순결하니까! 아! 그 입맞춤!'

* * *

플라토니다 이바노브나는 계속 아라토프의 방을 들락거렸지만 이런저런 질문으로 그를 괴롭히지는 않았다. 그저 그를 바라다보며 속삭이듯 말하고 한숨을 내쉬다가 다시 방을 나가곤 했다. 그는 식사도 거부했는데…… 이건 아주 나쁜 징조였다. 노파는 자기가 알고 지내는 지방 의사를 데리러 갔다. 그녀는 이 의사가 단지 술을 마시지 않고, 독일 여자와 결혼했기 때문에 그를 믿었다. 아라토프는 고모가 의사를 데려왔을 때 깜짝 놀랐다. 그러나 플라토니다 이바노브나는 파라몬 파라몬느이치

(의사는 이렇게 불렀다.)의 진찰을 받아 보라고 야센카에게 끈질기게 애원했다. 그저 고모를 기쁘게 하려고 아라토프는 동의했다. 의사는 그의 맥을 짚어 보고 혀를 들여다보더니 몇 가지 질문을 했다. 그리고 마침내 '청진'을 해야 한다고 말했다. 아라토프는 온순한 성격이라서 이것에도 동의했다. 의사는 능숙하게 가슴 위까지 옷을 걷어 올리고 섬세하게 가슴을 두드리며 청진을 하고 흠, 흠 소리를 냈다. 그는 물약과 여러 가지 약을 섞어 만든 약제를 처방해 주고, 무엇보다 안정을 취하고 흥분하지 말라고 충고했다. '그래요!' 아라토프는 생각했다. '그런데 좀 늦었소, 의사 양반!'

"야샤에게 무슨 일이죠?" 플라토니다 이바노브나는 문지방에서 3루블짜리 지폐를 의사에게 건네면서 물었다. 모든 신식 의사들, 특히 제복을 입은 의사들처럼 학술 용어를 과시하길 좋아했던 그 지방 의사는 그녀의 조카가 신경성 심장통 굴절 광학 증상에다 열이 있다고 말했다.

"의사 양반, 좀 더 쉽게 말해 줘요." 플라토니다 이바노브나가 의사의 말을 막았다. "라틴 어로 겁주지 말아요. 여기는 약국이 아니니까!"

"심장이 좋지 않아요. 열도 있고……." 이렇게 말하고 나서 의사는 환자를 안정시키고 흥분하게 하지 말라고 다시 충고했다.

"위험하지는 않죠?" 플라토니다 이바노브나는 준엄하게 (다시 라틴 어로 말하지 말라고 말하는 듯이) 물었다.

"아직은 뭐라 말할 수 없습니다."

의사는 돌아갔다. 플라토니다 이바노브나는 슬픔에 잠겼지만 약을 사러 약국으로 사람을 보냈다. 그녀의 간청에도 불구하고 아라토프는 약을 먹지 않았다. 그는 가슴에 좋은 차도 거절했다.

"고모, 왜 그렇게 걱정하세요?" 그가 그녀에게 말했다. "단언컨대 저는 지금 온 세상에서 가장 건강하고 행복한 사람이에요!"

플라토니다 이바노브나는 그저 머리를 흔들 뿐이었다. 저녁 무렵에 그에게 약간 열이 났다. 그러나 그는 고모더러 자기 방에 있지 말고 그녀의 방에 잠을 자러 가라고 고집을 피웠다. 그녀는 조카의 말에 따랐지만 옷도 벗지 않고 눕지도 않았다. 그리고 안락의자에 앉아서 계속 귀를 기울이고 소곤소곤 기도를 올렸다.

그녀가 막 잠이 들려고 했을 때 갑자기 무시무시하고 날카로운 비명이 그녀를 깨웠다. 그녀는 벌떡 일어나 아라토프의 서재로 달려갔다. 그는 어젯밤처럼 바닥에 누워 있었다.

그의 의식을 되돌리려고 온갖 노력을 다했지만 지난밤처럼 의식을 되찾지는 못했다. 그날 밤에 그는 심장 염증으로 인한 고열에 시달렸다.

며칠 후에 그는 숨을 거두었다.

그가 두 번째로 정신을 잃었을 때 이상한 일이 있었다. 그를 들어 올려 침대에 눕혔을 때 꽉 쥐고 있던 그의 오른손에 여자의 검은 머리카락 몇 올이 있었다. 이 머리카락은 어디에서 났을까? 안나 세묘노브나는 클라라가 남긴 그런 머리카락을 가지고 있었다. 그러나 어째서 그녀가 그렇게 소중한 것을 아라토프에게 줄 수 있었을까? 그녀는 어찌하다가 일기장 속에 머리카락을 넣어 두었는데, 일기장을 아라토프에게 빌려 줄 때 그 머리카락을 발견하지 못했던 것일까?

죽기 직전에 헛소리를 하면서 아라토프는 자기를 독약을 마신 로미오라고 불렀다. 그리고 완전한 결혼에 대해 말했고, 환희가 무엇인지 이제야 알겠다고 말했다. 아라토프가 약간 정신을 차리고 침대 옆에 있는 플라토샤를 쳐다보며 이렇게 말했을 때 그녀는 정말 무서웠다.

"고모, 왜 우세요? 제가 죽어야만 해서요? 사랑은 죽음보다 더 강하다는 걸 모르세요? 죽음! 죽음아, 너의 독침은 어디에 있느냐? 울지 마세요, 기뻐해야 해요. 제가 기뻐하듯이……."

죽어 가는 아라토프의 얼굴에 다시 행복한 미소가 빛났다. 가련한 노파는 이 행복한 미소를 보고 너무나 무서워졌다.

어린 라로크

La petite Roque

Guy de Maupassant

기 드 모파상 지음 | 정숙현 옮김

성한 창작욕을 바탕으로 〈두 친구〉, 〈여자의 일생〉, 〈벨 아미〉, 〈피에르와 장〉 등의 장편소설과
〈목걸이〉를 비롯해 무려 300여 편에 이르는 중·단편소설을 남겼으며, 대중적인 성공을 거두어
들인 동시에 문학사에서도 중요한 작가로 평가받았다.
* 〈어린 라 로크〉는 삶의 아이러니와 탐욕을 조명하였으며, 모파상의 사실주의적 면모와 삶에
대한 성찰을 잘 보여 준 작품으로, 이번에 한국 최초로 번역되었다.

✝

ı

　동네 사람들이 친근하게 메드리라 부르는 보병 출신 메데릭 롱펠은 평소와 같은 시간에 로이르토르 우체국을 나섰다. 메데릭은 군인처럼 큰 걸음으로 작은 마을을 통과한 뒤 초원을 가로질러 브랭딜 강가로 향했고, 거기에서 물길을 따라 카르블랭 마을에 도착해서는 편지를 배달하기 시작했다.

　거품이 일고 으르렁 소리를 내며 끓어오르는 듯한 버드나무들이 강가 주위의 하늘을 뒤덮고 있는 수풀 지대로 미끄러지듯 빠져나와, 메데릭은 물이 흐르는 좁은 강 옆을 재빠르게 지나쳤다. 강물의 흐름을 방해하는 거대한 암석들 주위에는 거품들로 매듭을 마무리한 넥타이 모양으로 물이 똬리를 틀고 있었다. 나뭇잎 아래로, 칡넝쿨들 밑으로, 녹음이 우거진 수풀 지붕 밑으로 흐르며 사방에서 분노의 기운을 띠면서도 부드럽게 큰 소리를 내는 것은 높이 30센티미터가량의 눈에 잘 보이지 않는 아주 작은 폭포들이었다. 거기서 조금 멀리 시선을 돌리면 경사면이 점점 넓어지고, 이윽고 잔잔한 작은 호수 하나를 보게 된다. 조용히 흐르는 시냇물의 끝부분에서 완연히 푸르른 나뭇잎들이 물결치는 가운데 송어들이 헤엄치고 있다.

'첫 번째 편지 배달은 푸아브롱 가(家)고, 그 다음 편지는 르나르데 씨 댁이니까 저 울창한 숲을 가로질러야겠구나.'라는 생각에 골몰하면서 메데릭은 한눈을 팔지 않고 걸었다.

허리에 검은 가죽 허리띠를 둘러맨 푸른 작업복 차림의 그는 버드나무로 만들어진 푸른 울타리를 지나가는 정기 급행열차처럼 보였다. 단단한 호랑가시나무 지팡이가 그의 걸음걸이를 따라 옆에서 보조를 맞추고 있었다.

그는 이쪽 끝과 저쪽 끝을 통나무 한 개로 연결하고, 양쪽의 경사면에 박아 넣은 두 개의 말뚝에 붙들어 매인 밧줄만이 난간 역할을 하는 다리를 건너 브랭딜 강을 지나쳤다.

이 근방에서 가장 부유한 지주이면서 카르블랭의 면장인 르나르데 씨가 소유한 이 나무숲은 낡고 거대한 기둥처럼 곧게 자라는 관목들로 이루어진 일종의 삼림지대였는데, 거대한 나뭇잎 지붕이 좌우의 경계를 표시해 주고 있었다. 이 삼림지대는 시냇물의 왼편 강가를 따라 2킬로미터에나 걸쳐 늘어서 있었다. 굵은 소관목들이 물이 흐르는 방향을 따라 햇빛을 받으며 자라고 있었다. 하지만 나무숲 아래에는 이끼만이 자라고 있었는데, 그 이끼들은 두툼하고 부드러우며 물렁물렁하기도 했다. 이 이끼들 때문에 나무 썩는 냄새와 곰팡이 냄새가 대기 여기저기에 퍼져 있었다.

메데릭은 걷는 속도를 늦추면서 붉은 계급 줄이 둘러진 검은 군모를 벗고는 이마의 땀을 닦아 냈다. 이제 겨우 오전 8시였음에도 목초지에서는 벌써 기온이 올라가고 있었다.

모자를 다시 쓰고 걸음을 빨리하려고 했을 때 그는 나무 밑동 근처에서 칼 한 자루를 발견했는데, 그것은 어린이용 작은 칼이었다. 칼을 집어 든 그는 이어 바느질용 골무를 발견하였고, 거기서 두 걸음쯤 거리에 떨어져 있는 바늘 상자도 보게 되었다.

그는 이 물건들을 집어 들면서 '면장님께 이 물건들을 맡겨야겠구나.' 하고 생각했다. 그러고는 다시 걷기 시작했다. 그러나 그는 그 이후 눈을 더 크게 떴고, 또 다른 물건을 발견하지 않을까 두리번거리며 걸음을 옮겼다.

그러던 중 그는 나무 벽에 부딪힌 것처럼 갑자기 멈추어 섰다. 그의 앞으로 열 걸음쯤 떨어진 이끼 위에 벌거벗은 채 누워 있는 아이의 몸을 보았기 때문이다. 열두 살쯤 되어 보이는 여자아이였다. 아이의 팔은 축 늘어져 있었고, 두 다리는 벌어진 상태였으며, 얼굴은 손수건으로 덮여 있었다. 허벅지에는 피가 조금 얼룩져 있었다.

소리 내는 것이 겁을 내는 것이기라도 하다는 듯, 알지 못하는 일을 할 때 으레 두려워하듯이, 메데릭은 발끝을 들어 조심스레 걸음을 옮겨 아이의 몸을 향해 다가갔다. 이윽고 그의 두 눈은 더할 수 없이 커졌다.

이게 대체 무슨 일일까? 아마 이 여자아이는 잠을 자고 있는 거겠지? 그러나 이내 메데릭은 일반적으로 아침 7시 반에 선선한 나무 그늘 아래에서 사람들이 이렇게 옷을 다 벗은 채 잠을 자지는 않는다는 사실을 떠올렸다. 그렇다면 이 여자아이는 죽은 것이다. 그는 범죄 현장을 발견한 것이다. 여기에 생각이 미치자 과거 군에 복무한 적이 있음에도 불구하고 차가운 전율이 그의 전신을 훑고 지나갔다. 이 지방에서 살인은 상당히 드문 일이었고, 게다가 아동 살인은 말할 것도 없어서 그는 자신의 두 눈을 믿을 수가 없었다. 그러나 한편, 다리에 말라붙은 피를 제외하고는 그 여자아이에게서 그 어떤 상처도 보이지 않았다. 그렇다면 이 아이는 어떻게 죽은 것일까?

그는 여자아이 근처에 멈춰 서 있었다. 자신의 지팡이에 몸을 기댄 채 아이를 바라보았다. 그 고장 주민들을 전부 알고 있었기에 그 여자아이는 그가 알고 있는 아이임에 분명했다. 하지만 얼굴을 확인할 수 없어 아이의 이름을 짐작해 낼 수가 없었다. 아이의 얼굴을 덮고 있는 손수건을 걷어 내기 위해 몸을 구부리다가 갑자기 어떤 생각이 들어 그는 손을 내민 채 잠시 동작을 멈추었다.

공식적인 조사가 시작되기 전에 시신의 상태를 훼손할 수 있는 행동을 할 권리가 그에게 있는 것일까? 그는 평소에 사법기관이란 어떤 것도 벗어날 수 없으며, 심지어 배에 맞은 칼침 한 방만큼이나 잃어버린 단추 하나도 중요하게 생각하는 군대의 장군과도 같다는 생각을 하고 있었다. 저 손수건을 걷어 내면서 사람들은 아마 결정적 단서를 발견하게 될지도 모른다. 전문가가 아닌 사람이 만지면 저 손수건은 결국 증거물로써의 가치를 잃게 될지도 모른다.

그래서 그는 다시 자리에서 일어나 면장 댁을 향해 뛰기 시작했다. 하지만 또 다른 생각이 다시금 그의 발걸음을 붙잡았다.

혹시라도 저 여자아이가 아직 살아 있는 것이라면, 저 아이를 저런 상태로 방치해서는 안 된다. 신중을 기하기 위해 여자아이와 충분히 떨어진 거리에서 그는 아주 천천히 무릎을 꿇고서는 아이의 발을 향해 손을 뻗었다. 아이의 발은 얼음장처럼 차가웠다. 그 발은 시신에 대한 공포를 느낄 정도로, 또한 더 이상 의심의 여지가 없을 정도로 끔찍하게 차가웠다. 집배원 메데릭이 나중에 회상한 바에 따르면, 아이의 발을 만지고서 그는 심장이 튀어나오고 입에 침이 마르는 듯한 느낌을 받았다고 한다. 갑자기 몸을 일으킨 그는 르나르데 씨의 집을 향해 나무숲을 달리기 시작했다.

그는 지팡이를 옆구리에 끼고 주먹을 꼭 쥐고서 머리는 앞으로 향한 채 구보하듯 뛰었다. 편지와 신문으로 가득 찬 그의 가죽 가방은 그가 뛰는 박자에 맞춰 허리 부근에서 계속 부딪혔다.

면장의 저택은 숲의 끝부분에 위치해 있어서 숲을 마치 정원처럼 이용하고 있었으며, 브랭딜 강이 만들어 놓은 작은 연못에 그 저택 벽의 한 귀퉁이가 담겨 있었다. 과거 몇 차례에 걸쳐 포위 공격도 당한 바 있었으며, 물속에서 시작해서 20미터나 솟아오른 거대한 탑으로 마무리를 한, 회색 돌로 지어진 정사각형 모양의 아주 오래된 대저택이었다.

과거에는 이 요새의 꼭대기에서 이 지역 전체를 감시하기도 했다. 이 탑은 여우탑(르나르 탑)[1]이라고 불렸는데, 아무도 그 이름의 연원을 정확히 알지는 못했다. 사람들은 200년도 더 전부터

---

1) 프랑스 어로 르나르(renard)는 여우를 뜻한다.

물려받은 봉토의 소유자들이 르나르데2)라는 이름을 갖게 된 것
도 이 탑의 이름에서 유래한 것이 확실하다고 말한다. 왜냐하면
르나르데 가문은 프랑스 대혁명 이전에 흔히 지방에 존재했던
귀족이나 진배없었던 부르주아 계급에 속해 있었기 때문이다.

집배원은 하인들이 아침 식사를 하고 있던 부엌을 한달음에
달려 들어가 소리쳤다.

"면장님 일어나셨나요? 지금 당장 말씀드려야 할 일이 있습
니다."

메데릭이 진중한 사람임을 알고 있던 그들은 무언가 심각한
일이 발생했다는 것을 알 수 있었다.

메데릭의 방문을 전해 들은 르나르데는 그를 자신에게 데려
오게 하였다. 숨이 턱에 차고 창백한 얼굴에 군모를 손에 쥔 보
병 출신 집배원은 여기저기 서류가 잔뜩 흩어져 있는 긴 탁자
너머 앉아 있는 면장 앞에 섰다.

면장은 황소처럼 강인해 보였고, 키가 크고 풍채가 좋으면서
뚱뚱하고 붉은 혈색을 띤, 지나치게 폭력적이지만 그 지역에서
는 상당한 존경을 한몸에 받고 있는 사람이었다. 나이는 마흔 살
정도 되었는데 6개월 전에 부인과 사별했으며, 지주인 그는 자
신의 땅에서 나오는 수입으로 살고 있었다. 열정적인 기질을 가
진 그는 빈번히 곤란한 일들에 연루되는 통에 관대하고 사려 깊
은 친구들인 로이르토르의 사법관들이 늘 그를 구해 주어야 했
다. 어느 날인가는 믹맥 정거장에서 자신의 개를 칠 뻔했다는 이

---

2) 르나르데(Renardais)는 여우를 뜻하는 renard에 사람들을 뜻하는 접미사를 붙인 것이다.

유로 역마차 마부를 운전석에서 끌어내 내동댕이친 적이 있지 않았던가? 그는 이웃집 소유의 땅을 침범했던 자신을 상대로 조서를 작성하려 했던 밀렵 감시인에게 총을 손에 든 채 마구 돌진한 적도 있지 않았던가? 선거운동을 하며 마을을 순회하던 이 르나르데 씨는 중요한 행정 시찰을 위해 마을에 들렀던 군수의 멱살을 잡은 적조차 있지 않았던가? 그가 가문의 전통에 충실하려고 정부에 반대하고자 했기 때문에 벌어진 일이었다.

면장이 물었다.

"그래 무슨 일이오, 메데릭?"

"면장님 소유의 숲에서 죽은 여자애를 발견했습니다."

얼굴색이 벽돌색으로 변한 르나르데는 벌떡 일어났다.

"당신…… 지금 여자애라고 말했소?"

"예, 면장님. 어린 여자아이가 나신으로 하늘을 보는 자세로, 피가 난 채 죽어 있었어요. 정말로 죽었다고요!"

면장이 선언하듯 말했다.

"맙소사! 아마 라 로크 씨네 어린 딸이 틀림없을 거요. 그 아이가 어젯밤 집에 돌아오지 않았다고 사람들이 말했거든. 그 아이를 어디서 발견했소?"

집배원은 시신을 발견한 장소에 대해 설명하면서 자신이 본 사실들을 이야기했고, 면장을 그곳으로 안내하겠다고 제안했다.

그런데 갑자기 르나르데가 말했다.

"아니, 당신까지 함께 갈 필요는 없소. 여기서 나가는 즉시 산림 관리인과 면 서기를 내게 보내도록 하시오. 그리고 당신은 당신 일이나 계속하도록 하시오. 자, 어서, 어서 서두르시오! 그들에게 큰 나무숲으로 오라고 전하는 것도 잊지 말고."

명령을 받는 데 익숙한 전직 보병은 면장의 말에 고개를 끄떡이고서는 자리에서 물러났다. 하지만 현장 검사에 참석하지 못한다는 데에 대해 약간은 화가 나고 유감스러운 감정이 생겨나는 것은 어쩔 수 없었다.

면장 자신도 방에서 나와 모자를 썼다. 커다랗고 부드러운 새 질의 그 회색 펠트 모자는 챙이 상당히 넓었다. 방에서 나온 그는 잠깐 동안 자신의 저택 입구에 멈춰 섰다. 그의 앞에는 활짝 핀 꽃들로 가득한 커다란 화단 세 개가 하나는 집 정면을 마주 보고 나머지 두 개는 집 양쪽에 놓여 있었다. 이 세 개의 화단에서 붉고 푸르고 하얀 세 가지 색채가 눈부시게 뿜어져 나오며 넓은 잔디밭처럼 펼쳐져 있었다. 잔디밭 너머에는 울창한 수림의 입구에 해당하는 나무들이 하늘까지 뻗어 있었고, 호수처럼 넓게 퍼진 브랭딜 강 너머 왼쪽으로 길게 펼쳐진 목초지를 볼 수 있었으며, 도랑과 버드나무 울타리로 구획 지어진 굴곡 없는 녹색 풍경도 함께 보였다. 괴물이나 작달막한 난쟁이 같아 보이기도 하는 이 버드나무들은 언제나 가지가 잘려 있었고, 거대하고 짧은 몸통 위에 가볍게 흔들리는 먼지떨이처럼 보이는 가느다란 줄기들을 매달고 있었다.

마구간 너머 오른쪽으로는 소유지에 속한 건물과 창고들이 늘어서 있었고, 목동들이 사는 풍요로운 마을이 거기서 시작되고 있었다.

르나르데는 현관 앞 낮은 계단을 천천히 내려가서는 왼쪽으로 몸을 틀어 뒷짐을 지고서 느린 걸음으로 물가를 거닐기 시작했다. 그는 고개를 숙인 채 걸었다. 그리고 자신이 찾는 사람들이 아무도 보이지 않는다는 듯이 가끔씩 주위를 둘러보았다.

수풀의 입구에 이르러서 그는 걸음을 멈췄고, 고개를 들어 메데릭이 그랬던 것처럼 이마의 땀을 훔쳤다. 7월의 타는 듯한 햇살이 불줄기처럼 땅으로 쏟아지고 있었기 때문이다. 그러고 나서 면장은 다시 걷기 시작했고, 다시 멈추어 섰다가는 다시 걸음을 뗐다. 갑자기 그는 몸을 숙이고는 발밑에서 흐르는 개울에 손수건을 적신 후에 그 수건을 펼쳐 머리에 얹고서 모자를 다시 썼다. 관자놀이를 따라 흐르는 물방울들이 항상 보라색을 띠고 있는 귀를 지나 강인해 보이는 붉은 목덜미를 지난 후 그의 하얀 셔츠 깃 사이로 흘러 들어갔다.

여전히 아무도 나타나지 않자 그는 발을 구르며 외쳤다.

"누구 없소? 누구 없소?"

그의 부름에 답하는 목소리가 오른편에서 들려왔다.

"여깁니다! 여깁니다!"

그러자 의사가 나무 밑에서 모습을 보였다. 의사는 마르고 작은 사람이었는데, 과거에 군 외과의였으며 이 근방에서는 매우 능력 있는 의사라는 평판을 얻고 있었다. 군 복무 당시에 부상을 입어 다리를 저는 그는 지팡이를 짚고 다녔다.

그다음으로 산림 관리인과 면 서기가 모습을 보였다. 집배원의 전갈을 동시에 받았던 그들은 함께 이곳을 향해 출발했던 것이다. 그들은 놀란 모습으로 숨이 턱에 차서 달려오고 있었다. 서둘러 도착하기 위해 그들은 걷다가 뛰고 뛰다가 걷기를 반복했고, 지나치게 과격하게 팔을 휘젓는 바람에 몸이 움직이는 것이 다리가 아니라 팔 때문인 듯 착각을 일으킬 정도였다.

르나르데가 의사에게 말했다.

"무슨 일로 선생님을 불렀는지 알고 계시나요?"

"네. 메데릭 씨가 숲에서 죽은 아이를 발견했다면서요."

"그렇다고 합니다. 가시죠."

그들은 나란히 걷기 시작했고, 그 뒤를 산림 관리인과 면 서기가 따라왔다. 이끼 낀 길을 걷는 그들의 발걸음은 작은 소리조차 내지 않았고, 그들의 눈은 전면 아래를 응시하고 있었다.

라바르브 의사가 갑자기 팔을 치켜들었다.

"저깁니다, 보세요!"

아주 멀리 울창한 나무들 아래에 무언가 밝은 것이 있는 것을 그들은 알아볼 수 있었다. 그것이 무엇인지 알고 있지 않았더라면 그 정체에 대해 그들은 짐작조차 하지 못했을 것이다. 빛이 나는 듯했고, 너무 하얀 나머지 마치 빨래가 바닥에 떨어진 것은 아닐까 생각될 정도였다. 나뭇가지들 사이로 미끄러진 햇살이 복부를 통과하여 비스듬히 굵은 선을 이루면서 창백한 피부를 비추고 있었기 때문이었다. 가까이 다가가면서 네 사람은 차츰 그 형태를 구별할 수 있게 되었다. 물 쪽을 향해 천으로 덮여 있는 얼굴과 〈예수의 수난도〉에서 그런 것처럼 양쪽으로 벌려진 팔.

면장이 말했다.

"무척 덥군요."

그렇게 말하고서는 브랭딜 강을 향해 몸을 낮추면서 그는 다시 한 번 손수건을 물에 담갔고, 이마에다가 적신 그 수건을 다시 얹었다.

시신을 발견하고서 흥미를 느낀 의사의 발걸음이 빨라졌다. 시신 옆에 도착하자마자 그는 시신을 건드리지는 않은 상태에서 검시를 진행하기 위해 몸을 구부렸다. 일반적으로 사람들이 흥미로운 물건을 쳐다볼 때 그러는 것처럼 그는 코안경을 고쳐 쓰고서 아주 조심스럽게 시신 주위를 돌았다.

구부린 몸을 일으키지 않은 채 그가 말했다.

"잠시 후 자세히 조사하겠지만 이건 강간 살인입니다. 게다가 이 여자아이는 거의 성인이라고 말해도 되겠군요. 저 가슴을 좀 보세요."

벌써 충분히 발육된 두 젖가슴은 죽음 때문에 탄력을 잃어 흉부에서 축 늘어져 있었다.

의사는 시신의 얼굴을 덮고 있는 손수건을 조심스럽게 걷어 올렸다. 시신의 얼굴은 검은색으로 매우 소름이 끼쳤고, 혀는 반쯤 밖으로 빼어져 나와 있었으며, 두 눈도 튀어나와 있었다.

의사가 다시 말했다.

"맞습니다. 확실히 이 아이는 교살당했습니다."

그는 시신의 목을 손으로 만져 보았다.

"손으로 목을 졸랐군요. 게다가 다른 특별한 흔적도 없고, 손톱자국이나 지문도 남아 있지 않습니다. 어쨌든 그렇습니다. 이 아이는 라 로크 씨네 딸입니다."

그는 조심스럽게 손수건을 제자리에 돌려 놓았다.

"제가 할 일은 없는 것 같습니다. 이 아이는 적어도 열두 시간 전에 사망했습니다. 검찰에 알려야 할 것 같습니다."

뒷짐을 지고 서 있던 르나르데는 수풀에 널브러진 그 작은 몸에 제 시선을 고정하고 있었다. 그는 중얼거리듯 말했다.

"이런 불행한 일이! 이 아이의 옷을 찾아봐야겠어."

의사는 시신의 손과 팔과 다리를 만져 보았다.

"목욕을 하러 나왔던 듯합니다. 물가에 옷가지들이 있을 겁니다."

면장이 명령을 내렸다.

"프랭시프3(면 서기의 이름이었다.) 자네, 냇가를 뒤져서 이 아이의 옷을 찾아오게. 그리고 막심(산림 관리인의 이름이었다.) 자네는 로이르토르로 달려가서 예심판사와 헌병대를 데리고 이리로 오게나. 한 시간 안에 그들을 데리고 돌아와야 하네. 알아들었나!"

명령을 받은 두 남자가 서둘러 자리를 떴다.

그러자 르나르데가 의사에게 말했다.

"이 마을에서 이런 일을 할 악당이 누가 있을까요?"

의사가 중얼거렸다.

"누가 알겠습니까? 누구라도 될 수 있겠지요. 일반적으로 보

<hr>

3) 프랑스 어로 프랭시프(principe)는 원칙, 원리, 근본을 뜻한다.

자면 그 누구도 이런 일을 저지를 법하지는 않고, 개별적으로 보자면 모든 이가 의심스럽다고 해야겠죠. 어쨌든 이런 일을 저지른 자는 부랑자일 수도 있고, 딱히 직업이 없는 노동자일 수도 있겠지요. 공화국 체제가 들어선 이후로 길에서 만나는 사람들은 모두 그런 사람들뿐이니까요.”

두 사람은 모두 나폴레옹 지지자였다.

면장이 다시 말했다.

“그렇소. 이런 짓을 한 자는 이방인이나 여행자가 아니면 집도 가정도 없는 부랑아일 거요.”

미소 짓는 듯한 표정으로 의사가 이 말에 덧붙여 이렇게 말했다.

“틀림없이 결혼도 안 했을 겁니다. 제대로 된 식사도 휴식을 취할 집도 없이 스스로 모든 것을 해결해야만 하는 그런 작자의 소행일 테지요. 기회가 주어졌을 때 중죄를 저지를 수 있는 남자들이 무슨 생각을 하는지 또 무슨 짓을 할지는 좀처럼 알 수 없는 법이지요. 이 여자애가 실종되었다는 사실을 알고 있습니까?”

그러면서 의사는 지팡이 끝으로 시신의 굳어진 손가락들을 차례로 건드려 보았다. 마치 피아노 건반을 두드리듯이 몸을 수그린 채로.

“그래요. 아이의 어머니가 어제 저녁 9시경에 나를 만나러 왔었오. 저녁 7시 식사에 아이가 나타나지 않았다고 말이오. 우리는 자정이 될 때까지 아이를 찾아 길거리를 헤맸습니다. 하지만 우리 중에서 누구도 나무숲에까지는 생각이 미치지 못했습니다. 진정 필요한 조치를 취하기 위해 결국엔 날이 밝기를 기다리는 수밖에 없었던 거지요."

의사가 말했다.

"담배를 피우시겠습니까?"

"고맙지만 피우고 싶지 않군요. 이런 상황에서는 말이오."

그 두 사람은 어두운 이끼 위에 누워 있는 너무나 창백하고 가냘픈 소녀의 시신을 마주하고서 가만히 서 있었다. 허벅지 선을 따라 날아다니던, 배 주위로 푸른빛을 띤 큰 파리 한 마리가 핏자국에서 멈추는 듯하더니 다시 움직이며 계속 날아올라서는 비스듬하지만 힘찬 날갯짓으로 시신의 옆구리를 맴돌았다. 그러다가 시신의 한쪽 가슴을 기어올랐다가 다시 다른 쪽 가슴으로 내려앉으면서 시신에서 무언가 먹이가 될 만한 것을 찾고 있었다. 두 남자는 윙윙거리는 이 검은 점을 지켜보았다.

의사가 말했다.

"피부 위의 파리라니, 참 아름답군요. 지난 세기의 귀부인들이 얼굴에 점을 찍은 이유가 이해가 되네요. 그와 같은 유행이 왜 사라져 버린 걸까요?"

면장은 자신만의 생각에 빠져 있어 의사의 말을 미처 듣지 못한 듯했다.

그러다가 갑자기 어떤 소리에 놀라 그는 몸을 돌렸다. 모자를 쓰고 푸른색 앞치마를 두른 여인이 나무 사이로 달려오고 있었다. 아이의 어머니인 라 로크 부인이었다. 르나르데를 보자마자 그녀는 소리치기 시작했다.

"내 딸, 내 딸 어디 있나요?"

거의 실성할 지경에 이른 그녀는 땅을 내려다볼 생각도 하지 못했다. 갑자기 시신을 보게 된 그녀는 그 자리에 멈춰 서서는 손을 마주 잡고 날카롭게 찢어지는 듯한 비명을 지르며 두 손을 들어올렸다. 신체가 잘려나갈 때 짐승이 내지르는 그런 비명이었다.

그러고 나서 그녀는 시신을 향해 몸을 던지듯 앞으로 뛰어나와 무릎을 꿇고는 시신의 얼굴을 덮고 있던 손수건을 제거하듯 잽싸게 걷어 냈다. 검은빛을 띠고 경련의 흔적이 남아 있는 그 소름 끼치는 얼굴을 보자마자 그녀는 갑자기 몸을 일으켜 세웠다. 그러고는 얼굴이 땅으로 향한 상태에서 그대로 쓰러져서는 두터운 이끼를 향해 계속해서 끔찍한 비명을 질러 댔다.

옷이 감싸고 있는 그녀의 크고도 마른 몸 전체가 경련을 일으키며 꿈틀거리고 있었다. 푸른색의 길고 두꺼운 양말이 감싸고 있는, 뼈가 불거져 나올 정도로 마른 그녀의 발목과 살갗이 튼 종아리가 심하게 떨리고 있는 것을 사람들은 볼 수 있었다. 그녀는 이윽고 갈고리처럼 오므린 손으로 땅을 파기 시작했다. 마치 구멍을 뚫어서 그 속에 무언가를 숨기기라도 하려는 것처럼.

그 모습을 보고서 동요한 의사가 중얼거렸다.

"아, 불쌍한 부인!"

르나르데의 배에서는 이상한 소리가 났다. 그러자 재채기처럼 커다란 소리가 코와 입에서 동시에 쏟아졌다. 르나르데는 주

머니에서 손수건을 꺼내고는 거기에 얼굴을 묻으며 흐느끼기
시작했다. 기침을 하고 흐느끼고 소리 내면서 코를 풀면서.

그가 더듬거리며 말했다.

"빌어먹을…… 빌어먹을…… 빌어먹을…… 빌어먹을…… 어
떤 추잡한 놈이 이런 짓을 했단 말인가……. 나…… 나는……
꼭 그 놈이 교수형 당하는 걸 봐야겠어……."

그렇지만 프랭시프가 무안해하면서 빈손으로 다시 모습을 보
였다.

그가 중얼거리듯 말했다.

"아무것도 찾을 수 없었습니다, 면장님. 어디에도 없었습니
다."

당황한 면장이 슬픔에 잠겨 발음이 불분명한 목소리로 반응
했다.

"무엇을 찾을 수 없다는 건가?"

"저 여자애의 옷가지들 말입니다."

"음…… 음…… 다시 한 번 더 찾아보게……. 그리고…… 그
리고…… 옷가지를 말이야, 옷가지를 다시 한 번 더 찾아보
게……. 못 찾으면…… 자네 큰일 날 줄 알게나."

면장에게 거역할 수 없다는 사실을 알고 있는 프랭시프는 두
려움이 가득하여 곁눈질로 시신을 한 번 쳐다보고는 힘없는 걸
음걸이로 그 자리를 떠났다.

저 멀리, 나무 사이로 다가오는 무리가 내는 어수선한 웅성거
림과 여러 잡음들이 점점 크게 들려오고 있었다. 편지를 배달하

면서 메데릭이 이 새로운 소식을 집집마다 알렸기 때문이다. 메데릭의 말을 듣고 우선 경악을 금치 못했던 마을 사람들은 길거리에서 또 자기 집 현관에서 이 일에 대해 사람들과 얘기를 나누었고, 한자리에 모여서는 몇 분 동안 이 사건에 대해 다시 이야기를 하고 의견을 나누었으며 토론을 했다. 이제 그들은 사건 현장을 보러 이곳으로 오고 있는 것이다.

처음으로 느끼게 될 격한 감정을 걱정하며 그들은 더러 주저하고 더러 근심 어린 모습으로 무리를 지어 현장에 도착했다. 마침내 시신을 보게 되었을 때, 그들은 감히 앞으로 나서지는 못하고서 낮은 소리로 대화를 나누면서 그 자리에 멈춰 섰다. 그런 다음 그들은 용기를 내어 몇 걸음을 옮겼고, 이내 다시 멈춰 섰다가 또다시 몇 걸음을 옮겼다. 그러더니 그들은 죽은 여자애와 여자애의 어머니, 의사와 르나르데를 중심으로 원을 그리듯 모여들었다. 뒤에 있는 사람들이 미는 힘에 따라 좁혀진 그 원은 차츰 두꺼워졌고 흥분에 찬 소란스러운 소음을 내고 있었다. 그들은 곧 시신을 건드려 보았다. 몇몇은 손으로 만져 보기 위해 허리를 굽히기조차 했다. 의사는 그들을 시신으로부터 떼어 놓았다. 그러나 무기력한 상태에서 벗어난 면장이 갑자기 화를 냈고, 그는 라바르브 의사의 지팡이를 잡아채고는 마을 사람들을 향해 달려들면서 더듬더듬 말했다.

"꺼지시오…… 저리 꺼지시오……. 이 야만인들 같으니……어서 꺼지란 말이오……."

호기심 덩어리가 만들어 놓은 사람 줄은 1초도 안 되어 200미터나 멀찌감치 밀려 나갔다.

라 로크 부인은 몸을 일으키고는 앉아 있었다. 이제 그녀는 두 손에 얼굴을 묻고 울고 있었다.

모여 있는 마을 사람들은 시신에 대해 얘기를 나누었고, 탐욕스러운 눈빛의 젊은이들은 벌거벗은 어린아이의 시신을 제 두 눈으로 훑어 내리고 있었다. 르나르데는 이것을 알아차리고는 갑자기 면으로 된 자신의 윗도리를 벗어 소녀의 시신 위로 던졌고, 커다란 그의 옷은 그녀의 몸 전체를 가리기에 충분했다.

호기심에 찬 마을 사람들이 천천히 시신 근처로 다가왔다. 나무숲이 사람들로 빽빽하게 들어찼다. 사람들이 웅성거리는 소리가 커다란 나무들의 빽빽한 나뭇잎 아래에서 점점 커져 갔다.

셔츠 바람의 면장은 손에 지팡이를 들고서 전투를 치를 듯한 자세로 여전히 꼿꼿이 서 있었다. 그는 사람들의 이러한 호기심에 절망한 듯했고, 반복해서 이렇게 말했다.

"누구 한 사람이라도 가까이 오면 개 패듯이 내가 그 사람의 머리를 부수어 버릴 것이오."

마을 사람들은 그에게 강한 두려움을 느끼고 있었다. 그들은 그에게서 거리를 두고 뒤로 물러났다. 담배를 피우고 있던 라 바르브 의사는 라 로크 부인 옆에 앉아 그녀의 긴장을 풀어 주려 노력하면서 그녀에게 말을 걸고 있었다. 나이 든 라 로크 부인은 곧 손에서 얼굴을 떼고는 말을 해서 자신의 고통을 없애려는 사람처럼 눈물을 자아내는 말들을 폭포처럼 쏟아 냈다. 그녀는 자신의 인생에 대해 이야기했다. 결혼에 관한 일과 외양간지기였던 남편이 소뿔에 받혀 죽은 일과 딸의 어린 시절과 수입 없이 어린 딸을 데리고 살아야 했던 미망인의 비참한 삶에 대해 그녀는 이야기했다. 그녀에게는 오직 딸밖에, 오로지 어린 루이즈밖에 낙이 없었다. 그런데 누군가 그 아이를 죽여 버렸다. 이 숲에서 누군가가 그 아이를 죽여 버린 것이다. 갑자기 그녀는 딸의 모습을 보고 싶어 했고, 시신까지 무릎으로 다가가서는 시신을 덮고 있는 옷자락 끝을 살짝 들추었다. 그러고는 옷자락을 다시 내려놓았고, 이내 비명을 지르기 시작했다. 사람들은 침묵했고, 소녀 어머니의 모든 행동을 주의 깊게 쳐다보고 있었다.

그러다가 갑자기 커다란 동요가 일었다.

사람들이 소리쳤다.

"헌병이에요! 헌병!"

두 명의 헌병이 멀찍이서 모습을 드러내었고, 대장이 적갈색 구레나룻을 기른 왜소한 남자의 에스코트를 받으며 대단히 빠른 속도로 현장에 도착했다. 흰색 암말 위에 앉은 구레나룻 남자는 마치 원숭이처럼 몸을 흔들거렸다. 산림 관리인은 매일 하는 산책을 위해 말안장을 제 말에게 얹으려는 예심판사 퓌투엥 씨를 때마침 발견할 수 있었다. 그는 늘 장교들이 으레 품고 있는 자부심을 가지고서 말안장을 얹곤 했던 사람이었다.

예심판사는 헌병대장과 함께 말에서 내려 면장과 의사와 악수를 나누고는 아래에 누워 있는 시신 위로 불룩해진 윗도리에 날카로운 시선을 던졌다.

사건에 대한 설명을 듣고 나서 그가 가장 먼저 한 일은 구경꾼들을 떼어 놓는 일이었다. 헌병대가 주민들을 나무숲에서 몰아냈지만 주민들은 얼마 안 가서 목초지에 모습을 드러내었고, 브랭딜 강을 따라 반대편까지 이어지는 수선스럽고도 흥분한 표정의 긴 울타리 하나를 너끈히 만들어 내었다.

이번에는 의사가 사체에 대한 소견을 말했고, 르나르데는 자신의 수첩에다가 그의 말을 받아 적었다. 검증 작업이 모두 행해지고 기록되었으며 평가되었지만 새롭게 발견되었다고 할 만한 것은 아무것도 없었다. 막심 역시 여자아이의 옷가지를 찾지 못한 채 되돌아왔다.[4]

여자아이의 옷을 찾을 수 없다는 사실에 사람들은 놀랐고, 옷가지를 도난당했다는 것 이외에 어느 누구도 이에 대한 명확한 설명을 할 수는 없었다. 하지만 그 남루한 옷가지들의 가치를 생각해 보면 도난이라는 설명도 받아들이기 힘든 것은 사실이었다.

예심판사, 면장, 헌병대장 그리고 의사, 이렇게 네 명이 둘씩 짝을 지어 물가를 따라가면서 작은 나뭇가지들조차 지나치지 않고 하나씩 헤쳐 나가며 직접 옷을 찾아 나섰다.

르나르데가 판사에게 말했다.

"그 파렴치한 놈이 어떻게 아이의 옷을 숨기거나 가져갈 수 있었을까요? 게다가 이렇게 훤히 드러난 장소에 모두가 볼 수 있게 시신을 그냥 버려두고 갈 수 있었을까요?"

---

4) 110쪽에서 옷을 찾으러 간 사람은 프랭시프였고, 막심은 예심판사와 헌병대를 부르러 간 것으로 나와 있다. 그런데 작가가 여기서는 막심도 옷을 찾지 못하고 돌아온 것으로 말하고 있다.

118

의심이 많고 통찰력이 빼어난 판사가 대답했다.

"흠! 흠! 아마도 무슨 술수를 썼겠지요. 이런 범죄를 저지를 수 있는 자는 짐승처럼 난폭하거나 아니면 교활한 악당이겠죠. 어찌 되었든 범인은 반드시 밝혀질 겁니다."

갑자기 들려온 자동차 소리에 그들은 고개를 돌렸다. 차에는 검사 대리, 또 다른 의사 한 명, 그리고 재판소 서기가 타고 있었다. 열띤 얘기를 주고받으면서 그들 모두가 수색을 다시 시작했다.

갑자기 르나르데가 말했다.

"점심 식사는 제가 대접하겠습니다."

모두 미소로 그의 초대에 환대했고, 어린 라 로크의 시신과 관련되어 그날 할 수 있는 조치를 충분히 취했다고 생각한 예심판사는 면장에게 이렇게 말했다.

"시신을 면장님 댁으로 옮겨도 되겠지요? 오늘 저녁때까지 시신을 놔둘 수 있는 방이 필요합니다."

면장은 당황한 태도로 더듬거리며 말했다.

"예, 아니…… 아니요……. 솔직히 말해서, 시신을 제 집에 들이지 않았으면 좋겠습니다……. 음…… 왜냐하면 하인들이…… 그들…… 벌써부터 그들은 유령에 대해 말하더군요. 그러니까…… 제 탑, 르나르 탑에서 봤다고 말입니다……. 잘 아시겠지만…… 저는 더 이상 감당할 수 없어서…… 그게 아니라…… 아무튼 시신을 제 집으로 옮기지 않는 것이 좋겠군요."

에심판사는 웃음 지으며 말했다.

"좋소……. 검시를 위해 시신을 즉시 로이르토르로 옮기도록 조치하죠."

그러고는 검사 대리에게 말했다.

"당신 차를 쓸 수 있겠소?"

"예. 물론입니다."

모두가 시신을 향해 걸음을 옮겼다. 라 로크 부인은 자신의 딸 옆에 앉아서 아이의 손을 잡고 있었다. 공허하고 망연자실한 시선으로 앞을 바라보면서.

시신을 옮기는 것을 라 로크 부인이 보지 못하도록 두 의사는 그녀를 다른 곳으로 데려가려 했지만, 라 로크 부인은 사람들이 제게 무엇을 하려는지 즉각 알아차리고는 시신 위로 몸을 던져 온몸으로 시신을 감싸 안았다.

시신 위에 엎드린 채 그녀가 외쳤다.

"데려갈 수 없어요. 제 아이입니다. 이제는 제가 데려갈 겁니다. 누군가 이 아이를 죽여서 내게서 뺏어 갔지만 시신만은 제 겁니다. 절대로 데려갈 수 없어요!"

그 자리에 모인 남자들 모두가 당황하여 결정을 내리지 못한 채 그녀 주위에 모여 우두커니 서 있었다. 르나르데가 무릎을 꿇고 그녀에게 말했다.

"라 로크 부인, 누가 이 아이를 죽였는지 알아내기 위해서라도 시신을 옮겨야 합니다. 검시를 하지 못하면 범인을 알아낼 수가 없어요. 범인을 처벌하려면 반드시 그를 찾아내야 하지 않겠습니까? 범인이 잡히면 시신을 부인께 돌려드릴 겁니다. 제가 약속을 드리죠.”

그의 말은 라 로크 부인의 마음에 동요를 일으켰고, 멍한 그녀의 시선은 증오의 기색을 띠기 시작했다.

그녀가 말했다.

“그러면 제 딸을 데려가신다고요?”

“그렇습니다. 제가 약속드리죠.”

이들이 원하는 바를 하게 해 주겠다고 결심한 그녀는 몸을 일으켰다.

그런데 헌병대장이 중얼거렸다.

“아이의 옷이 발견되지 않다니 좀 의아하군.”

그러자 그때까지도 깨닫지 못했던 새로운 사실 하나가 갑자기 그녀의 머리에 떠올랐고, 이윽고 그녀는 이렇게 물었다.

“제 딸의 옷이 어디 있나요? 그건 제 겁니다. 그 옷가지를 제가 가져가야겠어요. 옷은 어디에 있죠?”

사람들은 그녀에게 옷들이 발견되지 않았다고 설명했다. 그러자 그녀는 헛된 고집을 부리기라도 하는 듯 눈물을 흘리며 비명을 지르듯이 소리쳤다.

“그건 제 겁니다. 그 옷가지는 제가 가져가야겠어요. 옷은 어디에 있죠? 저에게 가져다주세요.”

사람들이 그녀를 진정시키려 하면 할수록 그녀는 더욱더 흐느껴 울었고, 더 고집스러워졌다. 그녀는 더 이상 시신을 가져가려 하지 않았지만 옷가지들, 그녀의 딸이 입고 있었던 그 옷가지만을 원할 뿐이었다. 그 모습은 자애로운 모성애의 발로에 의해서라기보다는 은화 하나라도 재산이 될 수도 있는 가난한 자의 무의식적인 물욕의 발현처럼 보이기도 했다.

르나르데 저택에서 새로 가져온 모포로 감싼 그 작은 시신이 차에 실려 간 후에 면장과 헌병대장의 부축을 받아 나무 밑에 서 있던 나이 든 라 로크 부인이 소리쳤다.

"저는 아무것도, 아무것도, 이 세상에서 아무것도, 아무것도 해 준 게 없었어요. 작은 모자를 만들어 준 것 외에 저는 아무것도, 아무것도 제 아이에게 해 준 게 없었어요. 제 아이에게 작은 모자를 만들어 준 것 외에는."

그 순간에 사제가 도착했다. 매우 젊은 나이임에도 이 신부는 벌써 상당히 비만한 몸집을 하고 있었다. 신부가 라 로크 부인을 데려가자 다른 사람들도 마을을 향해 함께 움직였다. 아이 어머니의 고통은 수많은 보상을 약속하는 성직자의 달콤한 말을 들으면서 차츰 누그러졌다. 그럼에도 그녀는 끊임없이 반복해서 말했다.

"딸애의 작은 모자라도 갖고 있을 수 있다면……."

그녀가 고집스레 계속 되풀이하는 말이 이제는 다른 모든 사람의 머리를 지배하기 시작했다.

멀리서 르나르데가 외쳤다.

"신부님, 저희와 같이 점심 식사를 하시죠. 한 시간 이내로 오세요."

고개를 돌린 신부가 면장에게 대답했다.

"기꺼이 그러지요, 면장님. 정오에 댁으로 가겠습니다."

그래서 나뭇가지 사이로 회색빛 전면과 브랭딜 강가에 세워진 거대한 탑이 보이는 르나르데의 저택을 향해 모두가 걸음을 옮겼다.

식사는 오랫동안 계속되었다. 그들은 오늘의 사건에 대해 얘기를 나누었다. 모두들 같은 의견을 갖고 있었다. 이 범죄는 라로크네 어린 딸이 강가에서 목욕을 하고 있을 때 우연히 그 장소를 지나던 부랑자에 의해 저질러졌다고 모두가 생각했다.

식사가 끝나자 사법관들은 다음날 아침 일찍 다시 오겠다는 말을 남기고 루이5로 되돌아갔고, 의사와 신부도 각자 자신의 집으로 돌아갔다. 한편 르나르데는 목초지에서 기나긴 산책을 한 후에 다시 나무숲으로 가서 자정이 될 때까지 뒷짐을 진 채 느린 걸음으로 산책을 계속했다.

새벽녘이 되어서야 그는 잠자리에 들었고, 다음날 예심판사가 그의 방에 들어올 때까지도 그는 자고 있었다. 예심판사는 만족스러운 태도로 자신의 손바닥을 문질렀다.

그가 말했다.

"아! 이런! 아직도 주무시고 계셨군요. 면장님, 오늘 아침 새로운 사실이 발견되었답니다."

면장이 침대에서 일어나 앉았다.

"그게 무엇입니까?"

"아! 무언가 특이한 일이오. 어제 아이 어머니가 딸의 유품 중에서, 특히 작은 모자를 가지려 고집을 피웠던 것을 당신도

---

5) 로이르토르를 약자로 줄여서 부른 것.

잘 기억하고 계시겠죠? 그런데 오늘 아침, 그녀가 현관문을 열자 거기 바닥에 아이의 나막신 두 짝이 놓여 있는 걸 발견했다오. 이것이 말하는 바는 범죄를 저지른 자가 이 지역에 사는 자이며, 그자가 아이 엄마를 측은하게 생각했다는 사실을 의미하는 겁니다. 게다가 죽은 아이의 골무와 칼과 바늘 상자를 메데릭 집배원이 가져왔습니다. 따라서 범인은 아이의 옷가지를 숨기려고 들고 가던 도중에 제 주머니에 넣었던 물건들을 흘렸고, 그 바람에 메데릭 집배원이 그것들을 발견할 수 있었던 것이겠지요. 저는 여기서 나막신이 의미하는 중요성에 특히 주목하고 있습니다. 그것은 범인이 갖고 있는 어떤 도덕적 소양이나 연민의 감정을 보여 줍니다. 그래서 면장님이 괜찮으시다면 지금부터 우리 함께 이 지역의 주요 인사들을 방문해 봤으면 합니다.”

면장이 침대에서 빠져나와 면도할 따뜻한 물을 가져오도록 하인을 불렀다.

면장이 말했다.

“기꺼이 그렇게 하지요. 그런데 시간이 오래 걸릴 것 같으니 지금 즉시 출발하는 게 좋을 것 같습니다.”

퓌투엥 씨는 마치 말을 타듯 의자에 앉아 있었는데, 실내에서조차 그런 태도를 취하는 것은 승마광인 그의 면모를 드러내 주는 것이라 할 수 있었다.

르나르데는 거울을 보면서 턱에 하얀 면도 크림을 바르고 있었다. 가죽에 면도날을 갈면서 그가 말했다.

“카르블랭에서 가장 중요한 인물은 조제프 르나르데입니다.

면장이고 부유한 지주이며, 관리인들과 마부들을 닦달하는 무뚝뚝한 남자지요…….”

예심판사는 웃기 시작했다.

“그만하세요. 다음 사람으로 넘어갑시다…….”

“그 다음으로 중요한 사람은 펠르당 씨로, 그는 보좌관에 목동이고 또한 부유한 지주이지요. 돈에 관해서라면 상당히 의심스럽고 매우 음흉하며 교활하기조차 하다고 할까요. 하지만 제가 보기엔 그런 범죄를 저지를 사람은 아닙니다.”

퓌투엥 씨가 말했다.

“다음으로는…….”

면도를 한 다음 세수를 하면서 르나르데는 이렇게 카르블랭 주민들에 대한 도덕적 평가를 계속해 나갔다. 두 시간의 논의를 거치고 나서야 그들은 상당히 의심스러운 용의자 세 명을 추려 내는 데 성공했다. 밀렵꾼 카발, 송어와 가재를 낚는 어부 파케, 그리고 외양간지기 클로비스가 그들이었다.

‖

사건 조사는 여름이 지나서까지 이어졌다. 여전히 범인을 잡지 못한 것이다. 혐의를 두고 체포했던 세 사람은 너무나도 간단하게 자신들의 무죄를 증명해 냈고, 검찰은 범인 검거를 포기할 지경에까지 이르렀다.

그런데 이 살인 사건은 기이한 방식으로 그 지역 전체를 술렁

거리게 한 것으로 보였다. 이 사건은 주민들의 마음속에 범인에
관한 어떤 흔적도 찾아볼 수 없었다는 사실뿐만 아니라, 특히
사건 발생 다음날 라 로크 씨네 문 앞에 놓여 있었던 나막신의
이상한 등장에서 비롯된 근심과 모호한 두려움, 설명할 수 없는
공포라는 감정을 모두에게 앙금처럼 남겨 놓았다. 살인자가 현
장을 확인하는 자리에 있었으며, 자신들이 살고 있는 마을에서
버젓이 살고 있다는 확신은 마을 사람들의 정신을 흔들어 놓고,
그들의 생각을 좀먹었으며, 끊임없이 가해지는 위협처럼 그 지
역을 떠돌아다니고 있는 것만 같았다.

　게다가 나무숲은 이제 유령이 출몰할지도 모른다는 생각 때
문에 사람들이 기피하는 장소가 되어 버렸다. 사건이 일어나기
전에 사람들은 매주 일요일 오후가 되면 나무숲으로 와서 산책
을 하곤 했었다. 거대하고 높은 이끼 낀 나무등치 위에 앉아 쉬
거나, 수초들 사이를 헤엄쳐 다니는 송어들을 바라보곤 했었다.
사내아이들은 놀기에 적당한 장소를 찾아내고서는 땅을 평평
하게 발로 밟아 다진 후에 페탕크6나, 키외7, 원반으로 코르크 마
개 맞추기, 공굴리기 등을 하며 놀곤 했었다. 또한 여자아이들
은 귀에 거슬리는 날카롭고 앙칼진 목소리로 재잘거리면서 네
댓 명씩 열을 지어 서로가 서로의 팔짱을 낀 채 함께 활보하곤
했는데, 그들이 내는 불협화음은 조용한 대기를 진동하게 만들
었으며 치아의 신경을 자극했을 뿐만 아니라 귀에 몹시 거슬리

---

6) 쇠구슬을 굴려 점수를 따내는 서유럽의 전통 놀이.
7) 아홉 개의 작은 볼링 핀 같은 것을 세워 놓고 쓰러뜨리는 게임.

기도 했다. 그런데 이제는 마치 그곳에서 누워 있는 시체를 언제고 발견할 수 있기라도 하다는 듯, 더 이상 누구도 두텁고 높은 나무들이 만들어 낸 숲의 지붕 아래로는 지나가려 하지 않는 것이었다.

가을이 오고 나뭇잎이 떨어졌다. 나뭇잎은 밤낮을 가리지 않고 떨어졌고, 커다란 나무들의 선을 따라 가볍게 빙그르 돌며 땅으로 내려왔다. 이윽고 앙상한 가지들 사이로 언뜻 비친 하늘도 볼 수 있게 되었다. 가끔 산꼭대기로 바람이 한차례 불고 지나갈 때면 계속해서 천천히 내리던 비가 갑자기 굵어져 미약한 소리를 내는 소나기로 변해 숲의 이끼를 두텁고도 누런 융단처럼 덮어 버렸으며, 이 때문에 발밑에서 얼마간의 소리를 만들어 냈다. 이 폭우의 거의 알아챌 수 없는 중얼거림, 그러니까 부드러우면서도 슬프고 끊일 듯 끊이지 않고 떠돌아다니는 중얼거림은 흡사 불만을 토로하고 있는 듯했다. 떨어지는 나뭇잎들은 눈물처럼 보였다. 그러니까 한 해가 저무는 것과 포근한 여명과 온화한 황혼의 저 끝, 따뜻한 산들바람과 밝은 햇빛의 마지막 자락을 안타까워하는 것과 마찬가지로 자신들의 그늘 아래서 저질러지는 것을 지켜보아야만 했던 그 범죄, 자신들의 발치에서 강간당하고 살해당한 그 아이를 안타까워하며 밤낮으로 슬픔에 잠긴 커다란 나무들이 울며 흘리는 굵은 눈물처럼 보였다.

폭우로 수위가 올라 누렇게 변하고 물살이 상당히 빨라진 브랜딜 강은 메마른 제방들 사이로, 앙상하고 헐벗은 두 버드나무 울타리 사이로 광포하게 흘렀다.

갑자기 나무숲에 르나르데가 산책하려는 듯 나타났다. 해가 지고 난 후 매일같이 그는 집을 나서면서 느린 걸음으로 현관 계단을 내려온 후 사색에 잠긴 모습으로 나무숲으로 들어가곤 했다. 양손을 주머니에 넣은 채로. 비에 젖어 물기를 머금고 있는 부드러운 이끼를 밟으며 그는 오랫동안 걸어 다녔다. 잠을 청할 나무 꼭대기를 찾기 위해 사방으로 날아다니며 거세고 불길한 아우성과 같은 소리를 내는 수많은 까마귀 떼가 그 장소를 가로질러 가면서 바람에 떠다니는 거대한 장례식의 베일처럼 펼쳐졌다.

저 가을의 황혼 빛으로 붉게 물든 하늘을 배경으로 간혹 나무에 내려앉은 까마귀들이 헝클어진 나뭇가지들 위에 찍어 놓은 검은 점들처럼 보였다. 그러다가 갑자기 까마귀들은 소름이 끼칠 만큼 신경에 거슬리는 소리를 내면서 이내 나무숲 위에서 길고 어두운 꽃 줄처럼 보이는 비행을 펼쳐 보이면서 어디론가 날아가 버렸다.

마침내 까마귀들은 가장 높은 꼭대기에서 추락하듯이 내려앉아 차츰 조용해졌고, 깊어 가는 밤은 공간을 잠식하는 어둠에다가 까마귀들의 검은 깃털을 섞어 버렸다.

르나르데는 여전히 나무둥치 사이를 천천히 방황하고 있었다. 밤이 깊어져 더 이상 걸음을 옮길 수 없을 지경이 되어서야 그는 집으로 돌아와 불이 지펴진 벽난로 앞의 소파에 짐짝처럼 몸을 던져 앉고는 불가에다가 젖은 발을 내밀었고, 그 열기에 양말이 마르면서 내는 김이 오랫동안 피어올랐다.

그러던 어느 날 아침, 놀라운 새로운 소식이 마을을 강타했다. 면장이 나무숲을 허물려고 한다는 것이었다.

스무 명의 벌목꾼들이 벌써 작업을 하고 있었다. 그들은 르나르데 저택에서 가까운 곳부터 나무를 베기 시작했고, 르나르데가 모습을 보이자 그들의 작업 속도는 더욱 빨라졌다.

먼저 가지 치는 사람들이 나무를 기어올랐다. 끈으로 고리를 만들어 나무와 제 몸을 연결시킨 후, 그들은 먼저 양팔로 나무를 껴안고는 다리 한쪽을 올려 신발 바닥에 고정해 놓은 칼끝으로 나무를 강하게 내리찍었다. 칼끝은 나무를 파고 들어가서 단단히 고정되었고, 그렇게 한쪽 다리를 고정시킨 사람은 마치 계단 위에 서 있는 것처럼 몸을 일으켜서, 다른 쪽 신발에 고정된 칼끝을 다시 나무에 찔러 넣었다. 두 번째 다리로 지탱하며 몸을 일으킨 그 사람은 첫 번째 발의 칼끝을 다시 나무에 찔러 넣었고, 그렇게 반복하며 위로 올라갔다.

한 발씩 나무 위로 올라갈 때마다 그는 자신과 나무를 연결하고 있는 끈고리를 조금 더 높은 곳에 걸었다. 그의 허리춤에는 쇠 손도끼가 매달려 빛을 내고 있었다. 기생생물이 거인을 공격하듯이 그는 계속해서 천천히 나무를 기어올랐다. 나무 꼭대기를 자르기 위해 그는 나무를 껴안고서 나무에 박차를 가하면서 거대한 나무 기둥을 따라 힘겹게 몸을 위로 가져갔다.

가장 위에 있는 가지들에 다다르면 그는 멈추고서 옆구리에서 뾰족한 손도끼를 꺼내서는 가지들을 쳐냈다. 그는 나무 기둥과 가지가 연결된 그 부위에 차분하고 요령 있게 도끼 자국을 내며 파나갔다. 그러더니 어느 순간에 가지가 부러지면서 크게 휘어지며 구부러지다가 잘려 나와서 옆의 나무들을 스치며 바닥으로 떨어졌다. 나무는 부러지는 소리를 내며 땅에 부딪혀 박살이 났고, 가지에 붙은 가느다란 잔가지들의 떨림은 그 후 오랫동안 지속되었다.

땅에는 다른 일꾼들이 하나씩 부러뜨려 아래로 떨어트린 나뭇가지 파편들로 가득했고, 그렇게 떨어진 가지들은 한 단씩 묶여 무더기로 쌓였다. 가지가 쳐진 채 서 있는 나무들은 지나치게 커다란 기둥처럼, 손도끼의 예리한 강철 날에 의해 절단되어 짧게 깎인 거대한 말뚝처럼 보였다.

가지를 치는 사람은 자신의 작업을 마친 후에 곧고 가느다란 나무의 제일 꼭대기에 자신이 가져온 고리 끈을 걸어놓고서는, 가지가 쳐진 나무 밑동을 향해 박차를 가하면서 지상으로 다시 내려왔다. 그 다음은 벌목꾼들의 차례였다. 그들은 나무 밑동의 아랫부분을 힘차게 도끼로 내리찍었고, 도끼질 소리는 숲 전체에서 동시에 울려 나왔다.

나무 밑부분에다가 도끼질이 충분히 가해졌다고 판단되면 몇몇 벌목꾼은 박자에 맞춰 함성을 지르면서 나무 중간에 걸려 고정되어 있는 끈을 힘껏 잡아당겼다. 그러면 그 거대한 기둥이 갑자기 부러지면서 둔중한 소리를 내고, 멀리서 포탄이라도 터진 듯한 진동을 일으키며 땅으로 쓰러졌다.

이렇게 숲은 매일 제 면적을 줄여 나갔다. 군대가 병사를 잃어 가듯이 그렇게 벌목된 나무들이 늘어 가면서 말이다.

르나르데는 숲에서 떠나지 않았다. 그는 아침부터 저녁까지 뒷짐을 진 채 움직이지 않고 자신의 나무숲이 서서히 죽어 가는 모습을 지켜보며 숲에 남아 있었다. 나무 하나가 쓰러지면 그는 마치 시체 위에 발을 올려놓듯이 그렇게 자신의 발을 그 위에 올려놓았다. 그러고는 고요하고 은밀하며 또한 초조한 모습으로 그 다음 대상에게로 시선을 들어 올린다. 마치 이 학살의 마지막에 나타날 무언가를 바라고 기다리는 듯한 태도로.

그러는 동안 벌목 작업은 라 로크 씨네 딸이 발견되었던 장소 근처에까지 이르렀다. 마침내 황혼이 지는 어느 저녁 무렵, 이 장소가 벌목될 차례가 왔다.

날씨가 흐려지고 어두워지자 벌목꾼들은 작업을 중단할 것을 원했고, 거대한 너도밤나무의 벌목을 그 다음날로 미루려 했지만, 면장은 이에 대해 반대 의견을 표명하였으며, 예정대로 제시간에 맞추어 범죄의 장소에 그늘을 드리우고 있는 그 거대한 나무의 가지를 치고 쓰러뜨려야 한다고 주장했다.

가지를 치는 사람이 나뭇가지들을 다 쳐내 벌목될 그 나무의 단장을 끝마치자 벌목꾼들이 나무 밑부분을 도끼로 패기 시작했고, 다섯 명의 벌목꾼들이 나무 중간에 걸린 줄을 잡아당기기 시작했다.

나무의 저항은 완강했다. 반쯤 패였음에도 불구하고 강한 둥치는 강철처럼 단단했다. 일꾼들 전체가 일정한 박자에 발을 구르며 땅에 몸이 닿을 정도로 힘껏 줄을 잡아당겼고, 힘을 조절하고 뱉어 내느라 헐떡이는 그들의 목에서는 외마디를 토해 냈다.

손에 도끼를 들고서 그 거인에 기대어 서 있는 벌목꾼 두 명
은 일격을 가할 준비가 된 두 명의 사형 집행인처럼 보였다. 나
무 표면에 손을 대고 잠시 움직임을 멈춘 르나르데는 근심을 동
반한 신경질적인 감정을 느끼면서 나무가 넘어지기를 기다리
고 있었다.

그들 가운데 한 명이 말했다.

"면장님, 나무에서 너무 가까이 있지 마세요. 나무가 넘어가
면 크게 다칠 수도 있습니다."

르나르데는 대답하지도, 한 치도 뒤로 물러나지도 않았다. 투
사처럼 그 나무를 쓰러트리기 위해 자신이 너도밤나무를 한껏
감쌀 준비가 되기라도 한 것처럼 보였다.

고통스러운 진동처럼 정점까지 치달리는 듯한 파열음이 높은
나무 기둥의 발치에서 갑자기 들려왔고, 나무가 거의 쓰러지려
는 것처럼 약간 기울었지만 여전히 쓰러지지는 않고 있었다. 한
껏 고무된 인부들은 양팔에 힘을 주고는 끌어당기는 행동에 좀
더 박차를 가했다. 부러진 나무가 쓰러지자 르나르데가 갑자기
한 발 앞으로 나와서는 멈춰 섰다. 저항할 수 없는 충격, 땅 위에
서 그를 짓뭉개 버릴 죽음을 몰고 올 그 충격을 받아 내기 위해
제 어깨를 올린 채로.

궤도를 약간 벗어나긴 했지만 너도밤나무는 그의 허리를 스
쳐 지나갔을 뿐이었고, 그는 5미터 밖으로 내던져졌다.

인부들이 그를 일으키기 위해 달려갔지만 르나르데는 어리둥

절해하면서 무릎으로 지탱하며 벌써 몸을 일으키고 있었다. 그는 약간은 정신 나간 눈빛으로 광증의 발작에서 이제야 깨어났다는 듯이 손으로 이마를 문질렀다.

그가 온전히 두 발을 땅에 딛고 섰을 때, 그의 행동에 놀랐던 인부들은 그가 하고자 했던 행동을 조금도 이해하지 못했기에 그에게 질문을 퍼붓기 시작하였다. 그는 더듬거리며 그들의 질문에 대답했다. 자신이 한순간 정신이 나갔었다고, 아니 그것보다는 자신이 한순간 어린 시절로 돌아간 듯한 착각에 빠졌었다고. 그래서 개구쟁이들이 달리는 차 앞을 뛰어 지나가는 것처럼 자신도 나무 밑으로 지나갈 시간이 충분할 거라고 생각했다고. 자신은 위험한 짓을 했고, 일주일 전부터 자신의 마음속에서 그와 같은 욕구가 자라나고 있다고 느끼고 있었으며, 나무가 소리를 내며 넘어갈 때마다 그 쓰러지는 나무에 부딪치지 않고 그 밑을 지나갈 수 있을까 자문해 보았다고. 그는 자신의 행동이 어리석은 것이었다고 인정했다. 하지만 누구나 이런 어처구니없는 짓을 하는 순간들이나 이런 유치하고 어리석은 감정들을 느끼는 적은 있는 것이다.

그는 적당한 단어를 찾아가며 감정이 배어나지 않는 목소리로 천천히 설명해 나갔다.

그런 후 자리를 떠나면서 그가 말했다.

"자, 그럼, 내일 봅시다, 여러분. 내일."

자신의 방으로 들어서자마자 그는 전등갓이 씌워진 탁상 램프가 환하게 빛을 발하고 있는 탁자를 마주하고 앉았다. 두 손으로 이마를 짚으며 그는 흐느껴 울기 시작했다.

오랫동안 울고 난 후에 그는 눈가를 닦아 냈다. 그러고는 고개를 들어 시계를 쳐다보았다. 아직 6시도 채 되지 않았다.

그는 생각했다.

"저녁 먹기 전까지 시간이 좀 있군."

그는 열쇠로 문을 잠그고는 탁자로 다시 와서 앉았다. 탁자 중앙에 있는 서랍을 열어 권총을 꺼내들고는 반듯하게 종이 위에 올려놓았다. 강철로 된 권총은 빛나고 있었고, 불꽃과도 흡사한 반사광을 뿌리고 있었다. 르나르데는 술 취한 사람의 흔들리는 눈빛으로 잠깐 동안 권총을 응시했다. 그러고는 몸을 일으켜 서성이기 시작했다.

그는 방에서 이쪽 끝에서 저쪽 끝까지 왔다 갔다 하면서 가끔씩 멈추어 섰지만 곧 다시 걸음을 옮겼다. 갑자기 그는 화장실 문을 열고는 물 항아리에 수건을 담갔다가 그것으로 자신의 이마를 적셨다. 사건이 일어난 날 아침에 그가 그렇게 했던 것처럼. 그리고 그는 다시 왔다 갔다 하기 시작했다. 그가 탁자를 지나칠 때마다 반짝이는 권총이 그의 시선을 끌었고, 그의 손에 쥐어지기를 갈구하고 있었다. 그러나 그는 시계를 쳐다보고는 이렇게 생각했다.

"아직 시간이 있어."

시계에서 6시 30분을 알리는 소리가 울렸다. 그러자 그는 권총을 쥐고는 끔찍하게 일그러진 얼굴을 하며 입을 있는 대로 크게 벌려서 마치 권총을 집어삼키기라도 할 것처럼 총구를 입 안.

으로 깊숙이 밀어 넣었다. 그 상태에서 그는 방아쇠에 손을 올려놓고 그 자세 그대로 잠시 동안 움직이지 않고 앉아 있었다. 그러다가 공포의 전율에 갑자기 충격을 받은 그는 양탄자 바닥에 권총을 뱉어 냈다.

흐느끼면서 그는 소파에 몸을 던졌다.

"할 수 없어. 그렇게 할 수는 없다고! 신이시여! 신이시여! 자살할 용기를 얻으려면 어찌해야만 합니까?"

누군가 문을 두드리자 그는 당황하며 몸을 일으켰다.

하인 하나가 말했다.

"저녁 식사가 준비되었습니다."

그가 대답했다.

"그래. 내려가도록 하지."

그는 권총을 주워서 도로 서랍 속에 넣었다. 자신의 얼굴이 지나치게 경련을 일으키고 있지는 않은지 살펴보기 위해 벽난로에 달린 거울을 쳐다보았다. 거울에 비친 그의 얼굴은 여느 때와 마찬가지로 붉은 빛이었다. 평소보다 약간은 더 붉었을 수도 있었겠지만. 그는 아래층으로 내려가 식사를 했다.

식사 시간을 길게 늘리려고 하는 사람처럼, 혼자 있게 남겨지는 시간을 조금도 원하지 않는 사람처럼 그는 천천히 음식을 섭취했다. 식사 후, 식탁이 치워지는 동안 그는 거실에서 파이프 담배를 여러 대 피웠다. 그런 다음에 그는 자신의 방으로 다시 올라왔다.

방에 혼자 있게 되자 그는 침대 아래를 바라보았으며, 그러다가 문득 옷장 문을 전부 열고는 구석구석을 조사하고 또 방 안의 가구란 가구는 모조리 뒤지기 시작했다. 그런 후에 벽난로에 불을 지피고는 그 앞을 왔다 갔다 하면서 눈으로 방 전체를 샅샅이 훑었다. 얼굴에 경련을 일으킬 정도로 공포를 동반한 불안을 느끼면서. 지난밤들과 마찬가지로 오늘 밤도 그 어린 라 로크를, 자신이 강간하고 교살한 그 어린 소녀를 보게 될 것이라는 사실을 그는 잘 알고 있었기 때문이다.

매일 밤마다 가증스러운 장면이 재생되었다. 장면의 재생은 먼저 그의 귓속에서 일종의 부르릉거리는 소리가 나면서 시작되었다. 그 소리는 쿵쿵거리는 기계 소리 같기도 했고, 아니면 멀리 철교를 지나가는 기차 소리 같기도 했다. 그 소리가 들리면 그는 숨을 헐떡이기 시작했고, 이내 숨 막히는 소리를 냈으며, 셔츠의 단추와 허리띠를 풀어 헤쳐야만 했다. 혈액이 원활하게 순환되도록 그는 방 안을 걸어 다녔고, 책을 읽으려고 노력했지만 모두 헛수고였다. 의도하지 않았음에도 그의 생각은 살인 사건이 일어난 그날로 향했고, 처음부터 끝까지 가장 강력했던 감정들을 오롯이 느끼면서 가장 비밀스럽고도 세세한 부분까지도 그에게 다시 경험하게 해 주었다.

아침에 잠자리에서 일어나면서 그는 끔찍한 날이 시작될 것이라고 느꼈다. 약간의 현기증과 두통에 더위를 탓했고, 그래서 그는 아침 식사 시간이 될 때까지 자신의 방에 그대로 머물렀다. 아침 식사 후에 그는 낮잠을 잤다. 그리고 자신의 나무숲에 가득한 나무들 아래에서 심신을 안정시켜 주는 시원한 산들바람을 만끽하려고 오후 늦게 밖으로 나갔다.

그러나 그가 밖으로 나서자마자 평원에 깔린 무겁고 타는 듯한 공기가 강렬하게 그를 짓눌렀다. 여전히 하늘 높이 떠 있는 태양은 고열을 뿜어내며 메마르고 목이 마른 대지 위로 타는 듯한 빛의 덩어리들을 쏟아붓고 있었다. 바람 한 점 불지 않아 나뭇잎들도 꼼짝하지 않았다. 가축들, 새, 심지어 메뚜기들조차도 침묵을 지키고 있었다. 르나르데는 커다란 나무들에 다가가 나뭇가지들이 거대한 지붕처럼 드리워진 그늘 아래로 브랭딜 강이 약간의 서늘함을 제공하고 또 물이 증발되고 있는 이끼 위를 걸어 다니기 시작했다. 하지만 그는 불편함을 느끼고 있었다. 보이지 않는 낯선 손이 자신의 목을 조르는 듯한 느낌을 받았다. 여느 때와 마찬가지로 머릿속으로 아무런 잡념도 떠올리지 않은 채 그는 그 어떤 생각도 하지 않은 상태로 그렇게 있었다. 유일하게 그의 머릿속을 희미하게 스쳐 지나가는 생각은 3개월 전부터 그가 떠올렸던 것으로, 재혼에 대한 것이었다. 그는 혼자 사는 일에 괴로움을 느끼고 있었다. 정신적인 면과 육체적인 면 모두에서 그랬다. 10년 전부터 그는 여성의 온기를 느끼고 또 거기에 익숙해지는 일, 여성이라는 존재를 가까이서 느끼고 여성과의 일상적인 결합에 익숙해지는 일을 필요로 했다. 여성과의 끊임없는 접촉과 규칙적인 결합이라는 절대적이고 한편으로 부끄러운 일이 그에게는 필요했던 것이다. 르나르데 부인이 사망한 이후 그는 이유를 모른 채 끊임없이 고통스러워해야만 했다. 다리를 스치며 지나가는 그녀의 원피스에서 하루 종일 느꼈던 촉감을 더 이상 맛볼 수 없다는 것에, 특히 그녀의 품 안에서 더 이상 평정을 되찾거나 한없이 약해질 수 없다는 것에 그는 늘 괴로워했다. 그는 대략 6개월 전에 홀아비가 되었지만, 아내의 추모 기간이 끝나면 자신과 결혼할 가능성이 있는 처녀나 과부를 벌써부터 근방에서 물색하고 있었다.

그의 영혼은 정숙했지만 이 영혼을 담고 있는 몸은 헤라클레스처럼 강인했고, 상상으로 불러낸 관능적인 이미지들이 그의 수면을 뒤흔들어 놓고 불면의 밤들을 만들어 내기 시작했다. 그런 이미지들이 떠오를 때마다 머릿속에서 몰아냈지만 노력도 헛되이 그 이미지들은 어느새 그를 괴롭히고 있었다. 자신에 대해 조소하면서 그는 때때로 이렇게 중얼거렸다.

"나는 꼭 성(聖) 앙투안[8]과도 같구나."

좀처럼 머리에서 떠나지 않는 장면들이 그날 아침에만도 벌써 여러 차례 지나갔던 터라 몸을 식히고 뜨거워진 피를 진정시키러 브랭딜 강가로 가서 몸을 씻어내고 싶다는 생각이 갑자기 떠올랐던 터였다.

조금 멀리 떨어져 있었지만 여름이면 주민들이 이따금씩 수영을 하러 놀러가곤 하는, 폭넓고 수심이 깊은 장소를 그는 알고 있었다. 그는 그곳으로 갔다.

시냇물이 잠시 쉬었다 다시 흘러가기 전에 잠시 수면을 취하

---

8) 성 앙투안(251~356)은 수행 초기에 온갖 환영에 시달렸던 것으로 알려져 있다. 귀스타브 플로베르의 《성 앙투안의 유혹》(1874)은 어느 날 밤 성경을 읽다가 망상이 시작되고 여자, 금은보화, 진수성찬이 눈앞에 떠오르면서 환각에 빠져드는 등, 수도하는 앙투안이 하룻밤 동안 겪는 유혹에 관해 이야기하고 있어 성 앙투안을 유명하게 만들어 주었다.

는 그 맑은 곳을 버드나무들이 빽빽하게 둘러쳐 가리고 있었다. 그곳에 다가가면서 르나르데는 미약한 어떤 소리를, 그러나 경사면을 흐르며 나는 냇물의 소리는 결코 아닌 아주 가볍게 찰랑거리는 물소리를 들었다고 생각했다. 그는 조심스럽게 나뭇잎을 헤치고 앞을 쳐다보았다. 투명한 물결을 통해 새하얀 살결의 벌거벗은 여자아이가 물속에서 춤추듯이 몸을 조금씩 움직이고 있었다. 이내 아이는 귀여운 몸짓으로 빙글빙글 돌면서 두 손으로 물장구를 치고 있었다. 그 여자아이는 더 이상 아이가 아니었지만, 그렇다고 아직 여성도 아니었다. 그녀는 통통하고 발육이 좋았다. 그녀에게는 빨리 성장해서 거의 성숙하다고 말할 수 있는, 조숙한 말괄량이의 모습이 남아 있었다. 불안에 떨고 놀람에 경직된 그는 더 이상 몸을 움직일 수 없었다. 날카롭고 야릇한 감정에 숨이 막혔다. 자신이 꿈꿔 왔던 성적인 욕망 가운데 하나가 방금 실현되기라도 한 것처럼, 음탕한 요정이 저 관능적이고도 아직 어린 존재를 그 앞에 나타나게 하기라도 한 것처럼 그는 자신의 심장이 뛰는 소리를 들으면서도 그 자리에 그냥 서 있었다. 바다의 파도 한가운데에서 태어난 비너스와 같이 시냇물의 거품 속에서 태어난 그 작은 농촌의 비너스를 보면서 말이다.

아이가 갑자기 물에서 빠져나와 제 옷을 찾아 입으려고 그가 있는 쪽으로 다가왔는데, 그때까지 그를 보지 못하였다. 그녀가 뾰족한 자갈을 조심하면서 망설이듯 잰걸음으로 가까이 다가오자 그는 어떤 거역할 수 없는 힘에 떠밀려, 자신의 몸을 자극하여 얼빠지게 하고 머리부터 발끝까지 몸을 떨리게 만든 어떤

야만적인 격정에 쫓겨 그녀에게 가까이 가고 있는 자신을 느껴
야 했다.

그가 몸을 숨기고 있는 버드나무 앞에서 아이는 잠시 동안 서
있었다. 그러자 이성을 잃어버린 그는 가지를 헤치고, 이내 아
이에게 달려들어 자신의 품에 끌어안았다. 저항의 몸짓을 하기
엔 너무나도 놀랐고 누구에게 도움을 청하기엔 너무나도 공포
에 사로잡힌 아이가 넘어지자, 그는 자신이 무슨 짓을 하고 있
는지 인지하지 못한 채 그렇게 아이를 안고 있었다.

악몽에서 깨어났다는 듯이 그는 자신이 저지른 범죄를 느끼
게 되었다. 아이가 울기 시작했다.

그가 말했다.

"조용히 해, 그만! 좀 조용히 해! 돈을 주마."

그러나 아이는 그의 말을 듣지 않았다. 아이는 계속해서 흐느
꼈다.

그가 다시 말했다.

"그만! 조용히 하라고! 그만! 조용히 해! 그만 조용하라니까!"

그녀는 도망치려고 몸을 비틀면서 울부짖었다.

그는 자신이 정신이 나갔었다는 사실을 갑자기 깨닫게 되었
다. 찢어지는 듯한 끔찍한 비명 소리를 그치게 하기 위해 그는
아이의 목을 잡아챘다. 죽음으로부터 도망치려는 한 생명이 격
분해서 힘을 내기라도 하듯 계속해서 몸부림치자 그는 비명을
지르느라 부풀어 오른 아이의 가냘픈 목에 자신의 커다란 두 손
을 가져가 몇 초 동안 목을 졸랐다. 그는 힘껏 목을 조르긴 했지

만 아이를 죽일 생각은 없었으며, 그저 아이를 조용히 시키고 싶었을 따름이었다.

그러다가 그는 공포에 이성을 잃고서 제 몸을 일으켜 세웠다.

피를 흘리고 얼굴빛이 검게 변한 아이가 그 앞에 누워 있었다. 혼란스러운 와중에도 그는 위험에 처한 모든 생명들을 움직이게 만드는 막연하고 불가사의한 본능에 이끌려 도망치기 시작했다.

시체를 물에 던져 버려야 했다. 그는 다른 어떤 충동에 이끌려 아이의 옷가지를 집어 들고는 그것을 작게 하나로 뭉쳤다. 그런 다음에 주머니에 있던 끈을 꺼내어 그 옷 뭉치를 묶은 다음, 뿌리를 브랭딜 강가에 담그고 있는 나무 밑둥 아래로 그 뭉치를 숨겼다.

일을 마치자마자 그는 성큼성큼 걸음을 옮겨 그 자리를 벗어나 목초지로 들어서서는 자신이 범죄를 저지른 장소에서 상당히 멀리 떨어진, 마을의 거의 반대쪽 끝 부분에 살고 있는 사람들이 자신의 모습을 목격할 수 있도록 커다란 원을 그리면서 마을을 한 바퀴 돌았다. 그런 후에 그는 평소 저녁 식사하는 시간에 맞추어 집에 돌아왔고, 자신의 산책 코스에 대해 하인들에게 이야기해 주었다.

그 사건에도 불구하고 그는 그날 밤 잠을 이룰 수 있었다. 이따금씩 사형수들이 그렇게 잠들 때가 있는 것처럼 그는 그날 밤 깊은 잠을 잘 수조차 있었다. 새벽의 여명이 비추기 시작할 때가 되어서야 그는 눈을 떴다. 평소 기상 시간에 자리에서 일어난 그는 자신의 중죄가 발견되었으리라는 두려움에 괴로워하면서 가만히 기다렸다.

그러던 중에 그는 사건 검증에 모두 참여해야만 했다. 일종의 환영을 통해 사람과 사물을 비추는 환각 속에서, 취기 가득한 구름에 들어가 있는 것처럼, 거대한 재앙이 도래한 시간에 정신을 마비시키는 한없이 비현실적인 의혹 속에서 그는 마치 몽유병자와 같은 정신 상태로 그 일을 모두 해냈다.

라 로크 부인의 찢어지는 듯한 비명이 그의 마음을 꿰뚫고 지나갔다. 오열하는 그녀를 보며 그는 나이 든 그 여자 앞에 무릎을 꿇고 하마터면 이렇게 소리칠 뻔했다.

"내가 그랬소!"

그는 자신을 잘 억눌렀다. 그러나 밤이 되어 그는 시냇물로 가서 죽은 아이의 신발을 꺼내 와서는 아이의 어머니가 사는 집 현관 앞에 그것을 놓아두고 돌아왔다.

사건에 대한 조사가 진행되는 동안 사법관들에게 나아갈 방향을 잡아 주며 혼란을 유도하기도 하면서, 그는 뛰어난 자제력을 보일 정도로 교활하여 미소와 친절을 지우지 않는 냉철한 태도를 유지했다. 머릿속에 떠오르는 모든 가설들에 대해 그는 사법관들과 조용히 얘기를 나누었고, 그들의 의견에 반박을 가하기도 했으며, 그들의 추론을 뒤집기도 했다. 그는 그들의 조사에 혼란을 야기하고 그들의 생각에 혼선을 빚게 하거나 그들이 용의자로 지목한 사람들의 무죄를 주장하면서 신랄하고도 고통스러운 어떤 쾌락을 느끼기조차 했다.

하지만 조사가 중단된 날부터 그는 차츰 신경질적인 반응을 보였고, 자신의 분노를 잘 제어하고 있음에도 불구하고 평소보다 더 자주 화를 내게 되었다. 갑자기 들려오는 소리에 그는 겁을 내며 깜짝깜짝 놀랐고, 사소한 일에도 무서워 떨었으며, 때로는 파리가 이마에 앉아도 머리끝에서 발끝까지 몸을 떨었다. 그렇게 되자 긴급히 어떤 조치를 취할 필요가 있다는 생각이 그를 지배하기 시작했고, 그러한 생각은 그로 하여금 억지로나마 놀라울 정도로 긴 산책을 하도록 만들었고, 자신의 방을 서성거리면서 밤새 깨어 있도록 만들었다.

그가 후회하며 괴로워했기 때문에 이와 같은 행동을 한 것은 결코 아니었다. 그의 난폭한 본성은 윤리적인 근심이나 감정상의 어떠한 뉘앙스도 풍기지 않았다. 폭력적이기까지 한 에너지가 넘쳐나고, 전쟁을 하거나 정복한 지역을 유린하면서 피정복자들을 학살하기 위해 태어났고, 사냥꾼과 투사의 야생적 본능으로 가득 찬 그는 인간의 삶에 대해서는 거의 고려하지 않았다. 타산적 계산에 의해 그는 교회를 존중하기는 했지만 신도 악마도 믿지 않았으며, 따라서 지금의 삶에서 한 행동들로 인한 보상이나 벌을 다른 생에서 받을 것이라는 생각을 하지도 않았다. 모든 신앙에 대해 그는 지난 세기의 백과전서파9)들의 주장에 따라 갖추어진 애매한 철학을 견지하고 있었다. 그리고 그는 종교를 법의 윤리적이고 필연적인 귀결이라고 간주했다. 법이

---

9) 루소, 볼테르, 디드로, 달랑베르 등 프랑스 혁명의 정신적 자양분을 제공한 18세기 계몽주의 철학자들을 일컬으며, 이들은 다른 계몽주의자들과 함께 《백과전서》를 공동으로 집필했다.

나 종교 모두 사회적 관계들에 규칙을 부여하기 위해 인간이 발명한 것이라고 생각했다.

결투를 하다가, 혹은 전쟁에서, 혹은 다툼 끝에, 혹은 사고로, 혹은 복수심에, 혹은 허세에 의해서조차 누군가를 죽인다는 것이 그에게는 유쾌하고도 용맹한 무엇처럼 생각되었고, 누군가를 죽인다는 것에 산토끼에게 총을 쏘는 것 이상의 의미를 부여하지 않았다. 그렇지만 그 어린아이의 죽음에 대해 그는 어떤 깊은 감정을 느꼈다. 우선 그는 저항할 수 없는 취기와도 같이 얼이 빠진 상태에서, 그의 이성을 날려 버린 일종의 감정상의 동요 속에서 그 일을 저질렀다. 그리고 그는 마음속에, 자신의 몸속이나 입술 위에, 살인자인 자신의 여러 손가락에 이르기까지 일종의 야만적인 감정을 간직하는 동시에 그 때문에 놀랐다가 무기력하게 죽임을 당한 그 소녀에 대한 끔찍한 공포를 간직하고 있었다. 매 순간 그의 생각은 그 끔찍한 장면을 반복해서 재현하고 있었다. 그가 그날의 장면들을 몰아내려고 노력함에도 불구하고, 그가 공포의 감정과 혐오감을 느끼며 그 장면을 멀리 떼어 놓으려 해도 다시 나타날 순간을 기다리며 끊임없이 그날의 이미지가 자신의 정신 속을 부유하고 그의 주위를 떠돌아다니는 것을 느꼈다.

그래서 그는 저녁을 무서워하게 되었고, 자신의 주위를 감싸는 그림자를 두려워하게 되었다. 그 어둠이 그에게 공포로 다가오는지 그는 아직 모르고 있었다. 그렇지만 그는 본능적으로 그 어둠을 두려워했다. 그는 그 어둠이 공포로 가득 차 있음을 느

144

끼고 있었다. 낮에는 공포에 조금도 흔들리지 않았다. 낮에는 사물들과 존재들을 뚜렷이 볼 수 있었다. 또한 대낮에는 오로지 밝음 속에 모습을 드러낼 수 있는 사물들과 자연의 존재들만을 볼 수 있다. 하지만 밤은, 성벽보다 더 두텁고 공허한 어두운 밤은, 너무나도 검고 너무나도 광활하며 경계가 없어 공포를 자아내게끔 살짝 건드릴 수도 있는 밤은, 불가사의한 두려움이 어슬렁거리고 배회하는 것을 느낄 수 있는 밤은 그에게는 가까이에 있으며 위협적인, 저 알 수 없는 위험을 숨기고 있기라도 한 것으로 보였던 것이다! 하지만 어떤 위험을 말하고 있는가?

그는 그 위험이 무엇인지 곧 알게 되었다. 그가 잠들지 못했던 어느 밤, 아주 늦은 시간에 소파에 앉아 있을 때 그는 창문에 드리워진 커튼이 움직이는 것을 보았다고 생각했다. 불안해하면서, 고동치는 심장소리를 들으면서 그는 기다렸다. 커튼은 더 이상 움직이지 않았다. 그러다가 갑자기 커튼이 다시 움직였다. 적어도 그는 커튼이 움직였다고 생각했다. 그는 감히 몸을 일으킬 생각을 하지 못했다. 그는 더 이상 숨을 내쉴 수조차도 없었다. 그러나 그는 한편으로 용감한 사람이었다. 그는 자주 싸움도 마다하지 않았고, 자신의 집에서 도둑들을 발견하는 것을 좋아하기도 했다.

커튼이 확실히 움직였던가? 혹시 잘못 보지 않았나 싶어 그는 스스로에게 되물었다. 게다가 바람 때문에 흔들렸다고 할 수 있을 정도의 미미한 움직임으로 커튼의 주름 사이에서 일어난 일종의 살랑거림이라고 할, 직물의 가벼운 흔들림이란 아무것도 아닌 것이나 마찬가지일 것이다. 르나르데는 목을 늘어트린 채 커튼에 눈을 고정시키고서 자리에 앉아 있었다. 자신이 겁을 먹었다는 사실에 부끄러움을 느낀 그는 갑자기 몸을 일으켰다가는 다시 엎드린 자세로 창문으로 가서는 두 손으로 커튼을 잡고 양옆으로 커튼을 크게 열어젖혔다. 먼저 그의 눈에 들어온 것은 빛을 내고 있는 금속판처럼 검은 시커먼 창문뿐이었다. 밤이, 통과할 수 없는 거대한 밤이 창문 바로 뒤에서부터 보이지 않는 지평선에까지 펼쳐져 있었다. 경계가 없는 그 그림자와 마주한 채 그는 서 있었다. 그러다가 갑자기 그는 거기에서 희미한 빛을, 점점 멀어지는 듯 보이는, 조금 움직이는 희미한 빛을 발견했다. 그는 창유리에 얼굴을 바짝 갖다 대며 가재잡이 어부가 틀림없이 브랭딜 강가에서 불법으로 낚시를 하는 것이라고 생각했다. 왜냐하면 시간이 자정을 넘어서고 있었고, 그 희미한 빛이 나무숲 아래에서 물가를 따라 기어가듯 움직이고 있었기 때문이다. 아직 명확하게 구분할 수 없었기 때문에 르나르데는 두 손을 눈앞에 올려서 오므려 보았다. 그러자 그 희미한 빛이 갑자기 밝아졌고, 이끼 위에서 벌거벗은 채 피를 흘리고 있는 어린 라 로크를 그는 보았다.

그는 공포에 경련을 일으키며 뒷걸음질을 치다가 의자에 부딪혀 뒤로 나자빠졌다. 겁에 얼이 빠진 채 그는 그 자세로 몇 분 동안 가만히 있었다. 그러다가 자세를 바로하고 앉은 다음 그는 곰곰이 생각해 보기 시작했다. 나는 환각을 본 것이다. 그렇다. 밤에 농작물 도둑이 손전등을 들고 물가를 걷고 있는 것에서 기인한 환각을 자신이 본 것이다. 게다가 자신이 저지른 범죄에 대한 기억이 죽은 아이의 모습을 어쩌다가 그에게 보여 준다고 해서 그것이 뭐 그리 놀랄 만한 일일 것인가.

몸을 다시 일으킨 그는 물 한 잔을 마시고 다시 앉았다. 그는 생각했다.

'좀 전의 일이 다시 발생하면 나는 뭘 해야 하는가?'

좀 전과 같은 일이 그에게 다시 생길 것임을 그는 느끼고 있었고, 거의 확신을 하고 있었다. 벌써 창문은 그의 시선을 유혹했고, 그를 불렀으며, 그를 끌어당겼다. 더 이상 창문을 쳐다보지 않기 위해 그는 의자의 방향을 돌려놓았다. 그런 후에 그는 책을 꺼내들고 읽으려고 노력해 보았다. 하지만 곧 그는 뒤에서 무언가 움직이는 소리를 들은 것 같은 느낌을 받았다. 그는 갑작스레 발을 움직여 의자를 휙 돌렸다. 커튼이 다시 흔들리고 있었다. 이번에는 커튼이 확실히 흔들리고 있었다. 그 사실에 대해 그는 더 이상 의심할 수가 없었다. 그는 몸을 내던지다시피 움직여 매우 난폭하게 한 손으로 커튼을 잡아채서는 커튼 봉과 함께 커튼을 밑으로 던져 버렸다. 그리고 맹렬하게 얼굴을 거울에 가져다 댔다.[10] 아무것도 보이지 않았다. 밖은 모든 것이 검은색이었다. 죽음에서 구출받은 사람처럼 그는 기쁨에 겨워 큰 숨을 내몰아 쉬었다.

그는 다시 의자에 앉았다. 하지만 앉자마자 곧 그는 다시 한 번 창문 밖을 내다보고 싶은 욕망에 사로잡혔다. 커튼이 뜯어지

---

10) 어두워서 창문이 거울처럼 제 모습을 비추고 있는 정면을 말한다.

고 난 후부터 창문은 어두운 농촌에 생겨난 매혹적이고도 위험한 어둠의 구멍이 되었다. 그 위험한 유혹에 다시 넘어가지 않기 위해 그는 옷을 벗고 촛불들을 끈 뒤 침대 위에 누워 두 눈을 감았다.

습하고 따뜻해진 몸을 똑바로 뉘어 움직이지 않은 채 그는 잠이 들기만을 기다렸다. 그러자 갑자기 커다란 빛이 그의 눈꺼풀 위로 지나갔다. 집에 불이 났다고 생각한 그는 눈을 떴다. 방은 어둠에 싸여 있었고, 저항할 수 없을 정도로 여전히 그의 시선을 끌어당기는 창문을 살펴보기 위해 팔꿈치에 몸을 지탱하면서 상체를 일으켰다. 창문을 보려고 노력한 덕분에 그는 하늘에 떠 있는 별 몇 개를 볼 수 있었다. 그는 몸을 일으켜 더듬거리며 방을 가로질러서는 손을 뻗어 창문의 격자를 만졌다. 그리고 그 위에다가 제 이마를 기댔다. 저 아래 나무 밑에서 여자아이의 몸이 발광 물질에서 빛을 뿜어내듯 그렇게 빛을 내고 있었다. 주의의 그림자들을 밝히면서 말이다!

르나르데는 비명을 지르고는 침대로 뛰어가서 베개 밑에 머리를 감추고 아침이 될 때까지 그 상태로 있었다.

그 순간부터 그의 삶은 견딜 수 없는 것이 되어 버렸다. 그는 밤의 공포 속에서 시간을 보내며 살아야 했고, 그가 본 장면이 밤마다 재현되었다. 자신의 방에 혼자 남게 되자마자 그는 그 장면과 싸우기 위해 노력을 기울였다. 하지만 소용이 없었다. 저항할 수 없는 어떤 힘이 그를 일으켜 세웠고, 여자아이의 유령을 부르기 위해서인 것처럼 창문으로 가도록 그를 밀어냈다.

창문에 다가서자마자 그는 유령을 보게 되었다. 아이의 모습은 시신이 처음 발견되었을 때의 그 모습 그대로 두 팔을 늘어뜨리고 두 다리를 벌린 채 누워 있는, 범죄 현장에 누워 있던 바로 그 모습이었다. 그러다가 죽은 아이는 몸을 일으켜 종종걸음으로 걸어왔다. 여자아이가 그날 시냇물에서 나와서 했던 행동 그대로. 잔디밭과 말라 버린 화단 위를 지나며 여자아이는 똑바로 천천히 걸어왔다. 그런 후, 공중에 몸을 띄우고서 르나르데의 창문을 향해 날아왔다. 범죄가 일어난 그날, 그 여자아이가 살인자가 있는 방향으로 다가왔던 것처럼 여자아이는 그를 향해 다가왔다. 그러면 르나르데는 그 존재의 출현 앞에서 뒷걸음질을 쳤다. 그는 자신의 침대까지 뒷걸음질을 쳐서는 그 위로 쓰러졌다. 여자아이가 방 안으로 들어와 좀 전에 움직이던 커튼 뒤에 이제 서 있다는 사실을 확신하게 되자 그는 날이 밝을 때까지 시선을 떼지 않고 그 커튼을 바라보고 있었다. 자기 때문에 희생당한 아이가 제 방에서 나가는 것을 보게 되기를 계속해서 기다리면서. 하지만 아이는 더 이상 모습을 보이지 않았다. 아이는 간혹 흔들리면서 떨리는 그 커튼 뒤에서 그렇게 머물러 있었다. 침대보를 손가락으로 움켜쥔 르나르데는 어린 라 로크의 목을 졸랐던 것처럼 그렇게 계속해서 침대보를 꽉 쥐고 있었다. 시계가 울리는 소리가 들렸다. 고요 속에서 그는 벽시계의 추가 움직이는 소리와 자기 심장의 깊은 박동 소리를 들었다. 이 불쌍한 남자는 어느 누구도 결코 겪어 보지 않은 그러한 고통을 느꼈다.

그러다가 햇빛의 흰색 선이 날이 밝았음을 알리면서 방 안의 천장에 드리워지기 시작하자 그제야 그는 혼자라는 것에, 자신의 방 안에 자신 혼자만 있다는 것에 해방감을 느꼈다. 그러고 나서 그는 잠에 빠져들었다. 그렇게 그는 몇 시간의 수면을 취했다. 근심스럽고 열기에 차서, 그런 상태에서 잠을 자면서도 간혹 그는 꿈속에서 지나온 날들의 그 끔찍한 장면을 다시 보기도 했다.

시간이 지나 정오에 점심 식사를 위해 아래층으로 내려왔다. 그는 상당한 피로감을 느낄 때 몸이 그런 것처럼 관절 마디마디가 아파 오는 것을 느꼈다. 그는 겨우 식사를 마치고 다가오는 밤에도 다시 보게 될 그 장면에 대한 걱정으로 여전히 두려움에 떨어야 했다.

그러나 그는 자신이 본 장면이 유령이 등장한 것은 아니며, 죽은 자들은 결코 다시 오지 않는다는 사실을 잘 알고 있었다. 그는 자신의 기이한 생각과 잊혀지지 않는 기억에 의해 병들고 강박관념에 사로잡힌 그의 영혼이야말로 그가 괴로움을 느끼게 되는 유일한 원인이라는 사실을 알고 있었다. 그렇기에 그런 영혼의 요청으로 불려나와 지워지지 않는 이미지가 찍히듯이 남아 그의 눈앞에 아이의 모습으로 나타날 수 있었고, 죽은 아이가 부활한 것처럼 자기가 떠올리는 유일한 이유도 바로 거기에 있다는 사실을 그는 잘 알고 있었다. 하지만 이와 동시에 그는 자신이 치유될 수 없으리라는 것도, 그 기억의 잔인한 괴로움으로부터 결코 자유로워질 수 없으리라는 것도 잘 알고 있었다.

이러한 고문을 더 오래 견뎌야 하느니 차라리 죽는 편이 낫다고 마침내 그는 결론을 내리게 되었다.

따라서 그는 자신을 죽일 수 있는 방법을 찾아보기 시작했다. 그는 자살처럼 보이지 않을 간단하고도 자연스러운 방법을 찾기를 원했다. 자신의 조상에게서 물려받은 이름과 자신의 평판에 애착을 갖고 있었기 때문이다. 그리고 만약 그를 죽음에 이르게 한 원인을 사람들이 의심하게 된다면 해결되지 않은 범죄와 찾아내지 못했던 살인자에 대해 생각하게 될 것이 분명했고, 그렇게 되면 그 범죄의 범인으로 그를 지목하는 데 그리 오래 걸리지 않을 것이다.

나무를 베는 장면을 보면서 그는 자신이 어린 라 로크를 죽였던 그곳의 그 나무에 의해 압사당하자는 기이한 생각을 떠올리게 되었다. 그래서 그는 자신의 나무숲을 벌목하고 자신의 죽음을 사고처럼 꾸미기로 결심했다. 하지만 그 너도밤나무는 그의 허리를 부러트리는 것을 거부했다.

미칠 듯한 절망감에 사로잡혀 집으로 되돌아온 그는 권총을 꺼내들었지만 차마 방아쇠를 당기지는 못했다.

저녁 식사 시간이 되어 그는 식사를 하고서 자신의 방으로 올라왔다. 자신이 앞으로 해야 할 일에 대해 그는 아무런 생각을 할 수가 없었다. 첫 번째 시도가 실패로 돌아간 지금 그는 무기력을 느꼈다. 방금 전까지도 그는 준비가 되어 있었고, 확고한 의지를 다진 바 있으며, 이에 필요한 결단력을 갖고 있었고, 자신의 용기와 결심을 잘 제어하고 있었지만, 지금 그는 몹시 약해졌고, 죽은 아이에 대해 갖는 공포심만큼이나 죽음을 겁내게 되었다.

그는 중얼거렸다.

"나는 이 이상을 할 수 없어. 난 도저히, 이 이상은 할 수 없어."

그는 때로는 탁자에 놓인 권총을, 때로는 창문에 드리워진 커튼을 공포를 느끼며 쳐다보았다. 끔찍한 어떤 일이 곧 벌어져 자신의 삶이 끝나 버릴 것처럼 모든 것들이 느껴졌다! 어떤 일이? 무슨 일이? 그것은 아마도 자신과 그 여자아이와의 만남이지 않을까? 그녀가 그를 감시하고, 그를 기다렸으며, 그를 부르고 있었는데, 그러니까 이번에는 그녀가 그를 수중에 넣기 위해서, 그를 자신의 복수에 끌어들이기 위해서 그렇게 매일 저녁 모습을 보임으로써 결국 그를 죽음으로 몰고 가기 위해서였다.

그는 어린아이처럼 울면서 몇 번이고 반복해서 이렇게 말했다.

"나는 이 이상을 할 수 없어. 난 도저히, 이 이상은 할 수 없어."

그러고는 그는 무너지듯 무릎을 꿇고 앉아 중얼거렸다.

"맙소사, 하느님 맙소사!"

하지만 그는 여전히 신을 믿지는 않은 채 이런 말을 하고 있었다. 그러더니 결국 그는 그 어린아이가 모습을 드러내며 웅크리고 있는 창문도, 권총이 빛을 발하고 있는 탁자도 더 이상 감히 쳐다볼 엄두를 내지 못했다.

아침에 잠에서 깨었을 때 그는 큰 소리로 이렇게 말했다.

"계속 이렇게 살 수는 없어. 끝장을 내 버리겠어."

조용한 방 안에서 울려 나온 그의 목소리는 그의 사지에서 두려움의 전율을 느끼게 했다. 하지만 이제 어떤 결심도 하지 않기로 결정했고, 따라서 권총의 방아쇠에 자신의 손가락을 걸어 당길 일도 없으리라는 것을 그가 잘 알고 있었기 때문에 이불 밑에서 머리를 가리기 위해 몸의 방향을 바꾸고는 곰곰이 생각에 잠겼을 뿐이었다.

그에게는 죽음에 이르게 할 것이라면 무엇이든 찾아낼 필요가 있었다. 더 이상 머뭇거리거나, 지연되거나, 후회를 할 여지가 있는 가능성도 남겨 두지 않고서 확실하게 자신을 죽일 수 있는 계략을 만들어 내야만 했다. 군인들에 둘러싸여 단두대로 끌려가는 사형수들을 그는 부러워했다. 아! 자신에게 총을 쏴 달라고 누군가에게 부탁할 수만 있다면, 자신이 저지른 짓을 절대로 폭로하지 않을 확실한 친구에게 자신의 범죄를 자백하고서 자신의 정신 상태를 설명한 다음 그가 자신을 죽일 수 있도록 설득할 수만 있다면. 하지만 누구에게 그런 끔찍한 부탁을 할 수 있단 말인가? 누구에게? 자신이 알고 있는 사람들 가운데에서 찾아봐야 할까? 의사? 아니다. 그는 틀림없이 나중에라도 이 일에 대해 이야기를 할 것이다. 그러다 갑자기 괴상한 생각이 그의 머리를 스쳐 지나갔다. 자신이 개인적으로 잘 알고 있는 예심판사에게 자수하는 편지를 쓰기 시작한 것이다. 이 편지에다가 그는 모두 얘기할 것이다. 자신이 저지른 범죄와 자신이 겪어야 했던 고문과도 같던 그 일들, 죽음으로 해결을 보려고 했던 자신의 선택, 또한 그럼에도도 불구하고 행동으로 옮기지 못했던 망설임들, 사그라지는 용기를 북돋기 위해 자신이 사용했던 방법 모두를. 범인이 자결했다는 것을 예심판사가 알게 되면 자신의 이 편지를 폐기해 줄 것을 르나르데는 자신과 그와의 오랜 우정에 이름을 걸고서 부탁할 것이다. 르나르데는 이 사법관을 믿어도 될 것이다. 그는 예심판사가 확실하고 신중하며 더구나 가벼이 말을 내뱉지 않는 사람이라는 것을 알고 있었다. 이 사법관은 오로지 제 이성만을 따르면서 절제되고 숙고되고 견실하고 굳은 양심을 가진 사람들 가운데 한 명이었다.

그가 이 계획을 세우자마자 야릇한 기쁨이 마음속에서 생겨났다. 그는 이제 마음의 안정을 되찾았다. 그는 천천히 편지를 써 내려갔다. 아침이 되면 그는 소작지 농가 벽에 붙어 있는 편지함에 자신의 편지를 넣을 것이다. 그리고 집배원이 편지를 수거하는 모습을 지켜 보려고 탑에 올라갈 것이다. 푸른 작업복을 입은 집배원이 편지를 갖고 가면 그는 탑의 기단을 이루고 있는 바위들 위로 제 머리를 아래로 향한 채 뛰어내릴 것이다. 그는 우선 자신의 숲을 벌목하고 있는 일꾼들이 자신의 모습을 볼 수 있도록 조치를 취해 놓을 것이다. 그렇게 그는 축제날 깃발을 걸어 놓는 깃대가 설치된, 밖으로 삐져나온 난간 위로 기어 올라갈 수 있을 것이다. 그리고 깃대를 흔들어 부러뜨린 후 그는 깃대와 함께 추락하게 될 것이다. 누가 이것을 보고서 사고가 아니라고 의심하겠는가? 탑의 높이와 자신의 몸무게를 감안

하면 그는 확실히 죽게 될 것이다.

그는 즉시 침대에서 나와 탁자에 앉아서는 편지를 쓰기 시작했다. 그는 그 어느 것도, 범죄의 세세한 부분까지도, 근심으로 가득 찬 제 삶의 아주 작은 부분까지도, 마음속에 느꼈던 고통의 작은 편린들까지도, 그 어느 하나도 잊지 않았다. 스스로를 자책하며 자신에게 벌을 주었고, 범인에게 그에 합당한 조치를 취할 예정이라고 제 편지 말미에 적었다. 끝으로 그는 자신의 오래된 친구에게 사람들이 자신의 명성에 흠집을 내는 일이 결코 생기지 않도록 해 달라고 부탁했다.

편지를 다 쓰고 나자 날이 밝아 왔다. 그는 편지를 접어 봉투에 넣어 봉하고 겉에 주소를 적어 넣은 뒤 가벼운 걸음걸이로 아래층으로 내려와 농장 건물의 구석진 벽에 붙어 있는 작은 흰색 우체통까지 달려갔다. 자신의 손을 떨리게 만드는 그 편지 봉투를 우체통에 던지듯이 집어 넣은 후, 그는 재빠른 걸음으로 되돌아와 커다란 문의 빗장들을 모두 걸어 잠그고서는 탑으로 올라갔다. 그러고는 자신의 사형 판결을 배달해 줄 집배원이 지나가기를 기다렸다.

그는 이제야 마음이 진정되고 해방감과 구원을 받은 느낌이었다!

차갑고 메마른 바람, 얼음장 같은 바람이 그의 얼굴을 훑고 지나갔다. 그는 입을 크게 벌려 그 얼음 같은 바람을 들이마시면서 깊은 숨을 내쉬었다. 하늘은 겨울의 열정적인 붉은빛을 띠고 있었고, 서리 긴 흰색 평원 전체가 막 떠오르는 아침 첫 햇살을 받아 빛나고 있었다. 평원의 모습은 마치 잘게 부순 녹색 가루가 지구 위에 뿌려져 있는 듯했다. 르나르데는 머리에 아무것도 쓰지 않은 채 서서 드넓은 그 지역을, 왼쪽으로는 목초지가 펼쳐져 있고 오른쪽으로는 마을이 나 있는 그 풍경을 바라보고 있었다. 농가의 굴뚝들에서는 아침 식사를 준비하는 연기가 피어오르고 있었다.

자신의 발치 아래로 브랭딜 강이 흘러가는 모습이 보였다. 잠시 후면 브랭딜 강이 감고 휘도는 저 바위들 위로 자신은 떨어지게 될 것이다. 그는 차갑고 아름다운 이 새벽 공기 속에서 기운이 충만하고 삶의 에너지가 가득 차 다시 태어난 듯한 느낌을 받았다. 그는 자신을 둘러싼 빛 속에 잠겨 있었고, 빛은 마치 희망과도 같이 그를 관통하고 있었다. 수많은 추억들이 순식간에 밀려들었다. 오늘 아침과 같은 그런 아침들에 대한 기억들, 빠르게 걸을 때마다 발밑에서 소리를 내던 단단한 대지, 야생 오리들이 서식하고 있는 연못가에서의 풍성한 사냥 등등. 자신이 좋아했던 즐거운 모든 일들, 존재하여 알게 되는 온갖 좋은 일들이 그의 기억 속에서 줄줄이 달려 나왔고, 새로운 욕망들로 그를 자극했으며, 원기왕성하고 강한 제 몸이 원하는 모든 강렬한 욕구들을 일깨웠다.

아니, 그런데 자신이 죽게 될 것이라고? 대체 무엇 때문에? 유령 때문에 겁에 질려 돌연히 자살을 행할 것이라고? 아무것도 아닌 것에 겁을 먹고서? 자신이 이렇게 여전히 젊고 부유한데도! 대체 이 무슨 미친 짓거리인지! 지금의 이 상황을 잊기 위해 그는 다른 오락거리를 찾거나 잠시 자리를 비우거나, 아니면 여행을 떠나도 충분할 것이다! 지난밤에만 해도 그는 그 어린아이를 보지 못하지 않았는가! 다른 것에 몰두하자 자신을 끊임없이 괴롭혔던 그 생각이 더 이상 머릿속에 떠오르지 않지 않았는가! 아마도 그는 이제 더 이상 그 아이의 모습을 다시 보지 않게 되지 않을까? 만일 그 아이의 유령이 그의 집에 여전히 나타난다면, 그럴 것이 확실하지만 다른 장소에서는 그를 따라오지 못할수도 있지 않겠는가! 갈 수 있는 곳은 많고, 남아 있는 날들은 아직 많지 않은가! 왜 죽음을 택하겠는가?

그의 시선은 목초지 위를 배회하고 있었고, 브랭딜 강 옆으로 길게 난 오솔길에서 푸른색 점 하나가 움직이고 있는 것을 볼 수 있었다. 메데릭이었다. 그는 도시에서 편지를 가져와 배달하고, 또 마을의 편지를 수거해 가기 위해 여기로 오고 있었다.

르나르데는 고통의 감정이 그를 꿰뚫고 지나가자 소스라치게 놀랐다. 그는 자신의 편지를 되찾기 위해, 집배원에게서 자신의 편지를 되돌려 받기 위해 즉시 탑의 나선형 계단을 달음질해 내려갔다. 그에게는 이제 누가 자신의 이런 모습을 보는 것 따위는 아무 상관이 없었다. 간밤에 얇게 서리가 내려앉은 목초지를 가로질러 그는 내달렸고, 집배원과 거의 동시에 농가 구석에 있는 우체통에 도착했다.

집배원은 우체통의 작은 나무 문을 열고 마을 사람들이 그곳에 넣어 놓은 편지들을 꺼내고 있었다.

르나르데가 그에게 말했다.

"안녕하시오, 메데릭."

"안녕하세요, 면장님."

"그런데 말이오, 메데릭, 우체통에 넣었던 편지가 다시 필요해졌지 뭐요. 내가 넣은 편지를 다시 돌려줄 수 있겠소?"

"물론이죠, 면장님. 편지를 돌려드리겠습니다."

그러고는 집배원은 고개를 들어 르나르데를 쳐다보았다. 그는 르나르데의 얼굴을 보곤 놀라 몸이 굳어 버렸다. 르나르데의 얼굴은 파랗게 질려 있었고, 시선은 불안으로 이리저리 흔들렸으며, 움푹 꺼진 눈 밑엔 검은 그림자가 생겨 있었다. 머리카락은 뒤죽박죽이고, 수염은 엉클어졌으며, 넥타이는 풀려 있었다. 한눈에 보아도 그가 밤새 한숨도 잠을 자지 않았음을 알 수 있었다.

메데릭이 물었다.

"어디 편찮으세요, 면장님?"

자신의 모습이 틀림없이 이상해 보일 거라는 생각이 갑자기 들기 시작한 르나르데는 당황해하며 더듬거리며 말했다.

"아니…… 아니요……. 단지 당신에게서 편지를 되돌려 받으려고 침대에서 뛰쳐나와서 그럴 거요……. 자고 있었는데, 음…… 이해하시겠소? ……."

제대한 병사의 마음에 약간의 의혹이 생겨났다.

그가 다시 물었다.

"무슨 편지 말씀이시죠?"

"당신에게서 돌려받아야 할 그 편지 말입니다."

이제 메데릭은 망설이고 있었다. 면장의 태도는 그가 보기에 자연스럽지 않았던 것이다. 이 편지에는 아마도 비밀이, 어떤 정치적인 비밀이 숨겨져 있는지도 모를 일이었다. 르나르데가 공화주의자가 아니라는 것을 메데릭은 알고 있었다. 게다가 메데릭은 선거에서 왕정주의자들이 행했던 모든 속임수와 기만 행위들 또한 알고 있었다.

그가 물었다.

"이 편지는 누구에게 보내는 겁니까?"

"예심판사인 퓌투앙 씨에게 보내는 편지요. 당신도 잘 알고 있는, 내 친구 퓌투앙 씨에게 보내는 것이라니까!"

집배원은 편지들을 뒤져 르나르데가 되돌려 주기를 원하는 그 편지를 찾아냈다. 찾아낸 편지를 그는 손가락 사이에서 이리저리 돌리며 자세히 들여다보았다. 중대한 실수를 하는 게 아닌가 하는 생각에, 혹은 면장과 적대적인 관계에 놓이게 되는 것은 아닌지 걱정을 하며 상당히 난감하고 당혹한 감정을 느끼면서.

그가 머뭇거리는 것을 보면서 르나르데는 편지를 잡기 위해 몸을 움직였고, 그에게서 편지를 낚아채려 했다. 르나르데의 이러한 갑작스런 행동을 보고 메데릭은 이 문제가 중요한 일이라 확신을 했고, 어떤 일이 있어도 자신의 의무를 다하리라 어느새 결심을 했다.

그래서 그는 편지를 가방에 넣고는 가방의 입구를 닫으면서 말했다.

"안 돼요. 안 되겠습니다, 면장님. 법원에 가야 하는 편지라서 면장님께 돌려드릴 수가 없겠습니다.”

무시무시한 공포가 르나르데의 심장을 조여 왔다.

그는 더듬거리며 말했다.

“하지만 당신은 나를 잘 알잖소! 내 글씨체도 알아볼 수 있고 말이오. 그 편지가 필요하다고 내가 아까 말했잖소!”

“그래도 안 되겠습니다.”

“이보시오, 메테릭. 내가 당신을 속일 수 없다는 것을 당신도 잘 알고 있잖소! 다시 한 번 더 말하지만 그 편지가 내겐 필요하오.”

“아니요. 그래도 안 되겠습니다.”

분노로 인한 전율이 르나르데의 흥분한 영혼을 관통했다.

“이런 젠장! 당신 앞으로 조심하는 게 좋을 거요. 내가 농담하지 않는다는 것을 당신도 잘 알 거요. 게다가 당신, 내가 당신을 해고하게 할 수 있다는 사실을, 그것도 그리 오래 걸리지 않고 그렇게 할 수 있다는 걸 당신은 알고 있을 게요. 게다가 어쨌든 나는 이 마을 면장이라고. 그러니 그 편지를 내게 돌려줄 것을 당신에게 정중하게 명령하는 바이오.”

집배원은 단호히 대답했다.

“아니요. 그래도 안 되겠습니다, 면장님!”

그의 대답에 이성을 잃어버린 르나르데는 집배원의 가방을 뺏기 위해 그의 팔을 잡았다. 하지만 집배원은 충격에서 벗어나 뒷걸음질치면서 자신의 커다란 호랑가시나무 지팡이를 쳐들었다.

그는 여전히 침착한 목소리로 말했다.

"다가오지 마세요, 면장님. 계속 그렇게 하시면 이 몽둥이로 때리겠습니다. 조심하세요. 저는 제 의무를 다할 뿐입니다!"

어쩔 수 없다는 생각이 든 르나르데는 갑자기 공손하고 부드러운 태도로 돌변해서는 울고 있는 아이처럼 간청하기 시작했다.

"이보시오, 이보시오, 친구. 편지를 내게 돌려주시오! 보답은 하겠소. 돈을 드릴까? 자, 자, 100프랑을 드리겠소. 내 말 들었소? 100프랑이란 말이오."

집배원은 발길을 돌려 자기 길을 가기 시작했다.

르나르데는 헉헉거리며 숨을 몰아쉬면서 그를 따라가며 더듬거리며 말했다.

"메데릭, 메데릭, 들어 보시오. 1000프랑을 드리겠소. 내 말 들었소? 1000프랑입니다."

메데릭은 대답 없이 계속 걸었다.

르나르데가 다시 말했다.

"더 많이 드리겠소⋯⋯. 자, 어떻소. 당신이 원하는 만큼⋯⋯ 5만 프랑⋯⋯ 편지를 내게 도로 주면 5만 프랑을 당신에게 주겠소⋯⋯. 당신과는 상관없는 일이잖소? ⋯⋯충분하지 않습니까? ⋯⋯그렇다면, 100만⋯⋯ 이보시오⋯⋯ 내 당신에게 100만 프랑을 주겠단 말이오. ⋯⋯내 말 들었습니까? ⋯⋯ 100만⋯⋯ 100만 프랑이란 말입니다!"

집배원은 무서운 눈초리를 하고 굳은 얼굴로 몸을 돌렸다.

"이제 그만하세요. 안 그러면 지금 제게 하신 말씀 전부를 법원에 가서 그대로 얘기할 겁니다."

르나르데는 그 자리에 그대로 멈춰 섰다. 이제 모든 것이 끝났
다. 그는 더 이상 희망을 가질 수 없었다. 그는 몸을 돌려 사냥감
이 된 동물처럼 질주하면서 자신의 집을 향해 도망쳤다.

그러자 이번에는 메데릭이 멈춰 서서는 르나르데가 달아나는
모습을 망연히 쳐다보았다. 그는 면장이 자신의 집으로 들어가
는 것을 보았다. 그는 마치 놀라운 어떤 일이 곧 일어날 것을 믿
는 것처럼 여전히 그 자리에 서서 기다리고 있었다.

사실 오래지 않아 르나르데의 커다란 실루엣이 르나르 탑 꼭
대기에 모습을 드러내었다. 그는 탑의 테라스 주위를 미친 사람
처럼 달리고 있었다. 그러다가 그는 깃대를 잡고는 거칠게 깃대
를 흔들었지만 깃대를 부러트리지는 못했다. 그러다 다이빙하
는 수영선수처럼 갑자기 그는 두 팔을 앞으로 향한 채 허공을
향해 몸을 던졌다.

메데릭은 그를 구하기 위해 달리기 시작했다. 공원을 가로지
르면서 그는 작업을 하러 가는 벌목꾼들을 보게 되었다. 그는
사고가 났다고 소리치며 그들을 불렀다. 이윽고 탑의 벽 밑에서
그들은 바위에 머리가 깨져 피를 흘리고 있는 시체를 보게 되었
다. 그 바위 주위로 브랭딜 강이 흘러가고 있었다. 맑고 고요한,
그 장소에서 폭이 넓어진 강물 속으로 뇌수와 피가 뒤섞인 붉고
긴 물줄기가 흘러들어 가는 것을 그들은 똑똑히 볼 수 있었다.

사냥꾼 그라쿠스

Der Jäger Gracchus

Franz Kafka

프란츠 카프카 지음 | 국세라 옮김

프란츠 카프카 Franz Kafka | 체코 프라하 태생의 독일 소설가(1883~1924). 유대인으로, 20세기 독일어권 대표 작가 가운데 한 사람이다. 인간 존재의 부조리성을 초현실주의 수법으로 파헤쳐 현대 실존주의 문학의 선구자로 높이 평가받으며, 그의 독특한 글쓰기 방식은 독자들에게 다양한 해석의 가능성을 보여 준다. 인간의 고립과 고독에 대한 통찰을 작품의 기본 주제로 삼고 있으며, 대표작으로 〈변신〉, 〈아메리카〉, 〈성〉, 〈심판〉 등이 있다.

부둣가에 소년 둘이 앉아 주사위 놀이를 하고 있었다. 검을 휘두르는 동상의 그림자 아래에 자리 잡고 앉은 남자는 신문을 읽고 있었고, 우물가에 앉은 소녀는 양동이에 물을 퍼 담았다. 과일가게 주인은 과일 옆에 드러누워 바다를 내다보았다. 텅 빈 선술집 문과 창틈 사이로 구석에 두 남자가 마주 앉아 포도주를 마시는 모습이 보였고, 선술집 주인은 탁자에 앉아 꾸벅꾸벅 졸고 있었다. 그때 바다를 고요히 떠돌던 나룻배 한 척이 마치 무언가에 의해 물 위로 끌려오듯 부두로 들어서더니 푸른 가운을 입은 뱃사공이 배에서 내렸다. 뱃사공이 밧줄을 꺼내 배를 정박하는 사이에 은 단추가 달린 짙은 옷을 입은 두 남자가 술이 길게 늘어진 꽃무늬 비단 천으로 덮인 들것을 옮겼다. 그것에는 분명 사람이 누워 있는 것 같아 보였다.

부둣가에 도착한 이 낯선 이들을 아무도 아는 척하지 않았다. 뱃사공이 밧줄을 매는 것을 기다리느라 남자들이 들것을 잠시 내려놓았을 때조차 가까이 다가오는 사람도, 그들에게 질문을 건네는 사람도, 눈길을 주는 사람도 없었다.

젖먹이를 품에 안고 머리를 풀어 헤친 여인이 갑판 위로 올라오자 뱃사공은 잠시 자리에 멈추어 섰다. 이윽고 그가 부두 왼편에 우뚝 솟은 노란 삼층집을 가리키자 들것을 든 남자들이 낮고 가느다란 기둥으로 만들어진 대문 앞으로 다가갔고, 2층에서 창문을 열어 보던 어린 소년은 사람들 무리를 보더니 급히 창문을 닫았다. 이어서 검은 떡갈나무로 정교하게 만들어진 대문도 굳게 닫혔다. 종탑을 맴돌던 비둘기 떼가 삼층집 앞으로 날아들어 마치 그곳이 곡식 창고라도 되는 양 대문 앞으로 모여들었고, 그중 한 마리는 2층까지 날아오르더니 부리로 유리창을 유난히 쪼아 댔다. 깃털에 윤기가 흐르는 통통한 비둘기들이었다. 갑판 위에 서 있던 여인이 곡식을 던져 주자 비둘기들은 모여들어 곡식을 쪼아 대더니 여인의 머리 위로 날아갔다.

항구로 이어진 좁고 가파른 골목길 사이로 상장(喪章)을 단 비단 모자를 쓴 신사가 모습을 드러냈다. 주의 깊게 주변을 살피던 그는 구석에 널브러진 쓰레기를 보더니 불만에 가득 찬 표정으로 동상 계단 위에 나뒹구는 과일 껍질을 지팡이로 밀쳐 버리며 걸어갔다. 노란 집 앞에 다다른 신사가 비단 모자를 벗어 검은 장갑을 낀 손에 들고 노크를 하자마자 금방 문이 열리더니 50명 남짓 되어 보이는 어린 소년들이 긴 복도에 일렬로 서서 그에게 고개 숙여 인사했다.

사공이 계단을 내려와 신사를 맞이하며 그를 2층으로 안내했고, 소년들은 존경심을 표시하는 듯이 몇 발짝 떨어져 신사를 따라 걸었다. 그들은 날렵하게 장식된 발코니로 둘러싸인 뜰을 지나 집 뒤쪽의 싸늘한 기운이 맴도는 큰방으로 들어섰다. 오직 창밖으로 검회색의 황량한 절벽만이 내다보이는 방 안에서 들것을 운반했던 남자들이 들것의 머리맡에 기다란 양초를 세우고 분주하게 불을 붙이고 있었다. 하지만 주변은 전혀 밝아지지 않고 벽에 그림자만이 점점 더 커져 흔들릴 뿐이었다. 들것을 덮었던 천을 걷자 검게 그을린 피부에 머리카락과 수염이 거칠게 엉킨, 사냥꾼을 떠올리게 하는 풍모의 남자가 모습을 드러냈다. 그는 숨이 멎은 모습으로 눈을 꼭 감은 채 꼼짝 않고 누워 있었다. 오직 그를 둘러싼 분위기만이 어쩌면 그가 죽은 자일지도 모른다고 암시할 뿐이었다.

신사는 들것 가까이로 다가가 남자의 이마에 손을 얹더니 무릎을 꿇고 기도를 하기 시작했다. 사공이 들것을 운반한 남자들에게 눈짓을 하자 그들은 밖으로 나가 방문 앞에 모여든 소년들을 쫓아 버리고는 문을 닫았다. 신사가 아직 부족하다는 눈빛으로 사공을 바라보자 사공은 눈치를 채고 옆방으로 이어진 쪽문으로 나가 자리를 비켜 주었다. 들것에 누워 있던 남자가 마침내 눈을 뜨더니 일그러진 웃음을 띤 채 신사에게 물었다.

"넌 누구냐?"

무릎을 꿇고 있던 신사가 자리에서 일어나며 침착한 목소리로 답했다.

"리바 시의 시장일세."

남자는 고개를 끄덕이더니 힘없는 손짓으로 소파를 가리키고는 시장이 소파에 앉자 말을 이어 갔다.

"예, 시장님. 물론 저는 시장님이시라는 것을 알고 있었습니다만 순간적으로 자꾸 모든 것을 잊어버리게 됩니다. 이것저것이 제 머릿속에서 뒤죽박죽되어 버려서 알고 있는 사실도 되물어 보는 편이 낫더군요. 시장님도 아마 제가 사냥꾼 그라쿠스라는 걸 알고 계실 겁니다.”

“물론,”

시장이 대답했다.

“자네가 오늘 도착한다는 보고를 받았네. 어젯밤 자정쯤 아주 곤히 잠들어 있었는데 아내가 ‘살바토레, ―내 이름이네만― 창가에 비둘기 좀 봐요!’라고 외치더군. 창가에 수탉만 한 비둘기가 앉아 있다가 내 귓가로 다가오더니 ‘내일 죽은 사냥꾼 그라쿠스가 온다. 리바 시의 이름으로 그를 맞이하라.’고 했다네.”

남자는 고개를 끄덕이며 입을 열었다.

“그렇군요. 비둘기 떼가 제 앞을 지나쳐 간 기억이 나긴 합니다. 그런데 말입니다, 시장님, 제가 리바 시에 머물러야 한다고 보십니까?”

“아직은 뭐라 대답해 줄 수 없겠네.”

시장이 말을 이었다.

“자네는 죽었는가?”

“예.”

사냥꾼이 대답했다.

“보시다시피요. 수년 전에, 아니 분명 십수 년 전쯤일 겁니다. 저는 슈바르츠발트 ―독일에 있는 숲이지요― 에서 굴러떨어졌습니다. 영양을 쫓다가 절벽에서 추락한 겁니다. 그때부터 저는 죽은 사람이지요.”

“하지만 지금 살아 있지 않나?”

시장이 물었다.

"어느 정도까지는 그렇습니다."

사냥꾼이 대답했다.

"어느 정도는 살아 있기도 합니다. 죽음의 배가 항로를 잘못 정하는 바람에 방향키를 잘못 틀었고, 제 고향이 하도 눈부시게 아름다워 사공이 한눈을 판 건지 어찌 된 건지는 저도 잘 모르겠습니다만 그때부터 쭉 제 나룻배는 이승의 바다를 떠돌아다니고, 저는 이렇게 이승에 머물게 되었단 말입니다. 그래서 산에서 평생을 보내기를 소망했던 제가 죽은 후에 이렇게 이승의 온갖 나라들을 여행하게 된 겁니다."

"그렇다면 자네는 저승과는 아무런 연고도 없는 겐가?"

시장이 이마를 찌푸렸다.

"저는,"

사냥꾼이 말을 이었다.

"늘 높은 곳으로 난 계단을 향하고 있습니다. 끝없이 높고도 넓은 계단에서 떠돌고 있단 말입니다. 위로, 아래로, 오른쪽으로, 왼쪽으로 끊임없이 움직이고 있습니다. 늠름한 사냥꾼이 한순간에 나비가 되어 버린 겁니다. 웃지는 마십시오."

"안 웃었네."

시장이 억울하다는 듯 대답했다.

"배려가 깊으시군요."

사냥꾼이 말을 이어 갔다.

"어쨌든 저는 끊임없이 움직이고 있습니다. 제가 할 수 있는 한 가장 힘껏 뛰어올라 보면 저 높은 곳에 있는 문이 저를 향해 빛을 비추는데, 그러다가 깨어나 보면 또다시 지루하게 이승의 바다를 떠도는 배에 누워 있고, 선실에서는 제대로 죽지도 못한 제 처지를 비웃기나 하지요. 아침이면 사공의 아내인 율리아가 노크를 하고 들어와 우리가 지나쳐 온 육지에서 난 음료수를 가져다줍니다. 제 자신을 관찰하는 것은 참으로 유쾌하지 않은 일입니다만, 저는 때 묻은 수의를 입고, 희끗희끗한 머리와 수염은 지저분하게 뒤엉켜 있고, 치렁치렁한 술이 달리고 커다란 꽃이 수놓인 비단 천을 덮고 있습니다. 머리맡에는 예배용 양초가 저를 비추고, 제 맞은편 벽에는 요란하게 장식된 방패 뒤로 몸을 숨긴 아프리카 원주민이 저를 향해 창을 겨누고 있는 작은 그림이 하나 걸려 있는데, 그런 형편없는 그림은 다른 배에도 많겠지만 이건 정말이지 그중에서도 가장 조잡한 그림일 겁니다. 그것 말고는 이 나무 새장 같은 배는 휑하니 비어 있습니다. 옆으로 난 창문으로 남녘 밤의 따스한 공기가 들어오기도 하고, 낡은 뱃전에 바닷물이 찰싹거리며 부딪히는 소리도 들리곤 하지요.

생기 넘치는 사냥꾼이었던 저, 그라쿠스는 고향인 슈바르츠 발트에서 영양을 쫓다가 굴러떨어졌을 때부터 여기 이 자리에 누워 있습니다. 모든 일이 순서대로 일어나더군요. 저는 영양을 쫓았고, 굴러떨어졌고, 좁은 골짜기에서 피를 흘렸고, 죽었고, 그 다음으로는 이 배가 저를 저승으로 데려가야 했지요. 제가 얼마나 행복한 마음으로 이 나무 침대에 두 다리를 쭉 뻗고 누웠었는지 모르실 겁니다. 사방이 컴컴한 관 속에서 행복에 겨워 산에서조차 한 번도 부르지 않았던 노래까지 흥얼거렸을 정도니까요.

저는 즐겁게 살았고, 즐겁게 죽었습니다. 늘 자랑스럽게 지니고 다니던 배낭과 탄약상자와 엽총 따위는 배에 오르기 전 기쁜 마음으로 훌훌 내려놓고, 곱게 웨딩드레스를 입는 처녀의 마음으로 수의를 입었습니다. 그리고 여기에 이렇게 누워 가만히 기다렸지요. 그런데 불행이 시작된 겁니다."

"참으로 기구한 운명일세."

시장이 그라쿠스에게 질문했다.

"그렇다면 자네는 아무런 잘못이 없단 말인가?"

"제 잘못은 절대 아닙니다."

사냥꾼이 답했다.

"저는 사냥꾼이었습니다. 그게 죄가 됩니까? 저는 그 시절 아직 늑대가 다니던 슈바르츠발트에서 일했습니다. 숲에서 잠복하고, 총을 쏘고, 명중시키고, 가죽을 벗겼습니다. 이게 죄입니까? 저는 축복받은 일을 했습니다. '슈바르츠발트의 위대한 사냥꾼'이라고 불렸단 말입니다. 이게 죄가 됩니까?"

"내가 판단할 만한 일은 아니네만,"

시장이 말을 이었다.

"자네 탓은 아닌 것 같구먼. 그럼 대체 누구의 잘못이라는 말인가?"

"사공의 잘못입니다."

사냥꾼이 말했다.

"제가 여기에 뭔가를 쓴다 해도 아무도 읽지 않을 것이며, 아무도 저를 도와주러 오지 않을 겁니다. 저를 도와주라는 지시가 내려진다 해도 모두들 대문을 굳게 닫고, 창문을 걸어 잠그고, 이불을 머리끝까지 뒤집어쓰고 침대에 누워 온 세상이 마치 고요한 한밤중의 여관 같아지겠지요. 뭐 그럴 만도 합니다. 왜냐하면 아무도 저를 모르고, 설령 저를 아는 사람이 있다고 해도 제가 어디에 있는지를 모를 테고, 게다가 제가 어디에 있는지를 안다고 해도 저를 붙잡아 둘 방법을 모를 테고, 그렇다면 저를 어떻게 도와야 할지도 모를 테니까요. 그러니 저를 돕고자 하는 사람이 있다고 하더라도 미친 짓을 한다며 병원에나 처박히게 되겠지요.

저는 이 사실을 똑똑히 알고 있기에 도와달라고 소리조차 지르지 않는 겁니다. 어쩌다가 ―그러니까 바로 지금처럼― 기회가 닿아 감정적이고 충동적인 제 원래 성격대로 도와달라고 크게 소리치고 싶은 생각이 들 때에도 말입니다. 하지만 다시 한 번 사방을 둘러보고, 지금 머물고 있는 이곳에 대해 한 번 더 생각해 보고, 확신컨대 제가 이미 수백 년 동안 이런 삶을 살고 있다는 것을 마음속으로 굳게 새기다 보면 도움을 구하고자 하는 생각 따위는 쫓아 버릴 수 있게 되지요."

"특이하군."

시장이 말했다.

"자네는 참 특이해. 그렇다면 우리 리바 시에 머무를 작정인가?"

"저는 아무것도 작정하지 않습니다."

사냥꾼이 웃으며 대답하더니 시장을 조롱했다는 오해를 받지 않기 위해 시장의 무릎에 공손히 손을 올려놓았다.

"저는 지금 그냥 여기에 있을 뿐 더 이상은 아는 게 없습니다. 더 이상은 할 수 있는 것도 없습니다. 이 배에는 방향키도 없을 뿐더러 그저 죽음의 가장 깊은 곳에서 불어오는 바람을 타고 유유히 흘러갈 따름이니까요."

킬리만자로의 눈

The Snow of Kilimanjaro

Ernest Miller Hemingway

어니스트 헤밍웨이 지음 | 강준식 옮김

어니스트 헤밍웨이 Ernest Miller Hemingway | 미국의 소설가(1899~1961). 제1차 세계대전과 스페인 내전을 경험한 '잃어버린 세대'의 대표 작가 가운데 한 사람이다. 인간의 도덕과 철학에 대한 의문을 던지면서 현실과 용감하게 싸우고 패배하는 인간의 모습을 간결하고 힘찬 문체로 묘사하였다. 1954년에 노벨 문학상을 받았다. 작품에 〈노인과 바다〉, 〈무기여 잘 있거라〉, 〈누구를 위하여 종은 울리나〉 등이 있다.

‡

　킬리만자로는 1만 9710피트[1] 높이의 눈 덮인 산으로, 아프리카에서 가장 높은 산이라고 한다. 서쪽 산꼭대기는 마사이 어로 '응가예 응가이'라고 부르는데, '신의 집'이란 뜻이다. 그 서쪽 산꼭대기 부근에 표범의 시체 하나가 마른 채 얼어붙어 있다. 표범은 그 꼭대기에서 대체 무엇을 하다 죽었는지 그 점을 설명해 준 사람은 지금까지 아무도 없다.

　"신기한 일이잖아, 통증이 사라지다니."
하고 그가 말했다.
　"그러니까 통증이 시작되면 금세 아는 거야."
　"그런가요?"
　"암, 그렇고말고. 그런데 냄새는 정말 미안해. 당신한텐 고약하지?"
　"왜 그런 말을! 제발 하지 마세요!"
　"저것 봐. 저것들이 내 꼴을 보고 모여드는 거야, 아니면 냄새를 맡고 모여드는 거야?"
　그가 누워 있는 간이침대는 미모사나무의 넓은 그늘 아래 있

---

1) 아프리카 대륙에서 가장 높은 산인 킬리만자로는 탄자니아 북쪽, 케냐와의 국경에 있다. 실제 해발 고도는 1만 9341피트(5,895미터)이다.

었다. 그 그늘 너머를 내다보며 평원 쪽으로 눈길을 던지니 그
곳에는 큰 새 세 마리가 꺼림칙한 모양으로 앉아 있었고, 하늘
에는 그런 새들이 열댓 마리쯤 날아가면서 땅 위로 재빨리 지나
가는 그림자를 던지고 있었다.

"저것들은 트럭이 고장 나던 날부터 저기 있었어."
하고 그가 말했다.

"땅에 내려앉은 건 오늘이 처음이야. 처음엔 저것들이 나는
모양을 주의 깊게 관찰했지. 혹 소설 재료로 써먹을까 싶어서
말이야. 이젠 우스운 짓이 되어 버렸지만."

"그런 말 하지 않으시면 좋겠어요."

그녀가 말했다.

"그냥 하는 얘기라고."
하고 그가 말했다.

"얘기를 하는 게 더 편하거든. 그렇지만 당신을 성가시게 하
고 싶진 않아."

"성가실 게 뭐 있겠어요."
하고 그녀가 말했다.

"아무것도 해 드릴 게 없어 오히려 신경이 곤두설 정돈데요.
비행기가 올 때까진 되도록 마음을 느긋이 가질 필요가 있다고
생각해요."

"그러다 비행기가 오지 않을 수도 있는 거야."

"제가 뭘 하면 될까요? 제가 할 수 있는 일이 반드시 있을 거
예요."

"내 다리를 잘라 달라고. 그럼 고통이 멈추겠지, 안 그럴지도 모르지만. 아니면 나를 총으로 쏘든가. 당신도 이젠 총을 잘 쏘잖아? 내가 총 쏘는 법을 가르쳐 주었으니까, 안 그래?"

"제발 그런 식으로 얘기하지 마세요. 책 읽어 드릴까요?"

"뭘 읽겠다는 거야?"

"책 속에 있는 아무거나. 우리가 읽어 보지 않은 걸로요."

"난 듣고 있을 수가 없어."

하고 그가 말했다.

"말하는 게 제일 편해. 우리가 말다툼이라도 하면 시간은 잘도 갈 텐데 말이야."

"말다툼은 안 해요. 그런 건 하고 싶지도 않아요. 더 이상 싸우진 말아야죠, 아무리 신경이 곤두선다 해도. 오늘 그 사람들이 다른 트럭으로 돌아올지도 몰라요. 비행기가 올지도 모르고."

"난 움직이고 싶지 않아."

하고 그가 말했다.

"지금 움직인다는 건 무의미해. 당신 마음이 편할는지는 몰라도."

"비겁해요."

"비난하지 말고 사람을 좀 편히 죽게 내버려 둘 순 없겠어? 나를 봒아 봐야 무슨 소용이야!"

"당신은 죽지 않아요."

"바보 같은 소리. 난 지금 죽어 가고 있다고. 저것들에게 물어 봐."

그는 크고 불결한 새들이 대머리를 구부러진 깃털 속에 파묻고 앉아 있는 곳으로 눈길을 돌렸다. 네 번째 새가 땅에 날아 내려와 잰걸음으로 달리더니 다른 새들이 있는 곳으로 어기적거리며 느릿느릿 다가갔다.

"저런 새들은 어느 야영지 주변에나 있어요, 당신 눈에 띄지 않았을 뿐이지. 포기하지 않으면 당신은 죽을 리가 없는 거예요."

"그건 어디서 읽었어? 그런 멍청한 얘기를."

"누구 다른 사람에 대한 생각을 해 보세요."

"제발 그만둬. 그게 내 전문이야."

그가 말했다.

그러고 나서 그는 잠시 말없이 누워 열기로 희미하게 반짝이는 평원을 가로질러 덤불 가장자리를 바라보았다. 거기에는 누런 들판을 배경으로 작고 하얗게 보이는 톰슨가젤2이 몇 마리 있었고, 그보다 더 먼 곳에는 녹색 덤불숲을 배경으로 하얗게 보이는 얼룩말 떼가 있었다. 이곳은 언덕을 등진 큰 나무들 밑에 있는 쾌적한 야영지로 마실 수 있는 물이 있고, 부근에는 물이 거의 말라 버린 웅덩이도 있어 아침엔 들꿩들이 찾아오곤 했다.

"책 읽어 드리는 게 싫어요?"

그녀가 물었다. 그녀는 남자의 간이침대 옆에 캔버스 천으로 된 의자에 앉아 있었다.

"미풍이 불어오네요."

---

2) 아프리카에 사는 작은 영양(羚羊). 원문에는 Tommies로 적혀 있다.

“반갑지 않아.”

“아마 트럭이 올 거예요.”

“난 트럭 따위엔 신경도 안 쓴다니까.”

“전 달라요.”

“당신은 너무 많은 일에 신경을 써. 난 관심도 없는데.”

“그렇지 않아요, 해리.”

“술 한잔할까?”

“당신 몸에 해로워요. 블랙의 책에도 술은 일체 피하라고 했어요. 술 마시면 안 돼요.”

“몰로!”

그가 소리쳤다.

“예, 브와나[3].”

“위스키소다를 가져와.”

“예, 브와나.”

“안 돼요.”

하고 그녀가 말했다.

“포기한다는 내 말뜻이 바로 그거라고요. 당신에게 나쁘다고 씌어 있어요. 그게 당신에게 나쁘단 건 나도 알아요.”

“아니야.”

하고 그가 말했다.

“술은 내게 좋은 거야.”

그러니 이제 삶은 다 끝난 거라고 그는 생각했다. 그러니 이

---

3) Bwana. 아프리카 일부 지역에서 남자 윗사람을 부를 때 쓰는 호칭으로 ‘주인님’이라는 뜻.

제 삶을 끝낼 기회는 다시 갖지 못할 것이었다. 그러니 술을 두고 실랑이나 벌이면서 이런 식으로 삶이 끝나게 되는 것이었다. 오른편 다리에 괴저(壞疽)가 시작되면서부터 그는 통증을 느끼지 않게 되었고, 통증과 더불어 공포도 사라져 지금 그가 느끼는 것은 그저 심한 피로감과 이것이 삶의 종말이라는 분노뿐이었다. 지금 다가오고 있는 죽음에 대하여 그는 아무런 호기심도 없었다.

몇 해 동안 죽음의 문제로 시달렸지만 이제는 죽음 그 자체가 무의미했다. 희한한 것은 지쳐 버릴 만큼 지쳐 버리면 죽음을 쉽게 받아들이게 된다는 점이었다.

잘 쓰려고 충분히 알 때까지 쓰는 것을 아껴 두었던 이야기들을 이제 다시는 쓰지 못하게 될 것이다. 이제는 잘 써 보려다가 실패할 염려도 없게 되었다. 아마 그 이야기들을 쓸 수도 없을 거고, 그래서 자꾸 그걸 미루고 시작을 늦추었던 것일 게다. 여하튼 그는 지금 아무것도 알고 싶지가 않았다.

"우리가 안 왔더라면 좋았지 싶어요."

그녀가 말했다. 그녀는 유리잔을 들고 입술을 깨물며 그를 쳐다보고 있었다.

"파리에 있었으면 이런 일은 당하지 않았을 거예요. 당신은 항상 파리가 좋다고 그랬죠. 파리에 머물거나 아니면 어디 다른 데로 갈 수도 있었는데. 전 어디든 갔을 거예요. 당신이 원하는 곳이면 어디든 가겠다고 했죠. 총사냥을 하고 싶으면 헝가리로 가서 사냥하는 것이 더 편안했을 거예요."

"당신의 그 잘난 돈으로!"

그가 말했다.

"그 말은 온당치 않아요."

하고 그녀가 말했다.

"돈은 언제나 제 것이기도 하고 당신 것이기도 했어요. 저는 제 주변 사람을 다 떠나 당신이 가고 싶어 하는 곳이면 어디든 따라다녔고, 당신이 하고 싶어 하는 것이면 무엇이든 따라했어요. 그렇지만 이곳은 안 왔더라면 좋았겠다 싶은 거예요."

"이곳을 좋아한다고 그랬잖아?"

"당신이 온전할 땐 그랬죠. 그렇지만 이젠 이곳이 싫어졌어요. 왜 당신 다리에 이런 일이 생겼는지 알 수가 없어요. 이런 일이 생길 만큼 우리가 잘못한 게 뭐예요?"

"내가 잘못한 거라면 처음 긁어 상처가 났을 때 요오드팅크 바르는 것을 깜빡했다는 거야. 나는 병균에 감염된 일이 없어서 그런 일엔 신경도 안 썼지. 나중에 악화되었을 때 다른 살균제가 떨어져 약한 석탄산수를 썼는데, 그게 모세혈관을 마비시키고 괴저를 일으키게 한 거야."

하고 그는 그녀를 쳐다보았다.

"그 밖에 다른 무슨?"

"제 말은 그게 아니에요."

"그 덜떨어진 키쿠유 족4) 운전사 대신에 좋은 기술자를 고용했더라면 오일을 체크해 트럭의 베어링을 태워 먹는 일은 하진

---

4) 아프리카 케냐에 사는 최대의 농경 부족.

않았을 거라고."

"그런 얘기가 아니라니까요."

"당신이 가족들과 그 잘난 올드 웨스트베리, 새러토가, 팜비치 족속들을 버리고 나를 따라오지만 않았더라면……."

"어머나, 전 당신을 사랑했어요. 너무해요. 지금도 당신을 사랑하고 있다고요. 전 언제까지나 당신을 사랑할 거예요. 당신은 절 사랑하지 않나요?"

"그래."

하고 그는 말했다.

"그렇다니까. 당신을 사랑한 적이 없다고."

"해리, 무슨 말을 하는 거예요? 정신이 나갔나 봐."

"아니, 나갈 만한 정신도 없다고."

"술 그만 마셔요."

하고 그녀가 말했다.

"제발 그만 마시래두요. 우리가 할 수 있는 건 다 해 봐야죠."

"당신이나 해,"

하고 그가 말했다.

"난 지쳤단 말이야."

지금 그는 마음으로 카라가치[5]의 한 기차역을 보고 있었다. 그는 짐 꾸러미를 들고 서 있었고, 심플론-오펜트 열차의 전조등이

---

5) 그리스와 인접한 터키 북서부의 에디르네 부근에 있다. 제1차 발칸전쟁 때 룰레부르가즈-카라가치-부나히사르 방어선의 일부였다.

어둠을 뚫고 달려오고 있었으며, 퇴각 후의 그는 그때 트라키아[6]를 떠나려 하고 있었다. 이것은 그가 글을 쓰려고 남겨 두었던 소재 중의 하나였다. 아침에 식사를 하면서 창을 내다보고 불가파의 산에 내린 눈을 보면서 난센의 비서가 노인에게 저것이 눈이냐고 물으니 노인은 그걸 보면서 "아니, 저건 눈이 아니야. 눈이 오기엔 아직 일러."라고 대답하고, 그러면 비서가 다른 여자애들에게 "아니야. 자 봐, 저건 눈이 아니야."라고 되뇌고, 그러면 그녀들이 일제히 "눈이 아니구나. 우리가 잘못 봤네."라고 말한다. 그러나 그건 틀림없는 눈이었다. 주민교환[7]을 전개할 때 그는 그들을 산 위의 눈 속으로 보냈다. 그래서 그해 겨울 그들이 죽을 때까지 밟고 다닌 것은 눈이었다.

그해 크리스마스 주간 내내 가우에르탈[8] 지방의 북쪽에 내린 것 또한 눈이었다. 그해 그들은 나무꾼의 집에서 그 방의 절반이나 차지하는 직사각형의 커다란 자기(瓷器) 난로에 의지해 살았고, 너도밤나무 잎을 가득 넣은 요 위에서 잠을 잤는데, 그때 탈주병 하나가 피투성이가 된 발로 그 눈 속을 걸어왔다. 헌병이 그의 뒤를 바싹 쫓아오고 있다고 하여 그들은 털양말을 그에게 주었고, 그의 발자국이 눈에 파묻힐 때까지 헌병을 붙들고 계속 얘기를 늘어놓았다.

---

6) 발칸 반도 동남부에 있는 지방. 터키와 그리스 사이의 영토 분쟁지이며, 발칸 전쟁이 일어난 곳이다.
7) 1923년 로잔 조약에 의해 그리스·터키 간에는 종교적 정체성에 기초하여 그리스정교를 믿는 터키 인과 무슬림을 믿는 그리스 인의 주민교환이 실시되었다.
8) 오스트리아 포어아를베르크 주에 위치한 차군스 마을에 있는 산지 이름.

슈룬츠[9]에서 맞은 크리스마스 날, 주막에서 내다본 눈빛이 너무도 희어서 보는 이의 눈이 시릴 지경이었다. 모두 교회에 갔다가 집으로 돌아오는 모습이 보였다. 거기가 바로 무거운 스키를 어깨에 메고 가파른 언덕의 소나무가 서 있는 강기슭을 따라, 썰매로 길들여져 오줌처럼 누렇게 물든 눈길을 걸어 올라갔다가 마들레너 산장 위의 빙하, 케이크에 덧씌운 크림처럼 부드럽고 분처럼 가볍게 보이는 매끄러운 눈을 미끄러져 내려오는 곳이었다. 속도가 붙으면 마치 새가 강하하듯이 소리 없이 밑으로 질주하는 급강하를 그는 기억하고 있었다.

당시 눈보라 때문에 발이 묶인 그들은 일주일 내내 산장의 랜턴 연기 속에서 카드놀이만 했다. 그런데 렌트 씨는 돈을 잃으면 잃을수록 더 많은 돈을 걸어 마침내 거덜이 나고 말았다. 스키학교의 돈과 그해 번 수익금, 그리고 가지고 있던 밑천까지 모든 걸 잃었다. 그는 코가 긴 렌트 씨가 카드를 집어 들자마자 "상 부아르."[10]하고 말하며 패를 까던 모습을 떠올릴 수 있었다. 그때는 눈만 뜨면 노름이었다. 눈이 안 오면 안 온다고 노름하고, 눈이 너무 많이 오면 또 많이 온다고 노름을 했다. 그는 이제까지 인생을 통틀어 노름으로 보낸 모든 시간들을 생각해 보았다.

그러나 그런 얘기는 한 줄도 쓴 적이 없었다. 또 평원 저쪽으로 산들이 보이던 그 춥고 맑았던 크리스마스 날, 바커가 전선 저쪽으로 비행기를 몰고 날아가 오스트리아 장교들의 휴가 열차를 폭

---

9) 스위스에 접해 있는 오스트리아의 지명.
10) Sans Voir. '보지 않고'라는 뜻의 프랑스 어.

격하고, 그들이 흩어져 달아나는 것을 기총소사한 일에 대해서도 쓴 적이 없었다. 그 뒤 바커가 군대 식당으로 들어와 그 얘기를 시작하던 것도 기억났다. 식당 안이 얼마나 쥐 죽은 듯 조용해졌던지, 그리고 뒤에 누군가가 "이 무서운 살인마야!"하고 말한 것도 기억났다.

뒷날 그가 스키를 같이 탄 사람은 그때 그들이 죽인 병사들과 똑같은 오스트리아 인들이었다. 아니, 똑같은 사람들은 아니었다. 그 해 내내 그와 함께 스키를 탄 한스는 카이저 경보병대 소속이었다. 제재소 위쪽 작은 계곡으로 산토끼 사냥을 하러 함께 올라갔을 때 그들은 파수비오에서의 전투와 페르티카라와 아살로네에서 공격할 때의 무용담을 서로 이야기하기도 했으나 그런 이야기에 대해서는 한 줄도 써 본 적이 없었다. 코로나 산이나 세테 코무니 고원에 대해서도, 아르시에로 시에 대해서도 써 본 적이 없었다.

포어아를베르크 주와 아를베르크 고개에서 대체 몇 번이나 겨울을 보냈던가? 네 번이었다. 그 뒤 선물을 사기 위해 블루덴츠 시로 걸어 들어갔을 때 만난, 여우를 팔러 왔던 사나이가 생각났다. 질 좋은 키르슈[11]의 버찌 맛, 굳게 얼어붙은 땅 위를 빠르게 미끄러져 흘러내리던 싸락눈, '안녕! 호! 하고 롤리가 말했지' 라는 노래를 부르며 가파른 절벽까지 뻗은 마지막 구간을 달리다가 다시 일직선 코스를 잡은 뒤 과수원을 세 번 돌고 웅덩이를 가로질러 주막집 뒤에 있는 얼어붙은 길로 나오던 기억도 났다. 바인딩을 두드려 느슨히 하고 발로 차서 스키를 벗은 다음, 주막의 나무 담장

---

11) 버찌 브랜디.

에 기대어 놓고 나면 창으로 램프의 불빛이 흘러나오는 안쪽에서
사람들은 담배 연기 자욱한 가운데 새 와인의 강한 냄새에 싸여
아코디언을 연주하고 있었다.

"파리에 있을 때 우리가 머문 곳은 어디였지?"
그는 지금 아프리카에서 캔버스 천으로 된 의자에 앉아 있는
자기 옆의 여자에게 물었다.
"크리용이오. 아시잖아요?"
"내가 그걸 어떻게 알아?"
"우리가 늘 묵던 곳이라고요."
"아니, 늘은 아니지."
"거기하고 생제르맹 거리의 앙리4세관(館)이에요. 그곳을 사
랑한다고 당신이 그랬어요."
"사랑은 똥 무더기지."
하고 해리가 말했다.
"그리고 난 그 똥 무더기 위에 앉아 우는 수탉 꼴이고."
"만일 당신이 떠나야 한다면,"
하고 그녀는 말했다.
"뒤에 남는 걸 모조리 없애야만 마음이 개운하겠어요? 내 말
뜻은 모든 걸 다 가지고 가겠느냐는 거예요? 말과 아내를 죽이
고 안장과 갑옷도 불태워야 속이 시원하겠냐고요?"
"그렇지."
하고 그가 대꾸했다.

"당신의 그 빌어먹을 돈이 내 갑옷이었어. 내 칼이고 내 갑옷이었다고."

"제발!"

"좋아. 그만두지. 당신에게 상처를 입히고 싶진 않아."

"이젠 조금 늦었다고요."

"그렇다면 좋아. 상처를 입혀 줄 테니. 그게 더 재미나거든. 내가 정말 당신과 같이 하기 좋아하던 유일한 그것은 지금 할 수 없잖아?"

"아니, 그렇지 않아요. 당신은 여러 가지 일들을 하고 싶어 했고, 난 당신이 하자는 대로 했을 뿐이에요."

"오 제발, 그런 자랑은 좀 삼가 줄래?"

그는 그녀에게 눈길을 주었고, 그녀가 훌쩍이는 것을 보았다.

"들어 봐."

하고 그가 말했다.

"재미있어서 이러는 것 같아? 나도 내가 왜 이러는지 모르겠어. 당신을 살리기 위해 죽인다는 그런 생각이 드는군. 말을 시작할 땐 나도 멀쩡했지. 이렇게 하려던 건 아니었는데 얼간이처럼 미쳐 가지고 당신에게 되도록 잔인하게 군 거야. 내가 하는 말에 신경 쓰지 말아요, 여보. 당신을 사랑해, 정말로. 내가 사랑한다는 걸 당신도 알고 있어. 당신만큼 누굴 사랑해 본 적은 없다고."

그는 먹고 살기 위해 하는 익숙한 거짓말 속으로 빠져 들어갔다.

"듣기에 달콤한 말이에요."

"암컷."

그가 말했다.

"돈 많은 암컷. 이건 시로군. 지금 내 머릿속엔 시로 가득 차 있어. 헛소리와 시. 헛소리 같은 시 말이야."

"그만둬요, 해리. 왜 또 악마로 바뀐 거예요?"

"아무것도 남겨 두고 싶지 않으니까."

하고 사내는 말했다.

"뒤에 뭘 남겨 두고 싶질 않다고."

* * *

어느덧 저녁이 되었고, 그는 잠이 들었다. 해가 언덕을 넘어 간 뒤 평원을 가로질러 그림자가 덮였고, 작은 짐승들이 야영지 부근에서 먹이를 먹고 있었다. 그는 지금 작은 짐승들이 머리를 잽싸게 떨어뜨리고 꼬리를 흔들면서 숲에서부터 꽤 멀리 떨어진 곳까지 오는 것을 보고 있었다. 새들은 더 이상 땅 위에서 기다리지 않았다. 그들은 모두 나무 속에 빽빽이 들어가 앉았다. 그런 새들이 더욱 더 늘어났다. 심부름하는 소년이 그의 침대 옆에 앉아 있었다.

"멤사브[12]는 사냥 나가셨어요."

하고 소년이 말했다.

---

12) Memsahib. 과거 인도에서 신분이 높은 기혼 여성, 흔히 유럽 여성을 칭할 때 쓰던 말로 '마님'이라는 뜻.

"브와나, 원하시는 게 있으세요?"

"없어, 아무것도."

그녀는 고기를 좀 장만하러 간 것이고, 그가 사냥 구경을 좋아하는 것을 알고 있었기 때문에 그의 시야에 들어오는 이 평원의 조그만 구역을 소란스럽게 하지 않으려고 멀리까지 간 것이었다. 항상 사려 깊은 여자라고 그는 생각했다. 그녀가 알고 있거나 읽었거나 어디선가 주워들은 어떤 것에 대해서도 말이다.

그녀에게 갔을 때 그가 이미 끝난 것은 그녀의 잘못이 아니었다. 어떻게 여자가, 남자가 마음에도 없는 말을 한 줄 이해하고, 단지 습관상 심심풀이로 하는 헛소리를 이해할 수 있단 말인가? 허튼소리를 지껄이게 된 후부터 그의 거짓말이 여자들에게는 진실보다도 더 효과가 있었다.

그는 거짓말을 했다기보다는 말해 줄 만한 진실이 없었다. 그는 자기 나름대로의 삶을 살았고, 그것이 끝났을 때는 다시 다른 사람들, 더 많은 돈, 그리고 같은 장소 가운데서도 가장 좋은 장소, 어떤 새로운 것들을 취하면서 삶을 계속해 나갔다.

생각을 멈춰 보면 그건 아주 놀랄 만한 일이었다. 결심을 단단히 하고 나니 대개의 사람들이 그렇듯 그렇게 엉망이 되어 버리지는 않았다. 그러나 지금까지 해 오던 일을 더 할 수 없게 된 이상 그것엔 별 관심이 없다는 태도를 취했다. 그렇지만 마음속으로는 이렇게 말하고 있었다. 이 사람들에 대한, 큰 부자들에 대한 이야기를 써 봐야겠다. 나는 사실 그들의 동료가 아니고 그들 나라에 있는 간첩이므로 그 나라를 떠나 그 나라에 대해서

써 봐야겠다. 그가 쓰려고 하는 바를 아는 누군가에 의해 그 이야기가 언젠가는 쓰여지게 되리라. 그러나 종내 그것을 쓰지는 못했다. 왜냐하면 아무것도 쓰지 않고 안락함 속에서 스스로 경멸하던 인간이 되어 가는 날마다의 삶이 그의 능력을 무디게 만들었고, 또 일을 해야겠다는 의지를 약하게 만들어 결국 그는 아무것도 하지 않는 인간이 되어 버렸기 때문이다.

그가 지금 알고 지내는 사람들은 그가 일하지 않을 때 사귀었던 사람들보다 훨씬 더 기분 좋은 사람들이었다. 아프리카는 그의 전성시대 중에서도 가장 행복했던 곳이었기에 다시 시작해 보려고 이곳에 온 것이었다. 그들은 이 사파리에서 최소한의 안락함에 만족했다. 곤경도 없었지만 호사도 없었다. 그런 식으로 훈련이 될 수 있을 거라고 생각했다. 어떤 방식으로든, 마치 권투 선수가 산속에 들어가 운동을 하고 훈련을 하여 자기 육체의 지방을 태워 버리듯 그도 자기 정신의 지방을 빼낼 수 있다고 생각했다.

그녀도 그걸 좋아했다. 그걸 사랑한다고 말했다. 그녀는 자극적인 것, 장면전환이 포함되는 것, 새로운 사람들이 있는 곳, 유쾌한 일이 있는 곳이면 무엇이든 좋아했다. 게다가 그는 일하고 싶은 의욕이 되돌아올지도 모른다는 환상에 젖어 있었다. 그런데 이제 삶이 이런 식으로 끝난다면, 상황이 그렇다는 걸 알고는 있지만 등뼈가 부러졌다고 제 몸을 물어뜯는 뱀처럼 행동해서도 안 되는 것이었다. 이 여자의 잘못은 아니다. 이 여자가 아니었다면 다른 여자였을 것이다. 거짓말에 의해 삶을 살았다면 거짓말에 의해 죽으려는 노력을 했어야 한다. 언덕 저쪽에서 총소리가 들렸다.

그녀는 잘 쏘아 맞췄다. 이 선량한, 이 돈 많은 암컷, 이 친절한 관리인이자 그의 재능 파괴자가 말이다. 허튼소리다. 그의 재능을 파괴한 것은 그 자신이었다. 왜 자기를 잘 돌보아 주었다는 것 때문에 이 여자를 비난해야 한단 말인가? 그가 자신의 재능을 파괴한 것은 그것을 사용하지 않았기 때문이고, 자기 자신과 믿었던 바를 배반했기 때문이고, 과음으로 지각(知覺)의 날을 무디게 만들었기 때문이고, 게으름과 타성과 속물근성 때문이고, 오만과 편견 때문이고, 어떻게든 되겠지 하는 것 때문이었다. 이건 뭔가? 헌책 목록인가? 대체 그의 재능은 뭐였나?

괜찮은 재능이었지만 그걸 사용하는 대신에 그걸 가지고 장사를 했다. 그걸로 이룬 것은 아무것도 없지만 언제든 이룰 수 있다는 그런 식이었다. 그리고 펜이나 연필 대신 생계를 꾸려나갈 뭔가 다른 것을 선택했다. 그런데 정말 신기한 것은 다른 여자와 사랑에 빠지면 그 여자는 늘 이전 여자보다 돈이 많았다는 점이다. 그러나 더 이상 사랑하지 않고 지금 이 여자에게 하듯 거짓말을 일삼게 되었을 때, 누구보다도 돈이 많고, 있었던 돈은 다 가졌으며, 과거에는 남편과 아이들이 있었고, 애인들이 있었으나 만족하지를 못했고, 지금은 작가로서, 사내로서, 동반자로서, 자랑스러운 소유물로서 그를 끔찍이 사랑하는 이 여자를 전혀 사랑하지 않으면서도 사랑한다는 거짓말을 할 때, 진정으로 사랑했을 때보다 돈 때문에 더 많은 사랑을 그녀에게 주어야 한다는 것은 이상한 노릇이었다.

인간은 다 하는 짓에 어울리게 만들어진 모양이라고 그는 생각했다. 어떤 방식으로 생계를 꾸리든 거기에 각자의 재능이 존재하는 것이다. 그는 전 생애를 통해 이런저런 형태의 활력을 팔아 왔다. 사랑을 깊이 하지 않으면 돈을 끌어내기가 더 쉬운 법이다. 그것을 알아냈으면서도 역시 그는 그것을 지금 소설로 쓰지는 않을 것이다. 그렇다. 쓸 만한 가치가 충분히 있지만 쓰지는 않을 것이다.

이제 탁 트인 평원을 가로질러 야영지를 향해 걸어오는 그녀의 모습이 보였다. 그녀는 승마용 바지를 입고 라이플총을 들고 있었다. 두 소년이 톰슨가젤을 메고 그녀의 뒤를 따르고 있었다. 그녀는 여전히 잘생긴 여인이고, 몸도 보기 좋다고 그는 생각했다. 그녀는 잠자리에서도 상당한 기교가 있고 감사할 줄도 알았다. 예쁜 얼굴은 아니었지만 그의 마음에 드는 얼굴이었다. 그녀는 엄청나게 독서를 많이 했으며, 승마와 사격을 즐겼고, 그리고 확실히 술은 너무 많이 마셨다. 비교적 젊었을 때 남편을 잃은 그녀는 한동안 막 성장한 두 아이에게 몰두했으나 아이들 쪽에서 필요로 하지도 않는 엄마가 주변을 맴도는 것에 당황해하는 모습을 보이자 승마와 독서, 그리고 음주에 빠지게 되었다. 그녀는 저녁 식사 전에 책 읽는 것을 좋아했고, 책을 읽으면서는 스카치 소다를 마셨다. 저녁 식사 때까지는 꽤 취하곤 했는데, 식사 때 다시 와인 한 병을 마시고 나면 대개 잠들기에 충분할 정도로 취하곤 했다.

그건 애인들이 생기기 전의 일이었다. 애인들이 생긴 뒤에는 그렇게 많이 마시지는 않았다. 왜냐하면 잠들기 위해 취해야 할 필요가 없었기 때문이다. 그러나 이 애인들은 그녀를 지루하게 만들었다. 그녀와 결혼했던 남편은 그녀를 지루하게 내버려 둔 일이 없었는데, 이 사람들은 그녀를 너무나 지루하게 만들었던 것이다.

그러다가 두 아이 중의 하나가 비행기 추락 사고로 죽었고, 장례가 끝난 뒤로는 애인을 원하지 않게 되었다. 술을 마셔도 취하지 않으므로 그녀는 삶을 새롭게 살지 않으면 안 되었다. 갑자기 그녀는 혼자라는 느낌에 소스라치게 놀랐다. 그러나 자기가 존경하는 누군가와 같이 있고 싶었다.

그 시작은 아주 단순했다. 그녀는 그가 쓴 작품을 좋아했고, 그가 영위해 온 삶을 늘 부러워했다. 그는 자기가 하고 싶어 하는 일을 정확히 하는 사람이라고 그녀는 생각했다. 그녀가 그를 손에 넣은 수단과 그녀가 마침내 그와의 사랑에 빠지게 된 방식은, 그녀가 자신을 위해 새로운 생활을 시작하고 그가 자기 옛 생활의 잔재를 없앰으로써 두 사람의 모든 면을 조화롭게 맞춰 진전시켜 나간다는 것이었다.

그는 그것을 자기 생활 보장과 안락하고 맞바꾸었는데, 그 점을 부인할 수는 없었다. 그리고 또 뭐가 있었을까? 그는 알지 못했다. 그녀는 그가 원하는 것은 무엇이나 다 사 주었을 것이다. 그는 그걸 잘 알고 있었다. 그녀는 진짜 좋은 여자였다. 그는 누구에게나 그랬듯이 그녀와도 곧 잠자리를 같이 했는데, 금상첨

화는 그녀가 더 돈이 많고 아주 즐거우며 감사할 줄도 알고 소
란을 피우지 않았다는 점이다. 그런데 지금 그녀가 다시 시작
했던 이 생활이 종말에 가까워지고 있었다. 그 까닭은 그가 상
처에 요오드팅크를 바르지 않았다는 오직 한 가지 실수에 기인
한 것이었다. 두 주일 전 그는 한 떼의 영양(羚羊)이 대가리를 쳐
들고 콧구멍으로 공기를 들이마시며 귀를 쫑긋 세운 채 무슨 소
리만 나면 숲속으로 달아날 듯한 모습을 사진 찍기 위해 앞으로
나아가다가 그만 가시에 무릎을 긁혔던 것이다. 사진을 찍기도
전에 영양들은 다 달아나 버리고 말았다.

그녀가 지금 이곳에 도착했다. 그는 간이침대에서 고개를 돌
려 그녀를 바라보았다.

"여보."

그가 말했다.

"톰슨가젤을 한 마리 잡았어요."

하고 그녀가 말했다.

"당신에겐 좋은 수프가 될 거예요. 감자에 분유를 섞어 짓이
겨 드릴게. 좀 어때요?"

"많이 좋아졌어."

"어머, 잘 됐네요. 좋아질 거라고 생각했어요. 사냥 나갈 땐 당
신이 자고 있더라고요."

"아주 달게 잤어. 멀리 갔었어?"

"아뇨. 언덕 뒤를 한 바퀴 돌았죠. 톰슨가젤을 명중시켰어요."

"그래. 당신 사격 솜씨는 놀라워."

196

“사격을 좋아해요. 아프리카도 좋아했고요. 정말이에요. 당신이 괜찮았다면 내 생애 최고로 재미있었을 거예요. 당신과 함께 총사냥 다니던 즐거움을 당신은 몰라요. 나는 이곳을 좋아했어요.”

“나도 좋아해.”

“여보, 당신이 좀 나아진 것을 보는 게 얼마나 기쁜지 모를 거예요. 아까처럼 대하면 난 참을 수가 없어요. 내게 다시는 그런 식으로 말하지 않을 거죠, 그렇죠? 약속하죠?”

“아니.”

하고 그가 말했다.

“난 내가 뭐라고 했는지 기억도 안 나.”

“날 망가뜨릴 필요는 없어요. 안 그래요? 난 단지 당신을 사랑하고 당신 하자는 대로 해온 중년 여인일 뿐이에요. 벌써 두세 번은 망가뜨려졌어요. 날 다시 망가뜨릴 생각은 아니죠? 그렇죠?”

“당신을 침대에서 몇 번 망가뜨리고 싶다고.”

그가 말했다.

“어머, 그건 좋은 ‘망가뜨림’이죠. 인간이라면 당해도 좋은 ‘망가뜨림’이에요. 내일 비행기가 여기 올 거예요.”

“어떻게 알지?”

“틀림없어요. 오게 돼 있다고요. 아이들은 벌써 나무와 풀을 장만하여 모닥불을 준비하고 있어요. 오늘 내려가서 그걸 다시 보고 왔거든요. 비행기가 착륙할 공간이 충분하고, 양쪽 끝엔 모닥불도 준비되어 있어요."

"왜 내일 비행기가 올 거라고 생각해?"

"틀림없이 올 거예요. 올 날이 지났거든요. 도시에 가서 당신 다리를 고치고 나면 우리 멋진 '망가뜨림'을 해 보기로 해요. 그런 지독한 말다툼 같은 거 말고."

"술이나 마실까? 해가 졌군그래."

"꼭 마시고 싶어요?"

"이미 한잔하고 있는걸."

"그럼 같이 한잔해요. 몰로, 위스키소다 두 잔 가져와요."
하고 그녀가 외쳤다.

"모기 방지 장화를 신는 게 좋을 거야."
하고 그가 그녀에게 말했다.

"내가 목욕할 때까진 기다릴게……."

어둠이 깔리는 동안 그들은 술을 마셨고, 어둠이 깔려 더 이상 총을 쏠 만한 빛이 남아 있지 않게 되었을 때 하이에나 한 마리가 언덕을 돌아 들판을 가로질러 갔다.

"저놈은 밤마다 저길 지나가는군."
하고 사내가 말했다.

"두 주일 동안 매일 밤 말이야. 밤에 울음소리를 내는 게 저놈이었어. 하지만 개의치 않아. 저것들은 더러운 동물이니까."

같이 술을 마시면서 한편으로만 누워 있어야 한다는 불편 말고는 아무런 통증도 느끼지 않으면서 소년들이 피운 횃불의 그림자가 텐트 위를 넘실거리는 가운데 그는 유쾌한 항복을 하고

다시 이 생활로 돌아와 묵묵히 따르고 있는 자기 자신을 느낄
수 있었다. 그녀는 그에게 매우 친절했다. 그날 오후, 그는 잔인
하고 온당치 못하게 굴었다. 그녀는 좋은 여자였다. 정말 놀라
운 여자였다. 그리고 바로 그 순간, 자기가 죽어 가고 있다는 생
각이 들었다.

그 생각이 확 밀려왔는데, 그건 급류나 돌풍처럼 밀려온 것이
아니라 갑자기 악취를 풍기는 공허함으로 밀려왔다. 이상한 것
은 그 하이에나가 공허함의 모서리를 따라 가볍게 미끄러져 들
어왔다는 점이다.

"왜 그래요, 해리?"

그녀가 물었다.

"아무것도 아냐."

하고 그가 말했다.

"당신이 자리를 다른 쪽으로 옮기는 게 좋겠어. 바람 부는 쪽
으로."

"몰로가 붕대를 갈았어요?"

"응, 지금은 붕산밖에 쓰고 있지 않거든."

"기분이 어때요?"

"조금 어지러워."

"목욕하고 올게요."

하고 그녀가 말했다.

"금방 나올 거예요. 같이 식사한 다음 간이침대를 들여놓을
거예요."

'그래, 역시 싸움을 그만두기 잘했어.' 하고 그는 속으로 뇌까렸다. 이 여자와 그렇게 많이 싸우지는 않았다. 하지만 그가 사랑했던 여자들과는 하도 싸움을 많이 해 마침내는 늘 싸움의 부식 작용으로 서로 공유하던 것까지 다 죽여 버리곤 했다. 그는 너무 많이 사랑했고, 너무 많이 요구했으며, 그것을 다 닳아 없어지게 했다.

파리를 떠나오기 전 싸움을 하고 콘스탄티노플에 혼자 갔던 일이 생각났다. 그곳에 있는 동안 줄곧 매춘부와 관계를 가졌으나 관계가 끝나면 외로움이 사라지기는커녕 더욱더 외로워져서 그는 첫 번째 여자, 자기를 버리고 떠났던 여자에게 외로워 견딜 수 없노라는 편지를 보냈다. …… 언젠가 르장스 교외에서 그녀를 본 것같이 생각되었을 때, 그리고 어딘가 그녀와 비슷하게 생겼지만 정작 그녀가 아니면 어떡하나, 혹 그 느낌이 틀리면 어떡하나 하고 두려워하면서 큰길로 그녀를 따라갔을 만큼 자신은 정말 실신할 정도로 가슴이 아팠었다는 둥, 다른 여자와 잠자리를 같이 해도 그때마다 그녀에 대한 그리움만 더해 갔을 뿐이라는 둥, 그녀를 사랑하는 마음을 없앨 수 없다는 것을 알고 있는 이상 지난날 그녀가 자기에게 했던 처사는 아무 문제도 되지 않는다는 둥 그런 내용을 적은 편지였다.

클럽에서 멀쩡한 정신으로 이 편지를 써서 뉴욕에 부치고, 파리의 사무실로 답장을 달라고 요구했다. 그게 안전할 것 같았기 때문이다. 그날 밤 그녀가 너무 그리워서 그는 마치 속이 텅 빈 것 같은 아픔을 느끼며 막심 레스토랑 부근을 어슬렁거리다가 웬 계집아이를 하나 만나 저녁을 먹자면서 그곳에 데리고 들어갔다. 그 뒤 그녀와 함께 춤추는 곳에 갔으나 춤 솜씨가 없어 그녀를 버리고 정열적인 아르메니아 매춘부와 춤을 추게 되었는데, 이 여자가 어찌나 배를 흔들어 대던지 그의 배는 불이 날 지경이었다.

그는 옥신각신 끝에 그녀를 영국 포병 중위로부터 빼앗았다. 그러자 포병이 그에게 밖으로 나가자고 했고, 두 사람은 어두컴컴한 길거리의 자갈 위로 나가 싸우게 되었다. 그는 포병의 턱을 두 번 갈겼으나 나가떨어지지 않는 것을 보고 이게 만만치 않은 싸움이라는 것을 알았다. 포병은 그의 몸을 구타하고 다음엔 눈언저리를 때렸다. 그러나 그가 왼손으로 포병을 다시 한 대 갈기자 포병은 그의 몸 위로 넘어지면서 그의 웃옷을 움켜잡아 소매를 뜯어 놓았다. 그는 포병의 뒤통수를 두 번 때리고 그를 떠다밀면서 오른손으로 한 대 먹였다. 포병이 나가떨어지며 머리를 부딪쳤다. 그때 헌병이 오는 소리를 들었기 때문에 그는 매춘부를 데리고 달아났다. 택시를 잡아타고 보스포루스 해협을 따라 리밀리 히사로 달렸는데, 그곳을 한 바퀴 돈 다음에는 시원한 밤공기를 마시며 돌아와 침대에 들었다. 그녀는 보이는 것처럼 무르익은 느낌이었으나 부드럽고, 장미 꽃잎 같으며, 달콤하고, 뱃가죽이 매끄러우며, 가슴이 크고, 엉덩이 밑에 베개를 받칠 필요가 없었다. 첫새벽에 보니 젖가슴이 유난히도 커 보였다. 그는 그녀가 잠이 깨기 전에 그곳을 나와 눈탱이가 밤탱이가 된 얼굴로 페라 펠리스 호텔에 불쑥 나타났다. 한쪽 소매가 떨어져 나간 웃옷은 손에 든 채로 말이다.

바로 그날 밤, 아나톨리아로 떠났던 것이 그는 기억났다. 그 여행 뒷부분은 아편을 채취하기 위해 말을 타고 양귀비 밭을 달렸는데, 점점 느낌이 이상해지더니 마침내 모든 거리 감각이 엉망이 되고 말았다. 그들은 쥐뿔도 모르는 새로 도착한 콘스탄티노플의 장교들과 함께 공격을 했지만 대포가 아군 부대 쪽으로 발사되자 영국군 관측 장교는 어린애처럼 소리를 질러 댔다.

그가 흰 발레용 스커트에 끝이 구부러진 방울 술 장식을 한 신을 신은 전사자를 본 것은 그날이 처음이었다. 터키 병사들이 쉴 새 없이 밀려들자 스커트를 입은 병사들이 달아났고, 그 다음에는 적들에게 사격을 가하던 장교들도 달아났으며, 그 또한 영국군 관측 장교와 함께 달아나 숨이 차고 입에서 단내가 날 때까지 뛰다가 바위 뒤로 숨었으나 터키 병사들은 여전히 떼 지어 밀려오는 것이었다. 그 뒤에 그는 상상도 못할 끔찍한 광경들을 목격했고, 그 뒤에는 더 끔찍한 장면도 목격했다. 그래서 파리로 돌아왔을 때는 그 얘기를 아무에게도 할 수 없었고, 그 얘기를 언급하는 것조차 견딜 수가 없었다.

그가 드나들던 카페에는 커피잔 받침 접시를 앞에 수북이 쌓아 놓은 미국 시인이 있었는데, 그 감자 얼굴을 한 시인은 멍청한 표정을 지으면서 자기 이름을 트리스탄 차라라고 밝힌 어떤 루마니아 인과 다다이즘 운동에 대해 이야기하고 있었는데, 언제나 외알 안경을 쓰던 그 루마니아 인은 두통을 앓고 있었다.

그는 이제 다시 사랑하기 시작한 아내가 있는, 싸움도 끝나고 광기도 끝나고 그래서 집에 있기가 즐거워진 아파트로 돌아갔다.

그래서 사무실에서도 그의 아파트로 우편물을 보냈다.

그런데 어느 날 아침, 편지를 보냈던 그 여자한테서 온 답장이 쟁반에 얹혀 들어왔다. 필적을 보고 가슴이 철렁한 그는 얼른 그 편지를 다른 편지 밑에 넣으려고 했으나 "여보, 그 편지 누구한테 온 거죠?" 하고 그의 아내가 물었고, 그것이 그만 그 새로운 시작의 끝이 되고 말았다.

그들 모두와 함께 지냈던 즐거운 시간들과 싸움들이 기억났다. 그들은 언제나 싸우기에 가장 좋은 곳을 물색하곤 했다. 그런데 가장 기분 좋을 때에 싸움이 벌어졌던 건 무슨 까닭이었을까? 그 점에 대해서도 한 줄 쓴 적이 없었다. 왜냐하면 우선 누구에게도 상처를 주기가 싫었고, 다음으로는 그것이 아니라도 쓸 재료는 충분한 것처럼 보였기 때문이다. 그래도 언젠가는 그 얘기를 쓸 때가 오리라고 생각했다. 쓸 것은 참 많았다. 그는 세상이 변하는 것을 보았다. 단순한 사건만이 아니다. 사건도 많이 보고 사람도 관찰했지만, 그는 보다 미묘한 변화를 보았고, 시대에 따라 사람들이 어떻게 처신했던가를 기억할 수 있었다. 그는 그 속에 있었고 그것을 목격했으니까 그에 대해 쓰는 것은 그의 의무이기도 했지만 그는 다시는 글을 쓰지 않게 될 것이었다.

"기분이 좀 어때요?"
그녀가 물었다. 목욕을 한 그녀가 막 텐트에서 나왔던 것이다.
"아주 좋아."
"지금 식사할 수 있겠어요?"

그는 몰로가 그녀의 뒤에서 테이블을 준비하고, 다른 두 소년이 요리 접시를 나르는 모습을 보았다.

"글을 쓰고 싶어."

그가 말했다.

"수프라도 먹어야 체력이 유지돼요."

"나는 오늘 밤에 죽을 거야."

하고 그가 말했다.

"그러니 체력 유지도 필요 없는 거야."

"그런 신파조 말씀은 하지 마세요, 해리."

"코는 두었다 뭘 하는 거야? 이제 오른쪽 다리가 반이나 썩었다고! 바보처럼 왜 수프를 먹어야 하는 건데? 몰로, 위스키소다를 가져와."

"제발 수프 좀 들어 봐요"

그녀가 부드럽게 말했다.

"좋아, 그렇게 하지."

수프가 너무 뜨거웠다. 그래서 먹기 좋게 식을 때까지 그릇을 손에 들고 있다가 군소리 없이 그걸 다 들었다.

"당신은 좋은 여자야."

하고 그가 말했다.

"나한테 신경 쓰지 마."

그녀는 〈스퍼〉지나 〈타운 앤드 컨트리〉지 같은 데에 흔히 나오는 그 유명하고 누구에게나 사랑을 받고 있는 듯한 얼굴로 그를 쳐다보았다. 다만 술과 잠자리 때문에 얼굴이 좀 상하기는

했지만 〈타운 앤드 컨트리〉 지에도 그녀처럼 보기 좋은 젖가슴
과 유용한 허벅지, 그리고 등을 어루만지는 부드럽고 작은 손
같은 것은 결코 실린 일이 없었으리라. 그녀의 그 친숙한 기분
좋은 미소를 뜯어보고 있는 동안 그는 죽음이 다시 다가오는 느
낌을 받았다.

이번에는 확 밀려드는 형태가 아니었다. 촛불을 깜빡이게 하
면서 불길을 높이는 바람처럼 획 불어온 것이었다.

"나중에 모기장을 가져오라 해서 나뭇가지에다 걸게 하고 불
을 피우게 해. 오늘 밤에는 텐트에 들어가지 않을 거야. 움직일
가치도 없으니까. 맑은 밤이라 비도 안 올 것 같고."

그래, 이게 인간이 죽어 가는 모습이다, 들리지 않는 속삭임
가운데서. 더 이상 말다툼도 없을 것이다. 그건 확실히 말할 자
신이 있다. 한 번도 겪어 보지 못한 경험을 지금 망치고 싶지는
않다. 그러고 싶을지도 모른다. 무엇이나 망치는 위인이니까. 그
러나 아마 그러지는 않을 것이다.

"내가 하는 말을 받아 적을 수 있어?"

"그런 건 해 본 일이 없어요."

그녀가 대답했다.

"그럼 됐고."

물론 시간이 없었다. 잘만 쓴다면 그 모든 걸 한 문장에 짧게
압축할 수도 있을 것 같았지만.

호수 위 언덕에는 틈 사이를 회반죽으로 희게 칠한 통나무 오두

막집이 하나 있었다. 문 옆에는 식사 시간을 알리는 종이 막대기 위에 매달려 있었다. 집 뒤는 밭이었고, 밭 뒤는 삼림이었다. 롬바르디아 종 포플러나무가 집에서부터 선창가에 이르기까지 한 줄로 죽 늘어서 있었다. 다른 포플러나무들은 곶(串)을 향해 늘어서 있었다.

한 가닥 길이 숲가를 따라 언덕으로 뻗어 있었는데, 그 길을 따라가면서 그는 검은딸기를 땄다. 뒤에 그 통나무 오두막집은 불타 버렸고, 벽난로 위의 사슴 발로 만든 걸이에 걸려 있던 총들도 다 불타 버리고 말았다. 나중에 보니 탄창의 탄알은 녹아 버리고 개머리판도 타서 총신이 잿더미 위에 나뒹굴고 있었는데, 그 재는 큰 가마솥에 넣어 잿물을 만드는 데 사용되었다. 타다 남은 총신을 갖고 놀아도 좋으냐고 물었더니 할아버지는 안 된다고 했다. 타 버리긴 했어도 그것은 역시 할아버지 총이라는 뜻이었겠지. 할아버지는 그 후 다시는 총을 사지 않으셨고, 더 이상 사냥도 다니지 않으셨다. 집은 같은 장소에 제재목으로 다시 지어지고 희게 칠해졌는데, 현관에서 보면 포플러나무와 건너편의 호수가 눈에 들어왔지만 더 이상 총은 보이지 않았다. 통나무 오두막집 벽에 사슴 발로 만든 걸이에 걸려 있던 총신은 지금 잿더미 위에 나뒹굴고 있었지만 누구 하나 손대는 사람이 없었다.

전쟁이 끝난 뒤 검은 숲[13]에서 송어가 많이 잡히는 개울 낚시터를 빌린 일이 있었는데, 그곳으로 걸어가려면 두 길이 있었다. 하나는 트리베르크 거리에서 골짜기로 내려가는 길인데, 흰 길 옆에

---

13) 독일 슈바르츠발트의 삼림. 숲이 울창하여 '검은 숲'이라 부른다..

늘어선 나무 그늘에 덮인 골짜기 길을 돌아 언덕으로 뻗은 샛길을 올라가서 슈바르츠발트풍의 큰 집들이 있는 작은 농장을 여러 개 지난 뒤 마침내 그 개울에 다다르게 된다. 거기가 바로 우리들이 낚시를 시작한 곳이었다.

다른 하나는 숲 언저리까지 험한 언덕길을 올라 소나무 숲을 뚫고 언덕 꼭대기를 넘어 초원 언저리로 나온 뒤 이 초원을 가로질러 다리 쪽으로 내려가는 길이다. 천변을 따라 벚나무가 자라고 있는 그 개울은 그리 크지 않고 폭이 좁으며 물이 맑고 물살이 빨랐는데, 벚나무 뿌리 밑, 물결에 패인 곳은 못을 이루고 있었다. 트리베르크의 호텔 주인에게는 경기가 좋은 시절이었다. 그는 매우 즐거워했고, 우리 모두 사이좋게 지냈다. 그러나 다음해 인플레이션이 닥쳤고, 그래서 전년에 벌어 놓았던 돈으로는 호텔 운영에 필요한 물자를 사들일 수가 없게 되자 그는 목매달아 죽고 말았다.

여기까지는 받아쓰게 할 수 있겠지만, 꽃 장수들이 길거리에서 꽃 물감을 들이기 때문에 버스가 출발하는 포장도로 위로 그 물감이 흐르는 콩트르스카르프 광장에 대한 일은 받아쓰게 할 수 없을 것이다. 그 광장에는 노인과 여인네들이 언제나 와인과 악몽에 취하여 있었고, 아이들은 추위에 콧물을 흘리고 있었으며, 카페 데자마퇴르에는 더러운 땀 냄새와 빈곤과 주정뱅이 냄새가 풍기고 있었고, 그들이 사는 발 뮈제트 아래층에는 매춘부들이 있었다.

여자 관리인은 프랑스 공화국의 기병을 자기 방에서 접대하는 중인지 의자 위엔 말총을 꽂은 헬멧이 놓여 있었다. 복도 맞은편 방에 세 들어 살던 여자의 남편은 자전거 경주 선수였는데, 그날 아침 유제품 가게에서 〈로토〉지를 펴들었을 때 남편이 처음 출전한 파리-투르 간 큰 경주에서 세 번째로 들어왔다는 기사를 읽고 기쁜 나머지 얼굴을 붉히며 깔깔 웃어 댔고, 노란 그 스포츠 신문을 들고 뭐라 소리 지르면서 이층으로 올라갔다. 발 뮈제트를 운영하던 여자의 남편은 택시 운전사였다. 해리가 첫 비행기로 일찍 떠나야 했던 날 아침, 운전사는 문을 두드려 그를 깨운 적이 있었다. 그들은 출발하기 전 주점의 양철 덮인 카운터에서 화이트 와인을 한 잔씩 했다. 당시 그는 그 구역의 이웃 사람들을 잘 알고 있었는데, 이는 그들이 모두 가난했기 때문이다.

그 광장 주변에는 두 부류의 인간이 있었다. 주정뱅이와 스포츠광. 주정뱅이들은 술에 취해 가난을 잊었고, 스포츠광들은 가난을 잊기 위해 운동에 몰두했다. 그들은 파리코뮌 당원(黨員)의 자손들이기는 했지만 자기들의 정치를 위해 투쟁하는 법은 없었다. 그들은 자기 부모형제와 친척과 친구를 누가 쏴 죽였는지 잘 알고 있었다. 당시 쳐들어와 코뮌 정부의 뒤를 이어 파리를 점령한 베르사유 군대는 노동을 해서 손이 거친 사람, 노동자 모자를 쓴 사람, 또는 노동자의 다른 표식이 있는 사람은 다 잡아 죽였던 것이다.

그리고 그 배고픔 속에서 말고기 파는 집과 와인 협동조합의 길 건너편에 있던 숙소에서 그는 쓰려고 했던 작품의 첫 부분을 썼다. 파리에서 그만큼 마음에 드는 곳은 없었다. 가지가 쭉 뻗은 나무들과 그 아래 갈색으로 칠하고 하얀 회칠을 한 낡은 집들, 원형 광장에 서 있던 초록색의 긴 버스와 포장된 도로 위에 흐르던 자줏빛 꽃 물감, 카르디날 르무안 거리의 언덕에서 센 강변으로 내려가는 가파른 비탈길, 무프타르 거리의 비좁고 혼탁한 곳으로 나가는 또 하나의 길.

하나는 팡테옹 쪽으로 올라가는 거리이며, 다른 하나는 그가 늘 자전거로 다니던 거리로, 그 구역에서는 단 하나뿐인 아스팔트길이라 자전거 바퀴도 매끄럽게 굴러가곤 했다. 높고 좁은 집들이 죽 들어서 있고, 폴 베를렌[14]이 죽었다는 높지만 싼 호텔도 있었다. 베를렌은 그 호텔의 맨 꼭대기 층에 있는 방을 한 달에 60프랑에 빌려 글을 썼는데, 거기서는 파리의 지붕과 굴뚝, 언덕들이 다 보였다.

그들이 살던 아파트엔 방이 두 개만 있었다. 그 아파트에서는 단지 땔감을 파는 점포만 보일 뿐이었다. 거기서는 와인도 팔았으나 질 나쁜 것이었다. 말고기 파는 집 바깥에는 누런 말대가리가 걸려 있었고, 열린 창문에는 누렇고 붉은 빛을 띤 말고기가 걸려 있었다. 그들이 늘 싸고 맛있는 와인을 사던 녹색 페인트를 칠한 협동조합도 보였다. 그 밖에는 회반죽을 칠해 놓은 담과 이웃집 창문들뿐이었다. 밤에 누군가 술에 취해 거리에 넘어져 사실은 존재하지도 않는 '전형적인 프랑스식 술주정'으로 끙끙거리며 신음하고 있으면 이웃 사람들이 창문을 열고 투덜거리는 것이었다.

"경찰은 어디 간 거야? 필요 없을 땐 뻔질나게 나타나더니만. 어떤 문지기 계집하고 자빠져 자고 있겠지. 경관을 데려오라고."

그러다가 누가 창문을 열고 물을 한 동이 퍼부으면 그 신음 소

---

14) 프랑스의 시인(1844~1896). 근대의 우수와 권태, 경건한 기도 등을 정감이 풍부하게 노래하였다.

리는 뚝 그쳤다.

"이게 뭐야? 물이로구나. 아, 누군지 머리 좋은데."

그러면 창문들이 닫힌다. 마리라는 그의 가정부는 여덟 시간 노동제를 가지고 항변을 늘어놓았다.

"만약 남편들이 오후 6시까지 일하면 집에 돌아오는 길에 약간만 마실 것이니 돈 낭비도 없지 않겠어요? 그러나 5시까지만 일한다면 매일 밤 취하게 되니 돈이 남을 리가 없지요. 노동시간 단축으로 골탕 먹는 사람은 노동자 마누라뿐이라니까요."

"수프 좀 더 드시겠어요?"

여자가 그에게 물어보았다.

"아니, 고마워. 맛이 아주 좋았어."

"조금만 더 들어 보세요."

"난 위스키소다를 마실래."

"그건 당신에겐 좋지 않아요."

"그래. 그건 내겐 나쁘다네. 콜 포터[15]가 그런 가사에 곡을 붙였었지. 당신이 내게 열중한다는 걸 알고 있다네……."

"아시잖아요, 저도 당신이 술 마시는 건 좋아해요."

"암, 그렇지. 단지 그건 내게 나쁘다네."

그녀가 가 버린다면……. 그는 생각했다. 내가 원하는 걸 모두 갖게 되겠지. 원하는 걸 모두 갖는 게 아니라 있는 걸 모두 갖게

---

15) 미국의 작곡가 겸 작사가(1891~1964). 예일대학교에서 영문학을 전공한 그는 이미 재학 중에 300곡을 작사했으며, 1920~1930년대에는 그의 뮤지컬이 브로드웨이를 휩쓸었다.

되겠지.

그래, 그는 지쳐 있었다. 너무나 지쳐 있었다. 그는 깜빡 잠이 들려 하고 있었다. 조용히 누워 있었지만 아직 죽음은 오지 않았다. 그건 다른 데로 가 버렸나 보다. 죽음은 나란히 자전거를 타고 포장도로 위로 소리 없이 달려가고 있었다.

아니, 그는 파리에 대해 써 본 적이 없었다. 그가 관심을 가졌던 것은 파리가 아니다. 그럼 써 본 일이 없는 나머지 소재는 어떨까? 목장과 은백색 샐비어 덤불, 관개수로의 빠르고 맑은 물, 진초록의 자주개나리는 어떤가? 언덕 저쪽까지 뻗어 올라가는 오솔길, 여름에 사슴처럼 부끄럼을 타는 소들. 가을에 언덕에서 데리고 내려올 때의 소 울음소리와 아우성, 먼지를 일으키는 느릿느릿한 움직임. 그리고 산들 뒤로 석양에 또렷한 윤곽을 드러내는 봉우리, 말을 타고 그 오솔길을 내려올 때 계곡 저쪽까지 밝게 비치던 달빛. 그리고 어둠 속에서 삼림을 지날 때 앞이 보이지 않아 말 꼬리를 잡고 내려오던 생각이 지금 막 났다. 그리고 써 보려고 마음먹었던 모든 이야기들도.

목장에 남아 아무도 갖고 가지 못하도록 꼴을 지키고 있던 얼뜨기 심부름꾼 소년과 사료를 얻기 위해 들렀던 포크스 집안의 그 못된 늙은이. 자기가 부리고 있었을 때는 곧잘 때리곤 했던 그 소년이 거부하자 늙은이는 이번에도 때리겠다고 했다. 그러자 소년은 부엌에서 라이플총을 들고 나와 영감이 헛간에 들어가려고 하자 방아쇠를 당겼다. 사람들이 목장으로 돌아왔을 때는 그가 죽은

지 이미 일주일째였다. 가축우리 속에 꽁꽁 얼어붙은 그 시체의 일부는 개들이 뜯어 먹었다. 시체의 남은 부분을 담요에 싸서 썰매 위에다 싣고 밧줄로 동여맨 다음 소년더러 그 썰매를 끌고 가는 데 도우라고 했다. 이렇게 하여 두 사람은 스키를 타고 그걸 도로 위로 끌고 나온 뒤 60마일이나 떨어진 읍까지 내려가 그 소년을 경찰에 넘겼다.

소년은 자기가 체포되리라는 생각은 꿈에도 하지 못했다. 자기는 의무를 다했고, 두 사람은 친한 사이였으니 무슨 상이라도 받을 줄 알았던 것이다. 소년이 노인의 시체 운반을 도운 것은 모두 그 노인이 얼마나 악했는지, 그리고 그 노인이 자기 것이 아닌 사료를 훔치려고 했다는 사실을 다 알고 있으리라는 생각 때문이었다. 경찰이 수갑을 채우자 소년은 믿을 수가 없었다. 그래서 흐느껴 울기 시작했다.

이것은 그가 쓰려고 아껴 둔 이야기 중의 하나였다. 그곳에는 이런 좋은 이야기 소재가 적어도 스무 개는 있다는 걸 알고 있었지만 그는 하나도 써 본 적이 없었다. 왜 그랬던 것일까?

“그 까닭을 말해 봐.”
그가 말했다.
“까닭이라뇨, 여보?”
“응, 아무것도 아냐.”
그를 갖게 된 뒤 그녀는 술을 그렇게 많이 마시지는 않았다.

그러나 죽지 않는다 해도 그녀에 대해서는 쓰지 않을 것임을 그는 지금 알고 있다. 그녀와 비슷한 사람에 대해서는 쓰지 않을 것이다. 부자들은 지루한데다가 술을 너무 많이 마시거나 주사위놀이를 너무 많이 한다. 그러니까 그들은 지루하고 같은 일을 되풀이하는 족속이다.

가난한 줄리안이 기억났다. 부자들에 대해 낭만적인 경외감을 품고 있던 그가 언젠가는 "아주 돈 많은 사람들은 당신이나 나와는 다른 족속이다."라는 문장으로 시작되는 이야기를 쓰려고 한 일이 있었다. 그러자 어떤 사람이 줄리안에게 "그래, 그들은 우리보다 더 돈이 많다."고 말했다. 그러나 그것은 줄리안에게 재미있는 말이 아니었다. 부자란 특출하게 매력적인 족속이라고 생각했는데, 사실은 그렇지 않다는 것을 알게 되자 그는 다른 무엇에서와 마찬가지로 낙담하게 되었다.

낙담하는 인간을 그는 경멸했다. 이해한다고 그것을 좋아할 필요까지는 없는 것이다. 관심을 갖지 않으면 상처받을 일도 없기 때문에 그는 무슨 일이든 물리칠 수 있다고 생각했다.

옳아! 이젠 죽음에 대해 관심을 두지 말자. 그가 언제나 두려워했던 한 가지는 통증이었다. 그도 통증이 너무 오래 계속되어 인내의 한계점에 도달할 때까지는 남들처럼 통증을 견딜 수 있었다. 그러나 지금 그를 무섭게 해치려 드는 무엇이 있었는데, 그것이 그를 파괴하리라고 느낀 순간에 통증이 멎었다.

오래전 일인데, 철조망 사이를 뚫고 들어가다가 독일군 순찰병의 수류탄에 맞은 포병 장교 윌리엄슨이 비명을 지르면서 제발 자기를 죽여 달라고 애걸복걸하던 일이 기억났다. 환상적인 쇼에 심취하기는 했지만 몸이 뚱뚱한 그는 대단히 용감하고 훌륭한 장교였다.

그러나 철조망에 걸린 그날 밤 조명탄에 비친 모습을 보니 밖으로 튀어나온 그의 내장이 철조망에 걸려 있었다. 동료들은 아직 살아 있는 그를 안으로 데려오기 위해서는 그 창자를 끊지 않을 수 없었다. "날 총으로 쏴, 해리. 제발 날 죽여 달라고!" 언제였던가? "주님은 너희가 감당하지 못할 시험은 허락하지 않으신다."는 말씀을 놓고 토론한 적이 있었는데, 누군가는 그 말씀을 어떤 시기가 오면 고통이 저절로 사라진다는 뜻이라고 풀이했다. 그러나 그날 밤 윌리엄슨의 일은 두고두고 잊히지가 않았다. 그가 쓰려고 고이 간직해 두었던 모르핀 알약을 다 먹일 때까지도 윌리엄슨의 통증은 사라지지 않았다. 약효가 금세 나타나지 않았던 것이다.

그에 비해 지금 그가 겪고 있는 통증은 아주 견디기 쉬운 것이었다. 지금보다 더 악화만 되지 않는다면 걱정할 것이 없었다. 좀 더 나은 동반자와 함께 있고 싶다는 것을 빼놓고는 말이다.

그는 같이 있었으면 싶은 동반자에 대해 잠시 생각해 보았다.

아니지. 무슨 일을 하든 너무 오래 하거나 너무 늦은 감이 있을 때 아직 그곳에 사람들이 있으리라고 기대하는 건 무리라고 그는 생각했다. 사람들은 모두 가 버린다. 파티가 끝나면 남는 것은 안주인과 당신뿐이다.

나는 다른 모든 것과 함께 죽음에도 싫증이 나 있는 것이라고
그는 생각했다.

"싫증이 난 거야."

그가 큰 소리로 말했다.

"뭐가요, 여보?"

"무엇이든 너무 오래 하면 그래."

그는 자기와 모닥불 사이에 있는 여자의 얼굴을 바라보았다.
그녀는 의자에 등을 기댄 채였고, 불빛이 보기 좋게 주름진 그녀
의 얼굴에 비쳐 그녀의 졸린 모습을 볼 수 있었다. 그는 모닥불
이 비치는 구역 바깥에서 하이에나가 울부짖는 소리를 들었다.

"나는 글을 쓰고 있었소."

하고 그가 말했다.

"하지만 피곤하군."

"잠들 수 있을 것 같아요?"

"물론이지. 당신은 왜 들어가 자지 않아?"

"전 당신하고 이렇게 앉아 있고 싶어요."

"당신도 뭔가 이상한 것을 느껴?"

그가 그녀에게 물었다.

"아뇨, 조금 졸릴 뿐이에요."

"난 느껴."

그가 말했다. 그는 죽음이 다시 다가온 걸 직감했다.

"내가 한 번도 잃지 않은 게 호기심이란 걸 당신도 알고 있
지?"

그가 그녀에게 말했다.

"당신은 아무것도 잃어 본 적이 없어요. 당신은 내가 만난 사람 중에서 가장 완벽한 남자예요."

"저런!"

하고 그가 말했다.

"여자들은 아무것도 모른다니까. 그게 무슨 소리야? 당신 직관인가?"

바로 그때 죽음이 다가와 침대 다리에 머리를 기대었기 때문에 그는 죽음의 호흡을 냄새 맡을 수 있었다.

"죽음의 상징인 커다란 낫과 두개골에 대해 믿지 말라고."

그가 그녀에게 말했다.

"죽음이란 자전거를 타고 오는 경찰일 수도 있고, 한 마리의 새일 수도 있는 거야. 아니면 그건 하이에나처럼 넓적한 코를 가진 놈일 수도 있어."

이제 죽음은 그의 몸 위로 덮쳤으나 아무런 형태가 없었다. 그건 단지 허공을 점령하고 있을 뿐이었다.

"저리 가라고 해."

죽음은 가지 않고 오히려 조금 더 가까이 다가섰다.

"너의 입 냄새가 굉장하구나."

하고 그가 말했다.

"고약한 냄새를 풍기는 놈아!"

죽음은 더 가까이 다가와 이젠 그것에게 말을 걸 수도 없었다. 그가 말을 못 하는 것을 보자 죽음은 한층 더 가까이 다가섰다.

그는 말하지 않고 죽음을 쫓아내려 했으나 죽음은 그의 몸 위로 달려들어 가슴을 눌렀다. 죽음이 거기 웅크리고 있는 동안 그는 움직일 수도, 말할 수도 없었다. 여자가 말하는 소리가 들렸다.

"지금 브와나께서 잠드셨다. 그러니 침대를 가만히 들어 텐트 안으로 옮겨요."

그녀에게 죽음을 쫓아 달라고 하려 했으나 말이 나오질 않았다. 이제 죽음은 점점 더 죄어들어 숨을 쉴 수가 없었다. 그러나 그들이 침대를 드는 동안 갑자기 모든 게 정상으로 돌아와 가슴을 누르던 느낌마저 사라졌다.

아침이었다. 날이 샌 지 오래되었다. 그는 비행기 소리를 들었다. 처음엔 아주 조그맣게 보이던 비행기가 점점 원을 크게 그리자 소년들은 뛰어나가 등유로 불을 지피고 그 위에 건초를 쌓아 놓았다. 벌판 양쪽에 두 줄기의 큰 연기가 올라갔고, 아침 산들바람에 연기가 막사 쪽으로 불어왔다. 비행기는 이번엔 저공비행으로 두 번 돌고 내려오더니 수평을 유지하며 사뿐히 내려앉았다. 그리고 그에게로 걸어온 사람은 헐거운 바지에 트위드 재킷을 입고 갈색 펠트 모자를 쓴 옛 친구 컴프턴이었다.

"이봐, 어떻게 된 거야?"

컴프턴이 물었다.

"다리를 다쳤어."

그가 대답했다.

"아침 식사할 테야?"

"고마워. 난 차나 한잔하지. 보다시피 푸스모스 단엽기(單葉

機)야. 그러니 멤사브는 같이 모실 수가 없어. 좌석이 하나밖에 없으니까. 트럭이 오고 있는 중이야.”

헬렌은 컴프턴을 옆으로 데리고 가서 뭐라 말했다. 컴프턴은 전보다 더 기분이 좋아진 얼굴로 돌아왔다.

“자넬 태워야겠군.”

하고 그가 말했다.

“멤사브를 모시러 다시 오겠네. 그런데 연료를 보급하기 위해 아루샤에 들러야 할지도 몰라. 지금 출발하는 게 좋겠어.”

“차는 어쩌고?”

“그건 안 마셔도 괜찮아.”

소년들은 간이침대를 들고 녹색 텐트를 돌아 바위를 따라 내려가서 평원으로 들어간 다음, 건초는 다 소진되고 바람이 불길을 일으켜 밝게 타고 있는 모닥불 옆을 지나서 작은 비행기가 있는 곳에 다다랐다. 몸을 집어 넣기 어려웠지만 일단 안으로 들어가게 되자 그는 몸을 가죽 의자에 기대고 다리는 컴프턴의 의자 한쪽 편으로 쭉 뻗었다. 컴프턴은 시동을 걸고 운전석에 앉더니 헬렌과 소년들에게 손을 흔들었다.

부릉부릉 소리가 귀에 익은 엔진 소리로 바뀌자 그들은 컴프턴과 함께 멧돼지 굴이 없나 두리번거리며 살펴보았다. 기체는 포효와 함께 덜컹거리며 두 모닥불 사이를 일직선으로 달려가다가 마지막으로 덜컹하며 공중으로 떠올랐다. 밑에 서 있는 사람들이 손을 흔드는 게 보였다. 언덕 옆의 텐트가 평평해지고 평원이 펼쳐지면서 나무숲과 덤불숲이 평평해지더니 이제는 마른 웅덩이까지 죽 달리는 사냥길이 보이고 그가 알지 못했던 새로운 시냇물도 보였다. 얼룩말 떼는 작고 둥근 등만 보였고, 긴 발로 평야를 가로지르는 영양 떼의 큰 얼룩무늬는 하늘로 솟아오르는 것처럼 보였다. 비행기의 그림자가 다가가자 그들은 이리저리 흩어졌고, 이제는 코딱지만 해진 그들이 달리는 것 같지도 않았으며, 방금 펼쳐지던 평원도 이제는 희미한 황색으로 보일 뿐이었다.

눈앞에는 낡은 트위드 재킷을 입은 컴프턴의 등과 갈색 펠트 모자가 보였다. 그들이 첫 번째 언덕을 지나가자 영양이 그들의 뒤를 따랐다. 그 다음 갑자기 펼쳐지는 짙은 녹색 숲과 솟은 산들을 넘고, 대나무가 무성한 산비탈을 지나 산봉우리와 계곡이 잇닿은 울창한 삼림지대를 다시 지나갔다. 거기서부터는 언덕이 낮아지면서 뜨겁고 자줏빛으로 보이는 또 다른 평원이 나타났다. 열기로 비행기가 덜컹거리자 컴프턴은 그가 어떻게 하고 있는지 보기 위해 뒤를 돌아다보았다. 그때 어두컴컴한 산맥이 눈앞에 펼쳐졌다.

그러자 비행기는 아루샤로 가는 대신에 왼쪽으로 방향을 틀었다. 연료가 넉넉하다는 계산이었다. 아래를 내려다보니 채로 친 듯한 분홍빛 구름이 땅 위를 움직이고 있었는데, 공중에 떠 있는 그것은 어디서 온 것인지도 모르는 눈보라의 첫눈처럼 보였으나 사실은 남쪽에서 날아오는 메뚜기 떼였다. 그것을 알아차린 그들은 비행기를 상승시켜 동쪽으로 날아갔다. 앞이 어두워지면서 장대 같은 비를 퍼붓는 폭풍우에 말려 들어간 비행기는 마치 폭포를 뚫고 날아가는 것처럼 보였다. 마침내 거기를 빠져나오자 컴프턴은 고개를 돌리고 빙긋이 웃더니 손가락으로 앞을 가리켰는데, 거기엔 온 세상만큼이나 넓고 크고 높으며 햇빛을 받아 믿을 수 없으리만큼 하얗게 빛나는 킬리만자로의 네모난 산정(山頂)이 보였다. 그 순간 그는 자기의 목적지가 그곳이라는 것을 알았다.

바로 그때 하이에나가 밤에 울던 괴성을 그치고 이상하게 인간의 음성 같은 울부짖는 소리를 내기 시작했다. 여자는 그 소리를 듣고 불안한 듯이 꿈틀거렸다. 잠이 깨지는 않았다. 꿈속에서 그녀는 롱아일랜드의 집에 있었고, 자기 딸이 사교계에 첫발을 내딛기 전날 밤이었다. 웬일인지 그녀의 아빠도 거기 있었고, 그는 매우 거칠게 굴었다. 그때 하이에나의 울음소리가 너무 커서 잠이 깼는데, 잠시 동안 그녀는 자신이 어디에 있는지를 깨닫지 못하고 매우 두려워했다. 그래서 손전등을 들고 해리가 잠든 뒤에 심부름꾼들이 텐트 속에 옮겨 놓은 간이침대를 비춰 보았다. 모기장 안에 있는 그의 몸뚱이를 볼 수 있었는데, 어쩐지 모기장 밖으로 삐져나온 다리는 침대 밑으로 축 늘어져 있었다. 붕대가 모두 풀어져 내려 그 광경을 똑바로 볼 수가 없었다.

"몰로!"

그녀가 외쳤다.

"몰로! 몰로!"

그 다음 그녀가 말했다.

"해리, 해리!"

그 다음 그녀의 목소리가 높아졌다.

"해리! 제발, 오, 해리!"

대답이 없었고, 그의 숨소리도 들을 수가 없었다.

텐트 밖에선 그녀를 깨운 그 하이에나가 이상한 울음을 울고 있었다. 그러나 그녀는 쿵쿵거리는 자기의 심장 때문에 하이에나의 울음소리를 듣지 못했다.

가든파티

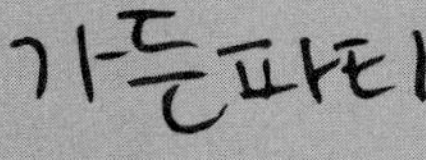

The Garden Party

Katherine Mansfield

캐서린 맨스필드 지음 | 이상원 옮김

캐서린 맨스필드 Katherine Mansfield | 영국의 소설가(1888~1923). 뉴질랜드의
수도 웰링턴에서 태어났으며, 런던의 퀸스 칼리지에서 공부했다. 섬세한 감수성으로 시적인 단
편소설을 썼으며, '의식의 흐름' 수법을 쓰는 단편소설의 명수라 하여 자주 안톤 체호프와 비교
되었다. 지병인 늑막염이 폐결핵으로 악화되어 35세에 파리 근처 퐁텐블로의 한 요양원에서 병
사하였다. 《행복》, 《가든파티》, 《비둘기의 둥지》, 《어린애다운 것》 등의 작품집이 있다.

그리고 날씨는 더할 나위 없었다. 주문을 했다 해도 가든파티를 위해 이보다 더 완벽한 날씨는 불가능할 정도였다. 바람 한 점 불지 않고 따뜻했으며, 하늘은 구름 없이 맑았다. 푸른 하늘을 가리는 것은 초여름에 종종 나타나는 금빛 아지랑이뿐이었다. 새벽부터 깎고 다듬느라 바빴던 정원사 손길 덕분에 잔디, 그리고 둥글게 모여 납작하게 바닥에 붙은 데이지 이파리들이 반짝거릴 지경이었다. 또 장미들이란! 가든파티에서 모두가 알아보고 감동하게 될 꽃은 오로지 자기들뿐이라는 걸 아는 모양인지 하룻밤 사이에 수백, 말 그대로 수백 송이 장미가 활짝 피어났다. 초록 줄기는 천사들의 방문을 환영한다는 듯 고개를 깊이 숙였다.

아침 식사가 끝나기도 전에 천막 치는 사람이 도착했다.

"어머니, 천막을 어디에 치면 될까요?"

"나한테 묻지 말렴. 이번에는 너희가 모든 걸 결정하도록 할 테니까. 내가 어머니라는 것도 잊어버리고 그저 손님이라 여기도록 해."

하지만 메그는 정원으로 나가 일꾼들을 감독할 수 없는 상태였다. 식사 전에 머리를 감은 탓에 초록빛 수건을 터번처럼 두르고 젖은 곱슬머리를 얼굴 양쪽으로 내려뜨린 채 커피를 마시고 있었던 것이다. 조스는 늘 그렇듯 비단 페티코트에 기모노 겉옷을 걸친 나비 같은 차림이었다.

"로라, 네가 나가 봐야겠다. 네가 예술적 감각이 있잖니."

로라는 버터 바른 빵을 손에 든 채 재빨리 달려 나갔다. 바깥에서 음식을 먹을 수 있는 핑계가 생겨 신이 났다. 게다가 로라는 일을 맡아 처리하는 걸 좋아했다. 자신이 그 누구보다도 더잘 해낼 수 있다고 늘 생각했기 때문이다.

정원 길에 셔츠를 입은 남자 넷이 모여 서 있었다. 천막 천이 둘둘 감긴 막대기를 들고 등에는 커다란 연장 가방을 멨다. 인상적인 모습이었다. 로라는 빵을 들고 나오지 말았어야 했다고 생각했지만 마땅히 놓아둘 곳도 없었고 던져 버릴 수도 없었다. 상기된 얼굴에 엄격한 표정을 지으려 노력하면서 로라는 인부들을 똑바로 바라보고 걸어갔다.

"안녕하세요?" 어머니 목소리를 흉내 내 인사를 건넸다. 하지만 낯선 자기 목소리에 오히려 당황한 나머지 꼬마 소녀처럼 말까지 더듬고 말았다. "어, 그러니까, 천막 때문에 오신 거지요?"

"그렇습니다, 아가씨." 키가 제일 큰 일꾼이 대답했다. 마른 체구에 주근깨가 많은 그 남자는 연장 가방을 고쳐 메고 밀짚모자를 뒤로 젖히며 미소를 지어 보였다. "천막 때문에 왔지요."

그 편안하고 다정한 미소에 로라는 다시 기운이 났다. 작지만 짙은 푸른빛의 저 눈은 얼마나 멋진가! 다른 일꾼들도 모두 미소를 짓고 있었다. 마치 "괜찮아요. 물어뜯지 않을 테니."라고 말하는 듯했다. 모두들 정말 좋은 사람들이군! 게다가 날씨는 또 얼마나 좋은지! 하지만 날씨 얘기를 해서는 안 된다. 진지하게 일을 처리해야지. 천막 얘기를 해야겠다.

"자, 저 백합 잔디밭에 치면 어떨까요? 괜찮을까요?"

로라는 버터 바른 빵을 들지 않은 손으로 백합 잔디밭을 가리켰다. 일꾼들은 몸을 돌려 그쪽을 보았다. 약간 통통한 남자가 아랫입술을 삐죽 내밀었고, 아까 대답했던 키 큰 남자는 얼굴을 찡그렸다.

"썩 좋지 않은데요." 키 큰 남자가 말했다. "눈에 잘 띄는 곳이 아니에요. 천막을 치기에는 말입니다." 그는 다시 로라 쪽으로 자연스레 돌아섰다. "그러니까 눈깔이 확 튀어나올 만한 곳에 치고 싶으신 것 아닌가요? 알아들으시죠?"

로라는 일꾼이 자기한테 '눈깔'이라는 저속한 말을 쓰는 것이 적절한지 순간 혼란스러웠다. 하지만 알아듣는 데는 문제가 없었다.

"그럼 테니스장 한쪽 구석은 어떨까요? 다른 쪽에는 밴드가 앉을 거예요."

"아, 밴드도 온다고요?" 다른 일꾼이 말했다. 그는 창백한 얼굴에 초췌한 검은 눈으로 테니스장을 살펴보았다. 이 사람은 무슨 생각을 하는 걸까?

"그냥 소규모 밴드예요." 로라가 친절하게 설명했다. 어쩌면 일꾼은 밴드 규모 따위에는 별 관심이 없을지도 몰랐다. 그때 키 큰 남자가 끼어들었다.

"이쪽이 어떨까요, 아가씨? 이쪽 나무들 앞 말입니다. 딱 적당한데요.”

카라카 나무들 앞이었다. 거기 천막을 치면 나무들이 가려지고 말 것이었다. 윤기 흐르는 넓적한 이파리 사이로 노란 열매가 주렁주렁 열린 멋진 나무인데 말이다. 무인도에 홀로 우뚝 서서 햇살 아래 이파리와 열매를 찬란하게 드러내는 나무를 상상할 때 떠올리는 바로 그런 나무. 그런 나무들을 천막으로 가려야 한다고?

그래야 했다. 일꾼들은 벌써 천막 천을 어깨에 둘러메고 이동하는 중이었다. 키 큰 남자만 뒤에 남았다. 그는 허리를 굽혀 엄지와 검지로 라벤더 가지를 비비더니 손가락을 코에 대고 향기를 맡았다. 라벤더 향기 같은 것에 관심을 두는 모습이 놀라워 로라는 카라카 나무에 대해서는 까맣게 잊어버렸다. 자기가 아는 남자들 중에서 저렇게 행동할 사람이 몇이나 될까? 이 얼마나 멋진 사람들인가? 일요일에 저녁을 먹으러 오거나 함께 춤을 추는 멍청한 남자애들 말고 일꾼들과 친구가 될 수는 없을까? 이런 남자들하고는 훨씬 더 잘 지낼 것 같은데.

이건 다 멍청하기 짝이 없는 신분 차별 탓이야. 로라는 키 큰 남자가 위로 올려야 할 부분과 나중에 매달 부분을 봉투 뒷면에 그리는 모습을 보면서 생각했다. 어떻든 자기한테는 차별 의식이 없었다. 조금도, 단 한 점도……. 나무망치가 쿵쿵 소리를 냈다. 누군가 휘파람을 불었고 누구는 노래를 흥얼거렸으며, “형씨, 거기 있나?”, “형씨!”라는 말소리도 들려왔다. 다정한 분위기였다. 키 큰 남자에게 자기가 얼마나 행복한지, 얼마나 마음

편한 상태인지, 멍청한 관습 따위를 얼마나 경멸하는지 보여 주기 위해 로라는 버터 바른 빵을 커다랗게 베어 먹으면서 봉투 뒷면에 그려지는 그림을 지켜보았다. 자기도 일꾼이 된 기분이었다.

"로라, 로라, 어디 있어? 전화 받아!" 집에서 누군가 외쳤다.

"지금 가요!" 로라는 잔디밭을 가로질러 정원 길을 따라 달려가 계단을 올랐고 현관을 거쳐 집 안으로 들어섰다. 아버지와 로리 오빠가 출근 채비를 하고 모자에 솔질을 하고 있었다.

"로라, 오늘 오후가 되기 전에 내 코트 한번 봐줘. 다림질을 해야 하는지 말이야." 로리 오빠가 빠르게 말했다.

"그럴게." 로라는 충동적으로 오빠를 가볍게 껴안았다. "난 정말 파티가 좋아. 오빠도 그렇지?"

"그럼." 로리는 다정한 목소리로 대답하며 누이를 마주 안아 주었다가 살짝 밀어냈다. "어서 전화 받으러 가야지?"

아 참, 전화가 왔지. "여보세요? 아, 키티니? 반가워. 점심 먹으러 올래? 꼭 오렴. 그럼, 괜찮고말고. 점심은 파티 준비하다가 남은 걸로 대충 해결할 거야. 샌드위치 만들고 남은 빵이랑 굽다가 망가진 머랭 과자 같은 걸로. 그래, 참 날씨가 좋지? 네 흰옷? 당연히 멋지지. 잠깐만, 어머니가 뭐라고 하시네." 로라가 돌아앉았다. "뭐라고요, 어머니? 안 들려요."

셰리던 부인의 목소리가 위층에서 흘러 내려왔다. "키티한테 지난 일요일에 쓰고 왔던 그 모자를 쓰라고 하렴."

"어머니가 지난 일요일에 썼던 예쁜 모자 쓰고 오라시네. 좋

아. 그럼 1시에 만나자. 안녕.”

　로라는 수화기를 놓고 두 팔을 머리 위로 올리더니 숨을 크게 들이마시면서 윗몸을 쭉 폈고 이어 팔을 떨어뜨렸다. “하아.” 하고 숨을 내쉰 뒤 잠시 조용히 앉아 가만히 귀를 기울였다. 온 집 안의 문이 다 열려 있는 듯했다. 가볍고 빠른 발걸음들과 온갖 말소리로 집은 활기에 넘쳤다. 부엌으로 연결된 문이 활짝 열렸다가 닫히기를 반복했다. 소음막이용 녹색 천을 대 놓은 문은 그때마다 낮게 울리는 소리를 냈다. 갑자기 끼익 하는 이상한 소리가 한참 들려왔다. 무거운 피아노를 밀어 움직일 때 뻑뻑한 바퀴가 돌아가는 소리였다. 공기는 또 어떤가! 하던 일을 멈추고 주의를 집중하면 공기가 늘 이런 것일까? 창문 위로 들어와 방문으로 나가는 가벼운 바람이 술래잡기 놀이를 하고 있었다. 햇살이 잉크병과 은제 사진틀 위에 찍어 놓은 작은 점 두 개도 함께 놀았다. 귀여운 점들이다. 특히 잉크병 위의 점이 그렇다. 점은 아주 따뜻해 보였다. 따뜻하고 작은 은빛 별이라고나 할까. 로라는 그 점에 입이라도 맞출 수 있을 것 같았다.

　현관 벨이 울렸고, 세이디의 화려한 치마가 층계에 닿아 사각거리는 소리가 들렸다. 남자 목소리에 이어 세이디가 무심하게 대답했다. “전 모르겠네요. 기다리세요, 주인마님께 여쭤 보지요.”

　“무슨 일이야, 세이디?” 로라가 나가면서 물었다.

　“로라 아가씨, 꽃집에서 왔어요.”

　정말이었다. 출입문 안쪽에 들여놓은 넓고 얕은 상자에 분홍

칸나가 빼곡했다. 다른 꽃은 없었다. 밝은 빨간색 줄기 위로 활짝 피어난 커다란 칸나 꽃들은 오싹할 정도로 생생하게 빛을 발했다.

"아아, 세이디!" 로라는 가볍게 탄성을 질렀다. 그리고 칸나가 내뿜는 빛으로 몸을 덥히기라도 하려는 듯 허리를 굽혔다. 손가락에도, 입술에도, 가슴팍에도 칸나가 느껴졌다.

"뭔가 착오가 있었나 봐." 로라가 속삭였다. "이렇게 많이 주문했을 리가 없어. 세이디, 어서 가서 어머니를 모셔와."

그때 셰리던 부인이 현관으로 나왔다.

"주문한 것이 맞아." 침착한 목소리였다. "내가 주문했단다. 정말 아름답지 않니?" 부인이 로라의 팔을 잡았다. "어제 꽃집을 지나가는데 진열창 안쪽으로 칸나가 보이더구나. 평생 한 번쯤은 칸나를 실컷 사도 되겠다는 생각이 들었지. 가든파티는 딱 좋은 기회가 아니니?"

"하지만 파티 준비에 끼어들지 않겠다고 하셨잖아요?" 로라가 말했다. 세이디는 가고 없었다. 꽃집 남자는 바깥쪽 배달 차로 가 있었다. 로라는 어머니 목에 팔을 두르고 부드럽게, 아주 부드럽게 귓불을 살짝 깨물었다.

"사랑하는 우리 딸, 엄마가 너무 이성적인 사람이라면 싫겠지? 자, 그만하렴. 여기 다른 사람도 있잖니."

칸나가 더 많이 담긴 다른 상자를 들고 꽃집 남자가 들어왔다.

"여기 현관 양쪽으로 놔줘요." 셰리던 부인이 지시했다. "로라, 너도 괜찮지?"

"그럼요, 어머니."

응접실에서는 메그, 조스, 그리고 착한 하인 한스가 드디어 피아노를 다 옮긴 참이었다.

"이제 이 소파를 벽에 붙여야 하지 않을까? 의자만 남기고 다른 건 다 치워야겠지?"

"그래."

"한스, 이 탁자는 흡연실로 가져가고 카펫에 난 자국을 없애야 하니 청소기를 가져와. 한스, 잠깐만." 조스는 하인들에게 명령하는 걸 좋아했고, 하인들도 조스의 지시를 받는 것을 좋아했다. 조스는 하인들이 연극에 참여하는 것처럼 느끼게 만드는 사람이었다. "어머니와 로라에게 당장 오시라고 전해."

"알겠습니다, 조스 아가씨."

조스는 메그 쪽으로 돌아섰다. "피아노 소리가 어떤지 확인하고 싶어. 오후에 노래 불러 달라는 요청이 있을지도 모르잖아. '인생은 고달파'를 한번 불러 보자."

팡! 파바바 피바! 피아노 반주 소리가 열정적으로 울려 퍼지자 조스의 표정이 바뀌었다. 두 손도 앞으로 모았다. 때마침 방으로 들어오는 어머니와 로라를 향해서 구슬프고 신비로운 시선을 던졌다.

인생은 고달파
눈물과 한숨
사랑은 변해 가고

인생은 고달파
눈물과 한숨
사랑은 변해 가고
이제는…… 안녕!

마지막 가사 '안녕'과 함께 피아노 소리는 한층 더 처절하게 울렸지만 조스는 어느새 한없이 밝은, 고달픔이라고는 모르는 얼굴로 되돌아왔다.
"제 목소리 훌륭하죠, 엄마?" 조스가 활짝 미소 지었다.

인생은 고달파
눈물과 한숨
사랑은 변해 가고

이때 세이디가 끼어들었다. "무슨 일이야, 세이디?"
"죄송합니다. 샌드위치에 꽂을 깃발을 갖고 계시는지 요리사가 묻는데요."
"샌드위치에 꽂을 깃발이라고, 세이디?" 셰리던 부인이 어물거렸다. 딸들은 그 표정을 보고 어머니에게 깃발이 없다는 것을 눈치챘다. "자, 요리사한테 가서 10분 안에 보내겠다고 전해." 셰리던 부인이 단호하게 말했다.
세이디가 응접실에서 나갔다.
"로라, 당장 나랑 흡연실로 가자. 깃발에 써야 하는 내용을 어느 봉투 뒤에 적어둔 것 같아. 네가 깃발을 좀 써 다오." 부인이 빠르게 말했다. "메그, 너는 어서 위층으로 올라가 머리의 젖은 수건을 벗도록 해. 조스도 당장 옷을 갖춰 입고. 말을 듣지 않으면 이따가 아버지께 다 말씀드리겠어. 참, 조스, 부엌에 가게 되면 요리사를 진정시켜 주겠니? 오늘 아침에 요리사가 영 날카롭구나."

부인이 말한 봉투는 식당 벽시계 뒤에서 간신히 찾을 수 있었다. 봉투가 어떻게 거기 들어갔는지 셰리던 부인은 도무지 이해할 수 없었다.

"너희들 중 누가 내 가방에서 봉투를 꺼낸 것이 분명해. 내가 틀림없이…… 크림치즈와 레몬 잼은 이미 적었지?"

"네, 어머니."

"다음은 계란과……." 셰리던 부인이 봉투 든 팔을 멀리 뻗으며 초점을 맞추려 애썼다. "생쥐라고 쓴 것 같은데. 헌데 생쥐일 리는 없지 않니?"

"올리브예요." 로라가 어깨 너머로 봉투를 보며 말했다.

"그래, 올리브구나. 어떻든 이상한 조합 아니니? 계란과 올리브라니."

마침내 완성된 샌드위치 깃발들을 로라가 부엌으로 가져갔다. 부엌에서는 조스가 요리사를 진정시키는 중이었는데, 정작 요리사는 전혀 날카로워 보이지 않았다.

"이렇게 굉장한 샌드위치는 한 번도 본 적이 없어." 조스의 들뜬 목소리가 들렸다. "몇 가지 종류로 만들었다고? 열다섯?"

"열다섯 종류입지요, 아가씨."

"대단해. 축하 인사를 해야겠는걸."

요리사는 기다란 샌드위치 칼로 빵 조각을 쓸어 모으며 히죽 웃었다.

"고드버스에서 사람이 왔네요." 식료품 저장실에 다녀오던 세이디가 말했다. 배달꾼이 창가를 지나가는 모습을 보았던 것이다.

그건 슈크림이 도착했다는 뜻이었다. 고드버스 가게는 슈크림으로 유명했다. 아무도 집에서 슈크림 만들 생각을 안 할 정도였다.

"이리로 가져와 탁자에 올려두어라." 요리사가 세이디에게 지시했다.

세이디는 슈크림을 가져다 놓고 다시 밖으로 나갔다. 로라와 조스는 슈크림 따위에 마음을 빼앗길 나이는 한참 전에 지났다. 그래도 무척이나 먹음직스러워 보인다는 생각은 하지 않을 수 없었다. 정말이지 무척이나. 요리사는 설탕가루를 살짝 털어 내면서 슈크림을 가지런히 담았다.

"누구한테든 과거의 파티를 떠올리게 할 만한 슈크림이지?" 로라가 물었다.

"그럴 것 같아." 과거 떠올리기를 싫어하는 현실주의자 조스가 대답했다. "하지만 깃털처럼 가볍고 폭신해 보이는군."

"하나씩 드세요, 아가씨들." 요리사가 다정하게 권했다. "어머님께는 비밀로 해 드릴 테니."

아, 그럴 수는 없었다. 아침 식사 직후인데 슈크림을 먹다니, 생각만 해도 소름끼치는 일이었다. 하지만 2분 후 조스와 로라는 손가락을 빨고 있었다. 거품 낸 크림만이 만들어 낼 수 있는 흐뭇한 표정으로 말이다.

"뒷문으로 해서 정원에 나가 보자." 로라가 말했다. "일꾼들이 천막을 어떻게 설치했는지 보고 싶어. 아주 멋진 사람들이던걸."

하지만 뒷문 앞에는 요리사와 세이디, 고드버스 배달원에 한스까지 모여 서 있었다.

무슨 일인가 벌어진 것이다.

"쯧쯧쯧." 요리사가 암탉처럼 고개를 흔들며 혀를 찼다. 세이디는 치통을 앓을 때처럼 손으로 뺨을 쳤다. 한스는 상황을 이해하려 애쓰면서 얼굴을 찡그렸다. 고드버스 배달원 남자 혼자만 편안한 얼굴이었다. 그가 소식을 전한 것이다.

"무슨 일이야? 무슨 일이 벌어진 거야?"

"끔찍한 사고가 있었다는군요." 요리사가 대답했다. "남자 하나가 죽었대요."

"죽었다고! 어디서? 어떻게? 언제?"

자기가 가져온 소식이니 자기가 이야기를 해야만 한다는 듯 고드버스 배달원이 나서서 떠들기 시작했다.

"요 아래 코딱지만 한 오두막집들 아시지요, 아가씨?" 아냐고? 알고말고. "거기 살던 스콧이라는 젊은 짐꾼입니다. 오늘 아침에 호크 거리 모퉁이에서 그 남자 말이 증기기관 짐차를 보고 날뛰는 바람에 그만 말에서 떨어지면서 뒤통수를 바닥에 부딪쳤다는군요.”

“그렇게 해서 죽었다고!” 로라는 고드버스 배달원을 응시했다.

“일으켜 세웠는데 벌써 죽어 있더래요.” 그가 신이 나서 설명했다. “제가 올라올 때 시체를 집으로 옮기고 있더군요.” 이어 요리사를 쳐다보며 덧붙였다. “부인이랑 어린 자식 다섯을 남겼답니다.”

“조스, 이리 와 봐.” 로라가 조스의 소맷자락을 잡아끌었다. 부엌 반대편, 녹색 천을 대 놓은 출입문 쪽으로 가서 문에 기대어 섰다. “조스! 전부 다 중단해야겠지?” 두려움에 가득 찬 목소리였다.

“전부 다 중단하다니? 로라, 그게 무슨 소리야?” 조스가 어리둥절하여 외쳤다.

“가든파티 말이야. 중단해야지.” 어째서 조스는 아무것도 모르는 척하는 걸까?

조스는 여전히 이해가 안 간다는 얼굴이었다. “가든파티를 중단한다고? 로라, 바보같이 굴지 마. 그렇게는 할 수 없어. 그래야 한다고 생각하는 사람도 없고. 말도 안 되는 생각이야.”

“하지만 대문 바로 건너편에 사는 사람이 죽었는데 가든파티를 할 수 있다고 생각해?”

조스야말로 말도 안 되는 생각을 하는 것이 아닌가. 초라한 오두막집들은 골짜기에서부터 언덕 오르막까지 죽 늘어서 있었다. 오두막집들과 셰리던 저택 사이에는 큰길이 지나갔다. 그렇다고는 해도 코앞이나 다름없이 가까웠다. 아랫동네는 끔찍한 흉물이었고, 아름다운 저택 근처에 있을 자격이 전혀 없어 보였다. 진갈색으로 칠한 작고 초라한 집들, 손바닥만 한 뜰에는 양배추 대와 토마토 깡통이 나뒹굴고 병든 닭이 돌아다닐 뿐이었다. 굴뚝 연기마저도 가난에 찌들어 보였다. 넝마조각처럼 혹은 가는 실처럼 솟아오르는 연기는 셰리던 저택 굴뚝의 은빛 구름처럼 풍성한 연기와는 너무도 달랐다. 그 동네에는 세탁부, 굴뚝 청소부, 신발 수선공이 살았다. 집 앞에 작은 새장을 빼곡히 늘어놓은 남자도 있었다. 아이들이 떼 지어 몰려다녔다. 셰리던 가의 아이들은 어렸을 때부터 아랫동네 출입이 금지되었다. 혹시라도 상스러운 말을 배울까 봐, 또 혹시라도 뭔가 안 좋은 것을 볼까 봐. 하지만 성장한 다음 로라와 로리는 산책길에 종종 그곳을 지나갔다. 역겹고 추악한 풍경이었다. 몸이 떨려올 정도였다. 하지만 사람은 어느 곳이든 가 봐야 하고, 무엇이든 봐야 하지 않는가. 그래서 두 사람은 그 마을을 지나다녔던 것이다.

"그 불쌍한 부인한테 밴드 음악 소리가 어떻게 들릴지 생각해 봐." 로라가 말했다.

"이런, 로라!" 조스가 정색을 했다. "누군가 사고를 당할 때마다 밴드 연주를 중단시킨다면 제대로 된 삶을 살 수 없을 거야. 나도 너와 똑같이 그 사고를 안타깝게 생각해. 나도 마음이 아프다고." 조스는 어린 시절 서로 싸울 때처럼 화난 얼굴이 되었다. "동정한다고 해서 술 취한 일꾼을 되살릴 수는 없어." 하지만 목소리는 부드러웠다.

"술 취했다고! 누가 술 취했다는 거야" 로라가 조스를 노려보았다. 그리고 그런 상황에서 어릴 때 늘 내뱉던 말을 했다. "당장 어머니한테 가서 이를 거야."

"마음대로 하셔." 조스가 빈정거렸다.

"어머니, 들어가도 되나요?" 로라가 커다란 유리 문손잡이를 돌렸다.

"물론이지. 왜, 무슨 일이 있니? 얼굴빛이 왜 그러니?" 화장대 앞에 앉아 있던 셰리던 부인이 몸을 돌렸다. 새 모자를 써 보던 참이었다.

"어머니, 사람이 죽었대요." 로라가 말을 시작했다.

"설마 우리 정원에서 그런 건 아니겠지?" 부인이 말을 잘랐다.

"아니, 아니에요!"

"아, 넌 정말 날 놀라게 하는구나!" 안도의 한숨을 내쉬며 부인이 커다란 모자를 벗어 무릎에 올려놓았다.

"하지만 들어 보세요." 로라는 반쯤 목이 메어 단숨에 끔찍한 사고 이야기를 털어놓았다. "그러니 가든파티를 할 수 없는 거지요, 그렇지요?" 애원하는 목소리였다. "밴드며 손님들이 몰려오면 아래쪽에서도 그 소리가 들릴 거예요. 코앞이니까요, 어머니!"

하지만 놀랍게도 어머니는 조스와 똑같은 반응을 보였다. 더 나아가 재미있다는 표정까지 지었다. 로라의 말을 심각하게 받아들이지 않은 것이다.

“로라, 이성적으로 생각해 보렴. 우리는 우연히 소식을 들은 것뿐이야. 거기서 누군가 죽었다고 해도, 하긴 그런 좁아터진 곳에서 어떻게 살 수 있는지 난 도저히 모르겠다만. 어떻든 그렇다고 해도 우리는 파티를 해야 하는 것 아니겠니?”

로라는 “네.”라고 대답할 수밖에 없었다. 하지만 속으로는 잘못된 일이라고 생각했다. 로라는 소파에 앉아 쿠션 프릴 부분을 만지작거렸다.

“어머니, 우리가 너무 냉정한 건 아닐까요?”

“얘야,” 어머니가 모자를 손에 들고 일어서더니 다가왔다. 다음 순간 모자는 벌써 로라 머리에 씌워져 있었다. “정말 예쁘구나!” 어머니가 탄성을 질렀다. “너한테 딱 어울려. 맞춘 것 같구나. 내가 쓰기에는 너무 젊은 스타일이야. 이렇게 그림같이 멋진 모습은 처음 봤다. 너도 한번 봐라.” 어머니가 거울을 가져와 비쳐 주었다.

“하지만 어머니,” 로라가 다시 말을 시작했다. 차마 거울 속 자기 모습을 쳐다볼 수 없어 로라는 고개를 돌렸다.

조스가 그랬듯 셰리던 부인도 이번에는 참을성을 발휘하지 않았다.

“로라, 바보 같은 소리는 그만둬. 그런 사람들은 우리가 희생하기를 바라지 않아. 모두의 즐거움을 망쳐 버리려 하는 지금의 네 태도는 썩 훌륭하다고 볼 수 없구나.”

“전 모르겠어요.” 로라는 빠른 걸음으로 어머니 방을 나와 자기 침실로 갔다. 들어가자마자 거울에 비친 매력적인 소녀의 모습이 보였다. 황금빛 데이지 장식과 기다란 벨벳 리본이 달린 검은 모자를 쓴 자기 자신 말이다. 이전에 상상조차 해 보지 못했을 정도로 아름다웠다. 어머니 말씀이 옳은 걸까? 로라는 생각했다. 어머니 말씀이 옳으면 좋겠다는 생각이 들었다. 내 생각이 말도 안 된다고? 그런지도 몰랐다. 가장을 잃어버린 불쌍한 여인과 어린 자식들, 집 안으로 옮겨지는 시체를 잠시 떠올려 보았다. 하지만 그건 신문에 실린 사진처럼 흐릿하고 비현실적이었다. 가든파티가 끝나고 난 다음에 다시 생각해 볼 테야. 로라는 결정했다. 그게 최고의 방법인 것처럼 보였다······.

1시 반쯤 점심 식사를 마쳤다. 2시 반이 되자 파티 준비가 다 끝났다. 초록색 코트를 갖춰 입은 밴드가 도착해 테니스장 한쪽에 자리를 잡았다.

"이런!" 키티 메이틀런드가 말했다. "밴드가 저렇게 입으니 개구리들 같지 않아? 연못을 둘러싸고 앉아야 했어. 지휘자는 연못 가운데 이파리에 서 있고 말이지."

로리가 집에 돌아와 인사를 하고는 옷을 갈아입으러 갔다. 로리를 보자 로라는 다시 그 사건이 떠올랐다. 이야기를 해 주고 싶었다. 로리까지도 다른 사람들과 똑같이 반응한다면 정말 괜찮은 것이리라. 로라는 로리를 뒤따랐다.

"로리!"

"왜?" 벌써 계단을 반쯤 올랐던 로리는 뒤돌아 로라를 보더니 갑자기 뺨을 부풀리며 눈을 휘둥그레 떴다. "오, 로라! 너 정말 멋지구나. 모자가 완벽하게 어울리는걸."

로라는 "그래?"라고 중얼거리며 미소 지었다. 결국 사고 이야기는 하지 못했다.

곧 손님들이 몰려오기 시작했다. 밴드가 연주를 했고 임시 고용된 웨이터들이 저택과 천막 사이를 뛰어다녔다. 눈 닿는 곳곳에서 손님들이 두셋씩 무리 지어 산책을 하고 꽃향기를 맡고 인사를 나누었다. 어딘가로 날아가다가 그날 오후 셰리던 가의 정원에 내려앉은 화려한 빛깔의 새들 같았다. 어디로 날아가는지는 모를 일이었지만. 하나같이 행복한 이들과 악수를 나누고 볼을 비비고 미소를 지으며 함께 시간을 보내는 일은 얼마나 행복한가!

"로라, 오늘 정말 예쁘구나!"

"어쩌면 모자가 그렇게 잘 어울리지?"

"오늘 로라 넌 꼭 스페인 소녀 같아. 이렇게 아름다운 모습은 처음인걸."

그러면 로라는 밝은 얼굴로 대답하곤 했다. "홍차 드셨어요? 아이스크림 좀 가져다 드릴까요? 패션푸르트 아이스크림이 아주 괜찮아요." 로라는 아버지에게 달려가 부탁을 하기도 했다. "아버지, 밴드에게도 음료를 줘야 하지 않나요?"

완벽한 오후가 천천히 무르익었고, 서서히 빛이 바래다가 마침내 꽃잎을 다물었다.

"최고의 가든파티였어요…….", "대성공입니다…….", "더 이상 좋을 수는……."

로라는 어머니 곁에서 손님들을 배웅했다. 그리고 모두가 떠날 때까지 현관에 서 있었다.

"드디어 다 끝났구나, 고마워라." 셰리던 부인이 말했다. "로라, 식구들을 불러 모으렴. 커피라도 마시자. 완전히 지쳐 버렸어. 그래, 아주 성공적이기는 했어. 그래도 파티는 너무 힘들어! 어째서 너희들은 파티를 꼭 해야 한다고 하는 건지." 온 식구가 천막에 모여 앉았다.

"아버지, 샌드위치 드세요. 제가 깃발을 썼어요."

"고맙구나." 셰리던 씨가 한 입 베어 무는가 싶었는데 샌드위치는 벌써 사라져 버렸다. 아버지는 다른 샌드위치를 집어 들었다. "오늘 일어난 끔찍한 사고 이야기는 못 들었겠지?"

"여보," 셰리던 부인이 남편 손을 잡았다. "들었어요. 그것 때문에 파티를 못할 뻔했어요. 로라가 연기해야 한다고 주장했거든요."

"어머니!" 놀림감이 되고 싶지 않은 로라가 발끈했다.

"어떻든 끔찍한 일이었어." 셰리던 씨가 말을 이었다. "결혼한 남자였대. 바로 요 밑에 사는데, 아내와 대여섯 명이나 되는 자식이 남았다고들 하더군."

어색한 침묵이 짧게 흘렀다. 셰리던 부인이 신경질적으로 커피 잔을 만지작거렸다. 참으로 눈치 없는 남편이 아닌가…….

갑자기 부인이 시선을 들었다. 테이블 위에 손도 대지 않은 샌드위치, 케이크, 슈크림이 잔뜩 쌓여 있었다. 버려질 음식이었다. 좋은 생각이 떠올랐다.

"자, 음식 바구니를 만들자꾸나." 부인이 말했다. "그 불쌍한 사람들한테 이 훌륭한 음식을 좀 보내 주는 거야. 아이들한테는 최고의 선물이 아니겠어! 초상집에 손님들도 올 테고. 바로 먹기만 하면 되는 음식이니 더 잘 됐어. 로라!" 부인이 벌떡 일어났다. "계단 찬장에서 커다란 바구니를 꺼내 오렴."

"하지만 어머니, 이게 정말 좋은 생각일까요?" 로라가 물었다.

이번에도 로라 혼자만 가족들과 생각이 다른 것 같았다. 이상한 노릇이다. 파티에서 남은 음식을 보내다니. 불쌍한 여자가 그걸 좋아할까?

"물론이지! 오늘 넌 대체 왜 그러는 거냐? 몇 시간 전까지만 해도 우리가 너무 냉정하다느니 하지 않았니?"

그래 좋아! 로라가 달려가 바구니를 가져왔다. 부인이 바구니를 터질듯 가득 채웠다.

"자, 네가 들고 가렴, 로라." 부인이 말했다. "지금 차림 그대로 금방 다녀오면 돼. 잠깐만, 이 칼라 꽃도 좀 가져가. 그런 사람들은 칼라 꽃을 보면 아주 좋아할 거야."

"칼라 줄기가 로라 모자 레이스를 망가뜨릴걸요." 현실주의자 조스가 말했다.

정말로 그럴 것 같았다. 적절한 지적이었다. "그럼, 바구니만 가져가는 것으로 하자. 참, 로라!" 어머니가 천막 바깥까지 따라 나오면서 말했다. "어떤 경우에도……."

"뭐요, 어머니?"

아니지, 아이 머릿속에 그런 생각을 심어 주면 안 돼! "아무것도 아니다. 어서 다녀오렴."

로라가 저택의 정원을 나설 때 막 저녁 어스름이 내리기 시작했다. 커다란 개 한 마리가 그림자처럼 옆을 달려 지나갔다. 길은 희게 빛났고, 저 아래 골짜기의 작은 오두막집들은 짙은 그늘 속에 들어갔다. 오후가 지나가자 어쩌면 이토록 조용해진 걸까? 죽은 사람이 누운 집을 향해 언덕을 내려가면서도 로라는 실감이 나지 않았다. 왜 이런 걸까? 잠시 발걸음을 멈췄다. 다정한 입맞춤, 들뜬 목소리들, 챙그랑 하는 스푼 소리, 웃음소리, 잔디가 밟히면서 풍기는 냄새 등등이 아직도 마음속에 생생하기 때문이었다. 다른 것을 느낄 여유가 없었다. 참으로 이상한 일이 아닌가! 로라는 빛이 바래 가는 하늘을 올려다보며 그저 '그래, 정말 성공적인 파티였어.'라는 생각을 할 뿐이었다.

큰길을 건넜다. 연기 냄새 나는 어두운 길이 시작되었다. 숄을 두른 여자들, 납작한 모자를 쓴 남자들이 지나다녔다. 나무 울타리 근처에서 서성대는 남자들도 있었고, 아이들은 골목에서 놀았다. 초라한 오두막집들에서 낮은 콧노래 소리가 흘러나오기도 했다. 몇몇 집 창 안쪽에서는 불빛이 흔들렸고, 검은 그림자가 마치 기어 다니는 게처럼 움직였다. 로라는 고개를 숙이고 발걸음을 재촉했다. 코트를 입고 올 걸 그랬다. 드레스가 어찌나 반짝거리는지! 벨벳 리본이 달린 커다란 모자는 또 어떻고! 다른 모자를 썼다면 얼마나 좋았을까. 사람들이 다 자기를 쳐다보지는 않을까? 분명 그럴 거야. 여기 온 건 실수였다. 처음부터 실수란 걸 알고 있었다. 지금이라도 뒤돌아서야 할까?

아니, 너무 늦었다. 그 집에 도착해 버렸다. 틀림없다. 사람들이 검은 무리를 지어 몰려 서 있다. 대문 밖에는 나이가 아주 많은 할머니가 목발을 짚고 의자에 앉아 사람들을 지켜본다. 할머니 발밑에는 신문지가 깔려 있다. 로라가 다가가자 모두들 입을 다문다. 무리가 갈라지며 길이 열린다. 마치 로라가 오는 걸 알고 있었다는 듯.

로라는 완전히 얼어 버렸다. 벨벳 리본을 어깨 뒤로 넘기면서 로라는 옆에 선 여자에게 "스콧 부인 댁이지요?"라고 물었고, 여인은 묘한 미소를 보이며 "그렇습니다, 아가씨."라고 대답했다.

아, 여기서 벗어날 수만 있다면! 로라는 좁은 길을 걸어 들어가 문을 두드리면서 "하느님, 도와주세요."라고 중얼거리기까지 했다. 자기를 응시하는 시선들에서 벗어날 수 있다면, 여자들의 숄을 하나 빌려 몸을 가릴 수 있다면. 바구니만 놓아두고 바로 떠나야겠다고 로라는 결심했다. 빈 바구니를 돌려줄 때까지 기다리지 않을 테야.

문이 열렸다. 검은 옷을 입은 키 작은 여자가 어두침침한 집 안에서 나왔다.

로라가 물었다. "스콧 부인이신가요?" 당황스럽게도 여자는 "어서 들어오세요, 아가씨."라고 대답하며 뒤로 물러섰다.

"아니에요. 들어가지 않을게요. 그냥 바구니만 전하러 왔어요. 어머니가 보내신……." 로라가 말했다.

물러선 여자는 로라의 말을 듣지 못한 듯 "이쪽으로 오시면 돼요. 어서요, 아가씨."라고 공손하게 말했다. 로라는 뒤를 따라갔다.

“엠,” 로라를 안내한 키 작은 여자가 말했다. “엠, 아가씨가 오셨어.” 여자가 로라를 돌아보며 양해를 구했다. “저는 스콧 부인 언니예요. 동생의 무례를 용서해 주실 거죠?”

“아, 그럼요!” 로라가 대답했다. “부인을 괴롭히지 마세요. 부탁이에요. 전 그저 바구니만 놓고……..”

하지만 그 순간 난롯불 앞에 앉은 여자가 몸을 돌렸다. 눈과 입술이 퉁퉁 부어오른 붉은 얼굴이 무서워 보였다. 로라가 어째서 찾아왔는지조차 이해하지 못하는 듯했다. 무슨 일이지? 이 낯선 사람이 바구니를 들고 부엌에 들어온 이유는 무엇이지? 대체 무엇 때문에? 불쌍한 그 얼굴이 상을 찡그렸다.

“괜찮아.” 언니라는 여자가 말했다. “내가 아가씨에게 감사 인사를 드릴게.”

다시 한 번 여자가 양해를 구했다. “동생의 무례를 용서해 주시리라 믿어요.” 여자는 역시 부어오른 얼굴에 애써 미소를 지었다.

로라는 어서 이 집에서 나가 멀리 가 버렸으면 하는 마음뿐이었다. 뒤돌아섰다. 눈앞에서 방문이 열렸다. 죽은 남자가 누워 있는 바로 그 침실이었다.

“스콧을 보고 싶으시겠지요?” 언니라는 여자가 말하면서 로라를 앞질러 침대 쪽으로 갔다. “무서워하실 필요 없어요, 아가씨.” 로라의 마음을 다 안다는 듯 다정한 목소리였다. 여자가 침대 위의 흰 천을 살짝 끌어내렸다. “마치 그림 같은 모습이에요. 별것 아니랍니다. 이리로 오세요.”

로라가 다가갔다.

젊은 남자가 잠든 듯이 누워 있었다. 너무도 깊이 편안히 잠든 탓에 두 사람으로부터 아득히 멀어진 듯했다. 아, 이토록 아득하고 이토록 평화로울 수 있다니. 그는 꿈을 꾸고 있다. 그 무엇도 그를 다시 깨울 수 없다. 머리를 베개에 깊이 묻고 눈을 꼭 감았다. 닫힌 눈꺼풀 아래에서 눈은 아무것도 보지 못한다. 꿈에 완전히 빠져든 것이다. 가든파티며, 바구니며, 레이스 달린 드레스 따위가 다 무엇이겠는가! 그는 그 모든 것들에서 멀리 떠나 있다. 그는 아름답고 멋지다. 가든파티에서 사람들이 웃고 밴드가 연주하는 동안 아랫동네에서 이런 경이로운 일이 일어났다. 행복하다고…… 행복하다고…… 다 괜찮다고 그 잠든 얼굴은 말하고 있다. 되어야 하는 대로 된 것이라고. 나는 만족한다고.

하지만 그래도 소리 내어 울어야 마땅했다. 아무 말도 하지 않은 채 그 방을 나설 수는 없었다. 로라는 어린아이처럼 큰 소리로 훌쩍거렸다.

"내 모자를 용서해 줘요." 로라가 말했다.

이번에는 엠의 언니가 이끌어 주기를 기다리지 않았다. 로라는 대문으로 이어지는 길을 찾아 현관을 나섰고, 사람들의 검은 무리를 지났다. 길모퉁이에서 로리와 만났다.

로리가 어둠 속에서 나오며 물었다. "로라, 너니?"

"응."

"어머니가 걱정하고 계셔. 괜찮은 거야?"

"응, 괜찮아. 로리!" 로라는 로리의 팔을 잡고 몸을 기댔다.

“너 우는 것 아니지, 그렇지?” 오빠가 물었다.

로라가 고개를 저었다. 울고 있었던 것이다.

로리가 로라의 어깨를 팔로 감싸 주었다. “울지 마.” 따뜻하고 애정 어린 목소리였다. “무서웠니?”

“아니, 다만 경이로웠어. 그런데 로리,” 로라가 흐느끼다가 잠시 말을 멈췄다. “인생은 참…….” 말을 더듬었다. “인생은 참…….” 하지만 인생은 참 어떤 것인지 설명할 수는 없었다. 그래도 괜찮았다. 로리는 잘 이해하고 있었으니.

“참 그렇지?” 로리가 말했다.

아름다운 죽음의 기슭으로
美しき死の岸に

여름꽃
夏の花

原民喜

하라 다미키 지음 | 권일영 옮김

하라 다미키 原民喜 | 일본의 소설가, 시인. 동화작가(1905~1951). 히로시마 시에서 태어났다. 게이오기주쿠대학 영문과를 졸업했지만 처음에는 시인으로 데뷔했다. 1944년에 아내를 당뇨병과 폐결핵으로 잃었는데 이즈음의 모습을 그린 소설이 〈아름다운 죽음의 기슭으로〉이다. 1945년 1월에는 피난을 겸해 고향으로 돌아갔다가 그곳에서 원자폭탄 폭격을 맞이했다. 피폭 후의 히로시마에 펼쳐진 참상을 그린 작품들을 발표했으며, 〈여름 꽃〉은 그 대표작으로 꼽힌다. 한국전쟁 때는 〈집 없는 아이의 크리스마스〉라는 시를 남기기도 했지만 1951년 도쿄에서 철로에 뛰어들어 자살했다. 히로시마 시 평화공원 안에 그의 시비가 세워졌다.

아름다운 죽음의 기슭으로

뭔가 사람을 멍하게 만드는 미지근하면서도 그 안에 묘한 냉기를 머금은 공기가 뺨을 스쳐 지나가는 듯했다. 도서관 창문을 통해 이쪽으로 흘러오는 바람인데 가만히 뺨에 느끼고 있으면 특별히 무슨 생각을 하는 것도 아니면서 멍한 상태에 빠졌다. 순간마다 고요한 광선의 걸음이 여기 멈추어 서고 매 순간 은밀한 공기가 저편에서 흘러온다. 세상이 너무 맑은 게 아닐까? 그런데 한없이 맑은 시각(時刻)이 이토록 이렇게 슬프게 마음을 적시는 까닭은 대체 왜일까…….

문득 시선을 들어 창밖으로 보이는 집들의 지붕을 보니 이 시내에서는 조금 떨어진 곳에 있는 자기 집이 눈에 선했다. 그 집에는 몸이 좋지 않은 아내가 몸져누워 있다. 아내도 지금 멍하니 뭔가에 홀린 세계 속에서 숨을 쉬고 있을까? 몸이 좋지 않은 아내는 오래 이어진 환자 생활의 습관에 따라 한없이 맑은 세계 속에서 호흡하는 데에 이미 익숙한 듯했다. 하지만 거칠고 격렬한 순간은 날마다 그의 집 담장 밖까지 다가왔다. 담 안쪽에 있는 조그마한 뜰에는 작은 방공호 주위에 무성하게 자란 잡초며 붉게 물든 꽈리, 싸리나무 가지에 맺힌 조그마한 꽃들이 —그해

에도 그런 계절이 있었고, 여름이 끝나려고 한다는 사실을 드러내고 있었지만— 바깥 세계와는 달리 조용히 자리 잡고 있었다. 그리고 장지문 안쪽에는 아내의 병상을 중심으로 눈에 익은 가구며 작은 장식품들이 환자의 신경을 안정시키려는 듯한 표정으로 조용히 호흡하고 있었다. —이렇게 아내가 병상에 있다는 사실만이 그가 지금 살아 있는 세계 속에 발붙일 여지를 부여하는 듯했다.

그가 호흡하는 바깥 세계는 망연히 마물(魔物)의 그림자에 뒤덮여 슬프게 돌아가고 있었다. 일주일에 한 번씩 전철을 타고 도쿄로 나가는데, 사람들의 옷차림이나 표정도 온통 답답하기만 했다.

그 문화영화사[1]에 입사한 지 얼마 되지 않아 회사가 어떻게 돌아가는지 자세하게는 알 수 없었지만, 여기도 뭔가 이미 막다른 상황에 몰린 느낌이 들었다. 시사회가 끝나면 연출과(演出課) 방에서 합평회가 지루하게 이어진다. 다들 다양한 표현으로 뭔가를 주장했다. 하지만 그런 주장은 그와 아무런 관계도 없는 것처럼 느껴졌다. 거의 아무런 관계도 없는 사내가 한마디 말도 없이 의자에 앉아 있다. 그 사내의 머릿속은 집에 두고 온 병든 아내와 눈에 보이지는 않지만 시시각각 밀려오는 거대한 기계가 지닌 힘의 흐름으로 가득했다. 그런데 어느 날 그 연출과 방에서 나누는 대화가 어쩐 일인지 활기를 띠었다. 프랑스에서 시

---

1) 전쟁 중에 문화 통제를 위한 영화를 만들던 회사들을 가리킨다. 전쟁 기록영화를 만들기도 하고, 총기 사용법이나 비행기 조종법 등을 영화로 만들었다.

작된 마키 게릴라(maquis guerilla)²의 저항이 한바탕 요란하게 화제에 오른 것이다. ―그는 그 영화회사의 산뜻한 건물을 나와 한적한 길을 걸었다. 해바라기 꽃이 활짝 피었고, 반쯤 벌거숭이가 되어 놀고 있는 아이들 모습도 눈에 들어왔다. 그쪽을 바라보며 아직 해바라기 꽃이 있고 아이들도 있구나 하는 생각을 했다. 도시 위에 펼쳐진 여름 하늘은 거짓말처럼 맑았다. 허망한 세계는 그가 걸어가는 여기저기에 널려 있었다. 얼룩무늬가 있는 검정색 위장용 천을 덮어 네온사인을 가린 극장가의 좁은 골목을 사람들이 어슬렁어슬렁 걷고 있다.

"이제 더 힘들어지겠군……."

그와 함께 걷던 친구가 나직하게 중얼거렸다. 그 말이 무한한 탄식과 공포가 깃든 목소리가 되어 귓가에 맴돌았다.

혼잡한 계단과 붐비는 플랫폼을 지나 그가 탄 전철이 푸르른 들판으로 나서자 창문으로 들어오는 바람도 한결 상쾌해졌다. 하지만 혼탁하고 허망한 세계는 여전히 그의 머릿속에 달라붙어 있었다. 영화사에 입사하자 그에게 주어진 일은 일단 책을 마구 읽어 치우는 일뿐이었다. 하지만 벼락치기로 쌓은 엉성한 지식은 초점이 없는 공백을 헤매고 있었다. 책을 통해 배운 기계의 구조가, 공장의 조직이, 기술의 흐름이…… 그에게는 그저 악몽처럼 여겨졌다. 공백 속을 밀고 나아가는 기계가 지닌 힘의 물결이 ―그것은 이제 시시각각 파괴를 향해 돌진하고 있다―

---

2) '마키'는 히스 관목 덤불이라는 뜻의 프랑스 어. 흔히 은폐물로 이용되었다. '마키 게릴라'는 제2차 대전 중 독일에 대항해 싸운 프랑스의 반독(反獨) 유격대를 뜻한다.

흔들리는 전철 바닥에도, 구두 끝에서도 그 물결이 느껴지는 것만 같았다. 하지만 전철에서 내려 집으로 들어서면 피로감과 함께 불쑥 뭔가 되살아나는 다른 것이 있다. 그것이 무엇인지 그는 너무도 잘 알고 있었다.

집에서 한 걸음만 벗어나도 어디선가 끊임없이 아내의 신경이 작동하며 따라오는 느낌이 들었다. 누워서 꼼짝도 못 하는 아내가 무엇을 느끼고 무슨 생각을 하는지, 그리고 자꾸 뭔가에 기도하고 있다는 느낌이 늘 전해져 왔다. 그러면 그는 삶의 압박을 견디지 못해 조용히 죽음의 기슭으로 초대받고 싶어진다. 하지만 그토록 약한 신경을 지닌 그에게 끊임없이 마음을 써 주고 격려하는 사람은 자리에 누워 움직이지 못하는 아내였다. 멀쩡하게 돌아다니는 그가 마음은 오히려 환자와 비슷했다. 그가 집 밖 세상에서 묻혀 들어오는 공기를 완전히 빨아들이고 있는 게 아닐까 하는 생각이 들었다. 그리고 그가 머리맡에서 들려주는 이야기를 통해 그가 훑고 있는 책 속 지식의 윤곽까지 감지하고 있는 기분마저 들었다.

어제도 그는 배낭을 짊어지고 아는 이가 농사를 지으며 사는 집까지 드넓은 들판을 걸었다. 망망한 초원에 가느다란 흰 길이 나 있고, 한낮의 정적은 주변 공기를 마비시킨 듯했다. 그런데 불쑥 4~5미터 전방에 있는 삼나무가 살짝 흔들리는가 싶더니 그대로 밑동부터 벌렁 넘어갔다. 가만히 보니 누가 톱으로 켜서 쓰러뜨렸는데, 그 푸른 하늘을 배경으로 비스듬하게 쓰러져 가는 나무의 조용한 모습은 필름의 한 컷이 아닐까 싶은 느낌이

들었다. 이런 은밀한 죽음……. 그 모습은 순간 그대로 그의 감
각에 또렷하게 새겨졌는데, 그 한 컷이 고스란히 집에 있는 아
내에게 전해진 게 아닐까 하는 생각이 들었다. ……지인에게 얻
은 토마토는 소쿠리에 담아 뜰에 있는 방공호 바닥에 보관했다.
어두컴컴하고 서늘한 지하에 내려놓은 토마토의 붉은 껍질이
위에서 비스듬히 비치는 햇빛 때문에 눈에 스며들 것만 같았다.
그걸 보며 그는 병상에 누워 있는 아내가 이 어두컴컴한 곳의
모습을 투시할 수 있는 게 아닐까 하는 생각을 했다.

　……미지근하면서도 그 밑바닥에 묘한 냉기를 머금은 바람이
뭔가 멍하니 현재를 추억하게 만들고 있었다. 그는 그 동네에
있는 작은 도서관에 들러 아무 생각 없이 쉬는 것이 요즘 습관
이었다.

　책을 덮고 창가에 있는 의자를 떠나 접수창구 쪽으로 갔다. 그
러자 조금 전까지 그의 뺨을 스치던 미지근하지만 이상하게 냉
기를 머금은 바람의 감촉이 사라져 버렸다. 그런데도 그의 마음
을 꿰뚫고 지나간 정체 모를 그 느낌은 사라지지 않았다. 열람
실을 나와 계단을 내려갈 때도 조금 전 느낀 바람의 감각이 그
대로 남아 있었다.

　그 바람은 앞바다에 불어오는 계절의 신호일까? 여름에서 가
을로 넘어가는 은밀한 징조라면 그는 매년 겪어 잘 알고 있다.
하지만 조금 전 그 바람은 마치 이 지구가 아닌, 더 아득한 곳에
서 불어와 아득한 듯으로 흘러가는 것 같았다. 그 바람을 맞고
있으면 어떤 불안이나 고뇌도 없이 우주 속으로 조용히 녹아 사

라질 수도 있을 듯했다. 하지만 그러면서도 뭔가가 슬프게 마음을 적시는 것은 어찌 된 영문일까?

'인간의 마음이 다시 말끔해지려는 걸까?'

혹시 새로운 무엇인가가 찾아오리라는 징조인 걸까? ……그는 여전히 조금 전 느낀 바람의 감촉에 정신이 팔린 채 길로 나섰다. 오가는 사람은 적고 좁은 길에는 햇볕이 조용히 내리쬐고 있었다. 벽돌담이나 작은 도랑, 단풍나무 따위가 말없이 그림자를 드리운 풍경은 기억에 남아 있는 고향 마을과 비슷했다.

느낌은 거의 모든 사물로부터 신호를 받는다.

방향을 바꿀 때마다 추억을 불러일으키는 바람이 불어온다.

별생각 없이 지나친 하루가

이윽고 나에게 또렷한 선물이 되어 되살아난다.

늘 머릿속에 떠오르는 릴케의 시[3] 한 구절을 읊조렸다.

그해 봄, 시내에 있는 대학병원에서 퇴원해 집에서 요양하게 된 뒤로도 아내의 병세는 탐탁지 않았다. 밤이면 발작적으로 심한 기침을 하기도 하며 눈에 띄게 쇠약해졌다. 그렇지만 그의 눈에는 도무지 아내의 '죽음'이 또렷하게 다가오지 않았다. 그 방 가득한 환자의 분위기도 그에게는 오히려 익숙하고 편안하

---

3) 1914년 여름에 쓴 것으로 알려진 릴케의 시. 한국어 번역문들은 느낌이 조금 다르나 여기서는 소설에 인용된 부분이라 일본어로 번역된 느낌에 따라 우리말로 옮겼다.

게 느껴졌다. 여름이 갑자기 기울고 가을 분위기가 감도는 날이 왔다. 그날 장모는 볼일이 있어 도쿄로 외출했기 때문에 집에는 오래간만에 그와 아내 단둘이 남게 되었다.

누워 움직이지도 못하면서 아내는 그를 올려다보았다. 그러자 그 또한 자기도 누운 채 움직이지 못하는 자세로 뭔가를 올려다보고 있는 기분이 들었는데…….

"죽어 버리는 게 낫겠어요. 이렇게 오래 병을 앓느니."

살짝 농담하는 투였지만 대답을 기다리는 아내의 표정은 진지했다. 하지만 아내가 죽어 가고 있다는 생각은 잘 들지 않았다. 4년 전에 발병한 뒤로 누웠다 일어났다 하며 요양을 계속하는 모습은 그에게는 이미 앞으로도 변치 않을 모습처럼 여겨졌다.

"당신이 예전 건강을 되찾지는 못한다고 해도, 병세에 차도가 없다고 하더라도 계속 살 수 있으면 좋겠어."

대충 던진 위로의 말이 아니었다. 아내의 눈에 얼핏 안도하는 빛이 퍼졌다.

"어머니도 그렇게 말하던데요."

지금, 집 안은 고요하고 마당에는 가을 햇살이 반짝이고 있다. 이런 평온한 시간은 예전부터 여러 차례 느꼈다. 그래서 이 지붕 아래서 꾸려 가는 삶이 언젠가 툭 끊어질 때의 일은 두렵지만 도저히 상상할 수 없었다.

가끔 아내의 쇠약한 얼굴에도 살짝 생기가 돈다. 힘없는 목소리에도 약간 탄력이 붙는다. 그러면 그는 모든 것이 넘쳐나던 옛 시절이 되살아나기를 꿈꾸었다. 건강하던 시절에 함께 여행한 적이 있는데, 떠나기 전에 보여 준 쾌활한 모습이 아직도 어딘가에 숨어 있는 듯했다. 깔끔한 걸 좋아하는 아내 주변에는 자연히 이런저런 물건들이 보기 좋게 정돈되어 있고, 이부자리나 시트도 깨끗했다. 그런 물건들에는 기나긴 병고를 이겨 낸 시간의 간절한 기원이 서려 있었다. 벽에 난 작은 창으로는 넝쿨이 얽힌 발코니 위로 푸른 하늘이 또렷하게 보였다. 그 하늘은 언젠가 여행을 가서 보았던 푸른 하늘처럼 아름다웠다.

당장이라도 비가 퍼부을 듯 차가운 기운이 아침부터 공기 안에서 흔들리고 있었다. 전철 창밖으로 보이는 흐린 바다와 들판이 문득 지난해 가을을 떠올리게 만들었다. ……1년 전 가을, 그는 아내와 떨어져 지내고 있었다. 당뇨병이 도진 아내는 대학병원에 입원했는데, 그때부터 시작된 새로운 투병 생활에 비장한 결의를 보이고 있었다. 그리고 두 사람 앞에는 지독하리만치 고독한 세계가 펼쳐졌다. 막다른 골목에 몰린 심정이면서도 왠지 마음이 깨끗하게 닦여 맑아지는 기분이었다. 세상을 좀 쉽게 본 셈이지만 꿈같은 구원이 어딘가에 서성거리고 있는 게 아닐까 하는 생각이 어렴풋이 들었다. ……열을 이기지 못해 촉촉하게 젖은 아내의 눈이 침대 안에서 흔들리고 있었다.

"저번에 3층에서 몸을 던진 여자가 있어요. 자기 병은 죽을 때까지 낫지 않을 거라는 이야기를 듣고서……."

싸늘한 안뜰로 난 병실 창문 너머로 맞은편 건물을 보았을 때는 해 질 녘이 가까워 희뿌연 공기가 딱딱한 건물 주위에 내려앉아 있었다. 안뜰 기둥에 달린 은방울 꽃모양 장식을 한 가로등이 한숨을 푹 내쉬듯 불을 밝혔다. 그 조용한 불빛이 아직도 그의 눈에 선한데…….

하지만 며칠 전 그 대학병원에 들러 교수에게 왕진을 부탁하던 때가 또렷하게 되살아났다. 간호사가 들고 온 네다섯 장 되는 엑스선 사진을 손에 들고 들여다보던 교수는 잠시 아무 말도 하지 않았다. 그리고 아내가 입원했을 때 작성된 진찰 기록을 쭉 훑어보았다.

"그러면 오늘 저녁에 들를까요?" 하며 왕진을 약속했다. 교수가 몸소 와 줄 거라고 하자 아내는 기대에 부풀었다. 애써 침구를 새로 갈고 약속 시간을 기다렸다. 그는 집 밖에 나가 차가 오기를 기다렸다. 차가운 비가 쏟아질 듯한 어두운 하늘에 해오라기가 울며 날아갔다. 그렇게 우두커니 서서 기다리다 보니 점점 어린애처럼 불안한 기분이 들었다. 기다리다가 집으로 도로 들어온 뒤에야 차가 도착했다. 교수는 아내의 머리맡에 앉아 조심스럽게 진찰했다. 깃털을 꺼내 환자의 발바닥을 쓸어 보기도 했다. 신중하면서도 능숙한 동작으로 가방에서 종이를 꺼내더니 거침없이 처방전을 적었다.

"2주 치 처방을 했으니 당분간 이 약을 드시도록 하세요."

그렇게 말한 교수는 바쁜 듯 말없이 일어섰다. 그가 교수 뒤를 따라 집 밖으로 나오니 차는 이미 떠나가고 있었다. 뭔가 뜨거운 것이 지나간 뒤처럼 축 처지는 심정이었다. 조금 전까지 잔뜩 긴

장했던 아내도 무척 지치고 슬픈 표정으로 입을 다물고 있었다. 준비는 해 두었는데 미처 내놓지 못한 밀감 통조림이 그의 눈에 들어왔다. 그걸 접시에 담아 아내 머리맡에 내려놓았다.

"어머, 맛있겠네." 아내는 누운 채로 마치 마음의 갈증까지 가신다는 표정으로 밀감을 고분고분 받아들었다. 기분은 허전하고 우울한데 밀감 빛깔은 유난히 밝아 보였다. ……하지만 이튿날 그가 시내에 나가 처방전에 따라 지어 온 가루약들을 아내는 먹기 힘들어 했다. 확실하지는 않지만 아내는 눈에 띄게 쇠약해지고 있었다. 마음이 딴 데 가 있는 멍한 표정으로 초점이 맞지 않는 눈을 하고 있었다. 그 힘없던 눈이 불쑥 반짝 빛나더니……. 그는 전철 한구석에서 멍하니 생각에 잠겨 있었다.

당장이라도 비가 내릴 것 같은 차가운 공기는 여전했고 거리와 사람들도 그림자처럼 어둑어둑했다. 집을 나온 뒤로 계속 흐르고 있는 시간이 지금도 그에게는 아내의 병세처럼 불안하게 느껴졌다. 영화사 복도를 지나 연출과 방으로 들어가서도 그는 그림자처럼 벽 쪽에 우두커니 서 있었다.

"부인은 차도가 좀 있나?" 친구가 물었다.

"좋지 않아." 그가 툭 내뱉었다. 친구와도 이런 대화를 하게 되었나 싶어 문득 마음이 더 무거워지는 듯했다.

싸늘한 공기가 끊임없이 파고드는 듯했지만 시사실로 들어서자 여느 때처럼 거대한 기계가 지닌 힘의 물결이 눈앞에 펼쳐졌다. 필름이 쏘아 내는 은빛 그림자나 속도, 음향. 이런 것들이 만들어 내는 의미도 그에게는 그저 파멸의 세계를 향해 돌입하고 있는 거센 물결처럼 불안하게 느껴졌다. 하지만 수많은 무표정 속에도 문득 마음에 걸리는 슬픈 표정이 드러나는 일도 있다. 그때 불쑥 시사실 문이 열리더니 복도 쪽에서 누군가를 부르는 소리가 들렸다. 그는 순간 자기를 부르는 게 아닌가 하는 생각이 들었다. ……시사가 끝나고 사람들이 환한 복도 쪽으로 우르르 흩어지자 무겁게 짓누르던 께름칙한 그림자도 이동했다. 연출과의 좁은 방은 의자로 가득 차고 토론이 시작되었다. 하지만 지금 그가 이런 곳에 있다는 사실은 뭔가 잘못된 것 같은 느낌이었다. 여전히 가위눌린 느낌이 그를 휩싸고 있었다. 시시각각 흔들리는 울적한 마음은 회사를 나와 길을 걷는데도 그를 에워싸고 있었다. 붐비는 전철에 흔들리면서 그는 뭔가 비통한 감정을 애써 견뎌 내고 있는 심정이었다. 하지만 전철이 광막한 들판을 달려 눈에 익은 감자밭이며 벼랑의 수풀이 창밖에 보이기 시작할 무렵, 밖에는 비가 쏟아지기 시작했다. 마치 견디다 못해 그만 울음을 터뜨린 사람 같았다. 이토록, 이토록 슬픈 건가? ……무엇이? 차가운 어둠 밑바닥에 내동댕이쳐지는 느낌이 그의 몸속을 파고들었다. 이리도, 이리도 슬픈 것인가? 무엇이……? 이런 영문 모를 감상(感傷)은 바로 지나가는 걸까? 날이 바뀌면 사라져 버리는 걸까……? 멍하니 갈피를 못 잡고 있는데 불쑥 불이 들어와 차 안이 밝아졌다. 그러자 비에 흠뻑 젖은 어둠 속에도 전등이 켜진 집 풍경이 바로 떠올랐다.

"장모님, 장모님."

막 잠에서 깬 그는 옆방에서 아내의 힘없는 목소리가 들리자 침상에서 나와 부엌 쪽에 있을 장모를 불렀다. 그리고 뭔가 하소연하는 목소리에 이끌려 아내의 머리맡으로 살며시 다가갔다. 아내의 안색은 어젯밤부터 무척 편치 않아 보였다. 하지만 그 표정은 일부러 그러는 것이 아니라 뭔가 이미 바깥세상의 공기를 견딜 수 없게 되어 그 세상으로부터 거부당한 사람의 얼굴 같았다. 눈두덩은 지친 듯이 움푹 패었고, 살짝 보이는 눈동자는 힘없이 멍하니 뭔가를 원망하는 듯했다.

……일주일 전, 아내는 작은 수첩에 연필로 유서를 적었다. 머리맡에 놓여 있는 것을 그도 읽어 알고 있었다. 하지만 유서를 쓴 아내나 읽은 그나 아직은 이별이 눈앞에 다가왔다는 사실을 믿을 수 없었다.

어제 저녁, 전철에서 내려 비 내리는 어둠을 뚫고 서둘러 집에 들어오니 아내가 누워 있는 방에 불이 켜져 있었다. 그는 아내의 머리맡에 무릎을 꿇고 "좀 어때?" 하고 물었다.

"오늘은 몸도 가뿐했는데 어머니가 혼자 훌쩍거리는 바람에 괜히 짜증이 났어요."

머리맡에는 먹다 만 사과가 놓여 있었다. 사과가 도착하기를 오래 기다렸는데 막상 도착하자 아내는 입에 맞지 않는 모양이었다. 아내가 불쑥 손톱으로 입술의 마른 각질을 뜯어내려고 했다.

"왜 그래?"

"……."

아내는 말없이 입술 각질을 떼어 냈다.

……지금 아침 햇살에 다시 보니 어젯밤에 난 입술의 상처가 무척 아픈 모양이었다. 이윽고 장모가 밥상을 가져오자 아내는 여느 때처럼 젓가락을 들었다. 하지만 이내 슬픈 표정을 지으며 얼굴을 찡그렸다. 그리고 괴로운 듯이 애써 식사를 계속하려고 했다. 마치 무엇엔가 매달리듯 힘겹게 식사를 하려는 모습은 지켜보기 힘들었다. 그런 이상한 모습은 처음이었다. 그로부터 가슴이 짓눌리는 시간이 흘렀다. 점심 식사는 장모가 아무리 권해도 끝내 먹으려고 들지 않았다. 날이 저물고 시간은 찔끔찔끔 흘러갔다.

저녁 식사를 차려 머리맡에 두었다. 하지만 아내는 장모가 권하는 식사를 내키지 않는 듯이 겨우 두 젓가락만 떴다. 전등 불빛 아래 모든 것이 어둑어둑하게 떨리고 있었다. 아내는 가루약을 먹었지만 바로 토하며 괴로워했다. 눈에 보이지 않는 바늘 같은 것이 이 방 안에 쏟아져 내리고 있는 것 같았다.

……오래전부터 그나 아내나 '죽음'에 대해 서로 묘한 탄식을 섞어 가며 이야기를 나누었다. 의식이 마지막으로 사라지는 순간에 대해 생생한 상상을 하기도 했다. 소녀 시절 한 차례 위독한 상태에 빠진 적이 있는 아내는 그때 보았다는 헤아릴 수 없이 많은 꽃의 환상이 얼마나 아름다웠는지 자주 이야기했다. 그리고 아내는 입원했을 때의 체험을 통해 죽어 가는 사람의 신음 소리도 알고 있었다. 가련한 동물이 꿈속에서 가위눌리는 듯한 소리였다고 했다. 그도 '죽음'의 환영(幻影)에는 끊임없이 두

려움을 느끼고 있었다. 하지만 지금 바로 앞에서 고통스러워하는 아내가 죽음에 휩쓸려 들어가고 있는 것인지 어떤지는 아직 알 수 없었다. 옛날부터 '죽음'이 자기보다 아내를 먼저 통과하리라고는 생각하지 못했다. 하지만 설사 지금 '죽음'이 아내를 찾아온다고 해도 아내는 눈앞에 닥친 고통 너머로 또 다른 아름다운 죽음을 불러들일지도 모른다. 평소에도 아내로부터 어렴풋이 그런 느낌을 받았다. 그도 지금 가장 아름다운 것이 찾아와 주기를 간절히 기도했다. ……

이제는 뱃속에 아무것도 남아 있지 않을 텐데 아내는 여전히 괴로워했다. 도통 영문을 모를 일이었다.

"걸핏하면 짜증을 내는 바람에 뱃속에 응어리가 생긴 건가?" 내가 슬쩍 농담을 던졌다.

"요즘은 전혀 짜증 내지 않았는데요." 아내는 진지하게 대꾸했다. 그러면서도 갈증이 난다며 얼음을 달라고 했다. 옆방에서 장모가 그에게 작은 목소리로 말했다.

"이제 침도 나오지 않는 모양일세."

장모는 이웃에서 얼음덩어리를 얻어 왔다. 얼음을 보자 그는 문득 구원받은 기분이 들었다. 유리그릇에 담긴 얼음이 아내의 입술을 적셨다. 깜빡거리던 눈을 감은 아내는 통증이 좀 가라앉은 듯했다.

밤이 이미 깊었다. 그는 별실로 물러나 모로 누워 있었다. 하지만 잠시 후 장모가 불렀다.

"저 애 배 좀 쓰다듬어 주게. 자네가 쓰다듬어 주면 좋겠다는

군."

　그는 아내의 몸을 살살 어루만지며 고통에 이리저리 떠밀리는 느낌이 들었다. 아내의 고통은 조금 가라앉았다가 이내 다시 시작되었다. 휑한 마음속에 뜨거운 것이 치밀었다. 이게 마지막인 걸까? 그렇다면……. 하지만 벌써 아내에게 작별의 말을 꺼낼 수는 도저히 없었다. 말로는 다 표현할 수 없는 수많은 생각이 그의 마음속에서 펄떡거렸다. 아내가 또 얼음을 달라고 했다. 그러더니 구역질을 하고 다시 축 늘어졌다.

　"이제 조금 있으면 날이 밝을 거야."

　옆에 누워서 이런 태평한 소리를 하자 아내는 조용히 고개를 끄덕였다. 그러고 있으니 아내에게 구원이 찾아오는 듯해 벌써 오랫동안 둘이서 그런 구원을 기다리고 있던 느낌이 들었다. 그리고 평온했던 일상의 한때로 돌아가는 기분마저도 들었다. 하지만 아내는 갑자기 깜짝 놀란 듯이 가슴 쪽 고통을 호소했다. 그 목소리는 지금까지와 전혀 달랐다. 악마에게 가위눌린 듯이 애처로운 목소리로 변해 갔다. 병으로 인한 고통이 이제 이 집을 송두리째 뒤흔들고 있는 것이다.

　밖으로 나오니 어슴푸레 날이 밝아 오고 있었다. 아직 어느 집이나 문이 닫혀 있었지만 동네 의원의 벨을 누르자 불이 켜지더니 문이 열렸다. 의사는 바로 뒤따라오겠다고 약속했다. 먼저 집에 돌아오니 아내는 여전히 고통스러워하고 있었다. "너무 힘들어. 괴로워." 하며 떠듬떠듬 목소리를 짜냈다. 그는 아내 곁에 모로 눕듯이 다가가 말을 건넸다.

“밖은 아직 어두컴컴해. 그렇지만 의사가 바로 오겠다고 했
어.”

아내는 괴로워하면서도 고개를 끄덕였다. 아내가 어렸을 때
한차례 위독한 상태에서 환각으로 보았다는 아름다운 꽃들이
문득 머릿속에 떠올랐다.

“정신 차려. 의사가 바로 올 거야, 알았지? 병 나으면 당신 고
향에 한 번 더 가 보자.”

아내는 멍한 표정으로 고개를 끄덕였다. 현관문이 열리고 의
사가 들어왔다. 의사가 도착했다는 눈치를 챈 아내는 더욱 괴롭
다는 듯이 헐떡거리며 애원했다.

“선생님, 살려 주세요. 제발 살려 주십시오.”

의사는 조용히 청진기를 내려놓고 주사를 준비했다. 의사는
주사를 놓은 다음 그를 현관 밖으로 불러냈다.

“위독하십니다. 알릴 곳에는 전보를 치는 게 좋겠군요.”

의사는 바로 돌아갔다. 그는 아내 머리맡으로 돌아왔다. 아내
는 여전히 괴로워하고 있었다.

“어때, 좀 나아졌어?”

아내는 눈을 감고 갓난아기처럼 도리질을 쳤다. 그리고 조금
있다가 아까와는 전혀 다른 목소리로 말했다.

“아, 빨라. 빨라. 별이……”

소녀 같은 목소리는 거기서 끊어졌다. 그리고 혼수상태와 신
음 소리가 이어졌다. 이제 무슨 말을 걸어도 아내는 대꾸하지
못했다.

그는 얼른 밖으로 나가 고향에 전보를 쳤다. 서둘러 집에 돌아오니 여전히 이어지고 있는 아내의 신음 소리가 현관까지 들렸다. 이때는 그 신음 소리라도 들린다는 사실이 유일한 위안이었다.

그는 머리맡에 앉아 하염없이 아내를 들여다보고 있었다. 시간이 흘러 뜰에 아침 햇살이 비치기 시작했다. 이웃집에서 사람 움직이는 소리가 나고 목소리도 들렸다. 그날도 바깥세상은 여느 때와 다름없는 모습이었다. '죽음'이 혼수상태에서 신음을 계속하는 아내를 통과하고 있는 것일까? 언젠가 아내와 이 순간에 대해 함께 이야기를 나눌 수 있게 될 것 같은 기분도 들었다. 하지만 아내의 신음 소리는 점점 희미해졌다. 이윽고 그 소리가 한차례 높아지는가 싶더니 그만 숨이 끊어졌다.

– 1950년 4월호 〈군조(群像)〉

‡

여름 꽃

내 사랑하는 이여 부디 어서 달려라
향기로운 이 산 저 산 위의 노루
처럼 어린 사슴처럼

나는 시내로 나가 꽃을 사 아내의 묘지에 들르기로 했다. 주머니에는 불단에서 집어 온 향이 한 묶음 있었다. 8월 15일이면 아내가 세상을 떠난 뒤로 처음 맞이하는 우란분절[4]인데 그때까지 이 도시가 무사할지 어떨지 염려스러웠다. 마침 전기가 들어오지 않는 날이었지만 아침부터 꽃을 들고 시내를 걷는 남자는 나밖에 없었다. 꽃 이름이 무엇인지는 몰라도 작고 노란 꽃잎이 달린 가련하고 소박한 모습이라 제법 여름 꽃다웠다.

이글거리는 햇볕을 고스란히 받고 있는 묘석에 물을 붓고, 그 꽃을 반으로 나누어 왼쪽과 오른쪽에 꽂으니 묘소가 왠지 시원해진 듯해 나는 한동안 꽃과 묘석을 바라보았다. 이 묘 아래에는 아내만이 아니라 부모님의 유골도 모셔져 있다. 가지고 온

---

4) 우란분재, 우란분회라고도 한다. 음력 7월 15일이다. 세상을 떠난 이들의 영혼을 달래기 위해 후손들이 음식을 마련하여 공양을 한다.

270

향에 성냥으로 불을 붙이고 묵례를 한 뒤 나는 옆에 있는 우물에서 물을 마셨다. 그리고 니기쓰(饒津)공원 쪽을 거쳐 집으로 돌아왔는데 그날도 그 이튿날도 주머니에는 향냄새가 배어 있었다. 원자폭탄이 떨어진 것은 그 다음다음 날이었다.

나는 변소에 있었기 때문에 목숨을 건졌다. 8월 6일 아침, 나는 8시쯤 이부자리에서 나왔다. 전날 밤 공습경보가 두 차례나 울렸지만 별일 없었기 때문에 동이 트기 전에는 오래간만에 입었던 옷을 모두 벗고 잠옷으로 갈아입은 뒤 잠자리에 들었다. 그래서 일어났을 때는 팬티 한 장만 걸치고 있었다. 여동생은 내 모습을 보더니 늦잠을 잤다고 나무랐지만 나는 대꾸도 않고 변소로 들어갔다.

그러고 몇 초나 지났는지 잘 모르겠지만 느닷없이 머리에 거센 충격이 오더니 눈앞이 캄캄해졌다. 나도 모르게 '으아아' 하고 소리치며 머리를 감싸고 일어섰다. 폭풍 같은 것이 추락하는 소리만 들렸지 앞이 보이지 않아 무슨 일인지 알 수 없었다. 더듬더듬 문을 열고 나오니 툇마루였다. 그때까지도 나는 '으아아' 하는 내 목소리를 '쏴아' 하는 소리 속에서도 또렷하게 들었고 눈이 보이지 않아 허우적거리고 있었다. 하지만 변소에서 나오자 바로 어렴풋이 무너진 집이 보이기 시작했고 의식도 또렷해졌다.

그건 끔찍한 악몽 속에서 일어난 일 같았다. 처음 내 머리에 충격을 느끼고 앞이 보이지 않게 되었을 때 나는 내가 죽지는 않았다는 사실을 깨달았다. 그리고 정말 큰일이 났다는 생각에 화가 치밀었다. '으아아' 하고 악을 쓰고 있는 내 목소리가 왠지 남의 목소리처럼 들렸다. 주변 광경이 어렴풋하게라도 눈에 들어오기 시작하자 이번에는 참극의 무대 위에 서 있는 느낌이었다. 이런 광경은 분명히 영화 같은 데서 본 적이 있다. 뭉게뭉게 피어오르는 모래 먼지 너머로 푸른 공간이 보였다. 그리고 그런 공간들이 점점 늘어났다. 벽이 허물어진 곳이나 생각도 못한 방향에서 불빛이 비쳤다. 다다미가 사방으로 날아가 버린 마룻장 위를 천천히 걷는데 맞은편에서 여동생이 무서운 기세로 달려왔다. 동생은 "다친 데 없어? 다친 데 없구나. 괜찮아?"라고 외치며 "눈에서 피가 나. 얼른 닦아."라며 부엌 개수대에 수돗물이 나온다고 가르쳐 주었다.

나는 내가 알몸이라는 사실을 깨닫고 "아무튼 입을 옷은 없니?" 하며 동생을 돌아보니 부서진 벽장에서 용케 팬티를 찾아 꺼내 주었다. 그때 기묘한 몸짓을 보이며 들어오는 사람이 있었다. 피투성이 얼굴에 셔츠 한 장만 걸친 사내는 공장 사람이었는데, 내 모습을 보더니 "당신은 무사해서 다행이군요."라고 내뱉더니 "전화, 전화, 전화를 걸어야 하는데……."라고 중얼거리며 어디론가 바삐 가 버렸다.

여기저기 틈새가 벌어지고 문짝이며 다다미도 이리저리 날아간 집은 기둥과 문틀만 앙상하게 드러낸 채 잠시 기이한 침묵을 지키고 있었다. 이게 우리 집의 마지막 모습인 듯했다. 나중에 알게 되었지만, 이 지역에서는 대부분의 집들이 폭삭 주저앉은 모양인데 우리 집은 2층도 주저앉지 않고 마루도 멀쩡했다. 집을 얼마나 튼튼하게 지은 걸까? 40년 전 성격이 까다로운 아버지가 짓게 한 집이었다.

나는 어지럽게 흩어진 다다미나 장지문 위를 밟고 넘어 다니며 몸에 걸칠 것을 찾았다. 웃옷은 바로 찾았지만 바지를 찾아 오락가락하고 있는데 그 정신없는 와중에도 엉망으로 흐트러진 물건의 위치와 모습에 문득 눈길이 머물렀다. 어젯밤까지 읽던 책이 책장이 위로 굽은 채 바닥에 떨어져 있었다. 벽에 걸려 있다가 떨어진 액자가 살기를 띠고 장식 칸을 가로막고 있었다. 어디선가 불쑥 수통이 튀어나오고, 이어서 모자가 나왔다. 바지는 보이지 않아 이번에는 발에 신을 것을 찾기 시작했다.

그때 응접실 쪽 마루에 사무실의 K가 나타났다. 그는 나를 보더니 "아아, 다쳤어. 도와줘!"라며 비통한 목소리로 말하더니 그 자리에 털썩 주저앉고 말았다. 이마에서 피가 약간 솟아나고, 눈에는 눈물이 어려 있었다.

"어디를 다쳤습니까?" 내가 묻자 "무릎."이라며 다친 부분을 누르면서 주름이 잔뜩 진 창백한 얼굴을 찡그렸다.

나는 옆에 있던 헝겊 조각을 그에게 건네고, 양말 두 켤레를 겹쳐 신었다.

"어, 연기가 솟아나네. 도망쳐야 해. 날 데리고 도망쳐!"라고 K가 마구 졸랐다. 나보다 나이가 훨씬 위라지만 여느 때는 나보다 늘 기운이 넘치던 K인데 어쩐 일인지 놀라서 기겁을 한 모습이었다.

마루 쪽에서 둘러보니 주변 집들은 모두 무너져 내려 약간 떨어진 곳에 남아 있는 콘크리트 건물 말고는 목표로 삼을 만한 것이 없었다. 무너진 마당 흙담 옆에 커다란 단풍나무 허리가 뚝 부러져 가지 끄트머리가 세숫대야에 얹혀 있었다. K가 불쑥 방공호 쪽으로 몸을 구부리며 "여기서 버틸까? 물통도 있으니." 라는 이상한 소리를 했다.

"아뇨, 강 쪽으로 갑시다." 내가 말하자 K는 의아하다는 듯이 "강? 강이 어느 쪽으로 가야 나오지?"라며 시치미를 뗐다.

어쨌든 도망치려고 해도 아직 준비가 되어 있지 않았다. 나는 장롱에서 잠옷을 꺼내 그에게 건네고, 다시 마루 쪽에 햇볕을 막기 위해 쳐 두었던 천을 뜯어냈다. 방석도 집어 들었다. 마루 쪽 다다미를 뒤집으니 피난용 잡낭(雜囊)5이 나왔다. 살짝 안도하며 그 잡낭을 어깨에 걸쳐 멨다. 이웃한 제약회사 창고에서 뻘건 불길이 살짝 보였다. 이제는 대피해야 할 때였다. 나는 맨 나중에 부러진 단풍나무 옆의 무너진 담을 넘어 밖으로 나갔다.

그 커다란 단풍나무는 옛날부터 뜰 구석에 서서 어렸을 때 내 몽상의 대상이 되어 주던 나무였다. 그런 나무였는데 올봄에 오래간만에 고향에 돌아와 살게 된 뒤로는 예전 같은 느낌이 들지 않아 정말 기이하다는 생각이 들었다. 이상하게도 이 고향 마을 전체가 부드러운 자연의 느낌을 잃어, 뭔가 잔혹한 무기질의 집합체처럼 느껴지는 것이었다. 나는 뜰에서 사랑채로 들어갈 때마다 속으로 〈어셔 가의 몰락〉이란 소설 제목을 떠올리곤 했다.

___

5) 이런저런 물건을 넣어 어깨에 엇메는 천 가방.

K와 나는 처음에는 무너진 집들을 타고 넘어 장애물을 헤치며 천천히 앞으로 나아갔다. 그러다 보니 평평한 땅바닥이 나와 드디어 도로로 나왔다는 사실을 알 수 있었다. 이때부터는 잰걸음으로 길 한복판을 걸었다. 폭삭 주저앉은 건물 뒤에서 불쑥 "아저씨!" 하고 외치는 소리가 들렸다. 돌아보니 얼굴이 피투성이가 된 여자가 울면서 우리 쪽으로 걸어왔다. "살려 주세요." 여자는 겁에 질린 얼굴로 기를 쓰고 따라왔다. 얼마쯤 가다가 길에 서서 "집이 탄다, 집이 타!"라고 울부짖는 노파를 보았다. 무너진 집들 여기저기서 연기가 솟아올랐다. 걷다 보니 갑자기 뜨거운 공기가 밀려오는 곳에 이르렀다. 그곳을 뛰어 지나자 길은 다시 평평해지고 이내 사카에바시(栄橋)[6] 앞에 이르렀다. 그곳에는 피난 나온 사람들이 속속 모여들고 있었다.

"다친 데 없는 사람은 양동이에 물을 길어 불을 꺼라!" 누가 다리 위에서 소리치고 있었다. 나는 센테이(泉邸)[7]의 수풀 쪽으로 길을 들었는데 여기서 K를 잃어버리고 말았다.

그 대숲은 도망치는 사람들의 발에 밟혀 쓰러져 자연스럽게 길이 나 있었다. 키 큰 나무들도 대개 허리께가 잘려 나갔다. 강 옆에 자리한 이 유서 깊은 정원도 이제 상처투성이였다. 문득 관목 쪽에 살집이 넉넉한 팔다리를 축 늘어뜨리고 웅크린 중년 부인의 얼굴이 눈에 들어왔다. 넋이 나간 그 얼굴은 왠지 계속 보고 있으면 전염될 것 같은 표정이었다. 그런 얼굴을 보기는

---

6) 피폭 교량 가운데 하나다.
7) 정식 명칭은 슈케이엔(縮景園)이다. 히로시마 시 나카 구에 있는 일본식 정원이다. 제2차 세계대전 때는 공습이 있을 때 대피소로 지정되어 있었다.

이때가 처음이었다. 하지만 그 뒤로 나는 그보다 더 기이한 얼굴을 한없이 보아야만 했다.

강가 가까운 수풀에서 한 무리의 학생들과 마주쳤다. 공장에서 도망쳐 나온 그 여학생들은 다들 가벼운 부상을 입었는데, 눈앞에 펼쳐진 끔찍한 광경에 전율하면서도 되레 활기 넘치게 재잘대고 있었다. 그때 큰형이 나타났다. 셔츠 한 장 걸치고 한쪽 손에는 맥주병을 들고 있었다. 일단 다친 곳은 없는 듯했다. 강 건너편도 이쪽에서 보기에 건물이 모두 무너져 전봇대만 보였고, 이미 불길이 여기저기서 솟아오르고 있었다. 좁은 강기슭 길에 앉았다. 이제 괜찮을 것 같은 기분이 들었다. 오랫동안 두려워하던 일이, 결국 올 것이 오고 말았다. 차라리 후련한 심정으로 내가 살아남았다는 사실을 되돌아보았다. 진작부터 이 나라 사람 둘 중 하나는 살아남지 못할지도 모른다고 생각했는데, 지금 문득 내가 살아 있다는 사실과 그 의미에 몸이 푸르르 떨렸다.

이 일을 글로 써서 남겨야 한다고 속으로 중얼거렸다. 하지만 이때까지만 해도 나는 이번 공습의 진상을 거의 모르고 있었다.

강 건너편 불길이 점점 거세졌다. 이쪽까지 뜨거운 기운이 밀려와, 밀물로 불어난 강물에 방석을 적셔 머리에 썼다. 그때 누가 "공습!"이라고 외쳤다. "흰옷을 입은 사람은 나무 그늘로 숨어!"라는 목소리에 다들 우르르 수풀 속으로 기어 들어갔다. 햇살이 눈부시게 쏟아지는 수풀 너머도 역시 불이 붙은 모양이었다. 잠시 숨을 죽이고 있다가 별일 없는 듯해 다시 강 쪽으로 나왔다. 강 건너 불길은 전혀 수그러들지 않은 상태였다. 뜨거운 바람이 머리 위를 지나갔고, 시커먼 연기가 강 한복판까지 밀려왔다. 그때 갑자기 바로 머리 위 하늘이 캄캄해지는가 싶더니 굵은 빗방울이 세차게 떨어지기 시작했다. 비가 주변 열기를 조금이나마 식혀 주었지만 잠시 후 하늘은 다시 활짝 개었다. 강 건너 불길은 여전히 타오르고 있었다. 지금 이쪽 강가에는 큰형과 여동생, 그리고 동네에서 보아 눈에 익은 얼굴이 두셋 보였는데, 한데 모여 오늘 아침에 일어난 일에 대해 이야기하느라 정신이 없었다.

오늘 아침, 형은 사무실 탁자 앞에 있다가 마당 쪽에서 번쩍하는 섬광을 보았다. 피할 틈도 없이 2미터쯤 날아가 무너진 지붕에 깔려 한동안 버둥거렸다. 간신히 틈새를 찾아 그리 기어 나오니 공장 쪽에서 학생들이 살려 달라고 아우성을 치고 있었다. ─형은 그 학생들을 정신없이 구해 냈다. 여동생은 현관 쪽에서 그 섬광을 보고 얼른 계단 밑으로 몸을 숨겼기 때문에 거의 다치지 않았다. 다들 처음에는 자기 집만 폭격을 당한 줄 알았는데 밖에 나와 보니 어느 집이나 마찬가지라 깜짝 놀랐다. 게다가 지상의 건물은 모두 무너졌는데 폭탄이 떨어진 구덩이가 패인 곳이 없다는 점도 이상했다. 경계경보가 해제되고 난 직후의 일이었다. 번쩍 하고 빛이 나며 마그네슘을 태울 때처럼 슈욱 하는 가벼운 소리와 함께 순식간에 몸이 벌렁 뒤집히더니…… 그건 마치 마술 같았다고 여동생은 몸서리치며 이야기했다.

　강 건너 불길이 잦아들자 이쪽 정원 숲이 불타고 있다는 소리가 들렸다. 희미한 연기가 뒤쪽 수풀의 높은 하늘로 솟아오르기 시작했다. 강물은 바다가 밀물일 때라 여전히 줄어들 기미를 보이지 않았다. 나는 석축을 타고 물가로 내려가 보았다. 그러자 바로 아래 흰 나무로 만든 큼직한 상자가 흘러 내려왔다. 상자에서 비어져 나온 양파가 그 주변에 떠 있었다. 나는 상자를 끌어당겨 안에서 양파를 꺼내 기슭에 내려놓았다. 상류의 철교에서 화물열차가 전복되어 거기서 튀어나온 상자가 떠내려 온 것이었다. 양파를 줍고 있는데 "사람 살려!" 하는 소리가 들렸다. 나뭇조각에 매달린 소녀가 강 한복판으로 떠내려 오고 있었다. 나는 커다란 나무를 골라 그것을 밀며 헤엄쳐 갔다. 헤엄을 쳐 본 지 오래되었는데도 생각보다 쉽게 소녀를 구해 낼 수 있었다.

　한동안 잦아들었던 강 건너 불길이 어느새 다시 거세졌다. 이번에는 뻘건 불길 사이로 시커먼 연기가 보였는데, 그 검은 덩어리가 무서운 속도로 커지더니 불길이 더욱 거세졌다. 하지만 그 기분 나쁜 불길도 타오를 만큼 탄 뒤에는 공허한 잔해만 남기고 말았다. 나는 그때 강 아래쪽 하늘에서, 바로 강 한복판 부분에서 무서우리만치 투명한 공기층이 흔들리며 다가오는 것을 느꼈다. '회오리바람이다.'라고 생각하는 중에도 뜨거운 바람이 벌써 머리 위를 스쳐 지나고 있었다. 주변 초목이 모두 흔들리더니 뿌리째 뽑혀 하늘로 빨려 올라갔다. 하늘로 날아올랐던 풀과 나무는 화살 같은 기세로 혼탁한 공기 속을 떨어져 내렸다. 이때 주변 공기가 어떤 색이었는지 나는 또렷하게 기억하지 못한다. 하지만 아마 지독하게 음산한, 지옥을 그린 옛 그림 속에서 볼 수 있는 희미한 녹색 빛에 싸여 있었던 게 아닌가 하는 생각이 든다.

이 회오리바람이 지나자 하늘이 벌써 해 질 녘 가까운 빛을 띠었는데, 그때까지 내내 보이지 않았던 둘째 형이 불쑥 나타났다. 얼굴에 거무스레한 자국이 있고, 셔츠도 등 쪽이 찢어져 있었다. 해수욕장에서 태운 듯한 부분은 화상이었는데 나중에 고름이 흘러 여러 달 치료해야 했지만 그때는 아직 형도 꽤 멀쩡했다. 형은 집에 볼일이 있어 돌아갔다가 하늘에 작은 비행기가 떠가는 걸 본 다음 이어서 수상한 빛 세 개를 보았다. 그리고 지상에서 2미터쯤 튀어 오른 형은 무너진 집에 깔려 버둥거리고 있는 형수와 하녀를 구해 낸 다음 아이들 둘은 하녀에게 맡겨 먼저 대피시키고 이웃집 노인을 구하느라 고생했다고 한다.

형수가 연신 헤어진 아이들 걱정을 하고 있는데 건너편 강가에서 하녀가 부르는 소리가 들렸다. 팔이 아파서 이제는 아이를 안고 있을 수 없으니 얼른 와 달라는 것이었다.

센테이를 둘러싼 숲도 조금씩 불타고 있었다. 밤에 이 주변까지 불이 번지면 큰일이니 날이 환할 때 강 건너편으로 넘어가고 싶었다. 하지만 나룻배가 보이지 않았다. 큰형은 다리를 우회해 건너편으로 가기로 하고, 나하고 둘째 형은 다시 배를 구하러 상류 쪽으로 올라갔다. 강을 따라 난 좁은 돌길을 나아가다가 나는 여기서 처음으로 말로는 표현할 수 없는 사람들의 모습을 보았다. 이미 기울어진 햇살은 주위의 풍경을 창백하게 만들고 있었지만, 기슭 위에서나 아래서나 그런 사람들이 강물에 그림자를 드리우고 있었다. 어떤 사람들일까……? 남자인지 여자인지 거의 구별이 가지 않을 정도로 얼굴이 엉망으로 부어올라 눈은 자연히 실처럼 가느다랗고 입술은 잔뜩 짓물렀으며, 게다가 애처로운 몸뚱이를 그대로 드러낸 채 실낱같은 숨을 쉬며 누워 있었다. 우리가 그 앞을 지날 때마다 기괴한 사람들은 가냘픈 목소리로 하소연했다. "물 좀 주세요!"라거나 "살려 주세요!" 모든 사람들이 뭔가 하소연을 했다.

"아저씨!" 날카롭고 애절하게 나를 부르는 소리에 멈춰 섰다. 가만히 보니 바로 옆 강물 속에 벌거숭이 소년이 머리까지 물에 잠겨 죽어 있었다. 그 시체에서 조금 떨어진 돌계단 부근에 여자 두 명이 앉아 있었다. 그 얼굴은 약 1.5배쯤 부어올라 추하게 일그러져, 불에 탄 산발한 머리카락만 여자라는 사실을 말해 줄 뿐이었다. 처음 보았을 때는 연민보다 먼저 소름이 오싹 끼치는 모습이었다. 하지만 그 여자들은 내가 멈춰 서자, "저 나무 쪽에 있는 이불은 제 것인데 좀 갖다 주시겠어요?"라고 애원했다.

보니 정말로 이불 같은 것이 있었다. 하지만 그 위에는 역시 죽어 가는 중상자가 누워 있어 이미 어쩔 수 없는 상태였다.

우리는 작은 뗏목을 발견해 밧줄을 풀고 강 건너편으로 저어 갔다. 뗏목이 건너편 기슭에 이르니 주위는 이미 어둑어둑한 상태였는데 수많은 부상자가 있었다. 강가에 웅크리고 있던 한 병사가 "따뜻한 물 좀 줘!"라고 하기에 나는 그를 부축하고 걸었

다. 그 병사는 힘겹게 비틀거리며 모래 위를 걷다가 불쑥 "차라
리 죽는 게 낫겠어."라고 내뱉듯이 중얼거렸다. 나는 침울하게
고개를 끄덕였지만 아무런 대꾸도 할 수 없었다. 이때 어리석은
자에 대한 걷잡을 수 없는 분노가 우리를 소리 없이 하나로 이
어 주고 있는 듯했다. 나는 그를 잠시 기다리게 하고 뚝 위에 있
는 급수대를 쳐다보았다. 뜨거운 김이 오르는 급수대 쪽에서는
공기를 두 손으로 잡고 천천히 뜨거운 물을 마시는 검게 그을린
커다란 머리가 보였다. 그 커다랗고 기묘한 머리는 전체가 검정
콩으로 뒤덮인 듯했다. 게다가 머리카락은 귀 언저리에서 일직
선으로 깎여 있었다(나중에 일직선으로 머리카락이 깎인 화상 환자를
보고 나서야 그게 모자를 경계로 머리카락이 탔기 때문이라는 사실을 깨
닫게 되었다). 잠시 후 공기를 빌려 뜨거운 물을 받아 그 병사에게
갔다. 얼핏 보니 부상이 심한 병사 한 명이 강에서 무릎을 꿇고
강물을 벌컥벌컥 마셔 대고 있었다.

　해가 저물어 어둑어둑한 가운데 센테이 쪽 가까운 하늘에 타
오르는 불길이 또렷하게 보였다. 강변에서는 나뭇조각을 태워
저녁밥 지을 불을 지피는 이도 있었다. 아까부터 얼굴이 팅팅
부어오른 여자가 우리 바로 옆에 누워 있었는데 물을 달라는 목
소리를 듣고서야 비로소 그 사람이 작은형 집 하녀라는 사실을
깨달았다. 그녀는 아기를 안고 부엌에서 막 나오다가 섬광을 쐬
어 얼굴과 가슴, 손을 데었다. 그 뒤 아기와 큰딸을 데리고 형 식
구들보다 한 걸음 먼저 대피했는데 다리 부근에서 큰딸을 잃어
버리고 아기만 안은 채로 여기 와 있었다. 처음에는 섬광이 얼

굴에 쐬는 걸 막으려고 가렸던 손이 무엇인가에 쥐어뜯기는 것처럼 아프다고 하소연했다.

밀물 때라 바다가 가까워 물이 불자 우리는 강가에서 물러나 둑 쪽으로 옮겼다. 해는 완전히 저물었지만 "물 좀 줘, 물 좀 줘!"라고 외치는 목소리가 여기저기서 들렸고 강가에 남겨진 사람들의 아우성은 더욱 심해지는 듯했다. 둑 위는 바람이 불어 잠을 청하기에는 조금 추웠다. 바로 맞은편에 니기쓰 공원(饒津公園)이 있는데 그곳도 지금은 어둠에 덮여 부러진 나무들이 희미하게 보일 뿐이었다. 형들은 흙구덩이에 누웠고 나도 다른 구덩이를 찾아 그리 들어갔다. 바로 옆에는 다친 여학생이 서너 명 누워 있었다.

"저쪽 숲에 불이 붙었는데 피하는 게 낫지 않을까?" 누군가 걱정했다. 구덩이를 나와 살피니 두세 블록 저편 숲에 불길이 일렁이고 있었지만 여기까지 번질 것 같지는 않았다.

"불이 여기까지 번질까요?" 다친 소녀가 겁먹은 목소리로 내게 물었다.

"걱정 말거라." 내가 대답해 주자 "지금 몇 시쯤 되었죠? 아직 자정이 되지 않았나요?"라고 다시 물었다.

그때 경계경보가 울렸다. 어딘가에 아직도 부서지지 않은 사이렌이 있는지 희미하게 그 소리가 들렸다. 시내는 아직 한창 타오르는 중인지 드넓게 퍼진 불빛이 강 하류 쪽으로 보였다.

"아아, 어서 아침이 오면 좋겠네." 여학생이 탄식했다.

"어머니, 아버지." 힘없는 작은 목소리로 합창을 했다.

"불이 이쪽으로 번지지 않겠어요?" 다친 소녀가 내게 다시 물었다.

강가 쪽에서는 누군지 몰라도 무척 기운찬 젊은이로 여겨지는 사람의 절박한 신음 소리가 들려왔다. 그 목소리가 사방으로 메아리치며 울려 퍼졌다. "물, 물, 물을 주세요! ……으으, ……어머니, ……누나, ……히카리." 목소리는 혼신의 힘을 다해 짜내는 듯했는데 '으으, 으으' 하며 고통에 몸부림치는 신음이 희미하게 섞여 있었다. —어린 시절 나는 이 둑을 지나 저 강가로 물고기를 잡으러 온 적이 있다. 그 더웠던 날의 하루는 이상하리만치 또렷하게 기억에 남아 있었다. 모래밭에는 커다란 라이온 치약 광고판이 서 있었고, 철교 쪽으로는 가끔 기차가 요란한 소리를 내며 지나갔다. 기억 속에 이렇게 꿈처럼 평화로운 풍경이 있었다.

날이 밝자 어젯밤 그 목소리는 그쳐 있었다. 그 단장의 단말마는 아직도 귓가에 맴도는 듯했지만 주위는 점점 환해지며 아침 분위기를 띠고 있었다. 큰형과 여동생은 불에 탄 집으로 돌아가고, 동쪽 연병장에 치료소가 있다고 해서 작은형 가족은 그쪽으로 떠났다. 나도 슬슬 동쪽 연병장 쪽으로 가려고 하는데 옆에 있던 병사가 데려가 달라고 부탁했다. 그 덩치 큰 병사는 부상이 너무 심해서 어깨에 의지하면서 마치 고장 난 것을 운반하듯 조심스럽게 걸음을 옮겼다. 게다가 길에 널린 파편이며 시체에 붙은 불이 아직도 완전히 꺼지지 않은 상태라 무섭고 험악했다.

도키와바시(常磐橋)에 이르자 병사는 지칠 대로 지쳐 한 걸음도 더 걷지 못하겠으니 두고 가라고 했다. 그래서 나는 병사와 헤어져 홀로 니기쓰 공원 방향으로 걸었다. 여기저기 무너진 채 불에 타다 남은 집도 있었지만 도처에 섬광이 할퀴고 간 자국이 나 있는 듯했다. 가다 보니 공터에 사람들이 모여 있었다. 수돗물이 찔끔찔끔 나오는 것이었다. 그때 우연히 내 조카딸이 도쇼구(東照宮)[8]에 마련된 피난소에서 보호받고 있다는 소식을 얼핏 들었다.

서둘러 도쇼구 경내로 가 보았다. 그러자 조그마한 조카가 막 자기 어머니와 만나는 중이었다. 어젯밤 다리 부근에서 하녀를 잃어버린 뒤에는 다른 사람들을 따라 대피했는데 자기 어머니 모습을 보더니 참을 수 없는지 그만 울음을 터뜨렸다. 조카는 머리에 시커먼 화상을 입어 아파 보였다.

치료소는 도쇼구의 도리이 아래쪽에 마련되어 있었다. 먼저 순사가 호적 나이 등을 조사했다. 그 내용을 적은 쪽지를 받은 뒤에도 부상자들은 긴 줄을 선 채로 뜨거운 햇살 아래 한 시간 정도 기다려야만 했다. 그렇지만 이 행렬에 설 수 있는 부상자들은 그나마 나은 편인지도 모른다. 지금도 "군인 아저씨, 군인 아저씨, 살려 주세요, 군인 아저씨!"라며 자지러지게 울부짖는 소리가 들렸다. 길가에 쓰러져 뒹구는 화상을 입은 아가씨였다. 그런가 하면 경방단[9] 복장을 입은 남자가 화상 때문에 잔뜩 부

---

8) 도쿠가와 이에야스를 모시는 신사. 일본 전국에 여러 곳 세워졌다.
9) 제2차 세계대전 때 시민을 공습 및 화재로부터 지키기 위해 만들어진 단체. 일본 패전 후인 1947년에 '소방단'으로 바뀌었다.

푼 머리로 돌을 베고 누운 채로 시커멓게 탄 입을 벌리며 "누가 날 좀 살려 주세요. 아아, 간호사, 선생님!" 하고 힘없는 목소리로 더듬더듬 하소연하기도 했다. 하지만 아무도 돌아봐 주지 않았다. 순사나 의사, 간호사도 모두 다른 도시에서 도우러 온 지 얼마 되지 않아 그 숫자가 많지 않았다.

나는 작은형 집의 하녀와 함께 줄을 섰는데 이 하녀도 지금은 점점 심하게 부풀어 자꾸 땅바닥에 주저앉으려고 했다. 드디어 차례가 와서 치료를 받은 다음 우리는 쉴 장소를 마련해야만 했다. 도쇼구 경내에는 곳곳에 중상자가 뒹굴고 있는데도 천막이나 나무 그늘이 보이지 않았다. 그래서 축대에 얇은 목재를 늘어놓아 그걸 지붕 대신으로 삼은 다음 그 그늘로 들어갔다. 우리 여섯 명은 이 비좁은 곳에서 스물네 시간 남짓 지냈다.

바로 옆에도 우리와 같은 그늘이 만들어졌는데, 거기 깐 멍석 위에서 바삐 움직이던 남자가 내게 말을 걸었다. 셔츠나 상의도 걸치지 않고, 긴 바지가 한쪽만 허리 부근까지 남아 있는데 두 손과 두 다리, 얼굴까지 부상을 입었다. 이 남자는 폭격 때 주고쿠 빌딩 7층에 있었다는데, 그렇게 부상을 입고도 정신력이 강한 사람인지 다른 사람에게 부탁하고, 사람을 부리며 결국 여기까지 온 것이다. 온몸이 피투성이가 된 간부 후보생 허리띠를 찬 청년이 자기가 있던 그늘로 들어오자 그 남자는 버럭 화를 냈다. "아니, 이봐, 나가! 내 몸은 엉망이니까 건드리기만 해도 용서하지 않을 거야. 쉴 곳은 얼마든지 있을 텐데 굳이 이 좁은 곳으로 들어올 것까지는 없잖아? 안 그래? 얼른 나가!"라며 으르렁거리듯 퍼부었다. 피투성이 청년은 어안이 벙벙한 표정을 지으며 몸을 일으켰다.

우리가 누워 있는 곳에서 2미터 남짓 떨어진 지점에 잎사귀가 별로 없는 벚나무가 있었는데, 그 아래에 여학생 두 명이 벌렁 누워 있었다. 둘 다 얼굴이 새카맣게 그을었고, 야윈 등을 뜨거운 햇볕에 드러낸 채로 물을 달라며 신음하고 있었다. 그 부근에서 감자 캐는 일을 하러 왔다가 화를 입은 여자상업학교 학생들이었다. 거기에 또 불에 그슬린 얼굴을 한, 일할 때 입는 헐렁한 바지를 걸친 부인들이 오더니 핸드백을 내려놓고 주저앉았다. ……해는 이미 저물어 가고 있었다. 여기서 다시 밤을 맞이하는 건가 생각하니 묘하게 울적했다.

동이 트기 전부터 계속해서 염불 소리가 들렸다. 이곳에서는 누군가가 끊임없이 죽어 나가는 모양이었다. 아침 해가 높이 떠올랐을 무렵, 여자상업학교 학생도 둘 다 숨을 거두었다. 도랑에 고꾸라진 시체를 살핀 순사가 일할 때 입는 바지 차림을 한 부인들 쪽으로 다가갔다. 이쪽도 자세가 흐트러진 걸로 보아 이제는 숨이 끊어진 모양이었다. 순사가 핸드백을 열자 통장이며 공채가 나왔다. 여행을 왔다가 화를 입은 부인이라는 사실이 밝혀졌다.

한낮이 되자 공습경보가 울리더니 폭음도 들렸다. 비참하고 끔찍한 주변 풍경에도 제법 익숙해졌지만 피로와 공복은 점점 심해졌다. 작은형의 큰아들과 막내아들은 둘 다 시내에 있는 학교에 가 있었기 때문에 아직 어떻게 되었는지 모르는 상태였다. 사람은 계속 죽어 나가고 시체는 그냥 방치되었다. 사람들은 절망감 속에 안절부절못하며 걸었다. 그런데 연병장 쪽에서는 유난히 맑고 또렷한 나팔 소리가 울려 퍼지고 있었다.

화상을 입은 조카딸은 심하게 울부짖었고, 하녀는 계속 물을 달라고 졸랐다. 다들 기운이 쭉 빠져 있을 때 큰형이 돌아왔다. 형은 어제 형수가 피난 가 있는 하쓰카이치초(廿日市町)에 들렀다가 오늘은 야하타무라(八幡村) 쪽에 가서 흥정을 해 짐마차를 빌려 온 것이다. 그래서 우리는 그 마차를 타고 이곳을 떠나게 되었다.

마차는 작은형 가족과 나, 여동생을 태우고 도쇼구에서 나와 니기쓰로 갔다. 마차가 하쿠시마(白島)에서 센테이 입구 쪽으로 가던 중이었다. 작은형이 서쪽 연병장 부근의 공터에서 눈에 익은 노란색 반바지를 입은 시체를 발견했다. 그러자 형은 마차에서 내렸다. 형수와 나도 마차에서 내려 그리 갔다. 눈에 익은 바지에 틀림없이 그 허리띠를 하고 있었다. 시체는 조카인 후미히코(文彦)였다. 웃옷은 없고 가슴께가 주먹만 한 크기로 부풀어 올랐는데 거기서 진물이 흘러나오고 있었다. 시커멓게 변한 얼굴에 하얀 치아를 살짝 드러내고 늘어뜨린 두 팔의 손가락은 주먹을 꼭 쥐어 손톱이 살을 파고들었다. 그 옆에는 중학생 시체가 한 구, 그리고 조금 더 떨어진 곳에는 젊은 여성의 시체가 한 구 보였다. 모두 저마다 자세를 취한 채로 뻣뻣하게 굳어 있었다. 작은형은 후미히코의 박힌 손톱을 빼내고 허리띠를 유품으로 거둔 다음 이름표를 붙이고 그곳을 떠났다. 눈물마저 말라 버린 조우였다.

마차는 거기서 고쿠타이지(国泰寺) 쪽으로 나가 스미요시바시(住吉橋)를 건너 고이(己斐) 방향으로 갔기 때문에 나는 눈에 띄는 거의 모든 불탄 흔적을 볼 수 있었다. 뜨거운 햇살 아래 반짝거리며 펼쳐진 은빛 허무 속에 길이 있고, 강이 있고, 다리가 있다. 그리고 살갗이 벌겋게 벗겨져 부풀어 오른 시체가 군데군데 놓여 있었다. 이건 정밀하고 기교 넘치는 수법을 사용하여 실현한 새로운 지옥이 틀림없다. 이곳에서는 인간적인 모든 것이 말살되어, 설사 시체의 표정일지라도 뭔가 모형 같은 기계적인 것으로 치환되고 있는 것이다. 고통으로 몸부림치던 순간 경직되고 만 듯한 팔다리는 기괴한 리듬을 간직하고 있다. 끊어져 잔뜩 늘어진 전선이나 엄청난 파편에서, 허무 속에 담긴 경련하는 도안(圖案)이 느껴진다. 하지만 완전히 뒤집혀 타 버린 전차나 거대한 몸통을 드러내고 쓰러진 말을 보면 아무래도 초현실파의 그림 세계가 아닐까 하는 생각이 든다.

고쿠타이지의 커다란 녹나무도 뿌리째 뽑혀 나갔고, 묘비들도 흩어져 있었다. 외곽만 남아 있는 아사노(浅野) 도서관은 시체 수용소가 되어 있었다. 길에서는 아직도 곳곳에서 연기가 솟아오르고 시체 냄새로 가득 차 있었다. 강을 건널 때마다 다리가 끊어지지 않았다는 사실이 의외였다. 이런 인상은 아무래도 가타카나[10]로 묘사해야 어울릴 것 같다. 그래서 다음에 이 한 구절을 삽입해 둔다.

　　반짝이는 파편과

　　회백색 재 덩어리

　　드넓은 파노라마처럼

　　빨갛게 타서 짓무른 인간 시체의 기묘한 리듬

　　이게 모두 있었던 일인가 있을 수 있는 일인가

　　불쑥 드러난 앞으로의 세상

　　전복한 전차 옆

　　잔뜩 부풀어 오른 말의 몸통

　　연기만 피어오르는 전선 냄새

　마차는 무너진 건물 더미가 끝없이 이어지는 길을 나아갔다. 교외로 나왔어도 무너진 집은 줄을 이었다. 하지만 구사쓰(草津)를 지나자 주위 풍경이 푸릇푸릇해 잠시 재앙의 분위기에서 해방되었다. 푸른 밭 위를 가볍게 날아다니는 잠자리 떼의 모습이 유난히 인상적이었다. 그 뒤로 야하타무라까지는 길고 단조로운 길이었다. 해가 완전히 진 다음에야 야하타무라에 도착했다. 그리고 이튿날부터 그곳에서 비참한 생활이 시작되었다. 부상을 입은 사람들의 회복도 제대로 진행되지 않았지만 건강했던

---

10) 동식물 이름, 외래어를 표기할 때 주로 쓰는 일본 글자의 한 가지. 해당 부분을 강조할 때도 사용한다.

사람도 식량 부족 때문에 점점 쇠약해져 갔다. 화상을 입은 하녀의 팔은 심하게 곪아 파리가 꼬이더니 결국 구더기가 생겼다. 구더기는 아무리 소독을 해도 계속 생겨났다. 그리고 하녀는 한 달 남짓 뒤에 세상을 떠났다.

이 마을에 온 지 4, 5일째 되던 날 행방을 알 수 없었던 중학생 조카가 찾아왔다. 조카는 그날 아침에 건물소개(建物疎開)[11] 때문에 학교에 갔다가 교실에서 바로 그 섬광을 보았다. 얼른 책상 밑으로 몸을 숨겼는데 천장이 무너져 깔려 있다가 틈을 비집고 기어 나왔다. 기어 나와 대피할 수 있었던 학생은 네댓 명에 지나지 않았고 나머지는 모두 최초의 일격에 목숨을 잃었다. 조카는 네댓 명의 학생과 함께 히지야마(比治山)로 대피하다가 도중에 흰 액체를 토했다. 그리고 기차를 타고 함께 대피한 친구의 집으로 가서 신세를 지고 있었다는 것이다. 하지만 그 조카도 이곳으로 와서 일주일 남짓 지나자 머리카락이 빠지더니 이틀 만에 완전히 대머리가 되었다.

그 무렵 이번에 화를 입은 사람 가운데 머리카락이 빠지고 코피가 나면 대략 살 가능성이 없다는 소문이 널리 퍼져 있었다. 조카는 결국 코피를 흘렸다. 의사는 그날 밤을 넘기기 어려울 거라고 했다. 하지만 조카는 중태에 빠진 상태에서도 계속 버텨 냈다.

---

11) 공습에 의해 화재가 발생했을 때 주변 주택이나 중요 시설물로 불이 번지는 것을 막기 위해 건물을 철거하여 공터를 만들거나 길을 내는 작업을 말한다.

　　N은 기차를 타고 소개공장(疎開工場)12으로 첫 출근을 하던 도중에 기차가 마침 터널에 들어섰을 때 그 충격을 느꼈다. 터널을 나온 뒤 히로시마 쪽을 보니 낙하산 세 개가 천천히 흘러가고 있었다. 기차가 다음 역에 도착하자 역 유리창이 요란한 소리를 내며 깨지는 바람에 깜짝 놀랐다. 이윽고 목적지에 도착했을 때는 이미 자세한 정보가 퍼져 있었다. 그는 바로 되돌아가기로 하고 기차를 탔다. 스쳐 지나가는 열차에는 모두 기괴한 모습을 한 중상자들이 가득 실려 있었다. 그는 시내의 불길이 가라앉기를 기다리지 못하고 아직 뜨거운 아스팔트 위를 성큼성큼 나아갔다. 그리고 먼저 아내가 근무하는 여학교로 갔다. 불에 탄 교실 자리에는 학생들의 뼈가 있고, 교장실 자리에는 교장의 것으로 보이는 백골이 있었다. 하지만 N의 아내 것으로 보이는 뼈는 결국 찾을 수 없었다. 그래서 이번에는 집에서 여학교로 오는 길에 쓰러져 있는 시체를 하나하나 살펴보았다. 대부분의 시체가 엎어져 있었기 때문에 안아 일으킨 다음에 얼굴 확인을 했는데 어느 여자나 모두 심하게 변형된 상태였으며 그의 아내가 아니었다. 나중에는 아내가 출퇴근할 때 오가는 길에서 벗어난 곳까지 이리저리 살펴보았다. 수조 안에 겹겹이 쌓여 있는 열 명 남짓한 시체도 있었다. 강기슭에 있는 사다리에 손을 얹고 그대로 굳어 버린 시체 세 구가 있었다. 버스를 기다리기 위해 줄을 섰던 사람들은 선 채로 앞 사람의 어깨를 움켜쥐

---

12) 공습에 대비해 교외나 지하로 옮겨 조업하는 공장.

고 죽었다. 가옥소개(家屋疏開)[13]를 위해 지방에서 근로봉사에 동원되었다가 몽땅 죽은 무리도 보았다. 서쪽 연병장의 상태는 참으로 끔찍했다. 그곳에는 병사들의 시체가 산을 이루고 있었다. 하지만 아내의 시체는 어디에도 없었다.

N은 이곳저곳에 자리 잡은 수용소를 찾아다니며 중상자의 얼굴을 들여다보았다. 모두들 비참하기 짝이 없었지만 아내의 얼굴은 아니었다. 그렇게 사흘 낮밤 시체와 화상 환자를 진저리가 날 정도로 살피던 끝에 N은 마지막이라고 생각하며 아내가 근무하던 여학교의 불에 탄 흔적을 다시 찾았다.

– 1947년 〈미다문학(三田文学)〉

---

13) 공습에 대비해 가옥 밀집 지역에 불이 번지지 않도록 집을 허물어 공터나 길을 만드는 작업.

고독한 사람

孤獨者

魯迅

루쉰 지음 | 김태성 옮김

루쉰 魯迅 | 중국 근·현대를 대표하는 가장 위대한 작가이자 정치가이며 사상가(1881~
1936). 저장(浙江)성 사오싱(紹興) 출신으로 본명은 저우수런(周樹人). 일본에서 유학하여 의
학을 배우다가 문학으로 전환하였다. 민중애, 사회악과 인간악의 증오 및 투쟁 정신이 작품 전
체에 흐르고 있다. 작품에 〈아큐정전〉, 〈광인 일기〉 등이 있다. 이 외에도 중국 민족의 영혼을 각
성시키기 위한 시, 평론, 잡문 등 다양한 형식의 글을 남겼다.

‡

1

내가 웨이롄수(魏連殳)와 잠시 사귀게 된 일은 돌이켜 보면 꽤나 특별한 일이었다. 장례로 시작해서 장례로 끝났으니 말이다.

그때 나는 S성(城)에 살고 있었고, 수시로 사람들이 그의 이름을 거론하는 것을 들을 수 있었다. 모두들 그를 무척 괴팍한 사람이라고 말했다. 배운 것은 동물학이면서 엉뚱하게 중학교에서 역사 선생을 하고 있고, 다른 사람들을 언제나 본체만체하면서도 남의 일에 참견하기 좋아한다고 했다. 가정은 반드시 파괴되어야 한다고 입버릇처럼 말하면서도 월급을 받으면 단 하루도 지체하지 않고 곧장 할머니께 보내 드린다고도 했다. 이것 말고도 자질구레한 얘기들이 아주 많았다. 요컨대 그는 S성에서 사람들에게 화젯거리가 되는 인물 가운데 하나라고 할 수 있었다.

어느 해 가을, 나는 한스산(寒石山)에 있는 친척 집에서 한가한 세월을 보내고 있었다. 이 집 식구들은 성이 웨이(魏)로, 롄수의 본가였다. 하지만 그들은 롄수를 나보다도 잘 몰랐고, 그를 마치 외국인 대하듯 하면서 "우리와는 전혀 다른 사람이야."라고 말하곤 했다.

이것도 그리 이상한 일은 아니었다. 중국에서 학문을 일으키기 시작한 지 이미 20년이나 됐지만 한스산에는 초등학교조차 없었다. 산골 마을 전체를 통틀어 렌수가 외지에 나가 유학한 유일한 학생이었다. 때문에 마을 사람들 눈에는 그가 별난 사람임에 틀림이 없었던 것이다. 하지만 사람들은 또 그를 몹시 질투하고 부러워하면서 그가 아주 많은 돈을 벌었다고 말하기도 했다.

늦가을이 되자 산골 마을에 이질이 유행했다. 나도 전염될까 두려워 성내로 돌아갈까 생각하고 있었다. 바로 그때 렌수의 할머니가 이질에 전염되었다는 소문을 듣게 되었다. 연세가 많기 때문에 몹시 위중하다고 했다. 산골 마을에는 의사가 한 명도 없었다. 가족도 없었다. 할머니 혼자서 식모를 하나 들여 아주 단출한 생활을 하고 있었다. 렌수는 어려서 부모를 잃고 성인이 될 때까지 이 할머니 손에서 컸다. 들리는 바에 의하면 할머니도 예전에는 갖은 고생을 다 겪었다고 한다. 다행히 지금은 제법 안락한 생활을 하고 있었다. 단지 렌수에게 가족이 없어 집안이 몹시 적막할 수밖에 없는 것이 흠이었다. 아마 이것도 사람들이 그를 남다르다고 말하는 원인 가운데 하나일 것이다.

한스산은 성에서 육로로는 백 리, 뱃길로는 칠십 리나 떨어져 있어 사람을 보내 렌수를 불러오는 데만 해도 왕복으로 꼬박 나흘이 걸렸다. 이런 일이 산골 벽지에서는 누구나 귀를 기울이게 되는 아주 큰 뉴스거리였다. 이튿날이 되자 할머니의 병세가 극도로 위중해졌고, 렌수를 부르러 갈 심부름꾼이 이미 마을을 출발했다. 그러나 할머니는 사경(四更)[1]이 되어 결국 숨을 거두고 말았다. 할머니가 남긴 마지막 한 마디는 "왜 롄수를 한 번 만나게 해 주지 않느냐?"라는 항변이었다.

집안 어른과 가까운 친척, 할머니 친정의 가족들, 그리고 마을의 한가한 사람들이 전부 한집에 모여 롄수가 언제쯤 도착할지 초조하게 예측하면서 기다리고 있었다. 입관을 해야 할 시간이 다 되었기 때문이다. 관과 수의는 이미 오래전에 준비되어 있었기 때문에 새로 장만할 필요가 없었다. 가장 큰 문제는 이 승중손(承重孫)[2]을 어떻게 대해야 하는가 하는 것이었다. 그가 장례 의식을 모두 새로운 형태로 바꿀 것이라는 예측 때문이었다. 모두들 모여 상의한 결과, 그가 반드시 실행해야 할 세 가지 조건을 정했다. 첫째, 흰 상복을 입을 것. 둘째, 무릎을 꿇고 배례를 올릴 것. 셋째, 중이나 도사(道士)를 불러 법사(法事)[3]를 거행할 것 등이었다. 요컨대 모든 일을 옛 관례에 따른다는 것이었다.

의논이 끝나자 그들은 롄수가 도착하는 날 모두 대청 앞에 모여 진영을 갖추고 줄을 서서 서로 호응하고 협력하면서 아주 엄숙하게 담판을 벌이기로 약속했다. 마을 사람들은 침을 삼키면서 호기심이 가득한 모습으로 소식을 기다리고 있었다. 그들은 롄수가 서양 교육을 받은 '신당(新黨)'[4]이라 애당초 이치를 중시하지 않기 때문에 아마도 쌍방의 투쟁이 시작될 수밖에 없을

---

1) 새벽 1시부터 3시 사이.
2) 장자가 먼저 사망했을 경우 적장손이 망부를 대신해서 조부모의 상주가 되는 것.
3) 도가나 불가에서 행하는 제사.
4) 새로운 정당이라는 뜻이나 여기서는 신식 교육을 받은 사람을 말한다.

것이고, 어쩌면 뜻밖의 신기한 구경거리를 잉태하고 있을지도 모른다고 생각했다.

들리는 바에 의하면 렌수가 집에 도착한 것은 오후였다고 한다. 문에 들어선 그는 할머니의 영전을 향해 허리만 약간 구부려 예를 올렸다. 집안 어른들은 예정된 대로 곧장 계획을 진행했다. 그를 대청으로 불러올려 장황하게 서두를 뗀 다음 본론으로 들어간 것이었다. 모두들 이런저런 말로 서로 맞장구를 치면서 그에게는 변론의 기회를 주지 않았다. 하지만 마침내 얘기가 다 끝났고 대청에는 침묵만 가득했다. 사람들은 모두 두려움에 긴장된 표정으로 그의 입을 바라보고 있었다. 렌수는 얼굴색조차 바꾸지 않으면서 아주 간단하게 대답하는 것이었다.

"다 좋습니다!"

이 또한 그들에게는 전혀 뜻밖의 반응이었다. 모두들 마음의 무거운 짐을 내려놓긴 했지만 또 다른 짐이 더해질 것만 같았다. 너무나 '다른' 모습에 오히려 더 걱정이 되는 것 같았다. 이 소식을 들은 마을 사람들은 실망이 이만저만이 아니었다. 모두들 입에서 입으로 말을 옮기고 있었다.

"정말 이상하지! 그가 '다 좋습니다.'라고 하더라나! 우리도 가서 구경이나 해 보자고."

다 좋다면 옛 관례대로 하겠다는 뜻이니 볼 만한 것도 없을 터이지만 그래도 사람들은 한번 가 보기로 했다. 해가 저물자 신이 난 사람들이 집 앞에 잔뜩 모여들었다.

나도 구경하러 간 사람들 가운데 하나로, 미리 향과 양초는 보내 놓은 터였다. 그의 집에 도착해 보니 렌수는 고인에게 수의를 입히고 있었다. 알고 보니 고인은 키가 작고 비쩍 마른 사람이었다. 그는 얼굴이 길쭉하고 네모났다. 덥수룩한 머리에 짙은 눈썹과 수염이 얼굴의 절반이나 차지하고 있었고, 두 눈만 어두운 분위기 속에서 빛을 발하고 있었다. 수의를 입히는 솜씨는 정말로 훌륭했다. 아주 깔끔하게 마무리하는 것이 마치 염 전문가 같았다. 옆에서 지켜보던 사람들도 감탄을 금치 못했다. 한스산의 오랜 관례에 따르면, 이런 일을 당하면 어쨌든 간에 어머니 쪽 친가 사람들은 가리는 것이 많았다. 하지만 그는 묵묵히 온갖 귀찮은 주문을 그대로 들어주면서 아무런 내색도 하지 않았다. 내 앞에 서 있던 머리가 희끗희끗한 노부인의 입에서 흠모의 탄성이 터져 나왔다.

이어서 절을 올렸고 그 다음에는 곡을 했다. 여인네들은 일제히 주문을 외웠다. 그 다음은 입관이었다. 입관을 한 다음에는 또 절을 올리고 곡을 했다. 절과 곡은 관 뚜껑에 못을 박을 때까지 계속되었다. 한순간 침묵이 흐르더니 갑자기 사람들이 웅성대기 시작했다. 놀라움과 불만이 한데 뒤섞인 표정들이었다. 나는 자신도 모르게 렌수가 줄곧 눈물 한 방울 흘리지 않고 멍석 위에 앉아 있는 것을 감지했다. 그의 두 눈은 어둠 속에서 유난히 반짝이고 있었다.

염과 입관은 이처럼 놀라움과 불만 속에서 마무리되었다. 사람들은 하나같이 몹시 불만스런 기분으로 곧장 흩어져 돌아가고 싶어 하는 것 같았다. 하지만 렌수는 아직도 멍석 위에 앉은 채 깊은 생각에 잠겨 있었다. 갑자기 그가 눈물을 흘리면서 큰 소리로 울기 시작하더니 울음은 이내 미칠 듯한 통곡으로 바뀌었다. 마치 상처를 입은 이리 한 마리가 깊은 밤 거친 들판에서 울부짖는 것 같았다. 그 참담한 슬픔 속에는 노여움과 비애가 뒤섞여 있는 것 같았다.

이런 모습은 옛 관습에서는 찾아볼 수 없는 것이었고, 사전에 미리 예방할 수도 없는 것이었다. 모두들 속수무책으로 잠시 머뭇거리다가 결국 몇 사람이 앞으로 나아가 그를 저지하기 시작했다. 그를 말리는 사람은 갈수록 많아져 마침내 큰 무리를 이루게 되었다. 하지만 그는 여전히 홀로 앉아 통곡을 멈추지 않았다. 철탑처럼 미동도 하지 않았다.

모두들 재미가 없다고 느끼면서 제각기 흩어져 돌아갔지만 그는 쉬지 않고 울고 또 울었다. 거의 반시간이나 울어 대던 그가 갑자기 울음을 그쳤다. 그러더니 조문객들에게 인사도 하지 않고 그대로 집 안으로 들어가 버렸다. 곧 이어 그를 뒤따라가 엿보고 온 사람 하나가 이렇게 전했다.

"그는 곧장 할머니 방으로 들어가자 침대에 쓰러지더군요. 게다가 금세 아주 깊은 잠에 빠진 것 같더라니까요."

이틀 뒤 성내로 돌아가기 바로 전날, 나는 마을 사람들이 귀신에게 홀리기라도 한 것처럼 이런저런 얘기들을 주고받는 소리를 듣게 되었다. 렌수가 가재도구를 전부 불태워 할머니의 영전에 바치고, 나머지는 생전에 할머니의 시중을 들다가 임종을 지킨 식모에게 주었다는 것이었다. 또 살던 집도 그녀가 살 수 있도록 무기한으로 빌려 주었다고 했다. 친척과 본가 사람들이 입이 마르도록 설득해 보았지만 결국 그의 결정을 막을 수 없었다는 것이다.

아마도 주로 호기심 때문이었을 것이다. 돌아가는 길에 그의 집 앞을 지나게 된 나는 내친김에 조문을 하기 위해 집 안으로 들어갔다. 그는 옷 가장자리가 너덜거리는 흰 상복 차림으로 나와 나를 맞아 주었다. 표정은 여전히 차가웠다. 내가 여러 가지 위로의 말을 건넸지만 그는 간단히 한 마디로 말을 받았다.

"선생님의 호의에 깊이 감사드립니다!"

2

우리가 세 번째로 만난 것은 그해 초겨울이었다. S성의 한 책방에서 서로 동시에 고개를 끄덕이며 인사를 나누게 된 것이다. 어쨌든 서로 얼굴을 기억하고 있었던 셈이다. 하지만 우리가 가까워지기 시작한 것은 그해가 저물어 갈 무렵, 내가 일자리를 잃은 뒤였다. 이때부터 나는 자주 렌수를 방문했다. 첫째는 물론 심심했기 때문이고, 둘째는 그가 성격이 차갑기는 하지만 실의에 빠진 사람들에게는 무척 친근하다는 얘기를 들었기 때문이다. 하지만 세상사의 부침에는 확실하게 정해진 것이 없는 법이었다. 실의에 빠진 사람이라고 해서 장기간 뜻을 잃은 채로 살아가는 것은 아니었다. 때문에 그에게는 아주 오래 사귄 친구가 아주 적었다. 그런 소문은 과연 거짓말이 아니었다. 내가 명함을 들여보내자 그는 곧 나를 맞아 주었다. 방 두 칸을 이어 주는 객청(客廳)에는 탁자와 의자, 그리고 서가에 꽂힌 책 말고는 이렇다 할 가구나 물건들이 없었다. 모두들 그를 무서운 '신당'이라고 말하곤 했지만 그의 서가에서 새로운 책은 별로 찾아볼 수 없었다. 그는 내가 일자리를 잃었다는 사실을 이미 알고 있었다. 그러나 한두 마디 판에 박힌 인사를 주고받고 나서 주객은 말없이 서로를 마주 보다가 점차 분위기가 어색해졌다. 나는 그가 담배 한 대를 아주 빨리 다 피우고 꽁초에 손가락을 델 지경이 되자 얼른 땅바닥에 버리는 모습을 바라보고 있었다.

"담배 태우시지요!"

그가 두 개비째 담배를 꺼내 들면서 갑자기 입을 열었다. 이에 나도 한 개비 받아 피게 되었다. 담배를 피면서 교육과 책에 관한 이야기를 주고받았지만 어색한 분위기는 여전했다. 그냥 돌아갈 생각을 하고 있던 차에 마침 문밖에서 왁자지껄 떠드는 소리와 함께 발걸음 소리가 들리더니 남녀 아이 넷이 뛰어 들어왔다. 가장 큰 녀석은 여덟아홉 살 정도 되어 보였고, 가장 작은 녀석은 네댓 살 정도로 손과 얼굴은 물론 옷까지 몹시 지저분했다. 얼굴 생김새에도 귀여운 구석이 전혀 없었다. 하지만 롄수의 눈에는 순간 몹시 기뻐하는 표정이 감돌았다. 그는 황급히 일어나더니 객청 사이에 있는 작은방으로 들어가면서 말했다.

"다량(大良), 얼량(二良), 둘 다 이리 와 봐! 너희가 어제 사 달라고 했던 하모니카를 아저씨가 사다 놨단다."

아이들은 일제히 그의 뒤를 쫓아가더니 곧장 저마다 하모니카를 하나씩 들고 불어 대면서 와자지껄하게 쏟아져 나왔다. 객청 문을 나서자마자 어찌 된 일인지 아이들이 갑자기 싸우기 시작하더니 한 아이가 울음을 터뜨리고 말았다.

"한 사람에 한 개씩이야. 다 똑같은 거니까 싸우지 말란 말이다."

그가 아이들 뒤에서 타이르고 있었다.

"이렇게 많은 애들이 전부 누구네 애들인가요?"

내가 물었다.

"집주인 아이들이에요. 이 아이들에게는 어머니가 없고, 할머니만 한 분 있을 뿐이지요."

"그럼 집주인은 혼자 사나요?"

"네. 아내가 세상을 떠난 지 삼사 년이 지났는데 아직 재혼을 하지 않고 있어요. 그렇지 않고서야 저 같은 홀아비에게 집을 빌려 주었을 리가 없겠지요."

이렇게 말하면서 그는 차가운 미소를 지었다.

나는 그에게 왜 여태 독신으로 지내는지 물어보고 싶었지만 그다지 친한 사이가 아니라 끝내 입을 열지 못했다.

일단 친해지고 보니 롄수는 상당히 얘기가 잘 통하는 인물이었다. 그는 생각이 아주 많았고, 그 가운데는 아주 기발한 것들도 적지 않았다. 참기 어려웠던 것은 그를 찾아오는 손님들이었다. 위다푸(郁達夫)의 소설집 《침륜(沈淪)》을 읽었는지 그들은 항상 스스로 '불행한 청년'이니 '쓸모없는 인간'이라고 자칭하면서 게처럼 나태하고 거만한 태도로 큰 의자에 앉아 탄식을 내뱉거나 양미간을 잔뜩 찌푸린 채 담배를 피워 댔다. 게다가 집 주인의 아이들은 서로 마주치기만 하면 쌈박질을 하면서 찻잔이나 접시를 함부로 뒤집어엎거나 과자를 사 달라고 졸라 대곤 했다. 이런 소동에 머리가 어지러울 지경이었다. 하지만 렌수는 아이들을 보기만 하면 평소의 그 냉담함은 어디로 갔는지 찾아볼 수 없었다. 아이들을 자기 생명보다도 더 소중하게 대하는 것 같았다. 들리는 얘기에 따르면 언젠가 산량(三良)이 천연두를 심하게 앓았을 때 그는 너무 초조해한 나머지 검은 얼굴이 더욱 검어졌다고 한다. 하지만 뜻밖에도 아이의 병은 그리 심한 것이 아니었고, 나중에 그는 이 일로 인해 아이들 할머니로부터 놀림을 받았다고 한다.

"아이들은 언제든지 다 좋아요. 아이들은 전부 천진하거든요."

그는 내가 아이들을 조금 귀찮아한다고 여겼던 것 같았다. 어느 날 특별히 기회를 잡아 그가 내게 말하는 것이었다.

"그게 항상 그런 것도 아니에요."

나는 그저 입에서 나오는 대로 대충 대답했다.

"아닙니다. 어른들의 나쁜 기질이 아이들에게는 없습니다. 나중에는 나빠지고 말지만요. 선생께서 평소에 공격하는 것 같은 아이들의 나쁜 짓은 환경이 잘못 가르친 탓이에요. 원래부터 그렇게 나쁜 것은 결코 아니지요. 원래는 아주 천진하지요. ……저는 중국에 희망이 있다면 이것 하나뿐이라고 생각합니다."

"그렇진 않아요. 아이들의 내면에 나쁜 뿌리나 싹이 없다면 어떻게 자라서 나쁜 꽃이 피고 나쁜 열매를 맺을 수 있겠어요? 예컨대 한 알의 씨는 바로 그 안에 가지와 잎, 꽃과 열매가 될 싹을 지니고 있기 때문에 성장해서 그런 것들을 피워 낼 수 있는 것이지요. 어떻게 아무런 근거 없이 그럴 수가……."

당시 나는 할 일이 없어 한가했기 때문에 벼슬을 하던 사람들이 초야에 떨어지면 채식을 하고 선(禪)을 이야기하는 것처럼 불경(佛經)을 읽고 있었다. 물론 불가의 이치를 터득한 것도 아니었고, 스스로 반성하고 자제하는 것도 아니었기 때문에 입에서 나오는 대로 자유롭게 말했다.

그러나 롄수는 화가 나서 나를 노려보기만 할 뿐 더 이상 입을 열지 않았다. 나도 그가 할 말이 없는 건지 아니면 귀찮아서 말을 받지 않는 것인지 추측할 수가 없었다. 하지만 그는 오랫동안 보이지 않았던 그 냉담한 태도를 다시 보이면서 담배를 연거푸 두 대나 피웠다. 그가 다시 세 대째 담배를 꺼내자 나로서는 도망쳐 나오는 수밖에 없었다.

이런 미움은 석 달이 지나서야 간신히 해소되었다. 원인은 아마도 절반은 망각 때문이고, 나머지 절반은 결국 그 스스로 '천진한' 아이들로부터 미움을 받았기 때문일 것이다. 그래서 내가 아이들에 대해서 했던 모욕적인 말도 이제는 이해할 만하다고 느껴졌던 것 같다. 하지만 이는 나의 추측에 불과했다. 그때는 내 방에서 술을 마신 뒤였다. 그는 약간 슬픈 듯한 표정을 짓더니 반쯤 머리를 들고 말했다.

"생각해 보면 참 이상하네요. 이곳에 오다가 길거리에서 아주 작은 어린아이를 하나 만났어요. 갈대 잎사귀를 들고서 나를 가리키면서 '죽여 버리겠다!'라고 하더군요. 아직 걸음도 제대로 걷지 못하는 아이였는데 말이에요."

"그건 환경이 나쁘게 가르친 탓이겠지요."

나는 즉시 내 말을 후회했다. 그러나 그는 개의치 않는 듯이 그냥 술만 마셨다. 그러는 사이에도 계속 담배를 피워 댔다.

"깜빡 잊고 물어보지 못한 것이 있어요."

나는 다른 화제를 꺼내 대충 얼버무리려 했다.

"선생은 사람들을 방문하는 일이 거의 없다던데 오늘은 어쩐 일로 기분이 내켜 이렇게 걸음을 하셨는지요? 우리가 서로 알게 된 지 1년이 넘었지만 선생께서 이곳을 찾아온 건 처음인 것 같습니다."

"그러지 않아도 말하려 했습니다. 며칠간은 우리 집으로 날 찾아오지 마세요. 지금 우리 집에는 아주 꼴 보기 싫은 사람 둘이 와 있거든요. 하나는 어른이고 하나는 아이인데, 둘 다 사람 같지 않은 사람들이에요!"

"어른 하나와 아이 하나라고요? 그게 누군데 그러세요?"

나는 무척 의아하게 느껴졌다.

"우리 사촌형과 그의 아들이에요. 하하, 아들이 꼭 어른 같다니까요."

"선생을 만나러 성내에 온 김에 좀 놀다 가겠다는 생각인가 보군요?"

"그게 아니에요. 저랑 상의를 하러 왔대요. 그 아이를 내 양자

306

로 삼아 후대를 잇게 하려는 것이지요."

"아하, 선생께 양자로 주겠다는 거로군요?"

나는 놀라움을 금치 못하며 큰 소리로 물었다.

"아직 부인이 없지 않으신가요?"

"그들은 내가 결혼하지 않았다는 사실을 잘 알고 있어요. 하지만 그런 건 아무 문제가 되지 않습니다. 사실 그들은 제게서 한스산에 있는 그 다 쓰러져 가는 집을 물려받으려는 거예요. 저는 그것 말고는 아무것도 가진 게 없어요. 선생도 아시다시피 저는 돈이 들어오는 대로 다 써 버리거든요. 그러니 그 낡은 집 한 채뿐일 수밖에요. 그들 부자의 평생 과업은 그 집을 빌려 살고 있는 늙은 식모를 쫓아내는 일이에요."

그의 어투가 너무 차가워 나는 정말로 또다시 섬뜩해졌다. 하지만 애써 그를 위로하며 말했다.

"제가 보기에 선생의 친척들이 그렇게까지 할 리는 없을 것 같습니다. 그들은 생각이 좀 구식일 뿐이지요. 예컨대 할머니가 돌아가시던 해에 선생이 크게 울었을 때 그들은 모두 선생을 에워싸고 열심히 위로해 주었잖아요?"

"제 아버님이 돌아가신 뒤에도 그들은 그 집을 빼앗으려면 제가 양도증서에 도장을 찍어야 하니까, 제가 크게 곡을 하고 있는데도 열심히 주위에 몰려들어 도장을 찍으라고 성화더군요."

허공 속에서 당시의 정경을 찾아내기라도 하려는 듯이 그의 두 눈은 위쪽을 응시하고 있었다.

"요컨대 관건은 바로 선생에게 아이가 없다는 겁니다. 선생은 대체 왜 결혼을 안 하시는 건가요?"

내가 갑자기 얘기의 방향을 바꿀 만한 말을 찾아냈다. 역시 오래전부터 물어보고 싶었던 말이었다. 이때가 가장 좋은 기회라는 생각이 들었다.

그는 의아하다는 듯한 눈빛으로 나를 쳐다보았다. 그러더니 잠시 뒤 눈길을 자신의 무릎 위로 떨어뜨렸다. 그렇게 담배를 피우면서 아무런 대답도 하지 않았다.

3

하지만 이처럼 지독하게 무료한 처지에서도 렌수는 편안하게 살 수 없었다. 점차 익명의 인사들이 작은 신문들을 이용하여 그를 공격하기 시작했고, 학계에도 항상 그에 관한 유언비어가 나돌았다. 그것도 예전처럼 단순한 이야깃거리가 아니라 대부분 그에게 큰 상처를 입히는 내용들이었다. 나는 이것이 그가 최근에 즐겨 글을 발표한 결과라는 사실을 잘 알고 있었기 때문에 별로 개의치 않았다. S성 사람들은 누군가 기탄없이 의견을 발표하는 것을 가장 싫어했고, 그런 인물이 나타나면 반드시 암암리에 그를 모함하곤 했다. 이는 예전부터 있어 왔던 일이라 렌수 자신도 잘 알고 있었다. 그러나 봄이 되자 갑자기 그가 교장에 의해 강제 퇴직을 당했다는 소문이 들려왔다. 나로서는 너무나 뜻밖의 일이었다. 사실 이 또한 예전부터 있어 왔던 일이다. 단지 내가 아는 사람들에게 이런 일이 없기를 바라고 있던 터라 갑자기 일어난 이 일이 너무 뜻밖인 것처럼 느껴질 뿐이었다. S성 사람들이 이번에만 특별히 악독한 것은 결코 아니었다.

당시 나는 자신의 생계를 꾸리기에 바빴고, 또 한편으로는 그해 가을에 산양(山陽)에 교사로 부임하기 위한 교섭을 벌이고 있었기 때문에 그를 방문할 틈이 없었다. 조금 여유가 생겼을 때는 그가 면직된 지 이미 석 달 정도 지난 뒤였다. 하지만 그래도 롄수를 방문할 생각은 나지 않았다. 그러던 어느 날, 큰길을 지나다가 우연히 헌책을 파는 노점 앞에서 발길을 멈췄다가 정말 놀라움을 금할 수 없는 일을 만나게 되었다. 그곳에 진열되어 있는 급고각(汲古閣)의 초판본 《사기색은(史記索隱)》5)이 바로 롄수의 책이었던 것이다. 그는 책을 좋아했지만 그렇다고 장서가는 아니었다. 하지만 이런 종류의 책은 그가 매우 소중하게 여기는 선본(善本)이기 때문에 만부득이한 경우가 아니라면 쉽게 내다 팔 리가 없었다. 설마 실직한 지 두세 달 만에 그 정도로 가난해졌단 말인가? 그가 예전부터 돈이 들어오는 족족 다 써 버리고 좀처럼 저축을 하지 않은 것은 사실이지만 그래도 이는 너무나 의아한 일이 아닐 수 없었다. 이에 나는 롄수를 찾아가 보기로 마음먹었다. 가는 길에 길거리에서 소주 한 병과 땅콩 두 봉지, 그리고 훈제한 생선 두 마리를 샀다.

그의 방문은 잠겨 있었다. 두어 번 불러 보았지만 대답이 없었다. 혹시 그가 잠을 자고 있나 싶어 더 큰 소리로 부르며 손을 뻗어 방문을 두드려 보았다.

---

5) 당나라 때의 학자 사마정(司馬貞)이 《사기》를 주석한 책.

"밖에 나갔나 봐요!"

다량의 할머니인 삼각형 눈을 가진 뚱뚱한 여인이 건너편 창문 밖으로 하얀 머리를 길게 내밀더니 큰 소리로 말했다. 너무 시끄러워 더 참을 수 없었던 모양이다.

"어디 갔나요?"

내가 물었다.

"어딜 갔는지 누가 알겠수? 아마 멀리 가지 않았을 거예요. 조금 있으면 돌아올 테니 좀 기다려 보시구려."

나는 문을 밀고서 그의 객청 안으로 들어갔다. 정말로 '하루를 못 보면 삼 년을 못 본 것 같다고' 눈에 띄는 모든 것이 처량하고 쓸쓸하기만 했다. 가구도 거의 없어졌을 뿐만 아니라 책도 이 S성에서는 아무도 살 사람이 없는 서양식으로 제본된 것 몇 권만 남아 있을 뿐이었다. 방 한가운데 있던 둥근 탁자는 그대로 있었다. 예전에는 울분과 비애로 가득 찬 청년들이나 재능은 있지만 때를 만나지 못한 선비들, 그리고 지저분하고 소란스러운 아이들이 항상 이 원탁을 둘러싸고 있었다. 그러나 지금은 너무나 조용했다. 탁자 위에 얇게 먼지가 쌓여 있을 뿐이었다. 나는 탁자 위에 술병과 종이에 싼 것을 내려놓고 의자를 끌어당겨 책상 옆에 기댄 채 문을 마주하고 앉았다.

정말로 건넛집 할머니가 말한 '조금'이 지나자 방문이 열리고 한 사내가 그림자처럼 살그머니 들어왔다. 롄수였다. 아마도 황혼 무렵이라 그랬겠지만 얼굴이 이전보다도 더 까매진 것 같았다. 다행히 표정은 전과 다름이 없었다.

“아! 오셨군요. 오신 지 얼마나 됐지요?”

내가 찾아온 것이 조금은 반가운 모양이었다.

“얼마 안 됐어요.”

내가 말했다.

“한데 어딜 가셨었나요?”

“어디랄 것도 없이 그저 마음 내키는 대로 돌아다닌 겁니다.”

그도 의자를 끌어다가 탁자 옆에 앉았다. 우리는 소주를 마시기 시작했다. 술을 마시면서 그의 실직에 대해 이야기했다. 그는 그 일에 대해 더 이상 얘기하고 싶어 하지 않았다. 자신도 사전에 예상했던 일이고, 또 여러 번 당했던 일이라 별로 신기할 것도 없고 이야깃거리도 못 된다는 것이 그의 생각이었다. 그는 전과 마찬가지로 오로지 소주만 마시면서 여전히 사회와 역사에 관한 얘기를 늘어놓았다. 어찌 된 영문인지 그 순간 나는 텅 빈 서가를 바라보면서 급고각의 초판본 《사기색은》이 생각났다. 갑자기 쓸쓸한 고독감과 함께 슬픔이 밀려왔다.

“객청이 이렇게 썰렁해졌네요. ……요즘에는 찾아오는 손님들이 많지 않나 보군요?”

“절 찾는 사람이 없어요. 그들은 제 심경이 좋지 않아 와도 재미가 없다고 생각할 거예요. 심경이 좋지 않으면 정말로 사람들을 편하게 대하지 못하거든요. 겨울 공원에는 아무도 들어가지 않잖아요.”

그는 술을 연거푸 두 모금 들이키고는 말없이 생각에 잠겼다. 그러더니 갑자기 고개를 들고 나를 쳐다보며 묻는 것이었다.

"일자리 찾는 일이 아직 잘 풀리지 않는 모양이군요?"

나는 그가 이미 약간 취했다는 것을 알면서도 그 말에 화가 나는 것은 금할 수 없었다. 한마디 하려는 차에 그가 뭔가에 귀를 기울이더니 이내 땅콩을 한 줌 움켜쥐고는 방을 나가 버리는 것이었다. 문밖에서 다량과 아이들이 웃으면서 떠들어 대는 소리가 들려왔다.

그러나 그가 나가자 아이들의 떠드는 소리는 이내 그치고 다시 적막해졌다. 모두들 밖으로 나가 버린 것 같았다. 그가 아이들을 뒤쫓아 가서 뭐라고 말을 하는 것 같았지만 아이들의 대답은 들리지 않았다. 그는 다시 그림자처럼 살그머니 되돌아와서는 손에 쥐고 있던 땅콩 한 움큼을 다시 종이 봉지에 넣었다.

"내가 주는 것조차 먹으려 하지 않는다니까요."

그가 나지막한 소리로 조소하듯 말했다.

"렌수 선생!"

나는 몹시 서글픈 기분이 들었지만 애써 미소를 지으며 말했다.

"제가 보기에는 선생은 너무 스스로 괴로움을 찾는 것 같군요. 인간을 너무 나쁘게만 보고 있는 게 아닌가 하는 생각이 듭니다."

그가 잠시 차갑게 웃었다.

"제 얘기는 아직 끝나지 않았어요. 선생은 우리에 대해, 우리가 이따금 선생을 찾아오는 것에 대해 할 일이 없어서 선생을 소일거리로 삼으려고 오는 것이라고 생각하시나요?"

"그렇진 않습니다. 하지만 때로는 그런 생각이 들 때도 있지요. 아니면 뭔가 이야깃거리라도 찾으러 오는 것으로 생각되기도 하고요."

"그건 선생의 오해이십니다. 사실은 그렇지 않아요. 사실은 선생 스스로 누에처럼 고치를 만들어 그 안에 틀어박혀 있는 겁니다. 세상을 좀 더 밝게 보실 필요가 있는 것 같아요."

내가 탄식하며 말했다.

"어쩌면 그럴지도 모르지요. 하지만 선생이 말한 그 실(絲)은 어디에서 오는 겁니까? 물론 세상에는 그런 사람이 얼마든지 있지요. 예컨대 우리 할머니가 바로 그런 사람이셨어요. 제가 할머니의 피를 이어받은 것은 아니지만 어쩌면 할머니의 운명은 이어받았는지도 몰라요. 하지만 그게 뭐 그리 대단한 일이겠습니까. 저는 벌써 앞당겨 함께 곡을 했는데요."

순간 나는 그의 할머니의 장례식이 생각났다. 그때의 정경이 눈앞에 다시 펼쳐지고 있는 것 같았다.

"저는 선생이 그때 왜 그렇게 울었는지 전혀 이해가 되지 않습니다."

내가 아주 당돌하게 물어보았다.

"할머니 입관 때 말인가요? 그럴 거예요. 아마 선생은 절대로 이해하지 못할 겁니다."

그는 등잔에 불을 붙이면서 냉담하게 말했다.

"선생과 저와의 교제도 제 생각에는 그때 제가 울었던 일 때문에 이루어진 것 같군요. 선생은 잘 모르시겠지만 그 할머니는 제 아버지의 계모였습니다. 아버지의 생모는 아버지가 세 살 적에 세상을 떠나셨지요."

그는 생각에 잠겨 말없이 술을 마셨다. 그러고는 훈제한 생선을 다 먹어 치웠다.

"그런 지난 일들은 저도 알 수 없는 것들이지요. 그저 어릴 적부터 이상하다는 생각을 가졌을 뿐입니다. 당시에는 아버님도 아직 살아 계셨고 집안 형편도 좋았기 때문에 정월이면 항상 조상의 초상을 내다 걸고 성대하게 제사를 지냈지요. 성장(盛裝)을 한 조상님들의 초상을 구경하는 것이 당시의 저로서는 더없이 큰 즐거움이었습니다. 그런데 그때 식모가 나를 안고서 한 폭에 있는 초상을 가리키면서 '이분이 도련님 할머니예요. 자, 어서 절을 올려요. 도련님이 용이나 호랑이같이 훌륭하게 빨리 자랄 수 있도록 도와 달라고 말이에요.'라고 알려 주는 것이 아니겠어요. 저는 정말 이해할 수가 없었어요. 분명히 할머니가 살아 계신데 어떻게 또 다른 '자신의 할머니'가 있는 것인지 의아했지요. 하지만 저는 '자신의 할머니'가 좋았어요. 그 할머니는 집에 있는 할머니보다 늙지도 않은데다 젊고 예뻤거든요. 금박을 한 붉은 옷차림에 구슬로 만든 관을 쓰고 있었어요. 우리 어머니의 초상과 거의 다름이 없었지요. 내가 그 초상을 바라보고 있으면 그 초상의 눈도 나를 똑바로 쳐다보면서 입가의 미소가 점점 더 크게 번지는 것 같더라고요. 그 초상화 속의 할머니가 저를 무척 귀여워해 주시는 것이 틀림없다는 생각이 들었어요.

하지만 저는 하루 종일 창가에 앉아 천천히 바느질을 하고 있는 우리 집 할머니도 좋았어요. 제가 아무리 신이 나서 할머니 앞에서 재롱을 떨고 할머니를 불러 보아도 그 할머니를 즐겁게 할 수는 없었지만요. 다른 할머니들과는 달리 그 할머니는 항상 제게 차가운 느낌을 주었어요. 그러다가 나중에는 점점 할머니와 멀어졌지요. 제가 나이를 먹고 그분이 저의 아버지의 생모가 아니라는 것을 알게 되었기 때문이 아니라, 하루 종일 1년 내내 기계처럼 바느질만 하는 할머니를 보고 있는 동안 자연스럽게 싫증을 느끼게 되었던 거예요. 하지만 할머니는 여전히 예전과 똑같이 바느질을 하면서 저를 돌봐 주고 귀여워해 주셨지요. 웃는 얼굴을 보이진 않으셨지만 그렇다고 큰 소리로 야단치는 일도 없었어요. 아버지가 세상을 떠날 때까지 줄곧 그랬지요. 그 뒤로 우리 집은 거의 할머니의 바느질에 의지하여 생계를 꾸려 나가게 되었지요. 물론 이런 상황은 갈수록 더 가중되어 갔어요. 제가 학교에 들어갈 때까지 말이에요.”

등잔불이 점점 사그라졌다. 석유가 떨어진 것이었다. 그는 몸을 일으켜 서가 밑으로 가더니 조그만 양철통 하나를 꺼내 등잔에 석유를 채워 넣었다.

“이번 한 달 동안에만 석유값이 두 번이나 올랐어요.”

그가 등잔 심지를 돌려 올리고 나서 천천히 말했다.

“사는 게 나날이 어려워져만 가더군요. 할머니는 그 뒤로도 여전히 그렇게 생활하셨어요. 제가 학교를 졸업하고 일자리를 얻어 생활이 전보다 훨씬 안정되었을 때까지도 말이에요. 아마 할머니는 병이 들어 꼼짝 못 하고 자리보전하게 될 때까지 그랬을 거예요.

제 생각으로는 할머니의 만년은 그다지 고생스러운 편이 아니었어요. 게다가 사실 만큼 사셨으니 제가 그렇게까지 눈물을 흘려야 할 필요는 없었지요. 더구나 울 사람은 얼마든지 있었잖아요? 이전에 할머니를 몹시 못살게 굴던 사람들까지도 울었으니까요. 적어도 얼굴빛만은 무척 슬퍼 보였지요. 허허! ……하지만 그때 어찌 된 일인지 그 할머니의 일생이 제 눈앞에 축소되어 펼쳐지는 것이었어요. 직접 자신의 고독을 만들어 내고 또 그것을 입속에서 씹어 삼켜 온 한 인간의 일생이었지요. 그리고 그런 사람은 얼마든지 있다는 생각이 들었어요. 그런 사람들이 저를 울고 싶게 만들었던 겁니다. 하지만 더 큰 원인은 그때 제가 지나치게 감상적이었던 것이었지요.

지금 선생이 저에 대해 가지고 있는 생각이 바로 이전에 제가 할머니에 대해 가졌던 생각일 겁니다. 하지만 그때의 제 생각도 사실은 옳은 게 아니었어요. 세상사를 조금씩 알게 되면서 저 스스로 할머니와 점차 멀어져 갔으니까요.”

그는 입을 다물었다. 그러고는 손가락 사이에 담배를 끼운 채 머리를 숙이고 생각에 잠겼다. 등잔불이 약간 흔들리고 있었다.

“에휴, 사람이 죽은 뒤에 그를 위해 한 사람도 울지 않게 한다는 것은 아무래도 쉬운 일이 아닌 것 같습니다.”

그는 혼잣말처럼 중얼거리더니 잠시 말을 멈추고 고개를 들어 나를 쳐다보며 다시 입을 열었다.

“생각해 보니 선생도 무슨 좋은 방법이 생각나지 않나 보군요. 저도 어떻게든 빨리 일자리를 찾아야 할 텐데……."

"부탁해 볼 만한 친구는 더 이상 없는 건가요?"

나는 이때 아무것도 생각할 겨를이 없었다. 나 자신에 대해서
도 그랬다.

"몇 사람 있긴 하지만 그들의 처지도 모두 나와 다를 바가 없
어요."

내가 작별을 고하고 롄수의 집을 나섰을 때는 둥근 달이 이미
하늘 한가운데 떠 있었다. 너무나 조용한 밤이었다.

4

산양의 교육사업 상황은 그다지 좋지 못했다. 부임한 지 두
달이 되도록 월급을 한 푼도 받아 보지 못해 담배마저 줄이지
않을 수 없었다. 그러나 학교에 있는 사람들은 한 달 월급이
15~16원(元)에 불과한 하급 직원들까지도 자신의 운명에 만족
하지 않는 사람은 하나도 없었다. 점점 뜨거워지는 성공의 구리
막대나 철근에 의지하여 얼굴은 누렇고 몸은 비쩍 마른 사람들
이 이른 아침부터 늦은 밤까지 열심히 일하고 있었다. 그러다가
가끔씩 지위나 명망이 비교적 높은 인물이 나타나면 공손하게
자리에서 일어나곤 했다. 정말로 모두가 '의식(衣食)이 족해야
예절을 안다'라는 말이 필요치 않은 백성들이었다. 이런 정경을
볼 때마다 나는 웬일인지 롄수가 나와 헤어질 때 당부했던 말이
생각나곤 했다.

당시 그의 생활은 더욱더 말이 아니었다. 궁색한 티가 늘 곁으로 드러났고, 예전의 침착성도 찾아볼 수 없었다. 내가 곧 떠난다는 것을 알았는지 그가 한밤중에 나를 찾아왔다. 한참 망설이던 그는 더듬거리면서 간신히 입을 열었다.

"그쪽엔 무슨 방법이 있지 않을까 모르겠네요. ……글을 베껴 쓰는 일도 괜찮아요. 한 달에 20~30원이면 돼요. 저는……."

의아한 생각이 들었다. 그가 이렇게까지 타협적으로 나오리라고는 생각지 못했던 터라 한동안 말을 받지 못했다.

"저는…… 저는 아직 좀 더 살아야 하거든요."

"거기 가서 사정을 좀 살펴봅시다. 무슨 일이 있어도 반드시 일이 잘되도록 힘써 봐야겠네요."

이것이 그날 내가 그에게 책임지고 대답한 말이었다. 이 말은 그 뒤에도 항상 내 귀에 들려왔다. 동시에 롄수의 모습도 눈앞에 떠올랐다. 또한 더듬거리면서 "저는 아직 좀 더 살아야 하거든요."라고 말하던 것도 생각났다. 그때마다 나는 여러 가지 방법으로 여기저기 그를 추천해 보았다. 하지만 무슨 효과가 있겠는가. 일자리는 적고 사람은 많으니 결국 남들로부터 몇 마디 미안하다는 말을 듣는 것이 고작이었다. 나는 곧 그에게 미안하다는 말 몇 마디를 적어 보냈다. 한 학기가 거의 다 끝나 갈 무렵이 되자 상황이 한층 더 나빠지기 시작했다. 뜻밖에도 그 지방의 몇몇 신사(紳士)⁶들이 발행하는 〈학리주보(學理週報)〉에서 나를 공격하기 시작한 것이다. 물론 이름을 구체적으로 거명하지

---

6) 지방의 유력 인사.

는 않았지만 말투가 매우 교묘하여 한번 읽어 보면 누구든지 내가 학교 안에서의 소요를 뒤에서 도발하고 있다고 느낄 수 있게 했고, 렌수를 추천한 일도 그를 같은 부류로 끌어들이려는 것으로 치부했다.

나는 아무런 행동도 취하지 않고 가만히 있는 수밖에 없었다. 수업 외에는 일체 문을 닫아걸고 몸을 숨겨 버렸다. 심지어 담배 연기가 창틈으로 새어 나가는 것조차 학교 안의 소요를 조종하는 것으로 의심받지나 않을까 걱정되었다. 당연히 렌수의 일은 말조차 꺼낼 수 없었다. 이런 상황은 한겨울이 될 때까지 지속되었다.

하루 종일 눈이 내렸다. 밤이 되어서도 그치지 않았다. 밖은 모든 것이 극도로 조용했다. 정적의 소리마저 들릴 것 같았다. 작은 등잔불 속에 눈을 감고 꼼짝하지 않고 앉아 있으려니 눈 앞에 끝없이 넓은 언덕 위에 눈꽃이 날아 떨어져 쌓이는 광경이 펼쳐지는 것만 같았다. 지금쯤 고향에서도 사람들은 새해를 맞을 준비로 한창 바쁠 것이었다. 어느덧 나는 어린아이가 되어 뒤뜰 평평한 곳에서 친구들과 함께 눈사람을 만들고 있었다. 눈사람의 눈은 두 개의 조그만 숯 조각을 끼워 만들었다. 색깔이 유난히도 까맣다. 순간 눈사람의 눈은 갑자기 렌수의 눈으로 변했다.

"저는 아직 좀 더 살아야 하거든요."

여전히 이 한 마디였다.

"왜죠?"

나는 아무 생각 없이 이렇게 묻고는 자신이 생각하기에도 좀 우습다는 느낌이 들었다.

이 우스운 문제가 나를 일깨워 주었다. 나는 몸을 똑바로 고쳐 앉아 담배에 불을 붙였다. 창문을 열고 밖을 내다보니 눈은 더욱 거세게 쏟아지고 있었다. 그때 누군가 문을 두드리는 소리가 들리고 한 사람이 들어왔다. 귀에 익은 하숙집 심부름꾼의 발걸음 소리였다. 그는 내 방문을 밀어 열고 내게 길이가 여섯 치나 되는 기다란 편지봉투 하나를 건네주었다. 몹시 거친 필적으로 '위감(魏緘)'이라는 두 글자가 눈에 띄었다. 롄수가 보낸 것이었다.

이는 내가 S성을 떠나온 뒤로 그에게서 받은 첫 번째 편지였다. 그가 게으르다는 것을 잘 알고 있었던 나는 그에게서 소식이 없는 것을 별로 이상하게 여기지 않았다. 그래도 아무 소식이 없는 그를 원망한 적도 없지는 않았다. 하지만 막상 편지를 받고 보니 어찌 된 일인지 또다시 이상하다는 생각이 들어 황급히 편지를 뜯어 보았다. 안에도 똑같이 거친 글씨로 이런 말이 쓰여 있었다.

션페이(申飛) 선생……

직함을 뭐라고 해야 좋을지 몰라서 그냥 비워 둡니다. 본인이 원하는 대로 알아서 써 넣어 주세요. 저는 아무래도 좋으니까요.

헤어진 뒤로 세 번이나 편지를 받았지만 답장을 하지 못했습니다. 이유는 아주 간단해요. 내게 우표를 살 돈조차 없었던 것이지요.

선생이 내 소식을 알고 싶어 하는 것 같으니 이제 사실대로 얘기해 드리지요. 저는 실패한 사람입니다. 전에는 스스로 실패자로 자처했지만 지금 와서 생각해 보니 그때는 절대로 실패자가 아니었어요. 지금이야말로 정말 실패자가 된 것이지요. 전에는 그래도 제가 얼마간 더 살아 주기를 바라는 사람들이 있었고, 저 자신도 좀 더 살아 보려 했지만 살아갈 수가 없었어요. 이제는 정말로 살아가야 할 필요가 없게 되었는데도 더 살아 보려고 합니다. …….

하지만 제가 더 살아갈 수 있을까요?

제가 좀 더 살기를 바라던 사람 본인이 더 살지 못하더군요. 그 사람은 이미 적들의 꼬임에 넘어가 살해당하고 말았습니다. 누가 죽었느냐고요? 그건 아무도 모릅니다.

인생의 변화는 얼마나 빠른지 모르겠어요! 지난 반년 동안 저는 거의 거지나 다름없었어요. 실제로 이미 구걸을 하고 있는 셈이지요. 하지만 제게는 아직 할 일이 있어요. 저는 이걸 위해 구걸을 하고, 이걸 위해 굶주렸으며, 이걸 위해 추위에 떨었고, 이걸 위해 쓸쓸해했고, 이걸 위해 쓰라린 고통도 기꺼이 감수했던 겁니다. 단지 멸망하는 것만은 원하지 않았어요. 보세요, 제가 좀 더 살아 있기를 바라는 사람이 있었고, 그 힘이 이렇게도 컸던 것입니다. 하지만 지금은 그런 사람이 없어요. 단 한 사람도 없지요. 뿐만 아니라 저 자신도 살아갈 자격이 없다고 생각하고 있어요. 다른 사람은 어떠냐고요? 역시 어울리지 않아요. 동시에 제가 더 살아가기를 원치 않는 사람들을 위해서라도 고집스럽게 살아가야겠다는 생각도 듭니다. 다행히 제가 살아가기를 바랐던 사람은 이미 없어졌어요. 이제 저로 인해 마음 아파할 사람은 아무도 없어요. 저는 이런 사람들의 마음을 아프게 하는 것은 제가 원하는 일이 아닙니다. 하지만 지금은 없어요. 그 한 사람마저 없어졌어요. 저는 이제 아주 유쾌하고 마음이 편합니다. 저는 자신이 이전에 증오했던 것, 반대했던 것들을 전부 몸소 실행했고, 이전에 존경하고 주장했던 모든 것들을 거부했어요. 저는 이제 완전히 실패한 것입니다. 하지만 저는 또 승리했어요.

선생은 혹시 제가 미쳤다고 생각하시나요? 선생은 제가 영웅이나 위인이 되었다고 생각하시나요? 아니요, 그렇지 않습니다. 이 일은 아주 간단해요. 요즘 저는 두(杜) 사단장의 고문으로 일하면서 매달 월급으로 은화 80원을 받고 있어요.

션페이 선생……

선생이 저를 어떤 인간으로 생각하든 그건 선생 자유입니다. 저는 아무래도 상관없어요.

아마 선생은 저의 옛집 객청을 기억하실 겁니다. 우리가 성내에서 처음 만났을 때와 헤어졌을 때의 그 객청 말입니다. 저는 지금도 그 객청을 사용하고 있지요. 이곳에는 새로운 손님들과 새로운 선물, 새로운 차, 새로운 정치 운동, 새로운 절과 인사, 새로운 마작판과 노름, 새로운 냉대와 구역질, 새로운 불면과 각혈이 이어지고 있습니다. …….

선생은 지난번 편지에 교원 생활도 여의치 않다고 하셨지요. 혹시 고문을 해 보실 생각이 있으신가요? 선생이 원하신다면 제가 자리를 주선해 드리겠습니다. 사실 문지기 노릇도 괜찮지요. 똑같이 새로운 손님, 새로운 선물, 새로운 칭송이 있으니까요. …….

여기는 큰 눈이 내렸습니다. 선생이 계신 그곳은 어떤가요? 지금 이곳은 한밤중인데 두어 번 각혈을 했더니 정신이 말똥말똥해졌습니다. 선생이 가을부터 세 번이나 편지를 보내 준 것은 잘 기억하고 있습니다. 어쨌든 이건 정말 놀랄 만한 일이에요. 그래서 선생께 약간의 소식을 전하고 싶었습니다. 혹시 너무 놀라신 건 아니겠지요?

아마 앞으로 다시는 편지를 쓰지 못할 것 같습니다. 저의 이런 습관은 선생도 이미 잘 알고 계실 것이라 생각합니다. 언제 돌아오실 건가요? 빨리 오신다면 만날 수도 있을 겁니다. 하지만 제 생각에는 우리가 결국 서로 같은 길을 걷지는 않을 것 같군요. 그렇다면 제발 저를 잊어 주세요. 저는 선생이 이전에 늘 저의 생계를 걱정해 준 것에 대해 진심으로 감사하고 있습니다. 하지만 이젠 저를 잊어 주세요. 저는 지금 이미 '잘 지내고' 있습니다.

12월 14일

렌수 올림

이 편지는 나를 '크게 놀라게' 하지는 않았지만 대충 훑어보고 나서 얼마 후 다시 한 번 자세히 읽어 보니 왠지 마음이 불편했다. 하지만 동시에 약간의 즐거움과 기쁨도 섞여 있었다. 또 생각해 보면 그의 생계도 나름대로 안정이 되었기 때문에 나로서도 마음의 짐을 던 셈이었다. 나 자신의 문제는 시종 별로 뾰족한 방법이 없었다. 문득 그에게 답장을 쓸까 하는 생각이 들기도 했지만 별로 할 말도 없는 것 같았다. 이리하여 답장을 쓰고자 하는 생각은 금세 사라져 버렸다.

확실히 나는 점점 그를 잊어 가고 있었다. 그의 모습도 이전처럼 나의 기억에 자주 떠오르지 않았다. 하지만 편지를 받아 본 지 열흘도 채 되지 않아 S성의 학리칠일보사(學理七日報社)에서 갑자기 연달아 그들이 발행한 〈학리칠일보〉를 보내왔다. 나는 이런 것들을 잘 읽지 않는 편이었지만 이미 보내온 것이라 손이 가는 대로 대충 뒤적거려 보았다. 그런데 이 신문이 나로 하여금 또다시 롄수를 생각하게 했다. 신문에는 항상 롄수에 관한 시문(詩文)이 들어 있었기 때문이다. 예컨대 '눈 오는 밤에 롄수 선생을 배알하다'나 '롄수 고문의 아름답고 높은 글 모음' 같은 글이었다. 한번은 '학리한담(學理閑談)'란에 이전에 그가 남의 웃음거리가 되었던 일들이 아주 재미있게 서술되어 있었다. 그리고 이를 '일화(逸話)'라고 칭했다. 암암리에 '비범한 사람은 반드시 비범한 일을 하는 법'[7]이라는 의미를 내포하고 있었다.

왠지는 모르겠으나 이것 때문에 그가 생각나긴 했지만 그의 모습은 점점 더 희미해져만 갔다. 하지만 또 한편으로는 그와의 관계가 갈수록 밀접해지는 것 같아 때로는 나로서도 뭐라고 말할 수 없는 야릇한 불안과 아주 미약한 두려움을 느끼게 되었다. 다행히 가을로 접어들면서 〈학리칠일보〉는 더 이상 우송되

----

7) 《사기》의 〈사마상여(司馬相如) 열전〉에 나오는 문구.

어 오지 않았다. 그러나 산양의 〈학리주간〉에서 또다시 '소문은 곧 사실이다'라는 제목의 장편 논문을 게재하기 시작했다. 이 논문에서는 모군(某君)들에 관한 소문이 이미 공정한 지식인들 사이에 활발히 전해지고 있다고까지 말하고 있었다. 이는 특정한 몇 사람을 가리키는 말로, 나도 그 가운데 하나였다. 나는 극도로 조심하는 수밖에 없었고, 이전처럼 담배 연기가 새어 나가는 것조차 주의해야만 했다. 조심한다는 것은 일종의 피곤한 고통이었다. 그 일 때문에 모든 일을 그만두어야 했기 때문에 자연히 렌수를 생각할 틈이 없었다. 요컨대 사실 나는 그를 이미 잊어버리고 있었던 것이다.

　하지만 나의 임시변통 방법도 끝내 여름방학까지 계속되지 못하고 5월 말에는 산양을 떠나야 했다.

5

　산양에서 리청(歷城)으로, 다시 또 타이구(太谷)로 도합 반년을 전전했지만 결국 어떤 일자리도 구할 수 없었다. 그리하여 나는 다시 S성으로 돌아가기로 마음먹었다. S성에 도착한 것은 이른 봄날 오후였다. 금방이라도 비가 쏟아질 듯한 날씨였다. 모든 것이 잿빛에 싸여 있었다. 전에 살던 집에 아직 빈 방이 있어서 예전처럼 그곳에 묵기로 했다. 오는 길 내내 렌수를 생각했던 나는 도착하자마자 곧장 저녁 식사를 마치고 그를 찾아가기로 마음먹었다. 나는 원시(聞喜) 지역의 특산물인 찐 떡 두 봉지를 손에 들고 여러 군데 비에 젖어 질척거리는 길을 지나고, 길을 막고 드러누운 수많은 개들을 피해 가면서 겨우 롄수의 집 대문 앞에 도착했다. 집 안은 유난히 환한 것 같았다. 고문이 되면 집 안까지도 유달리 밝아지는 것인가 하는 생각에 나도 모르게 쓴웃음이 나왔다. 그러나 고개를 들고 살펴보니 대문 옆에 흰 종이 한 장이 네모꼴로 비스듬히 붙어 있는 것이 눈에 들어왔다.[8] 나는 다량의 할머니가 돌아가신 것이겠거니 하면서 곧장 대문을 통해 안으로 들어갔다.

희미한 불빛이 안마당을 비추는 가운데 관이 하나 놓여 있었다. 그 옆에는 병사인지 마부인지 잘 구분이 안 되는 사람 하나가 군복 차림으로 다른 사람과 얘기를 하고 있었다. 자세히 보니 다량의 할머니였다. 그 외에 짧은 옷을 입은 인부 몇 명이 한가하게 서 있었다. 나는 갑자기 가슴이 두근거리기 시작했다. 그녀가 고개를 돌려 나를 빤히 쳐다보면서 말했다.

"에구, 돌아오셨군요. 며칠만 더 일찍 오시지 않고……."

사실 나는 사태를 대충 짐작하고 있었지만 그래도 한번 물어보기로 했다.

"누가…… 누가 돌아가셨습니까?"

"웨이 대인이십니다. 엊그제 돌아가셨지요."

나는 주위를 둘러보았다. 객청 안은 몹시 어두침침했다. 아마도 등잔불이 하나만 켜져 있는 것 같았다. 큰방 안에는 하얀 장

---

8) 중국에서는 누군가 죽으면 그 집 대문에 망자의 이름과 성별, 나이 등을 적은 종이를 내다 붙이는 전통 관습이 있었다.

레 휘장이 드리워져 있고, 방 밖에는 아이 두서넛이 모여 있었다. 다량과 얼량 등이었다.

"저쪽에 계십니다."

다량의 할머니가 다가와서 손으로 한쪽을 가리키며 말했다.

"웨이 대인이 출세하신 뒤로는 큰방을 그분께 빌려 드렸지요. 그래서 하는 수 없이 지금 저곳에 계시게 된 겁니다."

휘장 위에는 다른 건 아무것도 없고 단지 그 앞에 커다란 탁자와 네모난 탁자가 하나씩 놓여 있었다. 네모난 탁자 위에는 밥과 반찬을 담은 그릇이 열 개쯤 놓여 있었다. 내가 방 안으로 들어서자 갑자기 흰 상복을 입은 장정 둘이 나타나 앞을 가로막았다. 그들은 죽은 생선 같은 눈을 치켜뜨고 당혹스런 표정을 지으며 내 얼굴을 뚫어지게 처다보는 것이었다. 당황한 나는 나와 렌수의 관계를 설명했다. 다량 할머니도 옆으로 다가와 내 말에 틀림이 없다고 거들어 주고서야 그들은 점차 손과 눈빛을 풀면서 내가 앞으로 나아가 배례를 올릴 수 있도록 허락해 주었다.

내가 머리를 숙여 절을 하자 갑자기 발치에서 누군가 엉엉 소리 내어 울기 시작했다. 마음을 가다듬고 살펴보니 열 살쯤 되어 보이는 어린아이 하나가 멍석 위에 엎드려 있었다. 역시 흰 상복 차림이었다. 아이의 빡빡 깎은 머리 위에는 삼줄이 한 묶음 감겨 있었다.

그들과 인사를 나누고 나서야 그중 한 사람이 그나마 렌수와 가장 가깝다고 할 수 있는 그의 종형이고, 또 한 사람은 촌수가 먼 조카라는 사실을 알게 되었다.

내가 고인의 얼굴을 한 번 볼 수 있었으면 좋겠다고 하자 그들은 그럴 수는 없다며 내 부탁을 단호하게 거절했다. 하지만 결국에는 내 부탁을 받아들여 휘장을 걷어 주었다.

이번에는 죽은 렌수를 만나게 되었다. 이상하게도 그는 구겨진 저고리에 바지 차림이었고 옷 앞자락에는 아직 핏자국이 남아 있었다. 얼굴은 너무 야위어 차마 쳐다볼 수 없을 정도였지만 전체적으로 예전 모습 그대로였다. 편안하게 입을 다물고 눈을 감은 모습이 마치 잠을 자고 있는 것 같았다. 나는 하마터면 그의 코앞에 손을 뻗어 아직 숨을 쉬고 있는지 확인할 뻔했다.

모든 것이 죽음처럼 고요했다. 죽은 사람이나 살아 있는 사람이나 모두 마찬가지였다. 내가 물러 나오자 그의 종형이 내게 또다시 인사를 건넸다.

"동생은 나이도 젊고 역량도 한창이어서 전도가 창창했는데 뜻하지 않게 세상을 떠나고 말았습니다. 이는 우리 가문이 쇠하는 불행일 뿐만 아니라 친구 되시는 분께도 큰 심려를 끼쳐 드리는 일이지요."

이 말에는 렌수를 대신해서 사과의 뜻을 전한다는 의미였다. 산골에서는 이런 말을 하는 사람이 무척 드물었다. 하지만 그 뒤로는 입을 다물었다. 모든 것이 죽음 같은 정적에 휩싸였다. 죽은 사람도 산 사람도 마찬가지였다.

나는 몹시 무료했다. 그 어떤 슬픔도 느끼지 못했다. 그래서 마당으로 내려와 다량 할머니와 잡담을 주고받기 시작했다. 입관할 시각이 다가온 것을 알고 그녀는 수의가 도착하기를 기다렸다가 관에 못을 칠 때에는 쥐띠, 말띠, 토끼띠, 닭띠에 해당하는 사람들은 반드시 자리를 피해야 한다느니 하면서 신이 나서 샘물 솟듯이 지껄여 대더니 그의 병세와 생전의 형편에 관해 말할 때는 약간 비난하는 듯한 말투를 드러내기도 했다.

"잘 아시겠지만 웨이 대인은 운이 트인 뒤로 예전과 전혀 다른 사람이 되었어요. 고개를 항상 똑바로 쳐들고 다녔고 기백이 넘쳤지요. 남을 대할 때도 예전처럼 그렇게 어물어물하지 않았어요. 아시죠? 예전에는 마치 벙어리처럼 저를 보면 '노마님'이라고 불렀잖아요? 그런데 나중에는 '할멈'이라고 불렀어요. 에구, 정말 재미있더군요. 어떤 사람이 약초인 셴지수(仙居術)⁹를 보내왔는데 자신은 먹지 않고 안마당에 내던지면서 '할멈이나 가져다 먹게.' 하는 거예요. 바로 이 자리에서요. 그분이 운이 트인 뒤로 사람들의 내왕이 잦아지면서 큰방까지 비워 드리고 저는 이 옆방으로 옮겨왔지요. 그분은 출세를 하고 난 뒤로 남들과 정말 달랐어요. 우리에게 노상 농담을 하곤 했지요. 한 달만 빨리 오셨어도 여기가 아주 시끌벅적했던 것을 보실 수 있었을 거예요. 사흘 중 이틀은 잔치가 벌어졌거든요. 모두들 신나게 웃고 떠들면서 노래할 사람은 노래하고, 시를 쓸 사람은 시를 쓰고, 마작을 할 사람은 마작을 했지요. …….

그분은 이전에는 아이들이 아버지를 무서워하는 것보다 더 아이들을 무서워했어요. 아이들에게 항상 목소리를 낮추고 부드럽게 대했지요. 최근에는 아주 딴판으로 말도 잘하고 잘 떠

____
9) 저장 성 셴지 현에서 나는 약초인 백술(白術)을 말한다.

들어서 우리 아이들도 좋아했어요. 틈만 나면 그분의 방에 가서 놀았어요. 그분도 여러 가지 방법으로 아이들을 놀리곤 했지요. 아이들이 무얼 사 달라고 하면 개 짖는 흉내를 내라고 한다든지, 머리를 방바닥에 부딪쳐서 소리가 나도록 절을 시키든지 했지요. 헤헤, 정말 시끌벅적했답니다. 두어 달 전에 얼량이란 놈이 신발을 사 달라고 졸랐을 때에는 세 번이나 방바닥에 머리를 부딪치도록 절을 시켰어요. 저기요, 그 신발은 아직도 신고 있지요. 해지지도 않았어요."

흰 상복을 입은 사람이 하나 나오자 그녀는 얼른 입을 다물어 버렸다. 내가 렌수의 병에 대해 물어보았지만 그녀는 자세히 알지 못했다. 단지 일찍부터 쇠약해져 있었겠지만 언제나 유쾌해 보였기 때문에 아무도 알아채지 못했다는 것이다. 그러다가 한 달쯤 전에야 그가 몇 번 각혈을 했다는 말을 들었으나 의사에게는 보이지 않은 것 같더라고 말했다. 그 후로 자리보전을 하게 되었고, 세상을 떠나기 사흘 전부터는 목이 꽉 잠겨 한마디 말도 못했다는 것이다. 스싼(十三) 대인이란 사람이 멀리 한스산에서 찾아와 그에게 저금을 해 놓은 것이 있느냐고 물었지만 그는 한마디도 하지 않았다고 했다. 스싼 대인은 그가 일부러 그러는 것이 아닌가 의심했지만 폐병으로 죽은 사람들 중에는 말을 하지 못하는 사람도 더러 있다 하니 누가 알겠는가.

"하지만 웨이 대인의 성질은 너무 이상해졌어요."

그녀가 갑자기 소리를 낮춰 다시 입을 열었다.

"돈을 물 쓰듯이 하면서 저축은 조금도 하려고 하지 않았지요. 그래서 스싼 어른은 우리가 무슨 이득을 보았던 건 아닌가 하고 의심했던 것이지요. 이득은 무슨 얼어 죽을 이득이 있었겠어요! 그분은 닥치는 대로 흥청망청 돈을 썼어요. 예컨대 물건을 사는 데도 오늘 산 것을 그 다음날에 도로 팔아 버리거나 부숴 버리거나 해서 정말 어찌 된 영문인지 알 수가 없었어요. 돌아가시고 나니까 전부 못 쓸 것들이고 쓸 만한 건 아무것도 없었어요. 그렇지만 않았어도 오늘처럼 이렇게 쓸쓸하진 않았을 텐데 말이에요. …….

그분은 일도 제대로 하려 들지 않고 모든 게 제멋대로였어요. 제가 지난 일을 생각해서 그분에게 충고를 했지요. '나이가 그쯤 되셨으니 이제 가정을 꾸리셔야 합니다. 지금 형편으로는 부인을 맞기도 쉬울 거예요. 어울리는 집안이 없다면 먼저 소실을 몇 두어도 좋고요. 어쨌든 사람은 세상 격식에 맞춰서 살아야 하지요.' 그러나 그분은 제 얘기를 듣자마자 '할멈, 할멈은 언제까지 그렇게 남의 일에 신경을 쓸 거요?' 하고 되묻더라고요. 보세요, 그분은 최근에 마음이 들떠 있었는지 실질적이지 못했고, 남의 좋은 말도 좋게 받아들이지 않았어요. 조금만 일찍 내 말을 들었더라면 지금쯤 외롭게 황천길을 떠돌진 않았을 거예요. 적어도 가족 몇 사람의 곡소리라도 들을 수 있었을 텐데 말이에요."

점원 하나가 옷을 짊어지고 왔다. 세 사람의 유족들이 속옷을 꺼내 휘장 뒤로 가지고 들어가더니 잠시 후에 휘장이 걷혔다. 속옷은 이미 갈아입혔고, 이어 겉옷을 입히고 있었다. 나로서는 뜻밖의 광경이었다. 굵고 빨간 줄이 처져 있는 누런색 군복 바지를 입히고, 다음에 금빛이 번쩍이는 견장이 달려 있는 군복 상의를 입혔다. 무슨 계급인지, 또 어디서 받은 계급인지는 알 수가 없었다. 입관을 하자 렌수의 몸은 몹시 어울리지 않는 모습이었다. 발치에는 노란 가죽신이 한 켤레 놓이고, 허리께에는 종이로 만든 지휘도가 놓였다. 장작개비처럼 뼈만 남아 거무죽죽한 얼굴 옆에는 금테를 두른 군모가 놓였다.

세 사람의 유족은 관 가장자리를 붙들고 한바탕 곡을 하더니 이내 울음을 그치고 눈물을 닦았다. 머리에 삼줄을 동여맨 아이가 밖으로 나가고, 산량도 그 자리를 피해 나갔다. 아마 둘 다 쥐띠, 말띠, 토끼띠, 닭띠 가운데 하나에 해당하는 모양이었다.

인부가 관 뚜껑을 둘러메고 왔다. 나는 가까이 다가가 영원히 이별하는 렌수의 모습을 마지막으로 들여다보았다.

그는 어색한 의관 속에서 눈을 감고 입은 꼭 다문 채 편안히 누워 있었다. 입가에는 차가운 미소를 머금고 있는 듯, 이 가소로운 시신을 냉소하고 있는 것 같았다.

관에 못을 박는 소리가 들리자 동시에 갑자기 울음소리가 일어났다. 이 울음소리를 끝까지 들을 수가 없었던 나는 마당으로 물러나는 수밖에 없었다. 발길 닿는 대로 걷다 보니 나도 모르는 사이에 문밖까지 나와 있었다. 질척질척한 길이 뚜렷하게 눈에 들어왔다. 고개를 들어 하늘을 쳐다보니 짙은 구름은 이미 흩어지고 둥근 달이 차가운 빛을 뿌리며 걸려 있었다.

나는 걸음에 속도를 냈다. 마치 무겁게 억눌린 물건 속에서 뛰쳐나오려는 것 같았다. 하지만 그것은 불가능했다. 귓속에서 무 엇인가가 몸부림치다가 아주 긴 시간이 흐른 뒤에야 마침내 몸 부림치면서 뛰쳐나왔다. 긴 울부짖음 같은 희미한 소리였다. 상 처를 입은 이리 한 마리가 깊은 밤중 황량한 들판에서 울부짖는 것 같았다. 그 속에는 참담함과 한탄, 번민, 노여움, 그리고 슬픔 이 뒤섞여 있었다.

　나는 마음이 한결 가벼워졌다. 평온한 마음으로 달빛 아래 촉 촉이 젖은 돌길을 걸었다. (1925년 10월 17일)

생명 있는 모든 것이 언젠가는 맞닥뜨려야 할
죽음에 관한 다양한 시선, 깊은 사유, 다채로운 의미

1

　살아가면서 결코 피할 수 없는 것 두 가지로 세금과 죽음을 꼽는다. 어디에든 존재하는 세금을 겨냥한 이 '명언'은 나름의 진리를 담아낸다. 그리고 죽음의 불가피성이 그것이다. 사실 죽음은 비단 사람뿐 아니라 살아 있는 모든 생물은 언젠가는 맞닥뜨려야 할 매듭이다. 동식물만이 아니다. 우리는 자연이며 도시 등 무생물과, 제도며 유행 등 보이지 않는 현상에서까지도 죽음으로 상징되는 유한함을 본다. 이처럼 세상을 보는 우리의 시각을 틀 지을 정도로, 죽음은 우리의 의식에 깊이 침투해 있다.

　그 결산이라 할 것이 종교다. 다양한 종교가 신의 존재와 교리의 우월성을 두고 이러니저러니 온갖 이야기를 꺼내도 결국은 죽음을 둘러싼 변주에서 크게 벗어나지 않는다. 죽음을 어떻게 맞을 것인가, 그리하여 사후에 어떤 삶을 살 것인지에 대해 저마다 비전을 제시하고 그에 걸맞은 윤리 체계를 갖춘 것이 종교라 해도 무리가 없다. 공자가 설파한 유교가, 비록 때때로 교(敎)란 명칭으로도 불리긴 하지만 제대로 된 종교라 하기 힘든 이유가 그런 '결격 사항' 탓이다. 죽음에 관해, 그리고 사후 세계에 관해 명확하고도 체계적인 그림을 제시하지 않았기에 유교라

기보다 유가라 불리는 경우가 많은 것이다.

이러니 사람의 삶을 담아내는 예술, 특히 문학에서 죽음의 비중이 큰 것은 당연해 보인다. 사랑과 더불어 죽음이 문학의 가장 흔한 단골 소재 혹은 주제라 해도 지나치지 않다. 헤아릴 수 없이 많은 작가들이 등장인물들이 죽음에 이르게 되는 사연, 죽음이 갖는 의미, 뒤에 남은 사람들의 감정 등을 관찰하고, 고민하고, 곱씹어 작품으로 형상화했다. 죽음에 관한 문학적 시선은 다양하고, 사유는 깊으며, 의미는 다채로운 까닭이다.

죽음을 다룬 작품 모음이 '테마 명작관'에 이제야 등장하는 것이 오히려 늦은 감이 들 정도다.

2

책에 실린 작가 7명의 작품 8편이 모두 보석이라 하겠지만 그 중 빛나는 것은 만나기 힘든 작품이 되겠다. 그런 의미에서 국내 초역인 이반 투르게네프의 〈클라라 밀리치〉와 기 드 모파상의 〈어린 라 로크〉가 문학 애호가들에게 반가운 선물이 될 것으로 보인다.

사실 투르게네프는 톨스토이, 도스토옙스키 등 19세기에 활약했던 러시아 고전작가들 중 특이한 색깔을 지녔다. 베를린대학에 유학하고, 생애 대부분을 외국에서 보내는 등 서구적 색채가 가장 짙었다. 물론 농노 문제 등 당대 러시아 사회상을 맑고 아름다운 문체로 정확하게 그려 내 사실주의 작가라는 평을 든

는다. 이와 함께 우리에게 친숙한 투르게네프의 대표작 〈첫사랑〉, 〈아버지와 아들〉에서 서구의 자유주의 사상과 휴머니즘에 기울어져 있음을 느낄 수 있다. 한데 〈클라라 밀리치〉는 말년의 작품이어선지 그의 이전 작품과는 달리 낭만주의 작품에서 종종 보이는 환상적 분위기를 풍긴다. (이 작품은 그가 세상을 떠난 1883년 발표되었다.)

〈클라라 밀리치〉는 사랑과 예술의 지고한 의미를 유령이란 장치를 동원해 환상적으로 그려 낸 중편소설. 은둔 생활을 하다시피 하는 젊은 귀족 야코프 아라토프는 친구인 쿠퍼의 권유에 못 이겨 귀족 부인의 낭송회에 갔다가 여배우 클라라 밀리치와 운명적으로 만난다. 아라토프의 마음을 얻지 못한 클라라는 지방으로 떠난 후 무대 위에서 자살하고 만다. 뒤늦게 그녀의 소식을 들은 아라토프는 죽음의 원인을 찾아 그녀의 고향을 찾는다.

"예술은 그녀를 만족시키지 못했고, 삶의 공허를 채워 주지 못한 거야."라고 믿는 아라토프는 언니를 통해 "진짜 원하는 사람을 만났으나 가질 수 없다면 자살할 거야."라고 다짐하던 클라라의 어린 시절과 대면한다. 이후 집에 돌아온 그가 그녀의 영혼에 시달리는 이야기 후반은 신비주의로 접어드는데…….

"내가 원하는 대로 살 수 없다면 살 필요가 없어."라고 되뇌었던 클라라의 말이 오늘 우리 독자들에게 어떤 울림을 가질지 자못 궁금하다.

투르게네프는 중단편집 《사냥꾼의 수기》로 문학적 명성을 얻은 데서 알 수 있듯이, 톨스토이 등 동시대 러시아 문호들과 달리 단편에서 특히 뛰어난 솜씨를 보였는데 〈클라라 밀리치〉에서도 치밀한 구성과 균형이란 그의 장기가 여실히 드러난다.

공교롭게도 나란히 국내 초역 작품이 소개된 모파상은 생전의 투르게네프가 친교를 맺은 프랑스 작가 중 한 명. 문학적 스승 플로베르와 더불어 한 사물을 제대로 가리키는 말은 오직 하나뿐이라는 '일물일어설(一物一語說)'에 충실했던 모파상은 자연주의 작가로 일컬어진다. 장편소설 〈여자의 일생〉으로 톨스토이에게 호평을 받기도 했지만 그의 문학적 명성은 단편소설로 얻어졌다. 러시아의 안톤 체호프와 더불어 세계적 단편 작가로 꼽히는데, 데뷔작인 〈비곗덩어리〉나 대표작 〈목걸이〉에서 처럼 허를 찌르는 반전의 묘로 단편의 참맛을 보여 준다는 평을 얻었다.

〈어린 라 로크〉는 모파상의 그런 솜씨가 여지없이 발휘된 작품이다. 프랑스 남부 카르블랭 마을 강가에서 우편집배원 메데릭이 벌거벗겨진 채 살해당한 어린 소녀의 시체를 발견하는 충격적 장면으로 시작한다.

"강물의 흐름을 방해하는 거대한 암석들 주위에는 거품들로 매듭을 마무리한 넥타이 모양으로 물이 똬리를 틀고 있었다." 이처럼 꼼꼼하면서도 서정적인 묘사가 대가의 아우라를 느끼게 하는 이 작품은 실은 인간의 탐욕과, 실수와 우연이 빚어내는 아이러니를 그려 냈다.

외딴 마을, 부랑자가 범행을 저지른 듯하지만 죽은 소녀의 어머니가 비통해하는 모습에 나막신을 집 현관 앞에 가져다 놓은 것을 보면 마을 사람의 소행으로도 보인다. 하지만 수사가 장기화하면서 의외의 인물이 범인으로 드러나고 소녀의 환영에 시달리던 그가 마침내 자수한 뒤 자살로 모양 좋게 생을 마감하려는데……. 추리소설 형식이기에 막판 반전에 대한 마음의 준비가 되어 있지만 작가는 다시 한 번 뒤집는다. 마지막 장면에서 뜻하지 않은 변수가 끼어들며 엉뚱하게 마무리되는 것이 "역시 모파상!"이란 탄성을 자아낸다. 어쩌면 우리네 삶에 있어서 자유의지의 몫이라는 것이 의외로 크지 않음을 보여 주려는 것이 작가의 의도가 아니었을까 싶을 정도로 우연과 우연이 만나 빚어지는 낯선 풍경을 보여 주는 작품이다.

3

카프카의 작품 〈사냥꾼 그라쿠스〉는 앞의 두 작품과 맥락을 같이 한다고 봐도 무방하다. 유령이나 환영이 등장하는 두 작품처럼 죽은 사람이 살아 있는 인물과 나누는 대화가 뼈대를 이루는 환상적 분위기를 띠기 때문이다.

십수 년 전 산양을 쫓다가 절벽에서 떨어져 숨진 사냥꾼 그라쿠스를 태운 배가 리바 시에 도착한다. 비둘기의 귀띔에 따라 죽어서도 살아 있는 그를 마중하러 간 시장에게 그라쿠스는 죽음의 배가 항로를 잘못 정하는 바람에 방향키를 잘못 틀었고, 결국 이승의 바다를 떠돌게 되었다고 알려 준다. 리바 시에 머물 것이냐는 시장의 물음에 대한 그라쿠스의 답에 작품의 주제가 담긴 것으로 읽힌다.

"아무도 저를 모르고, 설령 저를 아는 사람이 있다고 해도 제가 어디 있는지를 모를 테고, 게다가 제가 어디에 있는지를 안다고 해도 저를 붙잡아 둘 방법을 모를 테고, 그렇다면 저를 어떻게 도와야 할지도 모를 테니까요. 저는 이 사실을 똑똑히 알고 있기에 도와달라고 소리조차 지르지 않는 겁니다."

그는 이렇게 답하며 자기는 아무것도 작정하지 않는다고 말한다. "그저 죽음의 가장 깊은 곳에서 불어오는 바람을 타고 유유히 흘러갈 따름"이라는 그라쿠스는 현대인의 덧없는 삶과 맹목성을 상징하고 있는 듯하다.

체코 출신의 이 작가는 원래 인간 존재의 부조리성을 그려 내 실존주의 문학의 선구자로 꼽힌다. 하루아침에 벌레가 된 주인공을 둘러싼 상황을 그린 〈변신〉이나 절대적 관료주의를 빗댄 〈성〉 등 카프카 문학의 대표작들이 줄거리보다는 상징과 의미를 중시하는 덕분이다. 이번 〈사냥꾼 그라쿠스〉 역시 구성이나 이야기보다는 문장과 의미에 방점을 찍으며 읽을 작품이란 점에서 카프카의 문학 세계를 제대로 보여 준다.

수록 작품을 굳이 환상적 분위기와 사실적 분위기로 나눈다면 헤밍웨이의 〈킬리만자로의 눈〉 역시 환상적 작품으로 분류해도 무리는 없겠다. 제1차 세계대전에 자원해 참전하고 사냥과 투우를 좋아했던 행동파 작가의 작품을 환상적이라 하면 사실 무리이긴 하다. 짧고 건조한 문체로 사실적이고 생동감 넘치는 묘사를 즐겨 하드보일드의 개척자라고도 불리는 작가이니

더욱 그렇다.

하지만 이 작품은 삶의 이유를 비유적 기법으로 그려 내면서 환상적 분위기를 띤 장치를 이용했다. 아프리카에서 가장 높은 산 킬리만자로의 서쪽 봉우리 눈밭에 "무엇을 찾아 그 높은 곳까지 왔는지는 아무도 그 이유를 알지 못하는" 얼어 죽은 표범의 사체가 작품의 모티프다.

전쟁터와 이국을 떠돌며 소설로 풀어내고 싶은 이야기를 가득 모은 작가 해리가 주인공. 그는 새로 사귄 애인과 아프리카로 사냥 여행을 왔다가 죽음과 조우한다. 가시에 찔린 뒤 조치를 소홀히 하는 바람에 다리가 썩어 가는데 치료가 늦어지기 때문이다.

시시각각 다가오는 죽음 속에서 해리는 "너무 많이 사랑했고, 너무 많이 요구했으며, 그것을 다 닳아 없어지게 했다."는 사실을 깨닫는다. 노벨 문학상을 받은 작가의 대표 단편으로 널리 알려진 이 작품은 눈밭에 쓰러진 표범과 주인공 해리의 죽음을 병치시키며 무모할 정도로 도전적이었던 삶의 끝에서 발견한 야망과 회한, 고독을 반추하게 한다. 여러 모로 작가의 대표작 〈노인과 바다〉의 다른 버전이란 느낌으로 다가오는 수작이다.

4

나머지 수록 작품들은 사실적이다. 서술 방식도 그렇고, 줄거리를 좇아가며 읽을 수 있다는 점 또한 그렇다. 그중 으뜸을 꼽

자면 —문학작품에 순위를 매긴다는 것은 몰상식한 짓이긴 하지만— 개인적으로는 캐서린 맨스필드의 〈가든파티〉를 들겠다.

맨스필드는 모파상, 체호프와 함께 단편소설의 거장으로 꼽히는 영국의 여류 작가로 그의 작품이 이미 많이 소개되었다. 섬세한 심리 묘사가 일품인데 〈가든파티〉는 말투와 표정, 주변 스케치를 통해 내면 심리를 포착해 내는 맨스필드의 특장을 제대로 보여 주는 그의 대표작이다.

주인공 로라의 집에서 가든파티를 준비하는 명랑한 분위기가 작품 전반부를 장식한다. 샌드위치에 꽂을 깃발을 준비하느라 부산을 떨고, 꽃과 밴드를 마련하는 등 흥겹기만 하다. 길 건너 살던 젊은 짐꾼이 말에서 떨어져 사망했다는 소식도 흥청거리는 분위기에 전혀 영향을 미치지 않는다.

불상사를 당한 '이웃'에게 밴드 음악이 어떻게 들리겠냐며 파티를 중지하자는 로라의 제안에 자매인 조스가 "누군가 사고를 당할 때마다 밴드 연주를 중단시킨다면 제대로 된 삶을 살 수 없다."고 일러 주며 파티는 유유히 돌아간다.

후반부엔 파티를 마친 로라가 남은 샌드위치를 싸들고 가난하기 짝이 없는 이웃의 상가를 방문한다. 낯설고 불편한 분위기에서 죽은 젊은이를 앞에 두고 로라가 "내 모자를 용서해 줘요."라고 읊조리는 대목은 부귀빈천의 미묘한 차이를 대비시키는 빛나는 장면이다. 거기에 마중 나온 오빠를 만난 로라가 "인생은 참……." 하며 말을 더듬는 마무리는 긴 여운이 남는다. 로라가 무엇을 보고 어떤 점을 느꼈을지, 그리고 이후 로라의 삶은 어떻게 이어졌을지 상상의 나래를 이어 가게 하면서.

나머지 세 작품, 일본 작가 하라 다미키의 〈아름다운 죽음의 기슭으로〉, 〈여름 꽃〉과 중국 작가 루쉰의 〈고독한 사람〉은 죽음의 다양한 모습을 담아냈다. 모두 단편소설 특유의 구성의 묘를 발휘하기보다는 시간의 흐름을 좇아가는 평이한 방식인데 동양의 근대 사회상을 엿볼 수 있다.

지식인 웨이롄수와의 인연을 일인칭으로 회고하는 〈고독한 사람〉은 사회와의 불화로 좌절하는 지식인의 죽음을 다룬다. 교직에서 떨려난 롄수가 군벌의 고문으로 취업해 무절제하게 살다가 죽는다. 화자(話者)에게 보낸 편지에서 그는 "저는 이제 아주 유쾌하고 마음이 편합니다. 저는 자신이 이전에 증오했던 것, 반대했던 것들을 전부 몸소 실행했고, 이전에 존경하고 주장했던 모든 것들을 거부했어요. 저는 이제 완전히 실패한 것입니다. 하지만 저는 또 승리했어요."라고 털어놓는다. 그러면서 "사실 문지기 노릇도 괜찮지요. 똑같이 새로운 손님, 새로운 선물, 새로운 칭송이 있으니까요."라고 자조한다.

기실 죽음이란 반드시 육체적 사건만은 아니며 신념의 상실이란 정신적 죽음이 먼저 올 수도 있다는 것을 보여 주려는 것이 이 소설의 주제로 읽히는 대목이다.

그런 면에서 병든 아내를 보내는 남편의 심정이나 작가가 체험한 히로시마 피폭 현장을 그린 하라 다미키의 두 작품은 지극히 사적이다. 담담하지만 어딘가 섬뜩한 대목이 있는 사소설(私小說)로 죽음에 관해 개인적으로 곱씹어 보게 만든다.

5

　어느 염세적 철학자는 우리의 하루하루가 죽음을 향해 가는 도정(道程)이라 했다. 거의 모든 이가 평소엔 의식하지 못하지만 맞는 지적이다. 한데 늘 곁에 있는 죽음을 그렇게 의식적이든 무의식적이든 늘 잊고 사는 것이 바람직할까?

　몇몇 자기 계발 프로그램에서는 마지막에 자신에게 보내는 유서를 써 보게 한다고 들었다. 교육을 마치고 일정 기간이 흐른 뒤 받게 되는 '미리 쓴 유서'는 별것 아닌 것 같지만 꽤 각성 효과가 큰 것으로 알려졌다. 그만큼 죽음을 의식한다면, 그래서 비록 사후 세계의 안녕을 믿지 않을지언정 남은 이들이 어떻게 자신을 평가할지 등을 감안한다면 우리의 삶은 어떤 의미에서든 달라질 가능성이 크다.

　문학의 힘은 우선은 감동과 재미에서 나온다. 하지만 문학의 의미는 삶을 비추고, 그리하여 읽는 이들로 하여금 생각하게 만드는 데 있다. 책에 실린, 세계적 작가들이 그려 낸 다양한 죽음의 모습은 그런 문학의 힘과 의미를 새삼 느끼게 해 준다.

김성희(북 칼럼니스트)

테마명작관 7

죽음

초판 1쇄 발행 | 2013년 7월 17일

지은이 | 이반 투르게네프, 기 드 모파상, 프란츠 카프카, 어니스트 헤밍웨이,
　　　　캐서린 맨스필드, 하라 다미키, 루쉰,
옮긴이 | 이항재, 정숙현, 국세라, 강준식, 이상원, 권일영, 김태성
편집위원 | 이나미
발행인 | 김태진, 승영란
마케팅 | 함송이, 강소연
표지·본문 디자인 | Design co*KKIRI
출력 | 한국커뮤니케이션
인쇄 | 미래프린팅
펴낸 곳 | 에디터
　　　　서울특별시 마포구 공덕동 105-219 정화빌딩 3층
　　　　전화) 02-753-2700, 2778
　　　　팩스) 02-753-2779
출판등록 | 1991년 6월 18일 제313-1991-74호
값 12,000원

ISBN 978-89-6744-014-5 04800
ISBN 978-89-92037-79-2 (세트)

본사의 서면 허락 없이는 어떠한 형태나 수단으로도 이 책의 내용을 이용하지 못합니다.

*잘못된 책은 구입하신 곳에서 바꾸어 드립니다.